CHRISTIAN
ENDRES

WOLFS
ZONE

Das Buch

Deutschland in der nahen Zukunft. Pandemien und Extremwetter gehören zum Alltag. Ein heikler Auftrag führt den Berliner Privatdetektiv Joe Denzinger in die brandenburgische Provinz. Nachdem Hightech-Müll aus einer Forschungseinrichtung illegal in einen Wald nahe der polnischen Grenze gekippt wurde, haben experimentelle Nanobots mit den Überwachungs-Implantaten der heimischen Wölfe interagiert und die Raubtiere in riesige Cyborgs verwandelt. Die Bundeswehr hat in der Nähe des Dorfes Dölmow eine Sperrzone um den Wald eingerichtet, Drohnen und Soldaten patrouillieren überall. Im Ort selbst tummeln sich Journalisten, Umweltaktivisten und Kriminelle. Und genau hierher führt Joes Spur. Denn er soll die Tochter von Sylvia Kraupen finden, der Chefin des mächtigsten Rüstungskonzerns in Europa, die seit Tagen spurlos verschwunden ist. Ist die Kraupen-Erbin in Dölmow abgetaucht, oder hat sie sich im Wald verirrt? Wurde sie gekidnappt? Zwischen Cyborg-Wölfen, Soldaten, Gangstern, Umwelt-Aktivisten und Einheimischen beginnt für Joe eine atemlose Jagd mit ungewissem Ausgang.

Der Autor

Christian Endres lebt als freier Autor in der Nähe von Würzburg. Er schreibt Romane, Kurzgeschichten, Essays, Kritiken und Comic-Editorials. Seine Storys erscheinen regelmäßig in *c't-magazin für Computertechnik*, *Spektrum der Wissenschaft*, *phantastisch!* und *Exodus*. Als Journalist schreibt er seit Jahren für den *Tagesspiegel*, *Tip Berlin*, *Das Science Fiction Jahr*, *Geek!*, diezukunft.de und viele mehr. Für seine Arbeit wurde er bereits mit dem Deutschen Phantastik Preis, dem Kurd Laßwitz Preis und dem Literaturpreis Klimazukünfte 2050 ausgezeichnet.

Mehr über Christian Endres und sein Werk erfahren Sie auf christianendres.de und auf

diezukunft.de

CHRISTIAN
ENDRES

WOLFS
ZONE

Cyberthriller

HEYNE

MIX
Papier | Fördert gute Waldnutzung
FSC® C014889

Penguin Random House Verlagsgruppe FSC® N001967

Originalausgabe 05/2024

Umschlaggestaltung: DAS ILLUSTRAT, München,
unter Verwendung von Motiven
von Shutterstock (molaruso und Great Bergens)
Satz: Schaber Datentechnik, Austria
Druck und Bindung:
Friedrich Pustet GmbH & Co. KG, Regensburg
Printed in Germany

ISBN: 978-3-453-27471-6

diezukunft.de

JOE

DIE WÖLFE BEHERRSCHEN BERLIN.

Dafür bräuchte Joe keinen weiteren Beweis.

Gerade sind die mutierten Bestien sogar vor dem Brandenburger Tor zu sehen, wie sie schwer bewaffnete Menschen und spinnenbeinige Bots attackieren. Zwar nur in einem Video auf drei riesigen Bühnen-Bildschirmen, aber trotzdem.

Es ist heftig.

Massige Schemen aus Fell und Metall. Zurückgezogene Lefzen. Gelb leuchtende Augen. Lautes Knurren. Ratternde Gewehre und Geschütztürme. Sprühende Funken. Zorniges Heulen. Brutales Reißen. Spritzendes Blut. Dichter Rauch. Verzweifelte, abrupt endende Schreie.

Heftig, wie gesagt.

Trotzdem ignoriert Joe das Video über den Angriff der Cyborg-Wölfe, das schon vor Monaten in der Sperrzone nahe der deutsch-polnischen Grenze aufgenommen wurde, in den Anfangstagen des Konflikts. Wahrscheinlich haben die Wolfsgegner das Bühnensystem der ProW@lf-Demo gehackt, um die Aufnahmen der Auswüchse dieser Symbiose von tierischem Instinkt und künstlicher Intelligenz abspielen zu können – und vermutlich gehen beide Parteien deswegen noch hasserfüllter aufeinander los.

Wie bei einem Derby.

Maximale Rudelbildung.

Die Berliner Polizei hat längst alle Kontrolle über das Geschehen verloren, da helfen auch die fliegenden Kameradrohnen nichts, die emsig Gesichter scannen, Personaldaten auslesen.

Joe, der mit seiner Kombination aus weißem Hemd, grauem Anzug und schwarzer Krawatte sowieso aus der bunten Menge heraussticht, hat dabei nur Augen für seine Beute. Gerade schiebt er eine Aktivistin im geblümten Sommerkleid und mit einer Cartoon-Wolf-Pappmaske zur Seite, nur um im nächsten Moment einen Typen mit Muskelshirt und Bandana vor Mund und Nase abzuwehren, der Joe an den Kragen will. Das Gerangel genügt beinahe, damit Joes Zielperson im allgemeinen Chaos verschwinden kann. Zum Glück fällt auch die modisch auf, dank eines ärmellosen roten Hoodies.

Als würde man Rotkäppchen verfolgen.

Eigentlich wäre die Idee, Joe nach der Hatz durch den Tiergarten im Gewimmel der Demo abzuhängen, gar nicht mal schlecht gewesen. Aber so, mit der Kapuze vor Augen, bleibt Joe dran, und schließlich schlägt er zu, als der Verfolgte von einem Knäuel aus gewaltbereiten Demonstrierenden und gepanzerten Polizeieinsatzkräften aufgehalten wird.

Ein harter, in der Menge kaum wahrzunehmender Magenschwinger, und die Jagd ist vorbei. Joe packt den sich krümmenden Marius, einen überraschend laufstarken Tech-Hehler um die dreißig, und zerrt ihn am Hoodie mit sich zum Rand des Pulks.

»Braucht ihr Hilfe?«, fragt eine bereitstehende Sanitäterin.

»Ich kümmer' mich um ihn«, wiegelt Joe ab. »Helft lieber dem da.«

Mit dem Kinn deutet er auf einen weinenden, blutüberströmten Demonstranten, der direkt neben ihnen aus dem Gedränge stolpert.

Joe zieht Marius von der wölfischen Zerstörungswut auf den Bildschirmen sowie den wutentbrannten Menschen auf dem Pflaster fort, in Richtung Potsdamer Platz.

»Irrsinn«, murmelt Joe und meint damit keineswegs bloß die eskalierende Demo.

Sondern die ganze Situation.

Dass da in einem Wald am Arsch von Brandenburg Wölfe durch Nanobots und Elektroschrott mutiert sind. Dass die Bundeswehr eine Sperrzone um den gesamten Wald herum errichtet hat, samt eigenem Stützpunkt. Dass im Parlament schon bald über das weitere Vorgehen des Militärs abgestimmt wird. Dass die ganze Welt seit Monaten auf Deutschland schaut.

Während Joe im Grunde nur seinen Job erledigen will. Einen weiteren Ermittlungserfolg für die Ein-Mann-Detektei Joe Denzinger verbuchen möchte.

Dafür muss er Marius erst einmal abliefern, damit Joes Klienten den Mann zum Verbleib ihres gestohlenen 3-D-Drucker-Prototypen für Organtransplantationen befragen können.

Er verfrachtet Rotkäppchen in den Kofferraum seines silbernen Audis und macht sich auf den Weg. Eine Dreiviertelstunde später erreichen sie ein Parkhaus, das sie vor neugierigen Blicken ebenso schützt wie vor der knallenden Sonne, die Anfang Mai schon einen auf Hochsommer macht.

»Die werden mir wehtun, Mann!«, kreischt Marius, als Joe die Heckklappe öffnet, damit sein Auftraggeber Friedrich sowie drei andere Männer den Hehler aus Joes Wagen herauszerren können. Sie schleifen ihn fort. Eine schwere Stahltür fällt ins Schloss und schluckt Marius' panische Schreie und sein Flehen.

Joe und Friedrich erledigen die Bezahlung von Smartphone zu Smartphone.

»Sie bringen ihn aber nicht um, oder?«, fragt Joe.

»Je früher er redet, desto weniger Schmerzen wird er haben«, antwortet Friedrich. Er ist einer der Erfinder des Druckers und wirkt eher wie ein Uniprofessor als ein Foltermeister.

Manchmal sind die Übergänge fließend.

»Danke«, sagt er nach der Transaktion. Früher, vor den Pandemien, hätten sie einander die Hand gegeben. »Damit haben Sie Leben gerettet. Und die Zukunft.«

»Stets zu Diensten.« Joe tippt sich mit zwei Fingern an die Schläfe und steigt wieder in seine Karre.

Erst jetzt fällt ihm das Graffiti an der Betonwand auf: ein stilisierter Cyborg-Wolfskopf.

»Nett«, kommentiert Joe, schnallt sich an und startet den Elektromotor. Gerade als er losfahren will, um sich seinen traditionellen Veggie-Siegesdöner zu holen, vibriert sein Smartphone.

Unbekannte Nummer.

Er geht ran und meldet sich knapp.

»Guten Tag, Herr Denzinger.« Die Stimme einer Frau, kühl und mächtig, allein dadurch ziemlich sexy, wie Joe gestehen muss. »Hier spricht Sylvia Kraupen.«

»Klar«, sagt er sarkastisch und fragt sich, wer ihn da verarschen will und wieso.

Als ob Deutschlands reichste Waffen- und Drohnenfabrikantin, deren Name im hitzigen Diskurs um die Sperrzone und die Abstimmung zurzeit ständig fällt, ausgerechnet ihn anrufen würde.

Um dann auch noch so etwas zu sagen: »Ich habe einen Auftrag für Sie.«

»Klar«, erwidert Joe erneut.

Sein Sarkasmus kommt nicht an, oder wird einfach ignoriert.

»Ich erwarte Sie um vier Uhr heute Nachmittag bei mir zu Hause in Potsdam.«

»So, so. Und bekomme ich Ihre Adresse, *Frau Kraupen*?«

»Wenn Sie so gut sind, wie man sagt, finden Sie die auch selbst heraus.«

Womit das Gespräch beendet ist.

Verärgert wischt Joe über sein Smartphone – er hat ein paar Apps, mit denen er unterdrückte Nummern zurückverfolgen kann.

Diesmal klappt das jedoch nicht.

Der Anruf ist nirgends protokolliert.

Als hätte es ihn nie gegeben.

Das ist der Moment, in dem Joe begreift, dass das womöglich doch kein schlechter Scherz gewesen ist.

Bleibt natürlich noch immer die Frage, was die Fürstin der Drohnen von ihm wollen könnte.

Es gibt nur einen Weg, das herauszufinden.

Zurück in seiner Wohnung in Neukölln, duscht er hastig im Wassersparintervall, zieht frische Sachen an. Die Datenbankabfrage bringt ihn nicht weiter, also kontaktiert er eine Maklerin, die ihm einen Gefallen schuldet, und zwanzig Minuten später hat er eine Adresse in Potsdam.

Auf seinem Weg durch Berlin fährt Joe an ein paar leuchtenden Werbetafeln mit dem Konterfei von Sylvia Kraupen vorbei, das diese Woche die Titelseite des *Spiegel* ziert.

Sehr passend.

Denn wenn der Krieg gegen die Wölfe ein Gesicht hat, dann das von Sylvia Kraupen. Immerhin produziert ihr Rüstungsunternehmen die meisten der Gerätschaften, die von der Bundeswehr gerade in Brandenburg eingesetzt werden.

Keine Frage: Kraupen ist eine der reichsten und mächtigsten Frauen des Landes, der Welt. Joe hätte bis zu ihrem mysteriösen Anruf deshalb nie und nimmer erwartet, dass sie ausgerechnet *ihn* zu sich bestellen würde. Und das nicht über einen Assistenten oder eine Assistentin, wohlgemerkt, und auch nicht in die Firmenzentrale, sondern in ihre Villa.

Als Joe das feudale Anwesen durch die Autoscheibe erblickt, ist er gebührend beeindruckt.

Hinter einer hohen Mauer sowie einer massiven Sicherheitsschleuse mit allen möglichen Scannern erstreckt sich ein riesiger Park, der die Royals neidisch machen könnte. Es ist zu heiß für einen Nachmittag im Wonnemonat, wie schon seit Jahren, überall vertrocknet und verbrennt der Rasen, aber in der Gartenanlage der Kraupen-Residenz protzt das gewässerte Gras saftig und grün, gleiten sogar mehrere diensteifrige Mähroboter umher. Joe steuert seinen Audi über den Kiesweg, der sich zwischen den Grünflächen, dem Lavendel, den Buchsbaumhecken und den Rosen windet. Gelegentlich schweben runde Wachdrohnen an ihm vorbei und starren ihn kalt aus ihrem Zyklopenauge an.

Nach einer gefühlt endlosen Fahrt durch das Gartenlabyrinth kommt Joe vor der Front der Villa Kraupen an. Er parkt und steigt aus. Steinstufen führen zu einer wuchtigen Metalltür hinauf, die jedem Tresor einen Minderwertigkeitskomplex bescheren würde.

Joe fummelt an seinem Anzug herum, streicht die Krawatte glatt.

Bevor sein Fuß die oberste Stufe der Treppe berührt, geht die schwere Haustür wie von Zauberhand langsam nach innen auf. Kalte Luft schlägt ihm entgegen.

Joe betritt eine weitläufige, klimatisierte Eingangshalle. Die Proportionen, der Marmor und die gegenläufig geschwungene Doppeltreppe im hinteren Teil kommen nicht unerwartet, erzielen aber ihre Wirkung. Umso mehr, da keine Menschenseele Joe in Empfang nimmt. Das lässt die Halle nur noch größer und leerer erscheinen.

Joe ist enttäuscht. Er hat mit einem altmodischen Butler gerechnet, der weiße Handschuhe und einen Frack aus Herablassung trägt. Stattdessen schwirrt eine kleine, an einen schwarzen Kolibri erinnernde Drohne heran und bleibt vor ihm in der Luft stehen.

Joe blickt das Ding skeptisch an. »Hallo?«

»Herr Denzinger«, erklingt Sylvia Kraupens kultivierte Stimme aus offenbar überall im Foyer verteilten Speakern. »Meine Video-Konferenz dauert länger als gedacht. Ich muss Sie um ein paar Minuten Geduld bitten. Im Salon steht etwas zu trinken bereit. Danke für Ihr Verständnis.«

»M-hm«, macht Joe und folgt dem mechanischen Kolibri die Treppe hinauf, durch eine Reihe langer Korridore und großer Räume. Helles Echtholzparkett, weiche Teppiche, moderne Möbel und jede Menge Kunst an den Wänden oder auf Sockeln.

Schließlich erreichen sie ein lichtdurchflutetes Zimmer, wo die Drohne über einem von zwei cremefarbenen Sofas kreist – Joe interpretiert es dahingehend, dass er sich dort setzen soll. Zwischen den Sofas steht ein Glastisch, dessen Umriss an einen Kontinent erinnert, darauf eine Flasche Wasser. Gletscherwasser, klar.

Es ist ganz ruhig im Salon. Die Fensterfront hinter Joe, wahrscheinlich Panzer- bis Bunkerqualität, filtert alle unerwünschten Geräusche, Strahlen und Signale. Der Blick geht auf den Park. Am anderen Ende des Zimmers erspäht Joe eine üppige Bücherwand, die er gern genauer betrachten würde, doch will er sich ungern von Sylvia Kraupen beim Rumschnüffeln überraschen lassen. Außerdem schwebt die Drohne nach wie vor über ihm, als würde sie ihn bewachen. Sie hat sicher einige fiese Überraschungen in petto, sollte Joe es drauf anlegen.

Also sitzt er da und denkt über das Zustandekommen dieses Besuchs nach.

Dass die Dienerschaft vermutlich früher fortgeschickt wurde oder frei bekommen hat, multipliziert sowohl die Fragezeichen wie auch die Ausrufezeichen in seinem Kopf. Mehr noch als der verschlüsselte, verschwundene Anruf.

Wenn Kraupen sich so viel Mühe gibt, den Besuch eines Privatdetektivs sogar vor ihrem engsten Kreis geheim zu halten, dann hat das etwas zu bedeuten.

Joe fragt sich zum hundertsten Mal, wie er auf ihrem elitären Radar gelandet sein mag. Ob ihn vielleicht Dr. Venalkis empfohlen hat? Wenn Joe sich das alterslose Gesicht der vierundfünfzigjährigen Industrie-Powerfrau in Erinnerung ruft, könnte Sylvia Kraupen ohne Weiteres zu seinen Kundinnen gehören.

Letztes Jahr hat Joe dem Beauty-Guru der unendlich Reichen und ewig Schönen den Arsch gerettet. Joe war es gelungen, ein unschönes Video trotz Erpresser-Message und Cloud-Kollektivbewusstsein rechtzeitig aus der Welt zu schaffen. Es ging wie üblich um Ruten, die waren, wo sie nicht hingehörten – um Dr. Venalkis, der mit ein paar Freunden einen der letzten Blauflossen-Thunfische aus dem Mittelmeer holte und dabei wie ein Gewinner grinste. Die Drohnenaufnahmen der Motorjacht und der Angler gelangten dank Joe in keinen Stream, keinen Feed, keinen Blog, kein Forum und kein gar nichts.

Perfekte Werbung für Joes Dienste.

Denn es ist so: Wer nicht zur Polizei geht, sondern zu einem Privatermittler, will in erster Linie Aufsehen vermeiden. Joes erwiesene Diskretion, von einem Mitglied der High Society verifiziert, kann ihn daher sehr wohl hierher geführt haben.

Vielleicht braucht die Herrin der modernen Kriegsführung aber auch nur ein williges, billiges Bauernopfer für einen ihrer Schachzüge.

Plötzlich zischt der Kolibri davon, und Sylvia Kraupen betritt den Salon mit der Haltung einer Schneekönigin. Nichts lässt vermuten, dass sie einen Konferenzmarathon hinter sich hat, wo gerade eben das Schicksal einer Rebellion in Südasien oder sonst wo besiegelt wurde, währenddessen mitten in Deutschland ein anderer Krieg tobt, den sie als eine Strippenzieherin lenkt.

Joe erhebt sich ohne Bedauern. Das Sofa ist zu hart, soll Besuchende nicht zum langen Verweilen einladen.

»Entschuldigen Sie, dass Sie warten mussten«, sagt Sylvia Kraupen noch einmal.

»Kein Problem.« Joe versucht, hinter ihre Aura aus Reichtum, Macht und Selbstbewusstsein zu blicken – oder sich wenigstens nicht davon einschüchtern zu lassen. »Den Trick mit dem Geister-Anruf müssen Sie mir bei Gelegenheit zeigen.«

Kraupen zeigt ein schmales Lächeln, an dem man sich schneiden könnte.

Sie setzen sich.

»Danke, dass Sie so kurzfristig kommen konnten und dass wir uns hier treffen können. Ich möchte in Ruhe eine

Angelegenheit mit Ihnen besprechen, die mit äußerster Diskretion behandelt werden muss.«

»Soll ich mein Telefon ausschalten?«, fragt Joe pflichtschuldig. »Oder in ein anderes Zimmer legen?«

Wieder das rasiermesserscharfe Halblächeln. »Denken Sie wirklich, dieses Haus verlässt auch nur ein Bit, ohne dass ich es weiß – oder will?«

Joe muss der Versuchung widerstehen, sein Smartphone aus dem Anzug zu kramen und nachzusehen, ob es offline ist, das Display womöglich schwarz bleibt, wenn er es berührt.

Kraupen gibt ihm drei Sekunden, um diese Blöße zu zeigen, dann war's das mit dem Vorgeplänkel. »Meine Tochter ist verschwunden«, erklärt die Milliardärin, die sonst mit demokratisch gewählten Präsidenten und tyrannischen Diktatoren diniert. Jetzt zögert sie kurz, schiebt sich mit der rechten Hand eine imaginäre Strähne ihrer blonden Kurzhaarfrisur aus der Stirn. »Lisa.«

Joe bewegt unverbindlich den Kopf. Das hat er perfektioniert. In der Regel reden die Leute von allein weiter, wenn man ihnen das Gefühl gibt, konzentriert dabei zu sein, ihren Gedanken oder Geschichten überallhin zu folgen.

»Als Lisa und ich das letzte Mal Kontakt hatten, war sie in der Nähe von Dölmow«, fährt sie fort.

»Okay.« Joe hebt eine Augenbraue. Das berüchtigte Dölmow, zu unerwarteter Berühmtheit gelangt als das letzte Dorf vor dem Grenzstreifen und der Sperrzone – dem Revier der Cyborg-Wölfe. »Liefert sie ein paar Waffen fürs Familienunternehmen aus, oder ...«

Kraupens Blick durchbohrt ihn. »Sie hat sich dort den ProW@lf-Aktivisten angeschlossen. In diesem Hippie-Camp am Rand der Zone.«

»Autsch.«

»Eloquenter hätte ich es nicht ausdrücken können, Herr Denzinger.«

»Sie können ruhig Joe sagen.«

»Lieber nicht.«

»Auch gut.«

Kraupen sieht ihn an, und er blickt geduldig zurück.

»Ich hätte sie nie gehen lassen dürfen«, gesteht sie dann. »Aber so ist das mit Kindern. Je mehr man dagegen ist, desto mehr wollen sie. Lisa wäre so oder so gegangen. Ich habe sie unterstützt, um wenigstens ein bisschen Einfluss zu behalten, ein paar Regeln festlegen zu können. Jeden Tag morgens und abends texten. Sonntags ein Videoanruf. Nicht ihren echten Namen verwenden. Keine Interviews. Keine Postings online. Nichts, das sie mit mir und der Firma in Verbindung bringen könnte.« Kraupen tastet wieder nach der eingebildeten Strähne. »Sie hat sich sogar die Haare gefärbt und trägt eine spezielle Brille aus unserer Entwicklungsabteilung, die ihr Gesicht bei biometrischer Erfassung verzerrt und zu einem Fake-Profil führt.«

Joe nickt.

Lisa Kraupen als Umweltschützerin quasi direkt in der Zone und somit im Brennpunkt des Konflikts, der die Republik und die Welt beschäftigt, die Schlagzeilen beherrscht? An der Front, die Deutschland noch mehr gespalten hat? Ausgerechnet die Tochter und Erbin jener

Frau, die Kampfdrohnen, Panzer, Granaten, Laser und Schnellfeuergewehre für den Krieg gegen die mutierten Wölfe produziert?

Sollte das rauskommen, wäre es ein PR-Albtraum.

Für Kraupens Imperium.

Für ihre Aktionäre.

Für die Regierung.

Kurzum: für zu viele Menschen mit zu viel Macht.

Kein Wunder, dass Lisas Mutter niemandem in ihrem Umfeld trauen kann, niemanden in Versuchung führen will, zum Leak und zum Whistleblower zu werden.

»Ich habe Lisa immer ermutigt, für das einzutreten, woran sie glaubt«, redet Sylvia Kraupen weiter. »Auch öffentlich. In diesem Fall jedoch ...« Sie blickt Joe herausfordernd an. »Und denken Sie nicht, dass es mir dabei bloß um den Aktienkurs oder die anstehende Abstimmung im Bundestag geht. Ich denke vor allem an Lisa. Sie wäre im Auge des Shitstorms, wenn uns die Sache um die Ohren fliegt.«

Zweifellos. »Wann haben Sie das letzte Mal von ihr gehört?«

»Vor einer Woche. Sie hat vom Waldrand hinter dem Camp angerufen. Und bevor Sie fragen: Nein, ihre Geräte lassen sich nicht orten, und sie hat keinen Chip und keine Nano-Tracker im Körper. Ein Teil unserer Abmachung, leider.«

»Denken Sie, Ihre Tochter wurde entführt?«

»Ich weiß es nicht. Möglicherweise. Obwohl sich dann schon jemand mit einer Forderung bei mir gemeldet haben müsste, oder? Bitcoins im Wert einer tropischen

Insel. Meine Drohnen einschmelzen. Den Wölfen den Schlüssel zu diesem Haus oder zur Hauptstadt aushändigen. Was auch immer. Und wir dürfen nicht vergessen: Lisa ist achtzehn. Vielleicht hat sie auch nur jemanden kennengelernt, und sie haben die Welt ausgesperrt. Wenn dem so ist, freue ich mich für sie. Aber ich muss es trotzdem sicher wissen. Ich mache mir Sorgen.« Die glatte Fassade bröckelt, wenngleich nur kurz. »Ein Freund sagte mir vor einiger Zeit, dass Sie diskret sind und alles finden können. Sachen. Daten. Personen.« Kraupen beugt sich zur Seite und hebt einen kleinen schwarzen Kulturbeutel vom Boden auf, der neben dem Sofa auf seinen Einsatz gewartet hat. »Für Sie. Ein sauberes Smartphone mit unserer aktuellsten Verschlüsselung, über das Sie vor Ort recherchieren, kommunizieren und mich auf dem Laufenden halten können. Dazu Ausweise und Dokumente, laut denen Sie ein Berater von Kraupen sind und weitreichende Befugnisse haben.« Sie spricht den Namen ihrer Familie-Schrägstrich-Firma wie den einer Entität aus, der Joe fortan dient. »Jemand, der mein vollstes Vertrauen genießt und sich als Beobachter einen Überblick der Lage vor und in der Zone verschaffen soll. So können Sie sich frei bewegen. Und seien Sie sicher, die Leute werden Ihre Fragen beantworten. Sonst müssen deren Vorgesetzte *mir* Rede und Antwort stehen.«

Joe nimmt den Kulturbeutel entgegen und späht kurz hinein.

»Ich habe Ihr Standardhonorar für eine Woche verfünffacht und bereits durch Strohfirmen überwiesen«, informiert ihn seine Gastgeberin. »Sie erstatten mir täglich Bericht über die Fortschritte Ihrer Ermittlungen. Wenn Sie Lisa aufspüren, gibt es einen Abschlussbonus. Und meine Dankbarkeit.« Was, daran lässt sie keinen Zweifel, der ultimative Chip im Spiel des Lebens ist. »Ein Spesenkonto wurde in der Bezahl-App auf dem Telefon für Sie eingerichtet. In Dölmow ist ein Zimmer für Sie reserviert.«

Damit erhebt sich Sylvia Kraupen.

Die Audienz ist vorbei.

Sie geleitet Joe durch ihr prächtiges, aber einsames Schloss, das mit mehr Krieg denn Frieden erbaut wurde. Und nun ist die Prinzessin an der Frontlinie eines Krieges verschwunden, den ihre Mutter mit Waffen beliefert.

Bewusst befeuert, wie manche sagen.

»Sie haben mich gar nicht gefragt, ob ich den Auftrag überhaupt annehme«, sagt Joe, als sie die Eingangshalle über die Treppe erreichen.

»Sie haben das Telefon genommen.«

»Ein Reflex.«

»Natürlich.« Sylvia Kraupen, das Lächeln dünner und schärfer denn je, blickt Joe in die Augen und lässt die massive Sicherheitstür mit einer komplizierten beidhändigen Geste aufgehen. »Manchmal hat man keine Wahl«, sagt sie, und Joe kann nicht bestimmen, ob sie damit sich, ihn, sie beide oder die ganze Menschheit meint. »Finden Sie meine Tochter. Bitte.«

Kraupens Blick und Tonfall sind auf einmal weicher, machen aus der Rüstungsunternehmerin eine Mutter.

Ob das echt ist, kann Joe nicht sagen.

»Ich werde mein Bestes geben«, verspricht er.

»Das reicht nicht«, versetzt sie, nun wieder ganz Stahl und Eis. »In der Sperrzone gibt es zu viele Monster und Verrückte. Tun sie alles, um meine Tochter zu finden. Alles.«

Monster und Verrückte.

Joe wird noch an Sylvia Kraupens Worte denken.

TARIQ

EGAL, WAS SEINE ELTERN DENKEN: Der Marsch durch einen Wald voller Monster hat nie zu Tariqs großem Plan gehört.

Dennoch dringen Tariq und die anderen aus seiner Einheit jetzt direkt ins Revier der Cyborg-Wölfe vor, von Drohnen flankiert und umschwirrt, die Gewehre im Anschlag, die Nerven zum Zerreißen gespannt – wie bei jedem Einsatz, der aus der Basis am Grenzzaun in den kühleren, schattigen Wald führt.

Zwar hat es seit zwei Wochen keinen direkten Zusammenstoß mit den Wölfen gegeben. Trotzdem beschleicht Tariq jedes Mal ein mulmiges Gefühl in den von Extremwetter und Schädlingen gelichteten Überresten des ostdeutschen Märchenwalds, dessen Ungeheuer, anders als in den Sagen und Legenden, ebenso surreal wie real sind.

Auf dem Stützpunkt zwischen Dorf und Wald sagen sie immer, dass es zu spät ist, wenn man die Wölfe erst mal sieht. Dennoch achtet Tariq auf alle Bewegungen und Geräusche, von denen es mehr als genug gibt, und wenn es nur tanzende Schattenmuster im Unterholz sind.

Er wischt sich den Schweiß von der Stirn, verscheucht eine riesige Tigermücke, kratzt sich unter dem Rand seines Helms und steigt über ein verwittertes Stück Elektroschrott hinweg, das halb in der Erde eingegraben ist.

Kaum vorstellbar, dass damit alles angefangen hat.

Mit im Wald abgeladenem Schrott und sogar Müll aus einer Forschungseinrichtung – darunter experimentelle Nanobots, die ein Rudel Wölfe in riesige Maschinenmonster verwandelt haben.

In Cyborgs, von denen einige kaum noch etwas mit normalen Wölfen gemein haben, was die körperlichen, die psychischen und die darüber hinausgehenden Attribute angeht.

Tariq schaudert.

Kein Wolf – gar kein Geschöpf – sollte sich dermaßen verändern in seiner Größe, seiner Gestalt, seinen Bewegungen, seiner Kraft, seinem Intellekt.

In seinen Möglichkeiten, seiner Ausstrahlung und seinem Wesen.

So tief im Wald sind seit Jahresanfang sonst nur laufende oder fliegende Drohnen unterwegs, die selbstständig patrouillieren und die Umgebung scannen. Um die Bewegungen der Wölfe zu verfolgen und um Presse, ProW@lf und andere Zivilpersonen daran zu hindern, sich in Gefahr zu begeben.

Vor der Abstimmung im Parlament sollten sich eigentlich keine menschlichen Militärangehörigen mehr so tief im Revier der Wölfe aufhalten. Aber nun ist einer der Kampfläufer, die an einen SUV-großen Tintenfisch mit Spinnenbeinen erinnern, aus unerklärlichen Gründen mitten im Wald offline gegangen. Erst haben sich von einer Sekunde auf die nächste die optischen Feeds verabschiedet, dann die übrigen Signale, und am Ende wollten nicht mal die Übernahme der manuellen Steuerung oder ein Reboot aus der Basis am Zaun funktionieren.

Alles schwarz, alles tot.

Womöglich stören die Wölfe das Netzwerk oder nutzen einen Hack – nicht nur ihr physisches Leistungsvermögen wurde massiv gesteigert. Also hat man einen Trupp losgeschickt, um der Sache auf den Grund zu gehen: Zwei staksende Kraupen-Kampfdrohnen derselben Baureihe, dazu ein Schwarm Kolibri-Spähdrohnen, und ein halbes Dutzend Soldatinnen und Soldaten.

Tariqs Gruppe passiert ein von Blumen, Unkraut und Rost überwuchertes Autowrack und nähert sich der letzten übermittelten Position der verschwundenen Drohne. Tariq wurde eigens dafür ausgebildet, die schweren, trittsicheren Kampfläufer und ihre mit Maschinengewehren und Granatwerfern bestückten Geschütztürme zu warten oder im Fall der Fälle zu reparieren. Die in Deutschland entwickelten und gebauten Drohnen haben sich im Mittleren Osten und in Afrika bewährt, jedoch hätte niemand geglaubt, dass sie auch einmal hierzulande eingesetzt werden würden.

So kann man sich täuschen.

Wie Tariqs Eltern. Die konnten schon vor seiner Versetzung nach Brandenburg nie verstehen, wieso er sich als Berufssoldat verpflichtet hat. Er, dessen Eltern ihr Leben riskiert haben, um vor dem Krieg in Syrien zu fliehen. Die das Unleben auf einer griechischen Insel überstanden und dann in Deutschland ein neues Dasein begannen. Und was macht ihr Sohn, kaum dass er volljährig ist? Meldet sich freiwillig bei der Bundeswehr, wo er alles über den Krieg und das Töten lernt.

Dabei ging und geht es Tariq um etwas völlig anderes.

Darum, sich beim Bund zu einem erstklassigen Drohnen-Mechaniker ausbilden zu lassen, ein Ingenieurstudium zu machen und später, nach seinem Abschluss und seiner Dienstzeit, irgendwo in der freien Wirtschaft, vielleicht sogar mit einer eigenen Firma, richtig Kohle zu scheffeln.

Das ist der Plan.

Gerade, das muss Tariq zugeben, hegt er allerdings selbst so einige Zweifel, wie er dahin kommen soll.

Tariqs Kopf ruckt aufgrund eines verdächtigen Knacksens zur Seite. Er stolpert über eine Baumwurzel, rempelt seinen Vordermann an. Zum Glück ist sein Gewehr gesichert.

»Pass auf, Laffel«, murrt Schröder vor ihm.

Noch mehr als der Spitzname, den sie von Falafel abgeleitet haben, nervt Tariq, dass dieser rassistische Scheiß schlimmer wird, je mehr er sich davon triggern lässt.

Darum schweigt er auch, als die attraktive, aber giftige Gefreite Brückner ihm von hinten an den Kopf wirft, dass Trampeltiere eben in die Wüste gehören.

Tariqs Kumpel Andreas meint immer, er soll sich den Quatsch nicht so zu Herzen nehmen.

Aber das ist leichter gesagt als getan.

Die Familie von Andreas, der auf der Basis zu einer Heli-Bodenmannschaft gehört, kommt aus Schleswig-Holstein. Nicht aus Syrien. Ihn machen die anderen nicht pausenlos an.

Kurz darauf erreichen sie eine Senke vom Ausmaß eines Swimmingpools, in der die offline gegangene Kampfdrohne reglos auf der Seite liegt. Das Ding wurde böse in die Mangel genommen: zerkratzte und verbogene Außenhülle, abgebrochene Elemente, ein verdrehtes Bein.

Tariq und die anderen bleiben bleiben am Rand der Senke stehen und starren hinein, als wäre da etwas Außerirdisches abgestürzt. Selbst ihre beiden Kampfbots verharren regungslos, als hätte sie der Anblick eines geschlagenen Artgenossen tief in ihrem Inneren erschüttert.

»Scans negativ«, sagt Roos schließlich Kaugummi kauend, der die Feeds der fliegenden, in alle Richtungen schwirrenden Kolibris auf einem extra-robusten Kraupen-Tablet überwacht. »Bis auf ein Eichhörnchen in der Tanne da drüben ist die Luft rein.«

Niemand lacht. Dafür ist die Anspannung zu groß.

Tariq hat das Gefühl, von kybernetisch nochmals verbesserten Wolfsaugen beobachtet zu werden. Wer weiß schon, aus wie großer Entfernung sie einen Menschen mit ihren erweiterten Sinnen beobachten, wie gut sie sich tarnen, welche neuen, beängstigenden Evolutionen sie gerade hinter sich gebracht haben mögen?

Tariqs Blick springt von Baum zu Baum, Gebüsch zu Gebüsch, Stein zu Stein, Mulde zu Mulde. Fast überhört er den Befehl von Hauptfeldwebel Peters, endlich die Drohne zu untersuchen.

»Wir wollen hier kein Picknick machen, Zidan«, fügt Peters hinzu. »Und immer schön die Augen offen halten«, ermahnt er den Rest.

Vorsichtig schlittert Tariq die relativ steilen Wände aus nackter Erde, knolligen Wurzeln und scharfkantigem Gestein in die Senke hinab. Während die anderen ihm Deckung geben, stapft eine der großen Drohnen um die Grube herum und bezieht dort mit auf den Wald gerichteten Geschützen Position.

Tariq versucht, sich ein Bild vom Schaden an der Kampfmaschine hier unten zu machen. Er streckt den Arm aus, doch seine Hand ist nicht groß genug, um die tiefen Krallenspuren im Metall abzudecken und auf einmal nachzufahren.

Einen Kraupen-Läufer ohne Schusswaffen oder Sprengstoff so zuzurichten erfordert viel Kraft und Energie, die aus einem perfekten Hinterhalt heraus explosionsartig entfesselt werden müssen.

Tariq geht zwischen den teils ausgestreckten, teils angewinkelten Beinen der lädierten Drohne hindurch. Er lehnt sein Gewehr an das verdreckte, verbeulte Metall und öffnet mit einem elektrischen Schraubendreher eine kleine Luke an der Unterseite, die er ironischerweise besser erreicht, weil die Drohne so daliegt. Er kramt kurz in seinem Rucksack und verbindet den gefällten Bot altmodisch über ein Strom- und Datenkabel mit seinem Tablet, kann aber nur den totalen Systemausfall feststellen. Wahrscheinlich müssen sie im Lager die Black Box auslesen, um zu erfahren, was genau hier vorgefallen, wie genau es abgelaufen ist.

»Die geht von allein nirgendwo mehr hin, Hauptfeldwebel«, ruft Tariq und blickt zu Peters empor. »Bergen wir sie? Mit den beiden anderen und ein paar Seilen müsste es gehen.«

»Negativ«, sagt der Hauptfeldwebel. Tariq sieht ihn verwundert an, und Peters erklärt: »Morgen kommt ein Nachrichtenteam von *Amazon Prime News*. Die haben die Erlaubnis, im Wald zu filmen. Als erste Mediencrew seit Weihnachten. Das da unten hilft, die Gefahr zu verdeutlichen, die diese Biester darstellen.«

Tariq begreift sofort. PR ist wichtig, gerade jetzt, wo die Entscheidung in Berlin näher rückt, die über den weiteren Verlauf dieses Krieges bestimmen wird.

Vermutlich geben sie deshalb nicht einfach die Aufnahmen ihrer eigenen Drohnen frei und lassen stattdessen die Stimmung im Wald und das eindrucksvolle Bild des außer Gefecht gesetzten Läufers auf Berichterstattende und Zuschauende wirken.

Tariq kann den Zoom auf die Krallenspuren schon sehen, den dramatischen Kommentar dazu bereits hören.

Er verstaut Tablet und Kabel wieder und baut nur die Black Box aus, die nicht größer ist als ein Päckchen Butter. Anschließend schnappt er sich sein Gewehr und schultert den Rucksack. Im Vorbeigehen streicht er noch einmal flüchtig über die Furchen im von der Hitze aufgewärmten Leib der Drohne.

Zwei Kameraden strecken ihm die Hände entgegen, helfen ihm auf den Rand der Senke. »Mach hin, Laffel«, sagt Schröder. »Müsstest du nicht längst auf deinem Teppich liegen?«

Tariq beachtet ihn nicht, konzentriert sich auf den Wald.

Irgendwas haben sie hier gestört, und das war garantiert kein Eichhörnchen.

Das Gefühl, beobachtet zu werden, begleitet Tariq noch auf dem Rückweg.

JOE

NACH SEINEM ABSTECHER in die Sphäre von Macht und Moneten fährt Joe wieder durch das ihm vertraute Berlin, wird erneut Teil des Stroms aus Menschen, Autos, Rädern, Bahnen und Lieferdrohnen.

Aber seine Gedanken sind schon im Revier der Wölfe.

In der Sperrzone.

Dabei waren Joe die kybernetisch veränderten Raubtiere in den letzten Monaten gar nicht so wichtig, während er betrügenden Ehemännern, veruntreuenden Geschäftspartnerinnen, geklauten Dingen oder verschwundenen Personen nachspürte – die Maschinenwölfe im hintersten Brandenburg hatten mit seinem Alltag schlichtweg nichts zu tun. Bis jetzt.

Aber so ist es ja oft mit großen Ereignissen. Sie ziehen ihre Kreise, bis die Wellen bei einem ankommen.

Und natürlich hat Joe damals, wie alle anderen, fasziniert und gebannt die ersten Schlagzeilen verfolgt. Denen konnte man sich kaum entziehen: Zähnefletschende Wölfe starrten, sprangen einen quasi von allen Titel- oder Startseiten an, groß und böse, wild und gefährlich. Jede Redaktion rechnete genüsslich aus, wie lange so ein Cyborg-Wolf von Dölmow bis nach Berlin, Hamburg, Köln,

Stuttgart, Warschau, Budapest, Zürich, Amsterdam, Paris, Mailand bräuchte – und wie viele Menschen er am Tag fressen müsste, um seinen Energiebedarf zu decken.

Oder ein ganzes Rudel.

Das Geschäft mit der Panik eben.

Joe erinnert sich noch gut an die Diagramme und Tabellen.

Gerade zu Beginn, nach den ersten Sichtungen und Aufnahmen, trieben es die Medien bunt – und noch bunter, als nach und nach klar wurde, was wirklich geschehen war.

Ein Stück weit konnte Joe das verstehen.

Die Wölfe von Dölmow, eine schrecklich-schöne Verbindung aus Tier und Tech, waren die größte Neuigkeit, die größte Sensation der modernen Wissenschaft. Das nächste Kapitel in der Geschichte der künstlichen Intelligenz, die bekanntlich in Echtzeit geschrieben wird.

Joe überholt einen der vielen Busse, die Klimageflüchtete nach Berlin bringen – das fröhliche Gesicht und der nach oben gereckte Daumen im Shuttledienst-Logo kommen ihm seltsam vor.

Ist am Ende aber vermutlich auch nicht seltsamer als der ganze Rest. Als mutierte Wölfe im Osten Deutschlands, zum Beispiel.

Und alles bloß wegen ein paar gierigen, faulen Idioten.

Weil die Mega-Deponien in Afrika und Asien voll waren und vorübergehend keine Schiffe mit Müll aus Europa mehr annahmen, lud eine Firma nicht nur ausrangierte Kühlschränke, Autos mit Verbrennungsmotor oder kaputte Landwirtschaftsdrohnen kurzerhand im Wald bei

Dölmow ab, sondern eines Tages auch eine Fuhre Spezialabfall aus einem Forschungslabor.

Der für die Evolution seit jeher so wichtige Zufall wollte es, dass mit dem Sondermüll ein Schwarm Nanobots aus dem Forschungsinstitut entkommen war und so im Wald landete.

Dort gingen die hoch adaptiven, hoch intelligenten Nanos eine Symbiose mit den Wölfen ein – Implantate, die man den Tieren schon früher zur Kontrolle von Bewegung und Fortpflanzung eingesetzt hatte, boten den winzigen Maschinen perfekte Voraussetzungen. Die Nanos durchdrangen die Wölfe, veränderten sie, erweiterten ihren Körper und ihren Verstand, und schließlich verschmolzen die mutierten Tiere mit Elektroschrott und anderem zu riesigen, unglaublichen Schimären.

Zu Monstern, wie die einen meinen.

Zu Wundern, wie die anderen sagen.

Joe vermutet, dass die Wahrheit irgendwo in der Mitte liegt, wie meistens.

Die Leute haben nach den ersten Begegnungen und Zusammenstößen reagiert, wie sie es oft tun, wenn sie mit etwas Fremdem konfrontiert werden.

Im Fall der Cyborg-Ungeheuer bestand die Antwort auf die ursprüngliche Hysterie aus Jagdgruppen, Bürgerwehren und sogar Söldnern, die die Wölfe für ein international agierendes Unternehmen einfangen sollten. Es kam zum Krieg zwischen Mensch und Tier, der eindeutig nicht zugunsten der menschlichen Häscher ausging und zur Einrichtung der Sperrzone führte. Wo die Cyborgs sich weiterentwickelten, weiter aufrüsteten.

Joe fragt sich, welche Vorstellung die Massen mehr beunruhigt oder erzürnt: Dass die Wölfe aus der Zone gelangen, oder dass künstliche Intelligenz die Menschheit zugunsten einer anderen Spezies aufgegeben haben könnte.

Auf der anderen Straßenseite kommt ihm stadtauswärts ein Konvoi schwer beladener Bundeswehr-Transporter entgegen, die wahrscheinlich Ausrüstung und Verpflegung nach Dölmow bringen. Unter den Planen könnten auch Kraupen-Kampfläufer sein.

Die Lastwagen in Joes Rückspiegel werden kleiner. Ihr Ziel dagegen, die Zone, wird von Tag zu Tag größer, zumindest in den Medien, wo die Cyborg-Wölfe alle anderen Themen verdrängen. Nach gut einem halben Jahr haben sich die Linien und Grenzen um das, was normal ist, verschoben, so wie bei allen anderen Kriegen und Katastrophen. Die Wölfe wurden zur nächsten akzeptierten Eskalationsstufe dieser in Flammen stehenden Welt.

Dass es auf der Demo vor dem Brandenburger Tor heute so heiß hergegangen ist, hat mit der bevorstehenden Parlamentsabstimmung zu tun. Im Bundestag soll entschieden werden, ob der umzäunte Wald bei Dölmow zum Reservat für die Cyborg-Wölfe erklärt wird – oder das Rudel ausgerottet.

Joe wartet, bis ein Lastenradfahrer auf seiner eigenen Spur vorbei ist, damit er links abbiegen kann.

Erst heute Morgen hat er in einem Stream von *Prime News* einen kurzen Clip mit dem US-Präsidenten gesehen, der wieder einmal angeboten hat, seinen *German friends* mit Rat und Tat zur Seite zu stehen, und liebend gern Fachleute und Militär entsenden würde, man bräuchte es bloß zu sagen. Russland, China und Nordkorea haben daraufhin prompt ihre üblichen Drohungen vom Stapel gelassen, sollte Deutschland das wirklich in Erwägung ziehen.

Polen, Tschechien und andere Länder, die sich vor einer Ausbreitung der mutierten Wölfe und frei drehenden Nanos fürchten, verstärken unterdessen weiter ihre Grenzen und verlegen präventiv ganze Truppenverbände für den Fall, dass die Tiere gen Osten wandern.

Inzwischen steht Joe an einer roten Ampel und betrachtet die Passanten, die vor seinem Audi die Straße überqueren. Ein kleines Mädchen hat ein Cap mit lustigen Wolfsohren auf und lacht ihren Vater unbeschwert an, der einen wolfsförmigen Plüsch-Rucksack trägt.

Das ringt Joe ein gar nicht mal so zynisches Schmunzeln ab.

Im Grunde seines Herzens ist er eigentlich für leben und leben lassen.

Schwer zu sagen, ob das auch auf Maschinenwölfe anwendbar ist, aber es wäre sicher besser als die meisten Alternativen.

Die Ampel springt wieder auf Grün, Joe gibt Gas.

Morgen früh wird er nach Brandenburg in die Zone fahren, und ob große Schlacht am Horizont oder nicht, sein Fokus ist klar.

Die verschwundene Tochter der Waffenkönigin.

Joe wird alles dafür tun, Lisa Kraupen zu finden.

Das ist der Krieg, den er in der Wolfszone gewinnen muss.

Dazu gibt es keine Alternative.

KIRA

GLEICH WIRD DER WOLF KIRA ANSPRINGEN.

Obwohl vier massige Kraupen-Kampfbots und eine Handvoll Soldaten in der Nähe sind, zucken weder Mensch noch Maschine, als das Tier über die vertrocknete Wiese rennt, zielstrebig auf Kira zuhält.

Sie prallen zusammen.

Die Schnauze des Wolfes öffnet sich.

Mit seiner rosaroten Zunge schleckt er Kira übers Gesicht.

»Lass das, Winslow!« Lachend wehrt Kira den jungen Wolf ab, der sich erst durch energisches Kraulen beruhigen und zu Boden ringen lässt. »Lass!«

Winslow liebt dieses Spiel, bei dem er nie verliert.

Kira weiß genau, welchen Kontrast sie bieten: die schwarze Frau und der weiße Wolf, Mensch und Tier, Wissenschaftlerin und Forschungsobjekt.

Das hält sie aber nicht davon ab, mit Winslow im strohigen Gras vor dem alten Bauernhof herumzutoben.

Nach einer Weile gehen sie wieder nach drinnen – in der prallen Sonne ist es auf Dauer zu heiß.

Der Hof im Grenzstreifen zwischen dem Dorf, dem Wald und der Sperrzone darin wurde zur hochmodernen

Forschungsstätte umgerüstet, die Kira als Evolutionsbiologin mit zwanzig Jahren Erfahrung leitet. Man sieht dem Bauernhaus aus Stein, Holz und bröckelndem Putz sein Alter und die jahrelange Verwahrlosung an. Aber diverse Firmen haben wahre Wunder gewirkt, Labore und Konferenzräume eingerichtet, Kabel und Leitungen verlegt, Server installiert und so in Rekordzeit eine Umgebung entstehen lassen, die seriöse Forschungsarbeit erlaubt.

Kira weiß von Bildern, wie es früher ausgesehen hat, jetzt würde man die Räume nicht wiedererkennen, höchstens die Küche.

Weil sie die Klassiker liebt, witzelt Kira gerne, dass der Bauernhof innen viel größer ist, als man von außen erwartet, und sie ihn blau anstreichen sollten.

»Frau Dr. Jansen?«, fragt Carlos und tritt an Kira heran, als hätte er drinnen neben der Haustür auf sie gewartet. Der blasse grauhaarige Verhaltensforscher aus Münster ist erst seit anderthalb Wochen hier, weshalb er Winslow an Kiras Seite noch skeptisch beäugt. An einen frei laufenden Wolf als Maskottchen der Abteilung muss man sich gewöhnen.

»Kira«, sagt sie automatisch und überfliegt die extrapolierten Bewegungsmuster des Rudels im Wald, die Carlos ihr auf dem Tablet hinhält und die sie später in ihr neuestes Dossier für die Bundeswehr aufnehmen wird.

Seitenstarke Verträge und Verschwiegenheitserklärungen binden Kira und die anderen Forschenden an die Regierung und die Streitkräfte. Allein deshalb dürfen sie die unfassbare Evolution der Wölfe im Wald in der ersten Reihe begleiten. Dafür müssen sie ihr Wissen und ihre

Erkenntnisse regelmäßig mit dem Militär teilen und dessen Operationen in der Zone durch fachlichen Input unterstützen, selbst wenn es um strategische Überlegungen oder explizit um Kampfhandlungen geht.

Ein leider notwendiges Übel.

»Ich hätte es ja gemailt«, entschuldigt sich Carlos. »Aber mein Account zickt noch immer.«

»Oh. Doof. Aber das sieht gut aus. Danke, Carlos.«

»Freut mich zu hören. Bis heute Abend?« Er bemerkt ihren verwirrten Blick. »Der Geburtstags-Umtrunk für Dr. Wegmann? Ähm. Gabriele?«

»Ach, ja.« Das hat Kira glatt vergessen. Ihr geht zurzeit eine Menge durch den Kopf, beruflich wie privat. »Natürlich, bis heute Abend!«

Sie und Winslow schlendern weiter und kommen unter anderem an der Küche vorbei, die sie zu Winslows Verdruss aber nicht betreten. Kira und ihr Team benutzen einen Großteil des Erdgeschosses zur Auswertung aller Daten und Objekte aus der Sperrzone.

»Hey, Winslow«, sagt Agnes, eine vielfach gepiercte und tätowierte Biologin aus Augsburg, die breit lächelnd aus einem Zimmer voller Messgeräte und Mikroskope kommt.

Winslow bleibt sofort stehen, um sich von ihr kraulen zu lassen. Er liebt Aufmerksamkeit. Und Streicheleinheiten.

Der junge Wolf stammt aus einem Rudel bei Hannover und ist kein bisschen kybernetisch. Seine Familie wurde von Wolfshassern getötet, die nicht einsehen wollten, dass die Rückkehr der Raubtiere nach Deutschland längst vollzogen war.

Bevor Kira das Angebot erhielt, die Leitung der Einrichtung am Rand der Zone zu übernehmen, hatte sie just ein Forschungsprojekt bewilligt bekommen, für das sie einen nicht in Gefangenschaft geborenen Wolfswelpen zum Studieren brauchte. So trat Winslow in ihr Leben. Und als sich die Chance mit Dölmow auftat, kam Winslow mit, weil er bereits ihr Herz erobert hatte und Kira sich nicht vorstellen konnte, ihn in einer Auffangstation abzugeben.

»Braver Junge«, sagt Agnes, und falls es Winslow stört, wie ein Hund behandelt zu werden, zeigt er es nicht.

Wölfe haben Kira schon immer fasziniert. Darum hat sie ihre Doktorarbeit auch über die Anpassung der Tiere an das moderne, voll technisierte Deutschland geschrieben. Danach forschte sie weiter zu diesem Thema, beschäftigte sich auf der ganzen Welt mit der Wirkung von Technologie auf Wölfe, die in der Nähe zum Menschen leben, in Russland, Spanien, Indien, Mexiko, den USA. Doch sie hätte nie gedacht, einmal inmitten einer solchen Sensation zu landen.

Für viele scheinen die Vorgänge in der Sperrzone ein wahrer Albtraum zu sein.

Für Kira sind sie dagegen ein wahr gewordener Traum.

Sie muss an die kommende Bundestagssitzung in Berlin denken, deren Ausgang in ein paar Tagen die weitere Marschrichtung vorgibt.

Erforschen oder Eliminieren.

Wobei Kira bezweifelt, dass sich Letzteres so leicht bewerkstelligen lässt, wie Generalstab und Politik es sich vorstellen – egal, woran das *andere* Team hier im Bauernhof arbeitet.

Woran es codet, da unten in der gekühlten Dunkelheit des umgebauten Kellers, mit einer Legion Rechner, Laptops, Server.

Kira versucht, nicht allzu oft über Sinn und Zweck der digitalen Aktivität im Herzen ihrer hochgerüsteten Anlage nachzudenken.

»Ich hab übrigens die Studie über die Orcas gefunden, von der ich dir gestern erzählt hab«, sagt Agnes. »Müsstest eine Mail von mir haben. Du kommst doch nachher, oder? Gabis Geburtstag?«

»Ja, sicher. Und super. Danke.«

»Gern. Bis später, ihr zwei.«

Winslow blickt Agnes nach und wirkt enttäuscht.

»Das Leben ist nicht nur Spielen und Kraulen«, erklärt Kira ihm. »Morgen müssen wir beide auch mal wieder ins Labor. Ein paar deiner Gehirnströme messen. Damit wir wissen, was in deinem flauschigen Schädel vor sich geht.« Selbst einer Expertin wie Kira fällt es schwer zu bestimmen, ob bei den Cyborgs im Wald eher die Nanos oder die Wölfe das Sagen in der Beziehung haben, wie genau diese Verbindung von Wolfsnatur und Nano-KI hierarchisch geregelt ist. Kiras Arbeit mit Winslow soll da Aufschluss geben. »Schade, dass ihr nicht sprechen könnt. Na ja. Noch nicht, hm?«

Plötzlich verlagert sich Winslows Aufmerksamkeit auf etwas hinter Kira, und sie dreht sich um.

Nadine, eine der permanent auf dem Bauernhof stationierten Soldatinnen, nähert sich ihnen. Sie verschränkt die Hände hinter dem Rücken und steht kerzengerade da in ihrem grün-braunen Tarnanzug und mit ihrem kurzen roten Haar. »Es hat einen Vorfall gegeben«, sagt sie unaufgeregt. »Die Wölfe haben im Wald eine der Drohnen ausgeschaltet. Die Black Box wird gerade ausgewertet …«

Kira zerwuschelt Winslow, der Nadine neugierig beobachtet, das Nackenfell. »Großes Treffen auf dem Stützpunkt also?«

»Ja. Ich fahre in zehn Minuten den Jeep vor.«

Nadine verkneift sich im letzten Moment das Salutieren. Es hat gedauert, bis Kira das bei allen hier durchsetzen konnte.

Die Soldatin nickt also nur und geht zackig davon.

Kira sieht Winslow an, der belustigt wirkt.

»Das ist nicht witzig«, sagt Kira. »Deine Verwandtschaft macht mir Arbeit. Und Sorgen. Das gibt euren *Fans* noch mehr Wasser auf die Mühlen.« Sie seufzt. »Na komm. Mal sehen, wen wir überreden können, den Babysitter für dich zu spielen. Beiß nicht wieder ein Kabel durch, hörst du? Und der Schrank mit den Süßigkeiten ist tabu.«

Kiras Smartphone schrillt, und sie holt es aus der Tasche ihres Laborkittels.

Es ist Vicky, ihre Frau.

Kira war schon eine Weile nicht mehr zu Hause, obwohl es von Dölmow nach Hamburg nicht so weit ist wie von Nevada oder Sibirien aus. Ihre Geheimhaltungsstufe und das alles sind bloß halb so schlimme Hürden, wie Kira tut, wenn sie wieder ein Wochenende verstreichen lässt, an dem sie nicht zu Vicky fährt.

Sie atmet tief durch und geht ran. »Hi. Ich kann gerade nicht. Der Oberst und die anderen hohen Tiere erwarten mich. Ein Notfall.«

»Alles in Ordnung?« Kira hört Missmut, aber auch echte Besorgnis in Vickys Stimme.

»Das Übliche. Mach dir keine Sorgen.«

»Tu ich aber. Immer. Das ist ein Kriegsgebiet, Kira.« Vicky sammelt sich. »Können wir heute Abend mal etwas länger reden? Mit Video vielleicht?«

»Sorry, ich meld mich später«, sagt Kira und legt auf.

Sie weiß, dass sie Vicky nicht anrufen wird, weder mit noch ohne Video, und dass das nichts mit der Dauer des Meetings in der Zone zu tun hat.

»Schau mich nicht so vorwurfsvoll mit deinen Wolfsaugen an«, sagt Kira mürrisch zu Winslow.

JOE

NOCH BEVOR JOE DIE TÜR des Mietshauses erreicht, tritt ein junger Typ an ihn heran, hält ihm ein pinkfarbenes Flugblatt wie einen Gestalt gewordenen Vorwurf unter die Nase. Der Kerl mit dem Cowboy-Hut, der ein eng anliegendes ProW@lf-Shirt trägt, hat einen ganzen Papierstapel unter den Arm geklemmt.

»Hey. Wär cool, wenn du das durchliest und dann die Petition online unterschreibst, Mann. Am besten noch heute. Das könnte die Wölfe retten. Nicht noch ein Genozid durch abgefuckte menschliche Hybris. Jede Stimme zählt.«

»Okay«, sagt Joe und nimmt den altmodischen, auch nicht gerade umweltfreundlichen Zettel entgegen. »Mach ich.«

»Cool. Danke. Schönen Abend noch.« Der Aktivist trottet zur nächsten Person auf dem Bürgersteig.

Oben im Treppenhaus trifft Joe seinen Nachbarn Samad, einen 76-jährigen Witwer. »Joe!«, sagt der ehemalige Taxifahrer freudig, und in seinem schneeweißen Bart zeichnet sich ein warmherziges Lächeln ab. »Mein Freund!«

»Hallo, Samad. Wie geht's?«

Sein Nachbar, dessen Frau noch vor dem Auftauchen der Cyborg-Wölfe in einem heißen Sommer an einem Herzinfarkt gestorben ist, winkt mit einer Hand ab. In der anderen hält er eine Tüte vom Späti und einen Zettel in grellem Pink. »Noch schaff ich die Treppen. Solang das geht, beklag ich mich nicht.« Samad ist stolz darauf, nie den Aufzug zu benutzen. »Aber lassen wir das. Erzähl mir lieber von dir! Hast du gerade einen aufregenden Fall?«

Joe will nicht unbedingt von dem Hehler erzählen, den er bei ein paar wütenden Klienten abgeliefert hat. »Vorm Brandenburger Tor war heute die Hölle los«, sagt er daher.

Samad nickt düster. »Kam in den Nachrichten. Sah übel aus. Warst du dort?« Er mustert Joe. »Hast du was abbekommen?«

»Mitten im Getümmel. Aber alles gut.« Joe schnippt mit den Fingern. »Weil wir uns gerade sehen, Samad ... ich hab die nächsten Tage außerhalb zu tun. Wirfst du bitte wieder ein Auge auf meine Post unten? Viele Briefe kommen ja eh nicht mehr, und ich hab auch nichts bestellt, nur ...«

»Du kannst dich auf mich verlassen«, erklärt Samad feierlich. »Bei der Hitze geh ich tagsüber nicht raus. Ich hab Zeit.«

Nickend kramt Joe seine Schlüssel aus der Hosentasche und macht den für seinen Briefkasten ab. »Danke dir.«

»Wo geht's denn hin?«, fragt Samad.

Joe zögert. »Ich muss nach Dölmow.«

»In die Sperrzone? Zu den Monsterwölfen?« Samad pfeift durch die Zähne. Sein Bart wackelt. »Was willst du denn da?«

»Soll jemanden finden.« Joe bremst sich. »Ich erzähl dir hinterher, worum's ging und wie's gelaufen ist, okay?«

Samad lacht. »Bei mir musst du keinen auf geheimnisvoll machen. Reicht, wenn du's bei den Ladys tust.« Dann wird der alte Mann auf einmal ganz ernst. »Pass auf dich auf, ja? Diese Dinger, die sind nicht natürlich. Hoffentlich werden sie bald erledigt. Bevor die Biester noch nach Berlin kommen. Die Schisser im Bundestag sollen einmal was richtig entscheiden. Für die Menschen. Nicht nur die Bonzen und die Industrie.«

»Hm.« Joe weiß nicht so recht, was er darauf erwidern soll, und sperrt seine Wohnungstür auf. »Ich muss noch packen, Samad ...«

»Ein Reservat!« Sein Nachbar hustet und wedelt aufgeregt mit der Hand. »Die ganze Welt lacht doch über uns. Vor ein paar Tagen hab ich erst mit einem meiner Cousins in Iran telefoniert. Der kann das gar nicht verstehen, was wir hier machen, weißt du? Und soll ich dir was sagen, Joe? Ich auch nicht! Wir hätten die Viecher gleich plattmachen sollen.«

»Na ja.« Joe dreht sich noch mal zu Samad um. »Das mit dem Plattmachen hat ja nicht wirklich geklappt. Wie auch immer.« Er ringt sich ein Lächeln ab. »Danke schon mal wegen der Post. Bis dann.«

»Lass dich nicht fressen«, sagt Samad, und während er mit seiner raschelnden Tüte und seinem eigenen Schlüssel hantiert, hört Joe ihn noch brummen: »Drecksungeheuer. Was gibt's da eigentlich zu diskutieren, frag ich mich ...«

MARIJA

MARIJA FÄHRT SCHNELL und aggressiv durch den nächtlichen Wald.

Durch die gesperrte, verbotene Zone.

Den Kosmos von Militär, Drohnen und Scannern.

Das Revier der Monsterwölfe.

Tagsüber arbeitet Marija als Fahrradkurierin in Dölmow. Das Ausliefern von Klopapier, Kartoffelchips und Kondomen gibt ihr keinen Kick, bezahlt aber die Rechnungen.

Ist fast schon surreal: Vor drei Jahren war Marija noch eine der besten Mountainbike-Rennfahrerinnen der Welt und eine Ikone des Extremsports, fuhr sie noch MTB-Rennen in den Pyrenäen, den Rocky Mountains oder den Dolomiten.

Jetzt fährt sie nur noch durch ein Siebentausend-Seelen-Kaff in der brandenburgischen Provinz.

Wenn es wenigstens eine Stadt mit halbwegs messbarem Puls wäre. Aber nein, Dölmow.

Ihr Ex-Mann Thomas hat es Marija nicht noch schwerer machen wollen, doch der Job als Tierarzt auf dem Land war immer sein Traum gewesen, und er passte zu seinem Bemühen, sich und in erster Linie ihre Tochter Anna aus der Schusslinie zu nehmen nach dem, was Marija getan, was ihr gemeinsames Leben in München zerstört hat.

Marija liebt und hasst ihn dafür noch ein bisschen mehr.

Im Anschluss an die Scheidung gingen Thomas und Anna nach Gorach. Marija blieb keine andere Wahl, als in den Nachbarort Dölmow zu ziehen, nur durch sechs Kilometer Landstraße von ihrer Kleinen getrennt – nah genug, um Teil von Annas Leben zu bleiben, sie regelmäßig zu sehen und bei sich zu haben, und doch weit genug weg, um so wenig Probleme wie möglich zu bekommen beim Tanz auf dem Scherbenhaufen ihres Familienlebens. Außerdem ahnt Marija, dass sie allein in der Stadt abgestürzt wäre, weil sie versucht hätte, den Verlust von Anna und ja, auch Thomas, mit Partys zu kompensieren. Und das hätte sie eher früher als später ihre kostbaren Nachrichten, Videochats und Wochenenden mit Anna gekostet.

Trotzdem braucht Marija in ihrem Leben einen Kick.

Sonst könnte sie das alles nicht durchstehen.

Also brettert sie nachts als Drogenkurierin auf dem Mountainbike durch den Wald der Wölfe.

Marija hat keinen Schimmer, was für Stoff sie am anderen Ende der Sperrzone aufliest und auf ihrer Rückfahrt nach Dölmow schmuggelt. Die Gangster im Ort haben hin und wieder mal Andeutungen gemacht. Über einen Chemiker an der Grenze, der besser ist als alle anderen im ganzen Osten, jedoch eine Fußfessel trägt – oder seit der letzten Pandemie das Haus nicht mehr verlässt. Oder über seltene Pilze, die seit Jahren hier im Waldgebiet gezüchtet und als halluzinogene Trüffel verkauft werden.

Vielleicht waren das aber auch alles nur Jokes.

Marija hat noch nie in den Rucksack geschaut, und sie wird es nie tun. Zu viel Wissen bremst einen, lässt einen zögern.

Sie weiß auch nicht, wer das *Paket* von der gegenüberliegenden Seite aus in den Wald bringt. Die Köche, Erzeuger, Farmer? Andere Fahrradkuriere? Bestochene Soldatinnen und Soldaten? Bauarbeiter, die dabei helfen, die von Warschau in Auftrag gegebene Mauer als Upgrade für die Grenzzäune hochzuziehen, und die sich im Gewusel der Baustellenabschnitte mit Blick auf die Wolfszone leicht mal zwischen den Bäumen davonstehlen und etwas im Reich der Bestien deponieren können?

Es ist Marija wirklich einerlei.

Sie weiß nur: Liegt in ihrem Briefkasten morgens die Speisekarte der Eisbombe, Dölmows einziger Eisdiele, dann ist das ihr Signal, hat sie später eine Nachtfahrt.

Gegen zwei oder drei Uhr zieht Marija ihre Kluft an. Der Körperwärme abschirmende Anzug, aber auch ihr Helm und ihr zweites Mountainbike, die sie nur für die Sperrzone nutzt, sind schwarz grundiert und mit weißen Code-Zeilen, Zahlenkolonnen, AR-Feldern und psychedelischen Mustern bedruckt. Die irritieren die meisten Kameras und Scanner der Bundeswehr, verwirren die künstliche Intelligenz. Modernste Camouflage-Technik. Außerdem hat sie vorne nur einen energiesparenden LED-Clip als Lampe am Bike, der schwaches, notfalls sofort ausschaltbares Licht spendet. Das bisschen Wärme, Elektrizität und Dreidimensionalität, das Marija noch bietet, wird von den Ausschau haltenden Dingen ignoriert – oder anderen Tieren mit Nanos im Körper und ersten kybernetischen Mutationen zugeschrieben.

So hat man es ihr zumindest erklärt.

Die Nummern der Eissorten, die auf der Karte angekreuzt sind, legen Marijas Zutrittspunkt, ihre Route und ihr Ziel fest, die von Mal zu Mal variieren. Das System besteht aus einer wechselnden Reihe von Strecken samt toter Briefkästen im östlichen Teil des Waldes. Die können alles Mögliche sein: ein alter Hochsitz, eine zerfallene Hütte, ein markanter hohler Baum, eine Vertiefung unter einem rankenüberwucherten Steindenkmal, eine Futterkrippe.

In die Zone reinzukommen ist leichter, als Marija anfangs erwartet hat. Entweder nimmt sie den Bolzenschneider aus ihrem Rucksack, oder sie nutzt eine bereits seit Längerem vorhandene Öffnung im Zaun, die ihre unbekannten Verbündeten vom Militär bei ihren Kontrollgängen geflissentlich übersehen – so, wie sie den Dealern in Dölmow auch die Routen der Patrouillen durchgeben.

Früher wurde die Ware mit Autos auf der Landstraße, mit Elektro-Motorrädern auf Feldwegen oder mit fliegenden Drohnen transportiert. Doch aufgrund der Überwachung durch die Bundeswehr und die vielen militärischen und polizeilichen Straßensperren um die Zone ist das zu gefährlich geworden.

In diesem stark kontrollierten Teil von Brandenburg scheint der Wald der Monsterwölfe derzeit noch am geeignetsten, um den Stoff nach Dölmow zu bringen.

Deshalb der direkte Weg hin und zurück. Kurz, unauffällig und so schnell wie möglich.

Mit der Betonung auf schnell.

Also prescht Marija nun halsbrecherisch durch die Finsternis, das Hoheitsgebiet der Bestien.

An ihrem Bestimmungsort angekommen, lehnt sie das Bike an den krummen Baum. Sie sieht sich kurz um und späht in die Dunkelheit. Schließlich nimmt sie das Päckchen, das irgendjemand hier in das verwaiste Eulennest gelegt hat. Verstaut es im Rucksack, setzt ihn wieder auf, schnallt den Gurt fest, dreht ihr Rad in Richtung Dölmow, steigt auf und fährt los.

Nicht lange, und sie hat erneut die Geschwindigkeit erreicht, die dafür sorgt, dass auch auf ihrer Rückfahrt der Wald und die Nacht nur so an ihr vorbeifliegen.

Es ist wie ein Tunnel.

Geschwindigkeit. Freiheit. Gefahr. Rausch.

Darum macht sie das.

Nicht für die Kohle.

Für den Kick, den sie braucht.

Ein Echo ihres alten Lebens auf der Überholspur.

JOE

NACH EINEM ABENDESSEN mit Pasta-Resten packt Joe seine Reisetasche: Klamotten, Zahnbürste, Rasierer, Waschzeug, Deo, MacBook, Kraupens Ausweise und das verschlüsselte State-of-the-Art-Smartphone, sein altmodisches Notizbuch.

Außerdem legt er seinen grauen Fedora bereit – Joe mag es nicht, das ewige Schnüffler-Klischee zu erfüllen, aber der Hut passt eben am besten zu seinem Kopf und seinem Gesicht, und ohne hält er es bei den Temperaturen in der Pampa garantiert nicht lange aus. Selbst in Berlin trägt er ihn immer öfter, und zwar keineswegs erst ab Juli.

Als er fertig gepackt hat, macht Joe es sich mit dem iPad auf dem Sofa bequem.

Eine Freundin bei der Kripo, die er noch vor seiner Rückfahrt aus Potsdam kontaktierte, hat Joe ein digitales Aktenpaket über das ProW@lf-Camp geschickt. Die Hintergrund-Checks der Leute dort sind die Reaktion der Behörden auf einige zu heftige Aktionen der Demonstrierenden vor der Sperrzone. Denkbar, dass in regelmäßigen Abständen immer mal eine Insektendrohne mit Gesichtserkennungssoftware durchs Lager fliegt.

In den nächsten zwei Stunden geht Joe das Dossier durch. Er ist auf der Suche nach einem notorischen Gewalttäter oder einem potenziellen Serienkiller, dessen Weg Lisa Kraupen im Zeltlager der Wolfsfans gekreuzt haben könnte. Sieht aber nicht danach aus. Ein paar Personen haben Vorstrafen, wenngleich nichts Wildes, meistens wegen Aktivismus oder Drogen. Vorbelastete Killer oder Psychos sind, zumindest laut diesen Aufzeichnungen, keine dabei.

Dafür das Fake-Profil von Sylvia Kraupens Tochter, das Joe jedoch auch keine neuen Hinweise zu Lisas Verbleib gibt.

Nachdem er mit den Akten fertig ist, recherchiert Joe noch etwas online zur Sperrzone.

Früh begegnet ihm das drastische Video aus dem Wald, das heute auch auf den gekaperten Bildschirmen der Demo am Brandenburger Tor lief.

Es hat Hunderte Millionen von Klicks.

Sowie er die Suche verfeinert, kommen aktuellere Clips.

Sie sind meistens aus einer gewissen Entfernung aufgenommen, von Smartphones, Drohnen oder Wildkameras, zeigen riesige Cyborg-Wolfskreaturen beim Überqueren einer Straße, auf einem Feld zwischen Solarmodulen, beim Trinken an einem so gut wie ausgetrockneten Bach, oder klar, am Rand von Wald und Zone.

Aber wer kann schon mit Sicherheit sagen, ob diese ganzen Videos echt oder KI-generiert sind, real oder Deepfake? Sehen alle Wölfe anders aus, liegt es an der Fantasie der Fälscher, oder verändern die Viecher sich dermaßen schnell und individuell?

Den Revolverblättern und Blogs ist es egal, da zählen sowieso nur Klicks, und den Verschwörungstheoretikern, Trollen, Aufwieglern, Politikern, Hatern liefern sie so oder so Munition.

Und warum scheinen sich Fans wie Gegner eigentlich zu wünschen, dass Wölfe und Nanos die Sperrzone schon verlassen haben? Das würde es für alle nur noch schlimmer machen, ökologisch, gesellschaftlich, politisch, militärisch.

Zwei Stunden lang sichtet Joe frisches Material aus Dölmow und Umgebung.

Ein junger Mann behauptet, ein Monsterwolf, mehr Maschine als Tier und so groß wie ein Auto, habe seinen Pudel Santagio auf einem Feldweg angefallen und mit drei Bissen verschlungen.

»Hätt' gedacht, er schafft's mit einem«, sagt Joe und klickt weiter.

Eine Frau aus Dölmow, deren Ehemann Joes Erfahrung nach einfach mit seiner oder seinem Geliebten durchgebrannt sein dürfte, kreidet den Bestien das Verschwinden ihres Gatten an. »Harald wäre nie ohne ein Wort gegangen«, heult sie im Brustton der Überzeugung. »Das ist nicht seine Art.«

»Vielleicht ja doch«, meint Joe zu seinem Tablet.

Danach stolpert er über ein Video, in dessen Kommentarspalte sich die Anhängerschaft von Verschwörungstheorien breitgemacht hat. Im Clip geht es um den überfüllten Regionalexpress Richtung Ostsee, der am Wochenende entgleist ist. Laut Comments kann das nur aufgrund eines Cyborg-Ungetüms passiert sein, das sich zum Zug verhielt wie der Eisberg zur *Titanic,* und nicht, wie es in den Nachrichten heißt, wegen eines Erdrutsches.

»Idioten«, murmelt Joe, und schon lädt das nächste, von einer anderen allgegenwärtigen KI vorgeschlagene Video.

Hinter einer Unterkunft für Klimageflüchtete, keine 20 Kilometer nördlich der Zone, soll ein mutierter Wolf auf spielende Kinder gelauert haben. Eine Politikerin stürmt im Rahmen des Beitrags rechts außen vor und fordert die konsequente Ausweisung aller eingeschleppten Unnatürlichkeiten und Gefahren.

Joe richtet sich etwas auf, als er ein Interview mit einem Soldaten findet, das erst vor ein paar Minuten hochgeladen wurde – von einer freien Journalistin, die sich in Dölmow aufhält. Einer attraktiven jungen Frau mit rotbraunem Pferdeschwanz, die kurz zu sehen ist, bevor sie ihre Smartphone-Kamera umdreht.

Sie hat das Gespräch anscheinend gerade in einer Art Dorfkneipe aufgezeichnet.

»Eure Einheit war heute im Wald, hast du eben erzählt?«, fragt sie den Soldaten auf Ausgang.

Der wirkt heiter, als hätte er schon ein paar Bier intus. Ein halb volles steht vor ihm. »Aber hallo«, antwortet er.

»Nun sag's ihr schon, Schröder!«, ruft jemand in der Nähe, den man nicht sehen kann.

»Halt die Klappe, Roos. Oder wirst du interviewt? Nein. Also.«

»Was habt ihr heute im Wald gesehen?«, versucht die Journalistin ihr spontanes Interview in geselliger Feierabend-Atmosphäre wieder auf Kurs zu bringen. »Ich hab von einem zerstörten Kampfläufer munkeln hören …«

»Topsecret.« Dieser Schröder grinst. »Die Frage ist außerdem nicht, was wir gesehen haben, Süße, sondern was wir *nicht* gesehen haben. Verstehst du?« Der Blick des Soldaten schrammt bedeutungsschwer knapp oberhalb der Kameralinse vorbei. »Wir konnten spüren, dass sie da sind und uns beobachten. Aber wir konnten sie nicht *sehen*. Nicht enttarnen. Trotz aller Technik. Aber man wusste, dass da etwas ist. Etwas Mächtiges.« Kurz sieht er ehrlich mitgenommen aus bei der Erinnerung. Joe erkennt es an den Augen, dem Mund. »*Das* sollte uns zu denken geben, oder? Wie killst du einen Wolf, den man erst sieht, wenn's zu spät ist? Ein ganzes Rudel? Eine Armee dieser Bastarde? Hm?«

»Einfach voll draufhalten!«, ruft der andere Soldat wieder von der Seite. »Wie wir's in der Grundausbildung gelernt haben.«

Gelächter und Jubel ringsum. Flaschen klirren aneinander. Jemand trommelt auf einen Tisch.

»Was bedeuten solche Erkenntnisse für die Stimmung auf dem Stützpunkt?«, fragt die Journalistin geschäftig über den Radau hinweg.

»Die Stimmung?« Der Soldat blinzelt. »Die ist super! Wir alle können es kaum erwarten, den Blechwölfen endlich richtig in den Arsch zu treten!«

»Auch wenn man sie nicht sehen kann?«

Nur ein kurzes Zögern. »Egal! Wir machen die Biester fertig!«

»Verstehe. Das heißt, beim Militär geht man von einem entsprechenden Abstimmungsergebnis im Bundestag aus? Von einer gewaltsamen Lösung?«

»Wovon denn sonst? Ich glaub kaum, dass sie die Wölfe zum Teetrinken nach Berlin einladen, oder?«

Noch lauteres Gelächter. Jemand legt dem Mann einen Arm um die Schultern und zieht ihn aus dem Bild.

Das Video ist zu Ende. Joe will es sich noch mal anschauen, noch mal den Ausdruck auf dem Gesicht des Soldaten betrachten, als er von der wölfischen Präsenz erzählt.

Aber da ist der Clip schon gelöscht.

Nur noch eine sachliche Textzeile, dass gegen Richtlinien der Plattform verstoßen wurde.

Joe reibt sich die Augen, wirft einen Blick auf die Uhrzeit und entschließt, noch etwas tiefer in den Kaninchenbau hinabzusteigen.

In die Wolfshöhle.

Je mehr er über die Sperrzone und Dölmow weiß, desto besser ist er dafür gerüstet, Lisa Kraupen aufzustöbern.

Als Nächstes klickt er allerdings den schnell geschnittenen Anime-Trailer an, der ein geplantes japanisches Streaming-Projekt über die Maschinenwölfe visualisieren soll und von der Plattform-KI hölzern untertitelt wird.

Im animierten Video geht es ganz schön blutig zu.

»Das gibt Albträume«, brummt Joe.

DW-7X

BLUT.

Er träumt von Blut.

Seinen langen Zähnen, die sich in Beute graben.

Fleisch.

Noch mehr Blut.

Als er erwacht, leckt er sich sofort über die Schnauze, über das Fell.

Und über das scharfkantige Metall, das aus seinem Körper ragt.

Nun schmeckt auch die Wirklichkeit nach Blut.

Wie kommt es aus seinen Träumen dorthin?

Er weiß es nicht.

Das passiert ihm in letzter Zeit öfter.

Diese Blackouts.

Lücken in seinen Erinnerungen.

Als hätte eine Krähe dem Kadaver seiner Erlebnisse etwas Entscheidendes entrissen.

Eine Nachwirkung der Veränderungen.

Des Krieges gegen die Menschen.

Der Dinge, die seinen Wolfskörper verwandelt haben.

Seine Sinne.

Sein Denken.

Seine Sicht der Welt.

Selbst seinen Wortschatz.

Neben seinen Wolfsgedanken ist da nun stets ein weiterer, konstanter Fluss an …

Anderen Gedanken.

Seine eigenen, und auch nicht.

Er versucht sich zu konzentrieren.

Die Herkunft des Blutes zu fassen zu kriegen.

Ein ungeduldiges Knurren entweicht seiner Kehle.

Er erhebt sich.

Richtet sich zu seiner vollen neuen Größe auf.

Das Metall an seinem massigen Körper scharrt über Steine und Wurzeln an den Höhlenwänden.

In seinen Gedanken sieht er wieder Blut.

Sprudelnd und spritzend.

Heiß und köstlich.

Blut. Blut. Blut.

Aber er kann nicht bestimmen, woher es kommt.

Plötzlich taucht das Bild eines Menschen in all dem Rot auf.

Einer jungen Frau.

Er hat sie schon ein paarmal im Wald gesehen.

Sie stammt aus einem der beiden Lager.

Dennoch ist sie so allein wie er.

Es zieht ihn stets zu den anderen Einzelgängern.

Als könnten sie gemeinsam einen Nachhall des alten Gemeinschaftsgefühls im Rudel erzeugen.

Wegen seiner Wut, seiner blindwütigen Raserei und seiner Aussetzer musste er das Rudel verlassen.

Es war das Beste.

Nur nicht für ihn.

Menschen sind normalerweise aber sicher vor ihm.

Die Dinge flüstern ihm zu, dass es weniger folgenschwere Beute gibt.

Er beobachtet daher nur.

Wieder leckt er sich über die Schnauze.

Stammt das Blut von der jungen Frau?

Die in den Wald ging, um alleine zu sein.

Dort seine Einsamkeit etwas linderte, ohne es zu merken.

Und dann von ihm zerrissen wurde.

In einem seiner Anfälle.

Aus blindem Zorn über seine Einsamkeit.

Über das Metall und die Dinge in seinem Körper.

Die Macht, die sie über ihn haben.

Oder hat er einfach nur wieder mal die Kontrolle verloren?

Er schiebt seinen mächtigen Leib aus der Höhle.

Das Metall drückt.

Fremd und vertraut zugleich.

Zwei Krähen flattern bei seinem Nahen vom Boden auf.

Setzen sich zeternd in einen Baum.

Ein Geruch steigt ihm in die Nase.

Noch mehr Blut.

Blut und Tod.

Er folgt der Fährte zum Fuß des bewaldeten Hangs.

Erleichterung durchströmt ihn.

Ein Rehkadaver.

Das Gefühl währt nicht lange.

Es muss nicht die Quelle des Blutes in seinen Träumen und Gedanken sein.

Was, wenn er die Frau schon Tage vor dem Reh zerfleischt hat?

Seine Erinnerungen an sie sich darum sofort nach dem Aufwachen mit dem realen Blut vermengt haben?

Wann hat er sie zum letzten Mal gesehen?

Er wünschte, er wäre bei seinem Rudel.

Um Antworten zu erhalten.

Für die Gemeinschaft.

Den Trost.

Doch er ist ganz allein.

Bis auf die Dinge in seinem Körper und seinem Kopf.

Und die machen alles nur noch schlimmer.

JOE

DER ERSTE WOLF, DEN JOE SIEHT, liegt tot auf dem Seitenstreifen der Autobahn, wirkt kein bisschen modifiziert oder mutiert.

Bloß eine weitere gescheiterte Kollision zwischen Mensch und Natur.

Nach seinem Treffen mit Sylvia Kraupen gestern hat Joe überlegt, ob er sich einen Fensterplatz im Zug buchen soll, da er den Umweltbonus für die nächste Einkommensteuererklärung gebrauchen könnte.

Elektroautos schön und gut, aber das reicht eben nicht, um die Welt zu retten. Falls das überhaupt noch möglich sein sollte – alle erinnern sich unter dem Dauerbeschuss von Hitze, Dürre, Waldbränden, Starkregen, Hagel, Überschwemmungen, Erdrutschen und Tornados reumütig an die verpassten Kipppunkte.

Doch die abgeschiedene Lage von Dölmow und der Sperrzone ließen ihn den Gedanken an den Zug letztlich verwerfen, und sein eigener Wagen ist ihm ohnehin lieber als ein verseuchtes Mietauto vom Verleih neben dem Hauptbahnhof in Cottbus.

Und so ist er am Morgen mit seinem Audi losgefahren.

Der hat schon ein paar Jahre auf dem Buckel und erfüllt gerade so alle Normen für Autos seiner Generation. Die Batteriekapazität ist noch einigermaßen okay, für Joes Arbeit in Berlin reicht sie normalerweise allemal.

Dennoch hängt er jetzt den Wagen an einer der alten Autobahntankstellen lieber noch einmal ans Netz – sicher ist sicher bei der Hitze, und wer weiß, wie die Einheimischen am brandenburgischen Ende der Welt über ihre Solar-Ladestationen wachen?

Benzin oder Diesel wird an der Tanke im Grunde gar nicht mehr gezapft, die Menschen saugen alle Strom und nutzen den Shop allein zum Betanken mit Zucker und Koffein.

Joes Outfit für die Fahrt besteht aus einer grauen Stoffhose, einem kurzärmeligen schwarzen Hemd, Stiefeletten und seiner Piloten-Sonnenbrille. Sakko und Fedora hängen hinten im Wagen.

Er kauft sich im Shop einen Kaffee und ein Croissant, setzt sich in den Schatten vor dem Gebäude, sieht dem Löwenzahn in den Betonrissen beim Wachsen zu und isst sein viel zu fettiges Gebäckstück, während der Audi lädt.

Auf Kraupens extra-stark verschlüsseltem Smartphone wischt und scrollt er sich bei seinem zweiten Frühstück durch die neuesten Nachrichten aus Welt und Wolfsland.

In der Nacht soll sich eines der Cyborg-Raubtiere aus dem Wald geschlichen, eine Oberleitung zerstört und mehrere Dörfer stromtechnisch kaltgestellt haben.

Keine Klimaanlage, kein Netz, kein Streaming.

Endzeitstimmung.

Wahrscheinlich waren es ein Sturm und ein Baum, ein Bagger oder ein Kran, aber die Spekulation allein bringt mal wieder Klicks, gerade jetzt, mit dem nahenden Showdown im Bundestag.

Joe nippt an seinem Kaffee, der sogar ganz okay schmeckt dafür, dass er nicht in Berlin gebrüht wurde.

In Spanien brauchen sie derzeit mal wieder keine Wölfe für Horror, die Region Valencia säuft im Regen ab, kaum dass man nach der letzten Flut wieder alles aufgebaut hat.

150 Liter pro Quadratmeter.

Land unter.

In diesem Kontext genauso deprimierend ist die Nachricht eines Terroranschlags auf eine erst letzten Februar frisch eingeweihte Entsalzungsanlage an der somalischen Küste, die dringend benötigtes Trinkwasser liefern sollte.

Joe seufzt. Am besten klickt er gleich zum guten alten Garfield. Vorerst bleibt er bei den News des Morgens.

Aus London kommen gleich drei Meldungen, die in einem Beitrag zusammengefasst wurden. Der König wünscht den Politikerinnen und Politikern des deutschen Bundestages viel Kraft und Weisheit in dieser schwierigen Stunde. Die englische Premierministerin erklärt derweil, dass man zur Not den Eurotunnel blockieren würde, bevor die Cyborg-Wölfe Großbritannien erreichen. Und ein Tory-Politiker macht sich für die Wiederbelebung der Fuchsjagd stark, um Vorfälle wie in Deutschland auf der Insel zu verhindern. Logisch.

Wesentlich lustiger ist da schon die schrille Nachricht, dass in den Alpen ein kybernetisch veränderter Braunbär gesichtet worden sein soll. Es gibt dieses Jahr eigentlich kein Sommerloch für die klassische Bärensichtung, also wird Meister Petz kurzerhand den Wölfen angepasst, die in aller Munde sind.

Ganz klar eine Ente, dieser Bär.

Joe legt Kraupens Smartphone auf das Tischchen, nimmt einen weiteren Schluck Kaffee und beobachtet eine Gruppe junger Leute um die zwanzig: Zwei Jungs und zwei Mädels, die ein paar Docks neben ihm ihren mit Campingkram vollgestopften Honda-Kombi aufladen. Auch sie haben Backwaren und Becher.

»Ich hoffe, wir kriegen auch ein paar Wölfe zu Gesicht«, sagt einer der Kerle gerade laut schmatzend. Er ist trainiert, hat braun gebrannte Haut und einen bürstenartigen Irokesen. »Will nicht nur Schilder hochhalten.«

»Die Wölfe bleiben bisher *in* der Sperrzone, Mattes«, erklärt eine der Frauen, langes schwarzes Haar und blasse Haut unter dem Strohhut.

»Vielleicht bricht ja gerade dann der Erste aus, wenn wir in der Nähe sind?« Mattes klingt von dieser Vorstellung ziemlich begeistert. »Das wär *so* cool. Die Wölfe sind das Geilste. Künstliche Intelligenz und ›der Stärkere überlebt‹ in einem!«

Er knurrt, heult wie ein Wolf und tut, als würde er die Schwarzhaarige beißen, die kreischt und dann kichert.

Die anderen beiden lachen auch.

Joe blendet das weitere Gespräch aus, schnappt sich wieder sein Smartphone und sieht nicht zum ersten Mal Lisa Kraupens aktuellstes Foto an.

Lisa Kraupen, die wie die vier da drüben am Tisch hierher kam, um für ihre Überzeugungen einzustehen, oder um bei einer großen Sache dabei zu sein, oder um gegen ihre Mutter zu rebellieren, oder was auch immer.

Auf dem Foto sieht sie happy aus.

Sie hat es ihrer Mutter kurz vor ihrem Verschwinden aus dem ProW@lf-Lager geschickt und, wie abgemacht, nie online gestellt.

Lisa trägt die blonden Haare schulterlang, die von Sylvia Kraupen erwähnte ID-verfälschende Hightech-Brille, hellblaue Jeans, ein weißes T-Shirt mit einem süßen Cartoon-Wolf darauf und auffällige, mit Glitzersteinen besetzte Turnschuhe in knalligem Pink, die nicht gerade nach Camping oder Trekking aussehen.

Wo die Kraupen-Prinzessin wohl abgeblieben ist?

Joe, der das Croissant schon jetzt bereut, steht auf, wirft den Maisstärke-Becher in die entsprechende Recycling-Tonne und steigt in sein fertig geladenes Auto. Fährt wieder los, fädelt sich in den Verkehr ein und beschleunigt auf die erlaubten 130 Stundenkilometer.

An einer Baustelle, wo der von zu viel Hitze aufgewellte Asphalt schnellstens ausgebessert werden muss, steht er lange auf der einen verbliebenen Spur im Stau, quält seine Klimaanlage und seine Batterie.

Als er wenig später der Anweisung des Navis folgt, die Autobahn verlässt und seinen Weg über schmale Landstraßen und durch kleine, teils wie ausgestorben wirkende Dörfer fortsetzt, überlegt Joe, auf Autopilot zu schalten. Doch erstens ist er nicht der Typ fürs Loslassen und Überlassen, und zweitens hat er das Gefühl, ein besseres Gespür für eine Gegend zu bekommen, wenn er sich ihr aktiv nähert.

Und so fährt er selbst zwischen schier endlosen Feldern mit Raps, Kartoffeln, Soja, Weizen, Sonnenblumen und Roggen hindurch, denen die Trockenheit sichtlich zu schaffen macht.

Joe weiß trotz seiner urbanen Wurzeln, dass Gen-Hacking die Pflanzen inzwischen früher und schneller wachsen lässt, damit sie vor dem alles verbrennenden Hochsommerhitze-Wahnsinn geerntet werden können. Doch langsam helfen auch diese Eingriffe in die Natur oder die nachgerüsteten Bewässerungssysteme um Zisternen und Hochbehälter für die immer längeren Dürrephasen in Frühling und Sommer nichts – oder Maßnahmen wie die Kolonne selbstfahrender Tanklaster mit Wasser für die geplagten Landwirte und Viehzüchter, die Joe unterwegs überholt.

Wenn das so weitergeht, werden die Erntedrohnen dieses Jahr wieder nicht viel zu tun haben.

Ein paar Bauern scheinen schon vor Jahren aufgegeben zu haben, auf ihren verpachteten Äckern reihen sich Solarmodule und Windräder. Andere beherbergen nun Serverfarmen statt Gewächshäuser.

Fünf Kilometer vor Dölmow kommt ein Bundeswehr-Checkpoint in Sicht: ein quadratischer, dunkelgrüner Container mit gepanzerten Glasscheiben, eine heruntergelassene rot-weiße Schranke, daneben drei Soldaten und eine Soldatin mit Gewehren sowie eine große tintenfischförmige Kampfdrohne auf vier segmentierten Spinnenbeinen.

Einen solchen militärischen Kontrollpunkt mitten in Deutschland zu sehen, auf dem Weg in irgendein Kaff in Brandenburg, wirkt auf Joe höchst befremdlich – als wäre er, ohne es zu merken, in ein anderes Land mit einem darin tobenden Krieg oder Bürgerkrieg gefahren. Oder zurück in die Zeit, als die Mauer noch stand, mehr als uralte *Geschichte* war.

Er weiß natürlich, dass es von Dölmow aus nur ein Wolfssprung bis in die militarisierte Zone ist.

Trotzdem.

Dank Sylvia Kraupens altmodisch gedruckten Ausweisen und zeitgemäß digitalen Dokumenten hält man ihn am Checkpoint nicht lange auf. Schließlich wird die Schranke geöffnet, Joe leidenschaftslos durchgewinkt. Beim Weiterfahren von Bewaffneten mit teilnahmslosem Blick verfolgt zu werden und die stoische Kampfdrohne hinter sich zu wissen, verstärkt Joes Eindruck, sich mit einem Mal in einer anderen Wirklichkeit zu befinden.

Joe ist so mit diesem unwirklichen Übertritt beschäftigt, dass er falsch reagiert, als kurz vor Erreichen des Dorfes ein fellbedeckter Schemen aus einem Feld direkt vor dem Audi auf die Straße springt. Er steigt erschrocken in die Eisen – normalerweise sollten Sensoren und KI des Autos verhindern, dass es ausbricht, aber in Joes Beruf muss er öfters unvernünftig fahren oder sogar absichtlich etwas rammen, weshalb ein befreundeter Hacker in Berlin den Audi vor und nach jedem TÜV ein bisschen umprogrammiert.

Der von seinen Fesseln befreite Wagen kommt ins Schlingern, bricht aus und schießt mit der Front voran in den unkrautüberwucherten Straßengraben. Die Airbags, die in Joes Gesicht explodieren, schlagen ihm die Sonnenbrille von der Nase. Das Auto kommt mit einem hässlichen Knirschen ruckartig zum Stehen, hängt mit nach oben gerecktem Heck schief im Graben und zischt vorwurfsvoll.

Joe wartet darauf, dass der Wolf die Autotür aufreißt und achtlos hinter sich schleudert, um Joe mitsamt Sitz und Gurt nach draußen zu zerren und zu tun, was gierige Cyborg-Bestien am Drive-in eben so tun.

Der Husky, der an seinem Seitenfenster hochspringt und die Pfoten ans Glas legt, jagt Joe zwar einen Mordsschrecken ein, ist jedoch nicht das befürchtete Untier.

Außerdem taucht neben dem Hund ein besorgt dreinschauender Mann auf, der den Husky am Halsband vom Auto wegzieht und die Tür öffnet. Er ist ein paar Jahre jünger als Joe, Anfang 30, und ein echter Retro-Hipster, bis hin zum Holzfällerbart.

»Scheiße, tut mir so leid!«, sagt der Kerl. »Sind Sie okay? Tut mir *so* leid. Manchmal hat Billy seinen eigenen Kopf. Brauchen Sie einen Krankenwagen?«

»Glaub nicht«, sagt Joe ein wenig benommen. Er befreit sich von seinem Gurt, der ihm in Brust und Hals gedrückt hat, und schwingt sich nach einer kurzen Selbstdiagnose mit leichtem Schwindelgefühl aus dem Auto.

Billys Besitzer fasst ihn am Arm und hilft Joe die Böschung hoch.

»Tut mir *echt* leid«, wiederholt der Hundehalter, der sein Tier halt null im Griff hat. Er klingt untröstlich. »Wow. Mann, ich hab mich *mega* erschreckt.«

Joe sieht den Typen, dessen Verkehrsrowdy von einem Schlittenhund schwanzwedelnd den im Graben versenkten Audi beschnüffelt, schief von der Seite an. Dennoch sagt er einigermaßen neutral: »Mir geht's gut.«

»Ihrem Auto leider nicht«, erwidert der Husky-Hipster.

»Fuck«, sagt Joe, der selbst nur wenig Ahnung hat, aber sogar er identifiziert den Neigungswinkel des Audi, das ungesund aussehende Rad und die herunterhängende Stoßstange als Probleme, die eine Weiterfahrt verhindern.

Er kraxelt zurück in den Graben, wehrt den neugierigen Husky mit der halbherzigen Andeutung eines Streichlers ab, klettert in den Wagen und fischt Jackett und Hut vom Haken hinten, seine heile Sonnenbrille unter dem Sitz hervor und sein exklusives Kraupen-Kommunikationsgerät aus der Mittelkonsole. Zumindest das Smartphone ist nicht durchs Innere des Autos geflogen.

Joes Erleichterung kippt, als er verwirrt feststellt, keinen Empfang zu haben, obwohl auf dem Display alles normal aussieht – bis auf die irritierende Abwesenheit von Signalbalken, was er seit dem Fall mit dem somalischen Jungen im U-Bahn-Tunnel nicht mehr erlebt hat.

»Anscheinend auch im Arsch«, sagt Joe und lässt sich erneut aus dem Graben helfen, der steiler und tiefer ist, als man annehmen würde. »Kein Empfang.«

Billys Herrchen nickt wissend. »Das ist normal hier. Funklöcher gab es in der Gegend schon immer, und die vielen Antennen, Schüsseln und Störsender von der Bundeswehr haben es nicht besser gemacht. Und wer weiß, was die Wölfe im Wald treiben? Sind ja bestens ausgerüstet, wie man so hört.«

Joe grunzt und schiebt das nutzlose State-of-the-Art-Spyphone in seine Tasche.

Der Retro-Hipster sieht ihn bedröppelt an. Plötzlich hellt sich seine Miene auf. »Wissen Sie was? Setzen Sie sich doch da drüben in den Schatten, und ruhen Sie sich aus. Kurz vor Dölmow, vielleicht drei Kilometer die Straße rauf, ist der Empfang wieder okay. Ich geh gleich los und schick Ihnen den alten Oskar.« Weil er Joes verständnisloses Gesicht sieht, erklärt er: »Ihm gehört der Schrottplatz, droben auf dem Hügel am Waldrand. Er ist der Einzige, der nicht zwangsevakuiert wurde, obwohl er in der Zone lebt, sozusagen mit einem Bein im Revier der Wölfe. Egal. Jedenfalls, er hat einen Abschleppwagen. Und den brauchen Sie ja wohl. Was mir *echt* leidtut, ich kann es gar nicht oft genug sagen …«

Sie tauschen über eine funktionierende lokale Schnittstelle zwischen den Smartphones ihre digitalen Visitenkarten, damit die Versicherungen sich bekriegen können. Danach geht der Hipster stramm in Richtung Dorf davon – ohne seinen Hund anzuleinen, der schon wieder im Zickzack auf der Straße herumläuft und irgendeiner Spur folgt. »Ich beeil mich!«, verspricht Billys argloser Besitzer winkend und marschiert dem Köter beschwingt hinterher.

Joe winkt verhalten zurück. So hat er sich seine Ankunft in Dölmow und diesem Fall nicht vorgestellt.

Genervt schlurft er über die Straße zu dem ausladenden Apfelbaum, der so verloren aussieht, wie Joe sich gerade fühlt, und lässt sich in dessen Schatten nieder, Rücken und Hinterkopf an den Stamm gelehnt. Er betrachtet seinen havarierten Audi, der zwischen den hohen Gräsern, Unkräutern, Blättern und Binsen eine Kunstinstallation sein könnte.

»Fuck«, sagt Joe noch einmal hingebungsvoll und fächelt sich mit seinem Hut Luft zu.

Weil er nichts Besseres zu tun hat, lauscht er die nächsten Minuten den Vögeln und Insekten. Es sind nicht mehr so viele wie noch vor zehn Jahren, und da waren es schon wenig.

Im Sitzen erscheinen die vordersten Reihen der Pflanzen auf den Feldern so hoch, dass Joe nicht viel von seiner Umgebung sieht. Als Stadtgewächs ist er nicht mal sicher, was da gedeiht, gegen Wassermangel und Dürre kämpft.

Er versucht, nicht an die Riesenwölfe zu denken, die im Feld herumschleichen könnten und für die er leichte Beute wäre.

In den Blogs und sozialen Medien rotierten schon vor Jahren, lange vor Auftauchen der Cyborg-Varianten, viele Horrorgeschichten über blutrünstige Wölfe in Deutschland.

Statt unheimlichem Wolfsgeheul, auf das ein Teil von ihm wartet, hört Joe nach einer Weile ein tiefes Blubbern und Brummen, das in die ländliche Klangkulisse schneidet.

Joe steht auf, blickt in alle Richtungen und erspäht schließlich den insektenhaften Bundeswehr-Kampfhubschrauber am Himmel, der immer näher kommt und dessen Rotoren bald alle anderen Geräusche übertönen. Aus einem Impuls heraus verlässt Joe den Schatten des Baumes und tritt in die Mitte der Straße. Der graue, wahrscheinlich von Kraupen entwickelte und gebaute Helikopter, dessen Raketen und Geschütze deutlich auszumachen sind, fliegt tief über Joe hinweg. Seine Wucht und sein Wummern beherrschen für ein paar Momente Joes ganze Wahrnehmung.

Joe fühlt sich sogar beobachtet, wenn nicht bedroht. Ob sie im Heli über den auf der Straße gestrandeten Idioten lachen, dessen Auto wie ein leckes Schiff wirkt?

Der Hubschrauber passiert lärmend die Straße, Dölmow und den Grenzstreifen. Am Waldrand dreht er zur Landung auf dem Stützpunkt ein.

Als der Hubschrauber für Joe hinter Häusern und Bäumen nicht mehr zu sehen und nur noch zu hören ist, nimmt er wieder im Schatten Platz und wartet auf den versprochenen Abschleppwagen.

»Wenigstens einer, der schon in der Wolfszone gelandet ist«, brummt Joe vor sich hin.

MARIJA

ES KOMMT ÖFTERS VOR, dass Marija wieder zu dem Moment zurückkehrt, in dem ihr Leben den Bach runtergegangen ist.

Manchmal schaut sie sich sogar ein Video der Szene an, die ihre Extremsport-Karriere, ihre Ehe, ihre Familie zerstört hat. Im Grunde genügt es aber, die Augen zu schließen.

Schon sieht sie die Bilder, aus ihrer Sicht und Erinnerung, und aus dem kollektiven Gedächtnis von Medien, Netz und Menschheit.

Sie war eine der Besten auf dem Mountainbike.

Fans umjubelten sie, Sponsoren und Veranstalter umgarnten sie, Glück und Geld flossen nur so.

Sie hatte Anna. Sie hatte Thomas. Sie hatte ihre Karriere. Sie hatte Fame. Sie hatte Spaß. Sie hatte alles.

Und alles war extrem – extrem mega.

Dann crashte bei einem Rennen in Österreich eine Konkurrentin in Marija hinein und kostete sie die Titelverteidigung, woraufhin Marija die Sicherungen durchbrannten. Sie vermöbelte die andere Fahrerin, die sich beim Sturz bereits den Arm gebrochen hatte. In den Live-Streams der Drohnenkameras und den mannigfaltigen

Wiederholungen sah man den Knochen, der sich mit jedem Tritt von Marija immer weiter durch die Haut bohrte, gut sichtbar in all dem Blut.

Die Sponsoren flüchteten regelrecht vor Marijas Namen, Werbevideos mit ihrem Gesicht verschwanden zehnmal schneller aus dem Netz als Rachepornos.

Außerdem wurde sie auf Lebenszeit gesperrt.

Der Zirkus zog ohne sie weiter, und Marija hockte nur noch in München herum und schaute sich die Rennen der anderen an. Mit jedem Tag mehr vergiftete es ihre Stimmung, ihr Wesen, ihr ganzes Leben.

Eine Privatinsolvenz und eine Scheidung später sitzt Marija nun in Dölmow fest, fährt mit ihrem High-End-Bike nur noch den ganzen Tag zwischen allen möglichen Läden, Firmen, Restaurants und Privathäusern als Kurierin hin und her.

Marija ist sich bewusst, das Produkt ihrer Umwelt zu sein.

Nicht nur der Sperrzone oder des Klimawandels. Corona folgten weitere Viren, zudem stieg mit den Temperaturen die Pollenbelastung, scheinbar ohne Obergrenze.

Deshalb ist der Bedarf an Waren, die man bewusst ressourcenschonend im lokalen Einzelhandel kauft, aber bis zu einem gewissen Volumen auf der Kurzstrecke klimafreundlich an die Haustür geliefert bekommt, immer größer geworden.

Für die steuerrelevante individuelle CO_2-Bilanz sind Fahrradkuriere ebenfalls ein Segen – der einzige Grund, wieso sie sich trotz Lieferdrohnen im Geschäft halten können.

Marija arbeitet auch tagsüber freischaffend und fährt die legalen Bestellungen, die auf der App für das lokale Online-Shopping in Dölmow reinkommen, gegen Provision aus.

Supermarkt, Bäcker, Metzger, Buchhandlung, Supermarkt. Supermarkt, Supermarkt, Apotheke, Bioladen, Supermarkt, Metzger, Bäcker, Apotheke, Paketstation. Bäcker, Supermarkt, Paketstation, Steuerberater, Apotheke, Metzger, Supermarkt. Bioladen, Paketstation, Florist, Supermarkt, Pizzeria. Pizzeria, Pizzeria, Pizzeria, Pizzeria, Pizzeria.

Mittags oder nach Feierabend der anderen wird es berechenbarer, was es Marija einerseits erleichtert, die Sache andererseits noch dröger macht.

Ihr Gegenmittel?

Natürlich Geschwindigkeit.

Marija überholt mit Vollspeed einen feuerwehrroten SUV, der von seinem Fahrer im ersten Gang gequält wird, und einen jungen Mann auf einem himmelblauen E-Bike. Sie kürzt über den kleinen gepflasterten Marktplatz ab, springt ohne langsamer zu werden auf den Gehsteig, fährt an der Apotheke, der Eisdiele und der Bäckerei vorbei und kommt vor der Buchhandlung Sterbach abrupt zum Stehen, was ihr Bike nach vorn federn lässt. Marija schiebt es zwischen den beiden liebevoll dekorierten Schaufenstern in den Laden, der über und über mit Büchern vollgestopft ist, in Regalen, auf Tischen, in Displays.

»Ich glaub, Michi ist schwer in dich verknallt«, sagt Gerhard, der Inhaber, als er unter die Theke greift und Marija die gepackte Tüte mit den Büchern für einen seiner

Stammkunden reicht. Gerhard trägt Jeans und ein verwaschenes Shirt mit dem Schild von Captain America darauf. In amüsierter Nachdenklichkeit streicht er sich durch den grau gesprenkelten Bart. »Ist schon seine dritte Bestellung diesen Monat über die App.«

»Hast du nicht gesagt, der ist ein Schnellleser oder so was?«, fragt Marija, die sich die Mühe spart, ihre verspiegelte Brille oder ihren Fullface-Helm mit Totenschädel-Design abzunehmen, den sie tagsüber mehr ihrer eigenen Identitätskrise zuliebe trägt. Hier in Dölmow ist er der totale Overkill. Ein Teil ihrer Rüstung, genauso wie die bunten Tätowierungen entlang ihrer Arme und Schultern: die Sterne, Tentakel, Blumen, Muscheln, Schmetterlingsflügel und Sonnen, und natürlich das verschnörkelte *Anna* über ihrem Herzen. Ihr Trikot und ihre kurze Hose, beide schwarz-blau getigert und aus UV-Licht filterndem Stoff, verdecken nur einen Teil der Körperkunst.

»Richtig«, antwortet Gerhard schmunzelnd. Er kann sich seinen Traumberuf Buchhändler-im-Kaff nur dank seiner Frau leisten, die als Notarin sehr gut verdient. Die Leute fördern sein Kulturerbe von einem Laden allerdings auch durch Bestellungen, außerdem verkauft Gerhard online antiquarische Krimi-Sammlerstücke, die schon lange out of print sind. »Aber früher hätte Michi kurz nach Ladenöffnung auf der Matte gestanden, wenn ein neuer Roman von Ivy Pochoda erschienen ist. Jetzt bestellt er ihn und wartet treudoof darauf, dass du ihm seinen Nachschub bringst. Und vielleicht mal den Helm abnimmst, wenn er Glück hat. Deine Mähne tanzen lässt und ihm ein Lächeln schenkst.«

Schnaubend verstaut Marija die Bücher in ihrem Rucksack.

»Ermutigst du ihn etwa?«, fragt Gerhard und grinst nun breit.

Noch ein Schnauben. »Am besten stopf ich die Dinger in den Briefkasten und fahr einfach weiter.«

»Hey.« Gerhard zieht die Augenbrauen hoch. »Das würde ihm garantiert das Herz brechen. Und mir auch.«

»Jeder kriegt, was er verdient«, sagt Marija, und sie muss es wissen.

»Wer könnte so einem Sonnenschein widerstehen?«, meint Gerhard. »Der arme Michi hat im Grunde *kei-ne* Chance.«

Marija zeigt Gerhard, den sie ziemlich gut leiden kann, den Mittelfinger und geht mit ihrem Bike nach draußen. Schwingt sich in den Sattel, guckt kurz über die Schulter, rollt los und tritt in die Pedale.

Sie kennt den Weg, braucht nicht mal mehr das Navi im integrierten Helm-Com, das ihr sagt, wann sie wo abbiegen muss. Dölmow ist ihr Revier geworden, ob ihr das gefällt oder nicht. Zumal sie bei vielen Kunden regelmäßig vorbeikommt. Menschen, die durch Viren, Phobien, Neurosen, Wetter, Pollen, Cyborg-Ungeheuer und anderes ein Stück zu weit in die Isolation getrieben worden sind, freuen sich über ein bekanntes Gesicht an der Tür. Manchmal zu sehr.

Natürlich gibt sie die unversehrten Bücher ordentlich ab und ist freundlich, ohne Michi falsche Hoffnungen zu machen. Er ist kein Creep, wirkt nur gestrandet und verzweifelt. Darin ähnelt er Marija, denn sie ist auch gestrandet und am Verzweifeln zwischen ihren Inseln – ihren kurzen Anrufen bei ihrer Tochter nach Schulschluss, ihren Nachrichten, ihren Stunden und Tagen. Davor und danach gibt es die vielen, vielen kleinen Inseln anderer Menschen, die Marija in der Hitze des Tages ansteuern muss.

Auf ihrer Fahrt zurück zur Hauptstraße kommt ein Anruf.

Marija berührt ihren Helm kurz an der Seite und nimmt ihn an.

»Marija-Mäuschen, bist du da?«, ertönt Antonios Stimme, als wäre eine KI mit übertrieben italienischem Akzent in ihrem Helm zum Leben erwacht.

Sie würde ihm gern mal sagen, wo er sich das Mäuschen hinstecken kann, aber sie ist auf seine Aufträge und das Trinkgeld der Leute angewiesen, denen sie Pizza, Pasta und alles andere von Antonios Speisekarte im *La Bastia* bringt. »Bin da.«

»Die ersten Bestellungen kommen rein.« Drei Mal die Woche macht Antonio auch mittags auf. »Bist du frei, oder soll ich Ivan erst mal mit dem Roller losschicken?«

»Der legt sich doch eh nur wieder auf seinen fetten Arsch, und deine feine sizilianische Soße wird Straßenbelag.«

»Höre ich da Sarkasmus, Marija-Mäuschen?«

»Never.« Marija meldet sich in der App für die nächsten zwei Stunden ab, jetzt wird erst einmal nur italienisches Essen ausgefahren. »Bin in fünf Minuten da.«

Marija stöhnt innerlich bei dem Gedanken an die vielen heißen, dampfenden, nach Essen riechenden Kartons und Schalen, die sie an die Haus- oder Wohnungstüren fremder Menschen bringen muss – Menschen, deren Namen sie sich nicht merken will, obwohl sich die Gesichter mittlerweile unweigerlich zuordnen lassen.

Vor ihrer ersten Fahrt für *La Bastia* tauscht sie dort ihren Rucksack gegen den isolierten Würfel-Ranzen, der auf Ewigkeiten den Geruch von Knoblauch verströmen wird.

Nach zehn Essens-Lieferungen bekommt Marija über die App eine Anfrage mit SOS-Priorität. Die ist für Notfälle, falls jemandem zum Beispiel unbemerkt ein wichtiges Medikament ausgegangen ist.

Marija sieht, dass der SOS-Call von Frau Zobling stammt, einer netten alten Witwe über fünfundsiebzig, die ganz allein in ihrem Haus wohnt. Frau Zobling braucht ein Medikament, mit dessen Einteilung sie nicht zum ersten Mal durcheinandergekommen ist. Die Apotheke an der Hauptstraße liegt auf Marijas Weg zurück zum Restaurant. Daher holt sie kurzerhand die diesmal ganz legalen Drogen und macht anschließend einen kleinen Umweg.

Sie fährt aus Prinzip schnell, ihre Pizzen und Nudeln kommen immer heiß an, aber jetzt haut sie extra rein.

»Marija!«, sagt Frau Zobling an der Tür, und jeder Buchstabe ist wie ein Stein der Erleichterung, der ihr vom Herzen fällt. »Ich danke dir. Du bist so ein Schatz.«

»Nicht der Rede wert.« Marija überreicht der alten Dame die Tüte aus der Apotheke. »Kommen Sie zurecht, oder soll ich Ihnen kurz helfen?«

»Das wär lieb.« Frau Zobling strahlt. »Ich mach uns einen Tee, ja? Und wir quatschen etwas?«

»Und nehmen die Medizin«, sagt Marija und setzt den Helm ab.

Frau Zobling, die sie noch nie auf den Totenschädel angesprochen hat, winkt nachlässig. »Ach, die Medizin – ja ja.«

Marija, den Helm in der Hand, lächelt grimmig. Sie hat schon seit Längerem den Verdacht, dass die einsame alte Dame absichtlich vergisst, ihren Medikamentenvorrat aufzustocken, um einen Grund zu haben, Marija via SOS zu rufen, die es meistens nicht über sich bringt, die Einladung zu einer Tasse Tee, zwei, drei Cookies und ein paar Erinnerungen an früher abzulehnen.

Und so gibt sie in der App an, Pause zu machen, ignoriert Antonios Anrufversuche und wütende Nachrichten und lauscht Frau Zoblings Geschichten über vergangene Zeiten und eine Ära, in der Marija noch nicht einmal geboren war.

Sie würde sich gern einreden, dass sie es deswegen tut, weil sich die SOS-Bestellungen lohnen und Frau Zobling auf diese Weise eine zuverlässige Kundin bleibt. Die Wahrheit ist jedoch, dass Marija fürchtet, es mit Anna eines Tages zu vermasseln, und dann ist sie die einsame alte Frau und muss darauf hoffen, dass sich jemand hin und wieder dazu erbarmt, ihr ein wenig Gesellschaft zu leisten, wenn sie es gar nicht mehr aushält.

»Hab ich dir schon mal erzählt, wie mein Jochen den Dackel der Nachbarn, Snoopy hieß der, aus der Katzenklappe befreit hat?«, fragt Frau Zobling munter.

»Nicht, dass ich wüsste«, sagt Marija und hört die Geschichte zum vierten Mal.

Sie muss aufpassen, nicht ganz wegzudriften oder einzudösen.

Es ist der Tiefpunkt der ländlichen, spießigen Dölmow-Langeweile.

Hoffentlich steht bald wieder eine Nachtschicht an, als Kontrastprogramm zu all der Eintönigkeit und Vorhersehbarkeit.

Marijas nächtliche Kurierfahrten abseits der App und der Straßen Dölmows sind aufregend, gefährlich und lukrativ. Sie ist sich darüber im Klaren, dass eine verantwortungsvolle Mutter ihr willkommenes Extraeinkommen und ihren dringend benötigten Kick nicht daraus ziehen würde, nachts mit einer Ladung Drogen durch ein gesperrtes Kriegsgebiet voller Militärs, Kampfdrohnen und Cyborg-Wolfsmonster zu rauschen.

Aber was soll sie machen?

Einmal extrem, immer extrem.

»Noch einen Keks?«, fragt Frau Zobling, und Marija greift roboterhaft danach.

JOE

HITZE UND LANGEWEILE backen Joe langsam.

Zum Glück lässt der vom Husky-Hipster in Aussicht gestellte Abschleppwagen nicht mehr lange auf sich warten. Mit einem Geräusch, das den Hubschrauber hätte übertönen können, kommt er aus Richtung Dölmow angefahren.

Joe tritt zur Sicherheit erneut auf die rissige, wellige Straße. Die Sonne brennt vom Himmel. Er schwingt sein Jackett hoffentlich lässig über die Schulter und hebt etwas verlegen den Arm.

Der Abschleppwagen ist ein schweres Ungetüm in verblassendem Dunkelblau, nachgebessertem Grau und rotbraunem Rost. Er stammt aus einer anderen Zeit, ist weder Elektro noch Hybrid, und irgendwie hat Joe so eine Ahnung, dass damit eine Lebenseinstellung zum Ausdruck gebracht werden soll. Joe hätte nicht gedacht, dass solche Dinger überhaupt noch gefahren werden können, ohne sofort die Polizei auf den Plan zu rufen, aber vielleicht sieht man das hier mitten im Nirgendwo nicht so eng.

Der Schlepper hält auf Joes Höhe, brummt im Leerlauf, lässt die Welt beinahe wie der Hubschrauber vibrieren. Das Fahrerfenster wird heruntergelassen. Joe sieht einen

Mann jenseits der sechzig: stechend blaue Augen, grauer Stoppelbart, dunkle Augenbrauenraupen, altmodische Latzhose über einem farblosen Shirt, eine verwaschene Cap von irgendeiner amerikanischen Football-Mannschaft im überfluteten Florida auf dem ergrauten Kopf.

»Tagchen. Du hast ne Pizza bestellt?«, sagt der ältere Mann. »Mit Dinkelteig und Bio-Artischocken?«

Joe spürt, dass seine Gesichtszüge entgleisen.

Der Fahrer zwinkert Joe zu. »Kleiner Scherz, keine Panik.« Die Tür des Abschleppwagens öffnet sich mit der Anmut einer Bunkerluke. Der Kerl, der auf die Straße klettert, ist schlaksig und groß gewachsen. Seine knorrigen Finger sehen nach schwerer Arbeit mit rauen Werkstoffen und viel Kraft aus. Dafür muss Joe die Hand nicht schütteln. »Ich bin Oskar.«

»Denzinger. Joe. Hallo.«

»Joe wie Josef?«, fragt Oskar interessiert.

Joe nickt skeptisch. »Ja?«

»Also Josef Denzinger?«

»*Ja?*«, macht Joe gedehnt.

»Nach dem Kirchenbaumeister benannt? Franz Josef von Denzinger?«

Joe, ziemlich ratlos ob dieser Wendung, zuckt mit den Schultern. Er denkt nicht, dass seine Eltern einen Kirchenbaumeister kannten, und es ist zu spät, sie zu fragen. Außerdem nennen ihn schon immer alle Joe, solange er zurückdenken kann.

Oskar grinst. »Du fragst dich sicher, was der alte Hinterwäldler im Blaumann über Kirchenbaumeister weiß, was?«

Eigentlich nicht, denkt Joe, und sein Blick wandert vielsagend zu seinem Auto.

Oskar kümmert das wenig. »Kunstgeschichte war das Fachgebiet meiner Tochter. Hat sie studiert. Ich hab sie manchmal vor Prüfungen abgefragt. Der Name ist wohl hängen geblieben. Ist mir gerade einfach ins Gedächtnis gesprungen.« Er schnippt sich gegen die Schläfe. »Plopp.«

War – das fällt einem Detektiv natürlich auf, aber Joe will nicht weiter nachfragen.

»Sie ist an Corona gestorben damals«, sagt Oskar von sich aus.

»Tut mir leid«, brummt Joe.

Oskar nickt und sagt nichts mehr zu diesem Thema. Endlich springt er, leichtfüßig wie eine Ziege, in den Straßengraben, geht einmal um den Audi herum und betrachtet ihn von allen Seiten. »Winde oder Kran?«, fragt er sich selbst. Zu Joe, der an die Kante des Dilemmas getreten ist, sagt er wiederum: »Kannst dich in meinen Truck setzen, wenn du magst. Manche Leute macht es nervös, wenn sie mir dabei zusehen, wie ich ihre Karre auf die Ladefläche bugsier'. Obwohl ich das schon tausend Mal gemacht hab. Und wenn's schiefgeht, kriegst du für den Schrotthaufen, der übrig bleibt, 'nen super Preis von mir. Versprochen.«

Oskar zieht verdreckte Arbeitshandschuhe an und geht zur Rückseite des Abschleppwagens, um alles vorzubereiten.

Joe entschließt sich, die Einladung anzunehmen und sich auf den Beifahrersitz der rostigen Monstrosität zu hieven. Nicht, weil er dem alten Kauz misstraut, sondern weil er keine Lust hat, noch länger in der Hitze rumzustehen und dabei das Klischee des panischen Autobesitzers zu erfüllen, der mit Argusaugen darauf achtet, dass nicht noch ein Kratzer dazukommt.

Im Inneren des anachronistischen Schleppers riecht es auf nicht unangenehme Art nach Zigarettenrauch, Fruchtbonbons und betagtem Polster. Irgendwie gemütlich. Joe fühlt sich richtig behütet, als käme hier nicht mal im Traum ein Cyborg-Monstrum rein.

Der schief pfeifende Oskar braucht weniger als zehn Minuten, bis der Audi aus dem Graben gehoben und sicher auf seinem Abschleppwagen festgeschnallt ist. Er selbst steigt beschwingt ein und wirft Joe seine Reisetasche auf den Schoß, die der ganz vergessen hat.

»So, das hätten wir«, sagt Oskar. »Ich würd dich ja gern zu ner Werkstatt fahren, aber …«

Joe zieht eine Augenbraue hoch. »Aber?«

»Dafür kommst du ungefähr fünf Jahre zu spät. Nellinger ist gestorben, und das war's mit ner Werkstatt in Dölmow und Umgebung.« Oskar schnalzt missbilligend mit der Zunge. »Der Ort ist ausgeblutet, ich sag's dir. So seltsam das jetzt klingen mag: Erst die Wölfe haben wieder etwas Leben hierhergebracht. Nur – zu was für einem Preis, hm?«

»Noch mal zurück zu der Sache mit der Werkstatt«, sagt Joe. »Und wer repariert jetzt mein Auto?«

»Tja. Ich würd vorschlagen, ich schlepp deine Kiste erst mal zu mir rauf. Auf meinen Schrottplatz.«

»Steht es so schlimm um unseren Patienten, Herr Doktor?«

Oskar lacht meckernd. »Nein. Ich schrotte und recycle, aber ich reparier auch das eine oder andere. Ich schau's mir einfach mal an. Wenn du willst. Kann aber nix versprechen.«

»Ich scheine gerade keine große Wahl zu haben.«

»Na, das klingt doch nach einem weiteren zufriedenen Kunden von morgen!« Oskar grinst, und auch Joe ringt sich zu einem Lächeln durch – er erwärmt sich für den alten Kerl, muss er gestehen. Erinnert ihn an Berlin.

Der schleppende Schrotter fährt sein schwer beladenes Ungetüm nach einem bestenfalls halbherzigen Schulterblick in die Straßenmitte, um zu einem ausschweifenden Wendemanöver anzusetzen. Joe fällt auf, dass seit dem Hubschrauber außer Oskar niemand sonst hier vorbeigekommen ist.

Oskar scheint seine Gedanken zu lesen, vielleicht hat er aber auch etwas Ähnliches gedacht.

»Was machst du überhaupt hier?«, fragt er, als sie Kurs auf Dölmow nehmen. »Wirkst anders als die üblichen Spinner und Aasgeier, die hierherkommen.«

»Spinner?«

»Die Umweltschützer.«

»Ah.«

»Bist keiner von denen, nur mit besserem Kleidergeschmack, oder?«

»Nein.«

»Gut. Die meisten aus der Ecke sind komplett drüber. Dann bist du ein Aasgei… ein Reporter?«

»Consulting«, sagt Joe glatt, denn das ist es, was auch seine Kraupen-Unterlagen besagen. »Ich berate eine Firma, für die der Konflikt in der Zone nicht ganz unwichtig ist. Soll mir mal ein Bild machen, ohne den Filter von Militär und Medien.«

»*Verstehe*«, macht Oskar verschwörerisch. »Mit der Abstimmung im Bundestag nächste Woche und so sicher keine schlechte Idee. Denkst du, die in Berlin werden dafür stimmen, den Wölfen endgültig den Garaus zu machen?«

»Ich weiß es nicht«, sagt Joe ehrlich.

Gut möglich, dass es infolge der Abstimmung am Ende auf menschlicher wie auf tierischer Seite nur Verlierer geben wird.

Nur eine Menge Opfer.

Vorher muss er Lisa Kraupen finden und nach Hause schaffen.

Dölmow kommt immer näher. Aus den Feldern werden Wiesen mit verdorrtem Gras. Windräder drehen sich träge und werfen ihren außerirdisch wirkenden Schatten. Joe kann Details der ersten Häuser erkennen, Solarpaneele auf so gut wie jedem Dach.

Oskar fährt Dölmows s-förmige Hauptstraße entlang, an der sich Läden, Wohnhäuser und ein paar ehemalige Bauernhöfe aufreihen, mit weiteren engen Wohnvierteln und einem Neubaugebiet dahinter. Sie müssen an einer roten Ampel halten. Auf der Straße sind Menschen jeden Alters unterwegs, zu Fuß, auf dem Fahrrad, dem E-Bike, mit dem Auto. Nicht nur die Kinder tragen Caps, viele Erwachsene auch Sonnenhüte.

Dölmow könnte ein ganz normales Dorf im ostdeutschen Hinterland sein, und nicht die letzte Bastion menschlicher Zivilisation vor der Sperrzone mit den verwandelten Raubtieren.

Joe sieht allerdings auch einige Soldaten und Soldatinnen, die wohl dienstfrei haben. Ein paar lassen sich ein Eis in der Eisdiele an der Hauptstraße schmecken. Andere sehen indes aus, als wären sie im Dienst, als wollten sie Präsenz zeigen, Sicherheit vermitteln, Stärke demonstrieren, obwohl die Zone ein paar Kilometer entfernt ist.

»Gewöhnt man sich an die Soldaten und die Checkpoints?«, fragt Joe spontan.

»In letzter Zeit übertreiben sie's«, sagt Oskar genervt, schaltet bei Gelb und fährt weiter.

»Machen sie sich Sorgen, dass die Wölfe ins Dorf kommen?«

»Nicht die Wölfe.«

»Sondern?«

»Saboteure.« Oskar spricht das Wort noch verächtlicher aus als *Soldaten.* »Nich alle Umweltschützer begnügen sich mit Sit-ins, Plakaten und Sprechchören. Bei einem haben sie Sprengstoff gefunden neulich. Außerdem gibt es wohl ein Problem mit Gewehren, Munition und sogar Raketen, die vom Stützpunkt in der Zone verschwunden sind. Waffenschmuggler, glaubt man der Gerüchteküche in der Dorfkneipe. Apropos.« Oskar fährt rechts ran. »Da wären wir.«

Joe mustert die gelbe Fassade des langen, mehrstöckigen Fachwerkhauses, vor dem Oskar angehalten hat.

»Das sieht nicht wie ein Schrottplatz aus«, sagt Joe skeptisch.

»Ich schmeiß dich hier raus. Ist das beste Gasthaus im Ort. Und das einzige.«

»Dann hab ich vielleicht sogar ne Reservierung, warte mal …« Joe, der inzwischen wieder Empfang hat, scrollt durch die Nachrichten auf dem verschlüsselten Kraupen-Kommunikator.

»Ist schwer, ein Zimmer zu kriegen«, sagt Oskar. »Journalisten ohne Ende. Viele Privatleute vermieten Zimmer. Sind heiß begehrt. Gibt gutes Geld.«

»Hast du auch wen aufgenommen?«

»*Ich?* Nä. Ich mag keine Fremden auf meinem Schrottplatz.«

»Hm«, macht Joe abwesend. »Ah. Hier. Zur Schwalbe? Da hat man mir ein Zimmer reserviert.«

»Muss deine Leute einiges gekostet haben«, sagt Oskar. »Oder denkst du, sie haben jemanden umgebracht, damit ein Zimmer frei wird? Kennst du so wichtige, gefährliche Leute, Joe?«

»Wer weiß? Ich würde mir mit meiner Karre lieber Mühe geben.«

Oskar gibt sein meckerndes Lachen zum Besten, während Joe mit Reisetasche und Jackett in der einen Hand ungelenk aus dem Truck klettert.

Die altmodische Visitenkarte entgegenzunehmen, die Oskar ihm reicht, wird zur Zirkusnummer.

Oskar amüsiert sich. »Ruf morgen früh mal an, vielleicht kann ich dann schon was zu unserem Patienten sagen.«

»Mach ich. Danke für deine Hilfe. Bis dann.« Joe wirft mit einiger Mühe die Tür des Abschleppwagens zu, hebt noch mal die Hand, dreht sich um – und wird fast von einer Fahrradkurierin umgemäht, die wie ein rücksichtsloser Husky auf dem Gehsteig an ihm vorbeizischt. Sie trägt einen schwarz-blau getigerten Anzug und einen Helm im Totenschädel-Look, der mit einer Brille ihr Gesicht verbirgt.

»Das kann ja heiter werden«, murmelt Joe wenig begeistert, sieht der Kurierin nach und betritt den Landgasthof.

TARIQ

DAS NACHRICHTENTEAM, das nur aus zwei Personen besteht, ist von der zerstörten Drohne im Wolfswald sichtlich begeistert.

Sie *lieben* die furchenartigen Kratzer im Metall.

Die faustgroßen Kameradrohnen, die von einer Frau mit Pferdeschwanz und Flecktarn-Cap via Smartglasses und Gesten gesteuert werden, fliegen von allen Seiten um die Senke, während der in Hemd, Jeans und Schutzweste gekleidete Reporter den Zuschauenden die Szene erklärt.

Tariq hat keine Ahnung, wieso *Prime News* trotz der zu erwartenden Signal-Aussetzer eine Liveübertragung versuchen darf – oder weshalb der geschniegelte Typ eine kugelsichere Weste trägt. Für die Cyborg-Wölfe wären die und seine steife Gel-Frisur höchstens Kaugummi.

Auch erwähnt der Reporter in regelmäßigen Abständen, dass ein Dutzend schwer bewaffneter Soldatinnen und Soldaten sowie vier Kampf-Bots zu ihrem Schutz hier sind, weil sie sich praktisch in der Höhle der Wölfe befinden.

Klare Sache: Hier geht es nur um stumpfe Propaganda, und Tariq ist nicht so naiv, dass er deren Wirksamkeit bezweifeln würde.

Dass sie dafür ihr Leben riskieren, kann ein Teil von ihm trotzdem nicht fassen.

Besser nicht drüber nachdenken, was seine Eltern dazu sagen würden.

Er steht mit dem Rücken zur Senke und beobachtet den scheinbar friedlichen Wald, der sich trotz Baumsterben wie eh und je ins Unendliche zu erstrecken scheint.

Niemand aus seiner Einheit muss etwas sagen oder Blickkontakt suchen. Sie wissen alle, dass die Wölfe hier sind, sie beobachten.

Das Gefühl ist noch stärker als gestern.

Vielleicht sind es heute mehr Tiere, wenn man diese Bestien überhaupt noch so nennen kann.

Die Scanner der Drohnen am Boden und in der Luft oder die Satelliten im All mögen nichts anzeigen, aber das dürfte nur den Cloaking-Fähigkeiten der anpassungsfähigen Cyborgs zuzuschreiben sein. Im Lager geht sogar das Gerücht um, dass die nano-befeuerte Evolution der Wolfsmutanten sie inzwischen dazu befähigt, Netzwerke zu hacken und gezielt Fehlinformationen einzuspeisen.

Endlich ist der Reporter mit seiner Berichterstattung in der Senke fertig, und sie können sich auf den Rückweg machen, den die Drohnen der Kamerafrau ebenfalls einfangen. Jede Sekunde Filmmaterial aus der Sperrzone ist kostbar.

Tariq muss an sich halten, nicht nach den fliegenden Augen zu schlagen, die gelegentlich dicht an seinem Kopf vorbeisummen.

Der Eindruck, beobachtet zu werden, hat nichts mit den Kameradrohnen zu tun und verfliegt nicht. Im Gegenteil, er wird noch intensiver, kribbelnder, brennender.

Tariq, der ausgerechnet mit Schröder die menschliche Spitze ihrer von großen und kleinen, stapfenden und schwebenden Drohnen flankierten Kolonne bildet, umklammert sein Gewehr fester als nötig. Er wurde dazu ausgebildet, in jeder Situation wie ein Soldat zu reagieren. Allerdings würde er in diesem Moment nicht drauf wetten, dass er die Waffe heben und feuern könnte, sollte plötzlich ein Wolf vor ihnen stehen, ob er nun auf vier oder auf zwei Beinen geht, so groß wie ein Bär oder – in manchen Fällen – ein Traktor ist.

Die beiden Bots, die ihre Vorhut bilden, reagieren als Erste auf das plötzlich einsetzende Rascheln und richten ihre Waffen auf ein Dickicht neben dem Pfad. Doch sie feuern nicht – aufgrund der wochenlangen Hitze ohne einen Tropfen Regen herrscht erhöhte Waldbrandgefahr, also hat man die Schussbereitschaft der Kraupen-Kriegsmaschinen weit heruntergesetzt.

Tariq und Schröder ballern dagegen drauflos.

Sie halten voll auf das Gebüsch drauf.

Die Luft ist voller Patronenhülsen, Blätter, Zweige und Rauch.

Damit wäre für Tariq auch die Frage beantwortet, ob er im Falle eines Falles schießen könnte.

Irgendwann hört er ihren Gruppenführer über das Geratter der Gewehre rufen.

»Feuer einstellen!«, brüllt Peters winkend und mit rotem Gesicht, und das wohl schon eine ganze Weile.

Endlich folgen Tariq und Schröder dem Befehl.

Ihre Waffen qualmen.

Erstaunlicherweise fühlt Tariq sich befreit. Nicht so sehr, weil er geschossen hat, sondern eher, weil das Gefühl, von übernatürlichen Wolfsaugen beobachtet zu werden, verflogen ist.

»Denkt ihr Genies wirklich, dass in dem winzigen Busch ein Monster hockt?«, fragt Peters.

»Jetzt vermutlich nicht mehr«, sagt die Kamera-Technikerin von *Prime News*, wofür Peters sie mit einem Blick bedenkt, der bei vielen auf der Basis für schlaflose Nächte sorgen würde, doch die Nachrichtenfrau richtet nur dirigierend ihre Drohnen um den Busch aus.

Hauptfeldwebel Peters wendet sich wieder Tariq und Schröder zu. »Sehen wir mal nach, was unsere Jäger erlegt haben«, knurrt er.

Tariq und Schröder schauen einander an.

»Heute noch!«, schnappt Peters.

Also greift Tariq sich ein Herz und schiebt die Äste und Blätter, die ihren Angriff überlebt haben, mit dem Stiefel zur Seite.

»Und?«, macht Peters ungeduldig.

»Ich weiß nicht«, sagt Tariq.

»Ob ihr was getroffen habt?«, fragt Peters fassungslos.

»Was es mal gewesen ist«, präzisiert Tariq mit einem angewiderten Blick auf die Pfütze aus Fleisch, Knochen, Innereien, Blut und Fell.

»Könnte ein Hase gewesen sein«, sagt Schröder, der neben Tariq getreten ist. »Oder eine Wildkatze. Kann man echt nicht mehr sagen, Hauptfeldwebel. Ist nur noch Brei mit Fellfetzen.«

»Wir senden immer noch live«, raunt der Reporter hinter ihnen. »Wie Sie sehen, liegen die Nerven in der Wolfszone blank. Das Leben in direkter Nähe zu den Monstern hinterlässt seine Spuren – selbst bei den Tapfersten von uns.«

»Hoffentlich habt ihr die Show genossen«, murmelt Peters. Er sieht aus wie ein Mann, der nicht weiß, wem er zuerst Gewalt antun will. Fast bewundert Tariq ihn dafür, dass er sich gleich wieder im Griff hat. »Also schön«, sagt der Hauptfeldwebel laut, aufgeräumt und geschäftig. »Die beiden Meisterschützen stellen sicher, dass ihre heißen Patronenhülsen keinen Waldbrand auslösen. Kippt zur Not eure Wasserration drauf. Vogt, Kümmel, nach vorn. Schröder und Zidan übernehmen dafür die Nachhut, wenn sie fertig sind. Abmarsch.« So leise, dass nur Tariq es hören kann, murrt er: »Kein Wolf weit und breit, aber lauter Idioten ...«

JOE

DER GASTHOF ZUR SCHWALBE an Dölmows Hauptstraße ist die einzige Schwalbe in der Gegend. Joe kann sich gar nicht mehr erinnern, wann er zum letzten Mal eine echte Schwalbe gesehen hat – sind die nicht schon ausgestorben?

Das im Fachwerkstil gebaute Motel ist trotz seines Namens kanarienvogelgelb gestrichen, allein die Holzbalken haben die Farbe eines Schwalbenflügels. Innen könnten das Weiß und die gelben Streifen unterhalb der Decke eine Auffrischung vertragen; Boden, Türen und Möbel sind auch aus dunklem Holz. Tritt man durch die rustikale Eingangstür, steht man direkt in einem Raum mit zwanzig Tischen, der an eine Kneipe erinnert. Neben dem langen Tresen mit der Bar dahinter führt ein Gang wohl zur Küche, eine halb geöffnete Schiebetür zu einem weiteren Saal mit Tischen und Stühlen, und eine Treppe wahrscheinlich zu den Gästezimmern im ersten und im zweiten Stock.

Im Schankraum sitzen ein sportlicher Schwarzer mit Brille, Anzughose und blauem Hemd, ein älterer weißer Typ mit blondem Vollbart, braunen Bermudas und grünem Poloshirt sowie eine hübsche junge Frau mit gebräunter Haut, rotbraunem Pferdeschwanz, Jeans und einem schwarzen Top.

Joe erkennt sie aus dem Video von gestern Abend wieder, dem Interview mit dem Soldaten, der über die Wölfe im Wald berichtet hat. Wahrscheinlich sogar hier drinnen.

In natura ist sie noch hübscher als auf dem Bildschirm.

Joe, die Sporttasche an der Seite, durchquert den Raum. Der Brillenträger blickt flüchtig auf und nickt ihm zu, ohne im Tippen innezuhalten, die beiden anderen beachten Joe gar nicht. Joe setzt eine gleichgültige Miene auf und tritt an die Theke, die dem Computer nach zu urteilen Bar und Rezeption in einem ist. Eine Frau in den Fünfzigern, mit mittellangen grauen Haaren, einem hellblauen Sommerkleid und einer schweren Halskette aus grünen Steinen, sitzt hinter dem Tresen und klickt sich durch ein Menü oder einen Dienstplan. Womöglich spielt sie auch Solitaire oder Poker, Joe kann nicht auf den Monitor schauen.

Sie beendet ihr Rumgeklicke. »Guten Tag«, sagt sie zu Joe.

»Hallo.« Er stellt seine Tasche ab. »Ich bin wegen einem Zimmer hier.«

»Probieren Sie's im September wieder«, erwidert die Frau amüsiert.

Joe runzelt die Stirn.

»Wir sind ausgebucht«, erläutert sie. »Nichts mehr frei. Einen Blogger aus Wien haben wir schon in einem Abstellraum einquartiert. Sechs andere von denen« – sie nickt vage in Richtung der Schreibenden – »teilen sich ein Doppelzimmer und schlafen abwechselnd auf dem Sofa und in der Badewanne. Das ist kein Witz«, fügt sie hinzu. »Wir haben kein Zimmer mehr frei, tut mir leid.«

»Hm.« Joe holt sein Kraupen-Phone aus der Tasche, das wieder Empfang hat, und hält der Frau das Display mit seiner Reservierungsmail entgegen. »Sind Sie sicher?«

Sie beugt sich skeptisch ein Stück nach vorn. Ihre Steinkette streift klackernd über den Tresen. »*Ah*«, macht sie und lehnt sich wieder zurück. »Der besondere Gast, für den wir *un-be-dingt* ein Zimmer freimachen mussten, koste es, was es wolle.«

»Nicht wirklich besonders«, wiegelt Joe ab. So was ist ihm unangenehm. »Aber das freie Zimmer nehm ich trotzdem.«

»Doch, doch«, beharrt die Frau. »Sie sind besonders. Oder die, für die Sie arbeiten.«

Sie sagt es in einem Ton, der Joe dazu veranlasst, zu erklären: »Erst seit Kurzem.«

Ihre Miene zeigt ihm, dass es das nicht besser macht. »Ihr Zimmer ist leider noch nicht ganz fertig. Der preisgekrönte Journalist aus Frankfurt, den wir mit einer fadenscheinigen Erklärung rauswerfen mussten, hat seinen Check-out aus Wut so lange hinausgezögert wie möglich. Wir brauchen noch etwas, um das Zimmer für Sie herzurichten. Hoffentlich entspricht es dann voll Ihren Vorstellungen.«

Joe quittiert ihren Sarkasmus mit einem schiefen Lächeln.

Sie bleibt auf Kurs: »Nehmen Sie doch bitte noch einen Moment hier unten Platz. Ich gebe Ihnen sofort Bescheid, wenn das Zimmer so weit ist. Kann ich Ihnen etwas zu trinken bringen?«

»Ich hatte kurz vor Dölmow einen Unfall und hab ziemlich lange in der Hitze gewartet, bis der Abschleppwagen gekommen ist.« Joe ist sich nicht zu schade, die Mitleidskarte auszuspielen. »Eine kalte Cola wär wirklich super, falls das geht.«

»Sicher doch. Mit Eiswürfeln, oder ohne?«

Joe weiß, dass es hier keine richtige Antwort gibt. »Ähm.«

»Also mit.« Sie gleitet von einem ergonomischen Hocker, der wie ein Folterinstrument mit Giger-Design oder etwas aus einem Sexshop aussieht, und kommt hinter dem Tresen hervor. »Auch etwas zu essen? Ich frag gern in der Küche nach, ob mein Bruder für unseren besonderen Gast noch etwas zaubert. Wäre ein Schnitzel genehm?«

»Ich bin Vegetarier.« Joe windet sich innerlich. Er weiß, dass das auf dem Land noch immer schwieriger ist als in der City. »Ein Teller Pommes würde reichen. Danke?« Joe gibt sich größte Mühe, so unkompliziert und so dankbar wie möglich zu wirken, doch sie schnaubt nur und lässt ihn im Grunde einfach stehen. »Dann setz ich mich mal«, sagt Joe zu sich selbst und steuert den nächsten Tisch an, wo er sein Gepäck abstellt und sein Jackett ordentlich über eine Stuhllehne drapiert.

Die Sitzgelegenheit daneben, die er sich zurückzieht, schabt laut über die Holzdielen.

Der ältere, bärtige Journalist wirft Joe einen genervten Blick zu, den er sich auch in Kreuzberg hätte einfangen können. Die anderen beiden sehen noch immer nicht auf.

Mit einem Mal fühlt sich Joe unendlich müde und bleischwer, und genauso lässt er sich auch auf den Stuhl fallen, der unter seinem Gewicht höllisch laut knarzt.

Joe seufzt. Noch keine Stunde hier, und er ist schon jetzt total im Arsch, dabei hat er nicht mal mit seinen Ermittlungen begonnen – genau genommen hat er noch nicht mal ausgepackt.

Er schlägt die Beine übereinander und holt das Smartphone aus der Tasche, damit er nicht doof in der Gegend rumglotzen muss, obwohl er die Journalistin ganz gern noch etwas näher in Augenschein nehmen würde, wenn er ehrlich sein soll.

Der Gedanke verfliegt schnell: Er hat eine Nachricht von Sylvia Kraupen, die wissen möchte, ob er schon in Dölmow angekommen ist.

Bevor Joe sicher ist, dass er ihr von dem Unfall erzählen will, kommt die Cola mit Eis, wenig später folgt eine Porzellanschale voller dick geschnittener, schön salziger Pommes.

»Brauchen Sie Ketchup?«, fragt die Frau von der Rezeption, doch Joe verneint sofort, sodass sie sich wieder auf ihren Alien-Hocker hinter dem Tresen zurückzieht und weiter durch Buchhaltung, Schlagzeilen oder Spielkarten klickt.

Die nächsten Minuten widmet Joe sich den Fritten und der Cola. Weil er noch keine Gelegenheit hatte, sich die Hände zu waschen, und kein kleines verpacktes Desinfektionstuch auf dem Rand der Schale lag, wickelt er Messer und Gabel aus einer Serviette und isst die Pommes wie der letzte Snob.

All die Viren der letzten Jahre haben einiges verändert.

Seine Cola geht viel zu schnell zur Neige, und so macht er trotz Durst bewusst langsam, denn er will keine zweite bestellen.

Da spürt er, dass jemand an ihm vorbeigeht, und schon im nächsten Moment sitzt ihm die Reporterin gegenüber.

Aus Nichtbeachtung wird übergangslos Interesse.

»Ein besonderer Gast also«, sagt sie und mustert Joe mit unverhohlener Neugierde, wie Joe sie seit dem Schulhof nicht mehr erlebt hat. »Interessant.«

Joe greift nach der Serviette und wischt sich Fett und Salz von den Lippen. »Nur, wenn es wirklich so besonders ist, hier ein Zimmer zu kriegen. Oder eine Cola.« Weil seine neue Freundin hinter dem Tresen telefoniert, flüstert er übertrieben: »*Mit Eis*.«

Die Journalistin lächelt. »Melanie ist in Ordnung. Sie mag es nur nicht, herumgeschubst zu werden. Ihr und ihrem Bruder Miro gehört der Gasthof in dritter Generation.«

»Ich hab niemanden geschubst. Ich bin übrigens Joe.«

»Charlotte.« Sie nicken einander zu. »Und vielleicht hast du Melanie nicht geschubst, aber die Leute, für die du arbeitest und die dir den Heiligen Gral unter den Hotelzimmern verschafft haben?«

Unbedarft greift Charlotte über den Tisch und klaubt sich eine Pommes aus der Schale.

Joe hasst es, wenn Leute in seinem Essen herumfuhrwerken, das konnte er schon vor den ganzen Pandemien, schon in seiner Kindheit nicht leiden. Aber gegen den Zauber von Charlottes Direktheit hat er keine Chance.

»Du bist kein Journalist«, sagt sie kauend, wobei sie ihn noch immer ansieht, als könnten ihre graubraunen Augen ihn mühelos durchschauen.

Joe schaltet auf undurchsichtig, was mit seinem Auftrag für die Königin des Drohnenkrieges ebenso viel zu tun hat wie mit seinem Flirtverhalten. »War das eine Frage?«

»Oh shit, bist du ein Politiker?«

»Nein.«

»Gut.« Charlotte schnappt sich eine zweite Fritte. »Und nicht genug Stock im Arsch fürs Militär. Polizist dann?«

»Nein.«

»Geheimdienst?«

»Was? Nein.«

Charlotte deutet anklagend mit der halben Fritte auf ihn. »Klar, das musst du jetzt ja sagen.«

Zur Antwort lässt Joe die Augenbrauen drei Mal nach oben tanzen.

Charlottes Lachen mit geschlossenen Augen und vollem Mund, das sie hinter der Hand zu verstecken versucht und bei dem sie sich zur Seite biegt, gefällt Joe in Dölmow bisher am besten.

»Hier trifft sich also die journalistische Elite?«, nutzt Joe die Gelegenheit, seinerseits ein paar Fragen zu stellen.

»Jepp. Das ist unser Wasserloch. Die meisten haben hier ein Zimmer. Ein paar sind auch bei Privatleuten untergekommen. Aber hier gibt's nicht nur Presse. Die Schwalbe ist auch die Dorfkneipe. Sieht im Moment nach toter Hose aus, doch abends hängen hier alle ab. Reporter. Einheimische. Manchmal ein paar von der Bundeswehr, wenn sie Ausgang haben, oder ein paar Wissenschaftler.«

»Ich hab dein Video gestern gesehen. Bevor es offline genommen wurde.«

»Das passiert in letzter Zeit öfter. *Prime News* darf live aus der Zone senden, und ich nicht mal aus der Dorfkneipe. Aber so läuft es in der Welt.« Sie blickt Joe an. »Welche Zimmernummer hast du?«

»19. Glaub ich.«

»Dann sind wir ja fast Nachbarn.«

»Ah.«

»Und du willst mir trotzdem nicht sagen, für wen du arbeitest?«

»Lieber nicht. Für wen schreibst du?«

»Zeigst du mir deins, wenn ich dir meines zeige? Süß. Ich bin freischaffend. Wie die meisten heutzutage.« Sie holt sich die nächste Fritte, und Joe schiebt ihr kurzerhand die Schale hin. »Danke. Hast du kein Ketchup gekriegt? Mann, Melanie muss echt sauer auf dich oder den Geheimdienst sein. Kein Kommentar? Na schön. Ich schreib für ein paar Magazine und Websites. Hauptsächlich Buchkritiken und so was. Eine bessere Content-Providerin. Falls die Redaktionen nicht eh alle nur noch KI-Texte nehmen. Aber ich will mehr. Und ich spür, dass hier etwas in der Luft liegt. Dass hier eine große Story auf mich wartet, für die ich alles tun würde. Weißt du, was ich meine?«

Joe nickt, dabei hat er nur Charlottes Duft in der Nase. Ist das ein Parfüm, oder sind das ihr Waschmittel und ihr eigener Geruch? Er reißt sich zusammen.

Schulhof, und so.

»Wegen der Abstimmung im Bundestag, meinst du?«

»Genau.« Charlotte streift sich eine Haarsträhne zurück, die sich aus ihrem Pferdeschwanz gelöst hat, und zerkaut methodisch Pommes. »Letztes Jahr sollte ich über den Aufstand in Griechenland berichten. Und dann hab ich gekniffen, weil sie kurz vor meiner Abreise mit ihrer Rakete die Fähre versenkt haben. Bin nicht stolz drauf. Aber das hier? Ein Kriegsgebiet mitten in Deutschland? Ich musste einfach herkommen. Das wird der Hemingway-Kriegsreporter-Moment meiner Karriere.«

Joe grinst. »Hast ja alles voll durchgeplant.«

»Genau«, strahlt Charlotte.

Diesmal sehen sie beide einander unverwandt an.

Joe pfeift auf den Pausenhof.

»Ihr Zimmer ist fertig«, sagt Melanie da frostig.

Joe und Charlotte zucken beide zusammen.

Sie haben nicht bemerkt, dass die Wirtin ihr Telefonat beendet hat und an den Tisch getreten ist.

»Oh. Okay. Gut.« Joe steht auf, schnappt sich Tasche und Jackett und weiß selbst nicht, wieso er es so eilig hat. Er würde gern noch länger bei Charlotte bleiben. »Hat mich gefreut«, sagt er viel zu förmlich.

Sie winkt ihm hoheitsvoll mit einer Pommes zu. »Mich auch.«

»Viel Glück mit der Story. Und dem Plan.«

»Danke. Spielst du mir bei Gelegenheit ein paar Geheimdienstinfos zu, Zimmernachbar?«

»Jetzt, da wir die Fritte gebrochen haben?«

Wieder lacht Charlotte, zu grell und zu laut, genau richtig.

Joe lächelt und guckt hin, bis er Melanies Blick aufschnappt.

»Vielleicht schieb ich dir einen Zettel mit Infos unter der Tür durch«, sagt Joe und verändert den Sitz des Tragegurts seiner Reisetasche. »Oder mit meiner Telefonnummer.«

Melanie rollt mit den Augen, wendet sich ab und geht kommentarlos in Richtung Treppe los. Sie sieht sich nicht um, ob Joe ihr folgt.

»Streng geheime Infos wären mir lieber«, sagt Charlotte lächelnd.

KIRA

DAS LÄCHELN, das ihr Winslows schuldbewusster Dackelblick beinahe aufs Gesicht gezaubert hätte, erlischt beim Lesen der Nachricht auf ihrem Smartphone.

Sie stammt von Vicky, die nach mehreren nicht beantworteten Messages, Bildern, Links und Emojis beachtenswert neutral fragt, ob sie heute denn vielleicht videochatten oder wenigstens telefonieren können.

Hab gleich ein Interview, schreibt Kira zurück. *Spektrum der Wissenschaft. Sorry.*

Das anstehende Interview ist ebenfalls nur ein Videochat, aber das ist schon seit Jahren keine große Sache mehr.

»Und du glaub bloß nicht, dass du so leicht davonkommst«, sagt Kira zu Winslow, während sie mit dem Daumen über der Auswahl animierter Emojis verharrt und mit sich ringt, ob sie ein trauriges Lächeln, ein Seufzen oder einen Wolf samt lilafarbenem Herz in ihre Antwort an Vicky packen soll.

Winslow, der es sich auf dem Bett unter der Dachschräge von Kiras Zimmer oben im ersten Stock des Bauernhauses gemütlich gemacht hat, zieht bei ihrem anklagenden Ton mit einer schauspielerischen Glanzleistung den Kopf ein.

Kira kann ihm eigentlich nie lange böse sein, und sie wünschte, sie könnte Vicky nur halb so schnell verzeihen wie dem jungen Wolf. Für Winslow-Verhältnisse ist das heutige Vergehen aber auch ein relativ geringfügiges. Da hat er schon weit Schlimmeres angestellt, weit größeren Schaden angerichtet, sowohl an Kiras Garderobe als auch am Inventar der Forschungseinrichtung.

Kira weiß es zu schätzen, als Chefin des Wissenschaftsteams das größte privat genutzte Zimmer im Bauernhof zugewiesen bekommen zu haben. Aber da Winslow die meiste Zeit bei ihr verbringt, sind ihre Sachen deshalb auch am stärksten von seinen Erkundungen und Entgleisungen betroffen. Nichts ist vor der Zerstörungswut eines launischen, heranwachsenden Wolfes sicher, wenn er Langeweile, Übermut, Wut oder Einsamkeit verspürt und ein Ventil sucht. Kleidung, Möbel, Bücher, Kabel, Holzleisten, Tapeten, Monitore, Türgriffe, die Fensterbank – Winslow hat sogar schon ein Tablet zerkaut.

Zum Glück nicht das von Kira.

Obwohl es eine gute Ausrede wäre, um Vicky weiter auf Abstand zu halten.

Kira seufzt und fährt sich mit den Fingern nervös durchs Haar, als die Melodie für einen ankommenden Anruf ertönt. Auf dem leicht geschwungenen Panorama-Monitor ihres Rechners erscheinen ein Foto und entsprechende Icons zum Annehmen oder Ablehnen.

»Du rührst dich nicht von der Stelle, mein Bester«, schärft Kira Winslow mit einem letzten strengen Schulterblick ein.

Winslow ist ein gutes Accessoire für Videokonferenzen und Interviews, wobei das natürlich auch immer ein Stück von der Gesinnung der anderen und der Zielgruppe abhängt.

Oder dem Statement, das Kira setzen will.

Kira tippt mit dem Finger auf den Monitor und nimmt den Kontaktversuch an. Ihr Bildschirm wird daraufhin übergangslos von einem Mann in mittleren Jahren ausgefüllt, der ein frisch gebügeltes kurzärmeliges weißes Hemd trägt, das auf dem Screen regelrecht leuchtet. Im Hintergrund ist eine überfüllte Bücherwand zu sehen. Aus ihren Mails weiß Kira, dass *Spektrum*-Redakteur Tim Baltscheit seine Video-Interviews von zu Hause führt, weil er da mehr Ruhe und bessere Akustik hat als im Büro, solange die Kinder in der Kita sind.

»Hallo Frau Dr. Jansen. Danke, dass Sie sich die Zeit für dieses Gespräch nehmen.« Er lächelt tapfer, weil er selbst merkt, dass er Phrasen drischt, doch manchmal sind die ersten Takte eben holprig, das kennen alle. »Ich kann mir vorstellen, dass es bei Ihnen stressig zugeht, so nahe an der Zone und am Geschehen.«

»Das stimmt. Aber dennoch, sehr gerne.« Kira versucht, sich nicht ständig ins Gesicht zu greifen oder an ihren Haaren herumzufummeln. »Ich habe Ihren Artikel über die Fledermäuse in den stillgelegten Atomkraftwerken übrigens mit großem Interesse gelesen.«

»Oh, wow, vielen Dank!« Baltscheit wirkt ehrlich erfreut, und ein bisschen verlegen. »Wollen wir dann beginnen? Man hat mir eingeschärft, dass ich Sie höchstens 20 Minuten in Beschlag nehmen darf.«

»Ich bin mir sicher, man hat noch mehr getan als das«, sagt Kira mit einem verhaltenen Grinsen.

Baltscheit erwidert es schief. »Oh ja. Ich fühl mich immer noch ganz nackt, so gewissenhaft wurde ich durchleuchtet. Und der Katalog an Dingen, über die wir nicht reden dürfen und die ich nicht fragen darf, ist beeindruckend. Nein, mehr als das. Einschüchternd. Außerdem wird das Video schon jetzt auf die Server der Pressestellen mehrerer Ministerien und des Generalstabs geladen, und ich komme erst ran, wenn es von dort freigegeben wurde. Dafür musste ich mir extra ein Programm installieren.« Baltscheit sieht etwas verzweifelt aus, als er anmerkt: »Wahrscheinlich sollte ich nach diesem Gespräch den ganzen Rechner wegwerfen.«

Kira verzieht mitfühlend das Gesicht. »Dann legen wir los?«, schlägt sie vor. »Damit es sich lohnt?«

Die ersten Minuten reden sie über Kiras wissenschaftlichen Werdegang und ihr Interesse an Wölfen, das ihre Arbeit seit dem Studium durchzieht und sie um die halbe Welt geführt hat. Zwischendurch rutscht Kira zur Seite und stellt Winslow vor, der nach dem Anpfiff ausnahmsweise nicht auf Schabernack aus ist, brav daliegt und nur neugierig auf den Monitor mit dem Fremden starrt.

Baltscheit ist von dem zahmen Wolf bei Kira sichtlich angetan, und sie plaudern kurz über Winslow, bevor es wieder um den Wald hinter dem Zaun geht, wie zu erwarten.

»Was ist das Interessanteste, womit Sie es dieser Tage in der Zone zu tun haben?«, fragt Baltscheit schließlich. »Wissenschaftlich betrachtet, meine ich.«

»Ach, an durch zivilisatorischen Einfluss und menschliche Technologie veränderten Tieren ist so vieles spannend.« Kira verschafft sich Zeit und denkt angestrengt nach, was sie sagen will, was sie sagen sollte und was sie auf keinen Fall sagen darf. »Aber im Moment fasziniert mich besonders das Rudelverhalten, das wir in der Zone beobachten können.«

»Inwiefern?«

»Das ursprüngliche Dölmow-Rudel hat sich ohne Abwanderungen immer weiter vergrößert, Wölfe von außerhalb aufgenommen und nach unserer jüngsten Zählung nun 26 Tiere. Das ist sehr groß für ein Wolfsrudel.«

»Und schon eine Weile bekannt, wenn ich das sagen darf.«

»Richtig. Aber es hat auch ein Wolf das Rudel verlassen. Den Status dieses Tieres würde man gemeinhin wohl als *einsamen Wolf* bezeichnen.«

»Oh! Das ist mir wiederum neu. Können Sie uns mehr über dieses Tier erzählen?«

»Ein bisschen, denke ich. Wir nennen das Tier – ein Männchen – DW-7X. Er war der siebte Wolf des Dölmow-Rudels, der vor Jahren ein Implantat bekam. Das X steht für Ex.«

»Wurde er vom Rudel verstoßen, oder …?«

»Etwas in der Art. Wie Sie wissen, können die Wölfe inzwischen oftmals unsere Signale und Kameras stören, weshalb wir nur begrenzt Aufzeichnungen haben. Dazu darf ich nun aber garantiert nicht mehr sagen.« Kira sammelt sich kurz. »DW-7X, das ist auf dem uns zur Verfügung stehenden Videomaterial ersichtlich, leidet meiner

Meinung nach seit seinen Zusammenstößen mit bewaffneten Menschen und Drohnen unter PTBS.«

»Einer posttraumatischen Belastungsstörung?«, fragt Baltscheit erstaunt.

»Ja. Die Veränderungen und Kämpfe, die dieser Wolf in den letzten Monaten durchmachen musste, haben ihn ohne Zweifel großem Stress ausgesetzt und schwer traumatisiert.«

»Weshalb er das Rudel verlassen hat? Oder es verlassen musste?«

»Davon gehe ich aus. Er wurde eine Gefahr für die Sicherheit der Gemeinschaft. Und ich finde, das zeigt, dass wir einander auf einer bestimmten emotionalen Ebene noch ähnlicher sind, als wir ohnehin wissen. Wir tragen dieselben Wunden davon, haben mit denselben Konsequenzen und Dämonen zu ringen.«

»Sie plädieren, wenn ich das richtig interpretiere, also für mehr Verständnis? Für Offenheit gegenüber ... was, einem friedlichen Miteinander?« Kira kann sehen, dass Baltscheits Blick kurz diagonal nach oben gleitet, wahrscheinlich schaut er auf die laufende Gesprächsdauer. »Kann man dann sagen, dass Sie sich gegen eine aggressive militärische Lösung der Lage in der Zone aussprechen?«

»Ich bin derzeit Teil des militärischen Apparats«, ruft ihm Kira diplomatisch in Erinnerung. »Aber ich werde auch immer und zu allererst Wissenschaftlerin und Biologin sein. Und hier, so denke ich generell, hat uns die Erfahrung gelehrt, dass man aus dem Miteinander immer mehr lernt als aus dem Gegeneinander. Auch speziesübergreifend.«

Baltscheit nickt. »Lassen Sie mich Advocatus Diaboli spielen. Kritiker, die einen entscheidenden offensiven Militärschlag gegen den« – der Wissenschaftsjournalist macht Anführungszeichen mit den Händen – »*Wolfswandel* im Wald bei Dölmow befürworten, würden jetzt sicher fragen, wie dieses Miteinander aussehen soll. Wie viel Energie, also wie viel Nahrung, braucht so ein mutierter, kybernetisch veränderter Wolf? Und was bedeutet das für die Menschen, allein nur die Schäfer und die Rinderzüchter in der Region? Mit Elektrozäunen oder Hütehunden ist gegen die Wölfe aus der Zone nicht viel auszurichten. Oder sollte man einen Tribut festlegen, den man den Tieren wie den Drachen in den Legenden darbringt, damit die Bevölkerung in Dölmow und Umgebung sicher vor ihrem Hunger ist?«

Kira erkennt, dass dies der heiße Kern ihres Interviews ist.

»Ein Miteinander ist nie einfach«, antwortet sie so ehrlich sie kann. »Nicht zwischen verschiedenen Kulturen, nicht zwischen verschiedenen Spezies. Aber man könnte sicher Wege finden, wenn man genug Zeit und die richtigen Leute hat.«

Zeit und Zensur halten Baltscheit vom Nachhaken ab. »Das ist doch ein toller Schlusssatz für unser Interview«, sagt er. »Falls ich ihn und den Rest durchbekomme.«

»Oh je«, macht Kira, die ihrerseits hofft, sich durch ihre Aussagen keinen Ärger einzuhandeln. Ist sie zu offen gewesen, zu unverblümt? Zu illoyal der Bundeswehr gegenüber, die ihre Forschungen ermöglicht und finanziert?

Wenigstens musste sie nicht auf die Frage antworten, was sie von der *Bild*-Schlagzeile *Reservat-Paukenschlag oder Bundeswehr-Raketenschlag*? und der dazugehörigen Umfrage hält.

Davor hatte sie am meisten Schiss, da wäre sie definitiv nicht cool geblieben.

»Ich drücke die Daumen«, sagt sie jetzt lächelnd.

»Hoffen wir das Beste.« Baltscheit faltet die Hände vor seinem Kinn. »Na schön, dann will ich Sie nicht länger aufhalten und sage noch einmal vielen Dank. Ich hoffe wirklich, ich erhalte eine Freigabe für das Video und dass ich einen Beitrag daraus machen kann. Ich melde mich, sobald ich etwas weiß und das Ganze am besten online steht.«

»Das wär schön.«

»Ja. Und danke noch mal. Bis dann.«

»Keine Ursache. Tschüss, und grüßen Sie mir die Fledermäuse.«

Baltscheit lacht. »Und Sie mir die Wölfe!«

Kira bleibt still sitzen und wartet, dass der *Spektrum*-Redakteur die Videoverbindung trennt, was er mit einem leisen Fluch in Richtung Touchscreen, der nicht sofort auf seinen Finger reagiert, schließlich auch tut.

Dann erst dreht sie sich auf ihrem Bürostuhl, dessen Rollen nach der Zuwendung von Wolfszähnen schon mehrmals ausgetauscht werden mussten, zu Winslow um. »Das lief doch gar nicht so schlecht, was meinst du?«

Winslow, mittlerweile vom Gescholtenen zum Schmollenden mutiert, hat die Schnauze auf die Vorderpfoten gebettet und sieht Kira verächtlich an.

»Du kannst mich mal, Herr von und zu Wolf.« Kira hebt die Arme, biegt den Rücken durch und rekelt sich, bis es knackt. »Ich bin zufrieden. Und er war es auch, denk ich.«

Allerdings fragt sie sich, was der renommierte Wissenschaftsjournalist denken würde, wenn er wüsste, was hier auf dem Bauernhof wirklich vor sich geht.

Dass Kira die Wölfe in der Sperrzone studieren und analysieren soll, um das Militär in den verschiedensten Dingen zu beraten, ist kein Geheimnis und naheliegend – dass im selben Gebäude Programmierer und Hackerinnen daran arbeiten, ein Computervirus zu entwickeln, das als durchschlagende Cyberwaffe gegen die Wölfe eingesetzt werden soll, etwas völlig anderes.

Von wegen Raketenschlag.

Kira hasst es, dass ihre Forschungsarbeit in direkter Nähe zu diesem Projekt stattfindet, sogar Daten und Erkenntnisse von ihr und ihrem Team in das Virus einfließen. Sie hofft immer, mit ihrem Beitrag und ihrem Blickwinkel dazu beitragen zu können, dass Mensch und Wolf einander besser verstehen und dass aus diesem Verständnis mehr Bereitschaft zur Koexistenz, zu weniger Angst und Hass hervorgehen mag.

Doch sie darf sich nichts vormachen.

Wenn der Bundestag für einen totalen, offensiven und endgültigen Militärschlag gegen die Wölfe stimmt, dann wird es kein Bombenhagel und keine neue geheime Super-Drohnen-Klasse von Kraupen sein, wie manche Leute online oder in der Schwalbe in Dölmow spekulieren. Es wird ein Cyberangriff mit einem fiesen Virus sein, das darauf abzielt, die ursprünglichen Implantate der Wölfe als Waffen gegen die Tiere zu richten, um die Cyborgs so von innen heraus lahmzulegen.

Um sie auf brutale Weise zu eliminieren.

Das Problem sind die gewaltige künstliche Intelligenz und die Anpassungsfähigkeit der Nanos, die sich ebenso wie die kybernetischen Wolfskörper ständig weiterentwickeln.

Der Piepton einer eingehenden Nachricht auf ihrem Smartphone, die kaum zeitversetzt auf dem cloud-synchronisierten Rechner als Echo ankommt, holt Kira aus ihren düsteren Überlegungen.

Die Message stammt von Vicky.

Fertig? Wie lief's? Was machst du jetzt? Videochatten? Oder lieber heute Abend? Ich werd mir dann Pizza bestellen!

Ihre Frau hat sogar ein rotes Herz, eine Rose, ein Stück Pizza, eine Kerze und ein grinsendes Emoji angefügt.

Kira seufzt, schaltet erst den Rechner in Standby und dann das Smartphone auf lautlos und Aus.

Alle Screens verdunkeln sich.

»Spaziergang?«, fragt sie Winslow müde, obwohl sie weiß, dass sie damit weder ihre Ehe noch die Wölfe im Wald retten wird.

Zumindest ist Winslow sofort wieder ein glücklicher Wolf, als sie nach der Leine greift, die sie ihm gerne ersparen würde, die aber unumgänglich ist in Anbetracht der Lage.

»Wenn nur alles so leicht zu lösen wäre«, sagt Kira und hakt den Karabiner in Winslows Halsband ein.

Dann fällt ihr Blick auf den zerkauten Turnschuh – die Quittung dafür, Winslow vorhin ein bisschen zu lange alleingelassen zu haben.

Kira seufzt noch einmal, noch schwerer, noch selbstmitleidiger.

»Und mir gehen langsam die Schuhe aus«, murmelt sie, während Winslow leichtfüßig von ihrem wolfsgeschädigten Bett springt und ungeduldig bei der Zimmertür wartet.

JOE

DAFÜR, DASS SEIN ZIMMER in der Schwalbe scheinbar in Bitcoin aufgewogen wurde, lassen Größe und Ausstattung zu wünschen übrig. Ein trostloses Doppelbett mit uralten Nachttischen und Lampen, ein zerkratzter Couchtisch mit zwei durchgenudelten Sesseln, ein kleiner Flachbildfernseher. Der Teppich riecht staubigstickig, das enge Bad stark nach Putzmittel. Das einzige Fenster geht zum Innenhof raus, in einen Biergarten unter mächtigen Kastanien – aber ob er das Fenster bei der Hitze tagsüber jemals öffnen wird, ist eher fraglich.

Die Möchtegern-Präsidentensuite der Schwalbe verfügt nicht mal über einen Safe. Joe muss sein Notizbuch, in dem er die Spuren, Fortschritte und Gedanken zu seinen Fällen auf altmodische Art handschriftlich notiert, wohl wieder mal in der Plastiktüte mit seiner Schmutzwäsche verstecken.

An schlimmsten und rückständigsten ist aber, dass das Zimmer keine Klimaanlage hat.

Joe duscht, was wegen der dieses Jahr noch früher gestarteten Wasserrationierung Hektik bedeutet, anderthalb Minuten sind schnell vorbei. Beim Abtrocknen entscheidet er sich dafür, Lisa Kraupens Mutter nur eine kurze Nachricht zu schicken. Dass er im Stau stand, nun angekommen ist und loslegt. Von dem Unfall erzählt er Sylvia Kraupen erst mal nichts, er muss die Fürstin der Kriegsführung ja nicht an seiner Kompetenz zweifeln lassen.

Er zieht seine Hose und ein frisches Hemd an, schlüpft in seine Stiefeletten, setzt seinen Hut auf und geht aus dem Landgasthof.

Draußen spaziert er als Erstes über die in der Sonne bratende Hauptstraße von Dölmow und beeindruckt ein paar Ladenbesitzer, Geschäftsführerinnen und Angestellte mit seinen Kraupen-Ausweisen, um sich so die Aufnahmen ihrer Sicherheitssysteme zu erschleichen. Die Supermarktleiterin und die Apothekerin machen dicht, aber der Pizzeria-Besitzer und der überforderte junge Verkäufer im Bioladen lassen Joe die Videos der letzten Woche auf sein Stück Kraupen-Wundertechnik ziehen.

Auf dem Rückweg zur Schwalbe bemerkt Joe ein Team von *Prime News*: ein Mann und eine Frau, die mit ihren Kameradrohnen Einheimische interviewen.

Im Vorbeigehen sieht und hört er, dass sie gerade einen ausgemachten Wolfsgegner am Wickel haben.

»Mein Kumpel ist Landwirt«, poltert der Mann. Er ist über vierzig, trägt eine verwaschene Cap und überm Knie abgeschnittene Jeans, hat fünfundzwanzig Kilo zu viel. »Schafzüchter. Ist schon schwer genug gewesen für ihn die letzten Jahre. Dann holen die Monster aus dem Wald auch noch seine Schafe, bevor hier überhaupt mal die

Kavallerie anrückt und den Zaun hochzieht. Und jetzt debattiert man in Berlin immer noch, ob man diese Bestien *schützen* muss? Die sollen die *Menschen* schützen. Die *Steuerzahler.*« Er schäumt regelrecht. »Die in ihrem Elfenbeinturm sollen sich mal nicht wundern, wenn wir selber zu den Waffen greifen, um uns zu schützen. Dann wird das hier ein verdammter Bürgerkrieg, und wir hören nicht bei den Wölfen auf, verstanden?«

»Wie meinen Sie das?«, hakt der aalglatte und doch sensationslüsterne Reporter von *Prime News* nach.

»Ist doch logisch«, schnauzt der Freund des Schafzüchters. »Wir werden uns schützen. Um jeden Preis. Vor den Bestien, die eine Gefahr für uns sind. Und vor denen, die dazu beitragen, dass wir uns in Gefahr befinden.« Er sieht zu einer der vor seinem Gesicht schwebenden Cam-Drohnen, aber dadurch auch genau zu Joe. »Wenn man uns zwingt, werden wir kämpfen. Gegen alles, was uns bedroht. Und jeden.«

Solche Reden hat Joe auch in Berlin schon gehört, zu verschiedenen Themen sogar – aber hier, am Rand der Sperrzone, direkt neben den Wölfen, haben die Worte eine andere Durchschlagskraft.

Er macht sich bewusst, dass die Sache hier auf mehr als zwei Arten ausgehen kann, und dass die Cyborg-Raubtiere durchaus Konkurrenz haben, wenn es ums Gefahrenpotenzial geht.

Zurück in der Schwalbe, könnte Joe schon wieder eine Dusche vertragen. Er setzt sich an den niedrigen Tisch, klappt sein MacBook auf. Wenig später laufen die Videodateien durch ein halb legales Gesichtserkennungsprogramm, das mit Lisa Kraupens Foto gefüttert ist. Wenn die Prinzessin des Kraupen-Imperiums in letzter Zeit in Dölmow bei einem Lover oder nur eine Pizza holen war, wird Joe benachrichtigt.

So weit, so gut.

Doch nun hat er ein Problem.

Denn für seinen nächsten Ermittlungsschritt braucht er einen fahrbaren Untersatz. In Dölmow gibt es keine U-Bahn und kein Uber – und Joe muss sogar den Ort verlassen, da er als Nächstes mit den Aktivistinnen und Aktivisten von ProW@lf sprechen will, denen sich Lisa Kraupen unter falschem Namen angeschlossen hat.

Dummerweise kampieren die Wolf-Friends auf einer Wiese im Grenzgebiet, direkt vor der militarisierten Sperrzone. Ein gramgebeugter Landwirt, dem wahrscheinlich die Wölfe und alles andere am Arsch vorbeigehen und der jeden Cent brauchen kann, hat sie den Protestierenden vermietet, um darauf ihr Zeltlager aufzubauen.

Joe setzt seinen Hut wieder auf und geht schweren Herzens runter an die Rezeption.

»Ah, unser besonderer Gast«, begrüßt ihn Melanie, die sich abermals nicht in die Karten auf dem Monitor blicken lässt.

»Joe genügt. Können Sie mir sagen, ob ich hier irgendwo ein Auto mieten kann?«

»Ein Auto mieten? In Dölmow? Das ist noch unwahrscheinlicher als ein freies Zimmer. Andererseits waren Sie da ja für ein Wunder gut.«

Joe sieht, dass er mit Opferbereitschaft und Zurückhaltung nicht mehr weiterkommt. »Hab ich Ihnen was getan? Ich vermute mal, Sie haben sich das Zimmer, das für mich freigeräumt wurde, gut bezahlen lassen, oder? Was genau ist jetzt Ihr Problem mit mir, und muss ich mir das die ganze Zeit geben, die ich hier bin?«

»Wie lange wollen Sie denn hierbleiben?«, fragt Melanie mit toxischer Süße. »Oder wollen Sie ein Auto, um unser schönes Dorf schon wieder zu verlassen?«

»Ich bleibe, solange ich bleibe. Und ich muss in Richtung Sperrzone. Ins Camp von ProW@lf. Danach vielleicht zum Stützpunkt.«

In gespielter Ehrfurcht reißt sie die Augen auf. »Sie sind eben doch ein ganz besonderer Gast!«

Joe will gerade etwas knurren, das er hinterher garantiert bereuen würde, doch da steht auf einmal Charlotte neben ihm, oder vielleicht sollte man besser sagen: zwischen ihm und der Wirtin. »Seid friedlich, ihr zwei«, sagt die Journalistin fröhlich.

Melanie verschränkt die Arme vor der Brust, und Joe murmelt, dass er nicht angefangen hat.

Charlotte, sichtlich erheitert, lächelt Joe an. »Hab ich das eben richtig mitbekommen? Du suchst eine Mitfahrgelegenheit?«

»Ja?«, sagt Joe vorsichtig.

»Wenn du willst, nehm ich dich mit. Es wurde kurzfristig eine Pressekonferenz angesetzt. Die hungrige Meute findet sich vor dem Stützpunkt zusammen.«

»Danke. Das hilft mir sehr.«

»Pass auf, dass seine Leute dich nicht aus deinem eigenen Auto werfen«, sagt Melanie. »Falls er es braucht.«

Charlotte lacht, Joe wird rot, Melanie grinst gemein.

»Bis später, Mel«, sagt Charlotte.

»Bis dann, Charlotte.«

Joe wird ignoriert und schweigt gleichfalls.

Draußen fällt ihm als Erstes das drohnenumschwirrte *Prime News*-Gespann auf, das weiterhin die Menschen löchert. Jetzt haben sie eine Frau aus dem Friseursalon gegenüber am Wickel, die vor der Tür eine rauchen wollte.

»Vielleicht wär ein Reservat gar nicht schlecht«, sagt sie so laut, dass hinterher sicher der Ton reguliert werden muss. Joe hat kein Problem, sie zu verstehen. »So ein Reservat mit Wolfssafari-Touren und ein paar Hotels zwischen Wald und Dorf könnten helfen, hier neuen Schwung reinzubringen. Ich bin Geschäftsfrau. Ich versuche, Chancen zu sehen. Welche Chance bieten denn Krieg und Ausrottung? Dann sind wir auf ewig das Kaff, in dem die Regierung ein paar Wunderwölfe vom Erdboden getilgt hat. Ich weiß ja auch nicht …«

»Das heißt, Sie haben keine Angst vor diesen Kreaturen?«, hakt der Reporter nach.

»Na ja. Ich möcht jetzt keinem begegnen. Oder in der Nähe meines Sohnes wissen. Aber es gibt ja Leute, die das wollen. Für *die* wär ein Reservat mit Safaris und so doch *prima*.«

Charlotte führt Joe unterdessen zu einem kleinen blauen Ford Eco.

»Süß«, sagt Joe, bevor er zwei Mal drüber nachdenken kann.

»Halt die Klappe, sonst hol ich Melanie. Die nimmt es auch mit dem Geheimdienst auf, wie du dir denken kannst.«

»Problemlos.«

Sie steigen ein, schnallen sich an und fahren los. Auf Dölmows Hauptstraße herrscht momentan nur wenig Verkehr. Charlotte stellt das Radio mit einer Geste vor dem Sensor ab, und Joe hat so eine Ahnung, was nun kommt.

»Erzählst du mir, was du da draußen willst?«, fragt Charlotte.

»Ich hab eine Verabredung mit ProW@lf.«

»Ah, jetzt setzt sich ein Bild zusammen. Du bist kein Spion, sondern ein hohes Tier der Vegetarier-Verschwörung und sollst ProW@lf bei einem Bombenanschlag auf die Nachschublinie der Fleischversorgung für die Bundeswehr-Kantine helfen.«

»Oh nein. Meine Tarnung ist aufgeflogen.«

»Was war denn deine Tarnung?«

»Sandsack einer schlecht gelaunten Gastwirtin.«

Wieder dieses ungenierte Lachen, das Joe so schön findet.

»Komm schon«, sagt Charlotte dann. »Das hältst du doch aus. Und sei nicht zu hart zu Melanie. Mit jeder Pandemie, die sie das Urlaubsgeschäft gekostet hat, ist sie weiter an den Abgrund gerutscht. Kann sein, dass ihr die Wolfssaison nur einen Aufschub gibt, und danach ist endgültig Schluss, Familientradition hin oder her.«

»Kann ich doch nix dafür«, brummt Joe unversöhnlich und sieht aus dem Seitenfenster, wo der Ortsrand von Dölmow vorbeizieht. Danach kommen trockene Felder und Wiesen mit noch mehr Windkrafträdern und Sonnenkollektoren.

»Was hast du denn nun mit ProW@lf zu schaffen?«, fragt Charlotte.

»Ich soll mir ein Bild der Gesamtsituation hier vor Ort machen«, sagt Joe möglichst gleichgültig. »Und irgendwo muss ich anfangen.«

»Ein Bild für wen?«

»Stell keine Fragen, wenn du weißt, dass du keine zufriedenstellende Antwort hören wirst. Ist das nicht ein journalistischer Grundsatz?«

»Vielleicht in Nordkorea. Aber okay. Du musst es mir nicht sagen.«

»Ich kann nicht, tut mir leid. Stell es dir wie eine Schweigepflicht vor.«

Er verspürt echtes Bedauern, da er merkt, dass Charlotte sich zurückzieht.

Die nächsten Minuten fahren sie schweigend in Richtung Zone und Wald. Vor ihnen taucht ein Fahrzeug des Winterdienstes auf, das Salz hinter sich ausstreut – das Salz entzieht der Luft die Feuchtigkeit, die den rissigen Asphalt kühlt.

Charlotte bleibt auf Abstand.

Schließlich lässt sie das orangefarbene Streufahrzeug, das von einer KI gesteuert wird, ganz davonziehen, und hält ihren kleinen Elektroflitzer am Straßenrand an.

»Da wären wir. Camp Wolfsfreundlich.«

Joe steigt aus, macht die Beifahrertür des Eco zu und klopft noch mal gegen die Scheibe.

Charlotte lässt das Fenster einen Spalt runter.

»Wie lange dauert die Pressekonferenz?«, fragt Joe. »Soll ich hier auf dich warten?«

Charlotte grinst ihn an. »Stell keine Fragen, wenn du weißt, dass du keine zufriedenstellende Antwort hören wirst«, sagt sie, wirft ihm eine Kusshand zu und gibt Gas.

Joe steht in einer Staubwolke, sieht dem Eco nach und merkt erst nach ein paar Sekunden, dass er ebenfalls grinst.

Für seinen ersten Auftritt bei den Aktivistinnen und Aktivisten setzt er selbstverständlich ein Pokerface auf, was verlangt, nicht mehr über eine bestimmte Journalistin nachzudenken. Er ruft sich Melanies Häme ins Gedächtnis, um wieder in seine Rolle zu finden.

Die strohige, plattgetrampelte Wiese, die einen halben Meter tiefer als die Straße liegt, sieht aus wie der Zeltplatz eines Musikfestivals oder gar wie ein Mittelaltermarkt oder Live-Rollenspiel-Con: ein bunt zusammengewürfelter Haufen Zelte in allen Farben, Größen und Formen. Ein paar Wohnmobile und Kleinbusse bilden eine Art Wagenburg, jedoch mit klaffenden Lücken in der Schutzmauer. Joe sieht auch aufgereihte blaue und grüne Dixi-Klos und ein paar Campingplatz-Duschkabinen. Am hinteren Rand der runtergetretenen Wiese werden in einem Halbkreis aus Schaulustigen zwei Heißluftballons aufgeblasen, deren Hüllen noch flach am Boden liegen. Ein paar Kids und Erwachsene im Lager haben selbstgebastelte Wolfsmasken aus Pappe auf, wie auf einem Volksfest oder Abenteuerspielplatz – oder bei den Pfadfindern.

Joe war nie bei den Pfadfindern.

Der Gedanke, dass die Leute von ProW@lf ihr eigenes Lager haben, um hier auszuknobeln, wie sie der Bundeswehr in deren waffenstarrenden Operationsbasis das Leben schwerer machen können, erheitert Joe trotzdem.

Was ihn regelrecht in Staunen versetzt, ist der gesellschaftliche Querschnitt, der hier im Camp geboten wird. Er hat mit überwiegend jungen Menschen gerechnet, vor allem Studierenden, aber zwischen den Zelten tummeln sich Leute jeden Alters, sogar Rentner und Familien mit Kindern.

Einige sind so alt, dass sie in der Schule sein müssten, die Eltern haben sie wohl krankgemeldet, und sich beim Arbeitgeber gleich mit dazu.

Joe versucht sich seinen Vater vorzustellen, der ihn für etwas wie das hier aus der Schule genommen hätte, nicht in die Firma gegangen wäre.

Schritt für Schritt dringt er ins Lager vor. Dass ihn alle als Fremden identifizieren, bringt ihm misstrauische Blicke ein, doch er kommt ungehindert bis ins Zentrum des Camps und zu dem, was das große Kommandozelt sein dürfte – vermutlich war es früher mal ein Partyzelt für Geburtstage und Hochzeiten.

Im Inneren liefern sich zehn Personen eine lebhafte Diskussion.

»Die werden uns einfach abknallen«, hört Joe eine junge Frau sagen.

»Nicht bei so viel Presse vor Ort«, widerspricht ein älterer Mann.

»Ich würde ja anklopfen«, sagt Joe laut und tritt ein. »Aber ohne Türrahmen ...«

Das beendet die Unterhaltung abrupt.

Die allgemeine Aufmerksamkeit richtet sich wie durch ein Brennglas umgehend auf Joe, zusammen mit jeder Menge Feindseligkeit.

»Und Sie sind?«, fragt ein grauhaariger Mann mit Santa-Bart, der Cargo-Shorts und ein rot-gelbes Hawaii-Hemd mit Pelikan-Muster trägt.

Joe hat sich im Vorfeld überlegt, dass er keine zwei Stunden durchs Camp schleichen will, darum sagt er: »Auf der Suche nach einem Verantwortlichen.«

»Wer ist der Kerl, verdammt?«, fragt die zierliche Frau, die eben noch vom Abknallen gesprochen hat, und streift sich eine grün gefärbte Haarsträhne aus dem gepiercten Gesicht.

»Bestimmt ein Bulle«, brummt ein jüngerer und kräftigerer Bursche und wischt sich den Schweiß von der Stirn. »Oder wieder ein Reporter, der uns in die Pfanne hauen will.«

Ein Mann im Rollstuhl erklärt: »Niemand mag Spitzel.«

»Können Sie sich ausweisen?«, will der Grauhaarige mit dem Pelikan-Hemd wissen.

»Nein«, versetzt Joe und steckt die Hände in die Hosentaschen. »Weil ich nicht von der Polizei, dem Militär oder der Presse komme.«

»Von wem dann?«, hakt die junge Frau nach.

Joe sieht sie direkt an. »Es geht um ein Mädchen, das hierher gekommen ist und sich zu lange nicht daheim gemeldet hat.«

»Also schön«, sagt der ältere Mann, deutet nach draußen und tritt mit Joe vors Zelt.

»Sei vorsichtig, Reinhold!«, ruft ihm die Frau mit den grünen Haaren nach.

»Schrei, wenn du uns brauchst«, schärft ihm der Mann im Rollstuhl ein.

Vor dem Zelt fragt Joe: »Schmeißen Sie den Laden?«

»ProW@lf? Nein.« Reinhold schüttelt den Kopf. »Wir waren mehrere Gründer, und dann ... ist auch egal. Ich koordiniere derzeit den Protest hier vor Ort. Sie sagten, Sie suchen ein Mädchen? Haben Sie einen Namen? Ein Foto? Und hat sie was ausgefressen? Minderjährige, die allein zu uns kommen, schicken wir zurück. Ich lass mir von allen den Ausweis zeigen.«

»Ja, auf Ausweise scheinen Sie hier zu stehen, hab ich gemerkt.« Joe räuspert sich. »Sie ist achtzehn. Ihre Mutter wusste auch, dass sie hier ist. Sie hielten ständig Kontakt. Bis der abbrach. Deshalb hat sie mich hergeschickt.« Einfach, elegant, so nah an der Wahrheit wie möglich und nötig, ein bisschen Tränendrüse – das klappt meistens, sowieso wenn es um ein verschwundenes Mädchen geht. »Ihr Name ist Lisa. Lisa Müller.«

Das erste Mal, als Joe dieses Alias gelesen hat, musste er das Gesicht verziehen. Aber es ergibt Sinn, den Vornamen zu belassen, weil man ohne Ausbildung und Übung auf andere Namen meistens nicht natürlich genug reagiert; und der weit verbreitete Nachname mag einfallslos klingen, erfüllt jedoch seinen Zweck.

Reinhold fährt sich kurz durch den Bart und scheint wirklich zu überlegen. »Da klingelt was. Hübsches Ding? Brille?«

»Ja. Moment, ich hab ein Foto. Sogar aus dem Camp. Sorry, damit hätte ich anfangen sollen. Ist bestimmt die Hitze.« Eher ein alter Ermittlertrick. Erst mal das Wasser prüfen, bevor man mit den eigenen Infos reinspringt. Joe holt sein Smartphone aus der Tasche und sucht das

Bild, das Lisa ihrer Mutter geschickt hat – das mit dem breiten Lächeln, dem Cartoon-Wolf-Shirt und den glitzernden pinken Turnschuhen. »Hier.«

»Das ist sie. Hängt immer mit Helge zusammen. Sind ein Paar, denk ich. Schlaksiger Typ, brauner Wuschelkopf, Ziegenbärtchen. Ein Surfer fern vom Meer. Gehen Sie bis zu dem Zelt mit Zebramuster da vorn, beim giftgrünen von Kermit biegen sie links ab. Dann immer geradeaus. Helge und Lisa haben ein Zelt mit Marienkäferpunkten.«

»Danke«, sagt Joe.

Reinhold mustert ihn kritisch. »Sie machen uns doch keinen Ärger, oder?«

Joe erwidert den prüfenden Blick des älteren Aktivisten. »Nicht, wenn es sich vermeiden lässt. Ich will nur Lisa finden. Sonst nichts. Ehrlich gesagt sind mir die Wölfe völlig egal.«

»Damit kann ich in dem Fall leben. Ich drück die Daumen, dass Sie das Mädchen finden.«

Aus Erfahrung weiß Joe, dass es zu einfach wäre, wenn Lisa Kraupen beim Vögeln mit ihrem Surferboy im Marienkäferzelt die Zeit vergessen hätte.

Doch man kann nie wissen.

Er verläuft sich mehrmals, landet in zwei Zeltstadtsackgassen und wird vor den Dixi-Klohäuschen beinahe von einem Fußball am Kopf getroffen. Schließlich kommt er endlich zum rot-schwarz gepunkteten Zelt. Davor sitzt ein braun gebrannter junger Mann mit nacktem Oberkörper auf einem Liegestuhl. Er trägt kurze Sporthosen, hat einen eher sehnigen denn muskulösen Oberkörper und liest einen Science-Fiction-Roman von Becky Chambers.

Joe räuspert sich. »Helge?«

Der sieht nicht mal auf. »Jupp.«

»Ich bin auf der Suche nach Lisa.«

Jetzt hebt Helge zum ersten Mal die Augen von seiner Lektüre. Er hat sinnliche dunkle Augen – solche, die Mädchenherzen schmelzen lassen. »Bisschen zu alt für sie, oder?«

Bei Joe schmilzt in der Hitze und bei dem Kerl nur die Geduld. »Komiker, wie? Ihre Mutter schickt mich. Lisa hat sich lange nicht bei ihr gemeldet. Reinhold sagt, ihr teilt euch ein Zelt?«

»Teilten.«

»Hm. Hässliche Trennung?«

Helge zuckt mit den Schultern. »Halb so wild. Wir hatten Spaß, und es war gut, solange es gut war. Zero hard feelings.«

Ein Zen-philosophischer Ex-Freund, der die Trennung etwas zu cool nimmt, lässt Joe hellhörig werden. »Das heißt, sie schläft nicht mehr hier?«

»Richtig, Mann.«

»Seit wann?«

Helge zögert einen Tick zu lang. »Ein, zwei Wochen, oder so? Ist hier draußen mit den Tagen und dem Kalender so eine Sache. Im Lager herrscht eine eigene Zeit, könnte man sagen. Wolfszonenzeit, ha.«

»Ja ja, schon klar. Und wo schläft Lisa jetzt?«

Noch ein Schulterzucken. »Keine Ahnung. Ist mir auch egal. Wie gesagt, wir haben Schluss gemacht, Tschüss gesagt, jeder ging seiner Wege. Die Sache war eh mehr was Körperliches.«

»Das hört ihre Mutter bestimmt gern.«

»Bleib locker, Alter. Ich hab sie gut behandelt.« Er klopft sich mit der Faust drei Mal auf die Brust. »Gentleman. Vor und nach der Trennung. Alles freundlich und sauber.«

»Wann hast du Lisa das letzte Mal gesehen?«

»Ich hab echt keine Ahnung. Vor ein paar Tagen?«

»War das hier im Lager?«

»Glaub schon. Oder bei einer Protestaktion am Zaun.« Helge blättert eine Seite um und sieht Joe nicht an, als er sagt: »Kann sein, dass ich ihr aus dem Weg gegangen bin.«

»Also doch nicht alles so cool bei der Trennung?«

»Doch, doch. Mann. Alles super-cool. Aber man muss den Stress ja nicht provozieren, oder?«

Joe schwitzt. Die Sonne ist gnadenlos. »Wer könnte wissen, wo sie jetzt steckt? Denkst du, sie ist noch hier im Camp?«

»Lisa hat sich nicht so gern unters Volk gemischt. Wir sind meistens für uns geblieben. Hat uns gereicht«, fügt er mit einem Grinsen hinzu, dem unter der Arroganz ein Hauch von Wehmut anhaftet. Er streicht sich über den spitzen Kinnbart. »Als sie hier angekommen ist, hab ich sie unter meine Fittiche genommen, und die Dinge nahmen ihren Lauf, bis …«

Er und Joe sehen den Worten nach.

»Das heißt, du weißt nicht, wo sie jetzt ist, oder ob sie sich überhaupt noch im Lager aufhält?«

»Sag ich doch.« Helge verändert seine Position auf dem Liegestuhl. »Sieh mal, Mann, wenn du Ordnung in Reih und Glied willst, musst du ins nächste Lager. Wir sind hier keine paramilitärische Organisation oder so was.« Er klappt sein Buch zu, springt vom Stuhl und baut sich übergangslos vor Joe auf – was seine Wirkung verfehlt, da haben sich schon ganz andere Kaliber vor Joe aufgespielt. »Lisa und ich sind Geschichte«, betont Helge knurrig, dreht sich um und verschwindet in seinem runden Käfer-Liebeszelt, so flugs wie ein Dachs in seinem Bau.

»Und du weißt wirklich nicht, wo sie jetzt ist?«, ruft Joe ihm nach. »Hallo? Helge? Hey!«

Er erhält keine Antwort mehr, und als er die Plane zum Eingang des Zelts zurückschlägt, sich nach vorn beugt und hinein schaut, sieht er, dass Helge auf der anderen Seite rausgeschlüpft und in den Wirren des Camps verschwunden ist.

»Überhaupt nicht verdächtig, du Pfosten«, murrt Joe und rümpft beim Geruch nach Turnhallen-Umkleidekabine, Wieselsex und heißem Nylon die Nase.

»Ohne den Schönling isse besser dran«, sagt da auf einmal jemand hinter ihm.

Joe dreht sich um. Auf der anderen Seite des platt getrampelten Pfads zwischen den Zelten sitzt eine kleine Dame um die achtzig vor einem gigantischen Kuhflecken-Iglu im Schatten. Sie ist dünn und zart, hat fedriges weißgraues Haar und runzelige, ausgedörrt wirkende Haut.

Auch Umweltschützerinnen werden alt, schätzt Joe.

»Hallo«, sagt Joe. »Kennen Sie Lisa? So unter Zeltnachbarinnen?«

»Mein Mann und ich haben einen Wohnwagen. Ich pass nur auf die Kinder von Maurice und Uli auf. Hab Lisa aber oft gesehen, und hin und wieder haben wir geplaudert. Nettes Mädchen. Bisschen einzelgängerisch nur. Aber den Vogel da« – womit sie Helge meinen dürfte – »kann ich nich ausstehen. Der weiß, wie gut er aussieht. Das ist bei Männern immer gefährlich.«

»Das Problem hab ich zum Glück nicht«, sagt Joe und kann an ihrem aufblitzenden Lächeln sehen, dass er damit ihre Sympathie hat.

»Ich weiß nicht, wo Lisa jetzt ist«, sagt die alte Aktivistin bedauernd. »Aber vielleicht weiß ihre Freundin mehr. Die wohnt aber nicht im Camp, sondern in Dölmow.«

»Hat diese Freundin auch einen Namen?«

»Hm. Ich hab Lisa mal über sie reden hören. Warten Sie. Hm. Nee. Doch. Jane! Genau! Die Jane. Das war der Name. Die Jane.«

Ehe Joe mehr über diese Jane erfahren kann, stürmt eine Horde Kinder mit Wolfsmasken aus dem Kuhflecken-Iglu – und kreischend davon.

»Hey, wo wollt ihr hin? Eure Väter haben gesagt, ihr sollt beim Zelt bleiben!« Die alte Lady erhebt sich überraschend geschmeidig aus ihrem Liegestuhl und macht sich trotz knackender Gelenke so flink wie Helge an die Verfolgung der maskierten Rasselbande. »Viel Glück!«, ruft sie Joe noch zu.

»Danke«, sagt Joe zum aufgewirbelten Staub in der heißen Luft, blickt der Jagdgesellschaft noch kurz hinterher und schlendert schließlich zurück durchs Wacken der Wolfsfans.

Dabei lässt er die Unterhaltungen und Erkenntnisse Revue passieren. Endlich in seinem Fall angekommen zu sein, die ersten Puzzleteile und Hinweise zu haben, gibt ihm immer ein besonderes Gefühl.

Er ist so in seinen Überlegungen zu Lisa Kraupen und ihrem abgetauchten Ex Helge versunken, dass er die Frau im schwarz-blau getigerten Mountainbike-Outfit und mit dem Totenschädel-Helm zu spät bemerkt, die ihm an einer engen Stelle zwischen zwei Zelten entgegenkommt.

Anders als bei seiner Ankunft vor der Schwalbe, erwischt die Fahrradkurierin ihn diesmal an der Schulter. Zum Glück hat sie so gut wie kein Tempo drauf, rollt sie nur über das trockene Gras.

Joe dreht sich nach ihr um. »Wird das jetzt unser Ding?«, fragt er.

Zur Antwort reckt sie nur einen Arm mit ausgefahrenem Rückwärts-Mittelfinger in die Höhe, ohne anzuhalten. Joe sieht viele Tattoos.

»Na schönen Dank auch«, nuschelt er und blickt der Kurierin nach, die vor einem pinken Zelt anhält, wo sie bereits von einem Mann in Joes Alter sowie mehreren Teenagern und Kindern erwartet wird.

Aus ihrem voluminösen Rucksack holt die Bikerin mehrere in Alufolie gewickelte Dinge heraus, die schnell verteilt und geöffnet werden.

»Veggie-Burger – yay!«, ruft eines der Kids.

»Die Strecke zum Lager fahr ich nicht für jeden«, hört Joe die Lieferantin sagen. Sie zerwuschelt dem kleinsten Mädchen die Haare. »Aber für Freunde von Anna jederzeit. Nehmt ihr sie beim nächsten Mal wieder mit ins Kino?«

»Klaro«, antwortet ein Junge mampfend. »Anna ist cool! Die hat auch keine Angst vor Monstern!«

»So ist sie«, sagt die Kurierin stolz.

Joe wendet sich ab und setzt seinen Weg zum Rand des Camps und der Wiese fort.

Das pinkfarbene Zelt lässt ihn direkt wieder an Lisa Kraupen denken.

Ungefähr an der Stelle, wo Charlotte ihn rausgelassen hat, steht er nun erneut am Straßenrand. Die Sonne brennt vom Himmel. Sie hat noch ein paar Stunden, ehe sie untergeht, und an den Temperaturen wird das bis Mitternacht eh nichts ändern.

Joe blickt in beide Richtungen die Straße entlang, die in der Hitze flimmert und flirrt.

Kein Ford Eco weit und breit.

Hat er auch nicht erwartet.

Das gilt allerdings genauso für den dunkelgrünen Kleinbus, der aus Richtung Dölmow angerauscht kommt, auf dem Dach ein ausgeschalteter Blaulicht-Balken, auf der Seite in Großbuchstaben FELDJÄGER geschrieben.

Der Bus bremst genau vor Joe scharf ab und wirbelt Staub vom Randstreifen auf. Zwei Soldaten im Tarnanzug und mit rotem Barett steigen aus. Ihre Bewegungen vermitteln Geschäftigkeit und Zackigkeit.

»Joe Denzinger?«, fragt einer der beiden stramm.

»Wär peinlich, wenn ich's jetzt nicht wär, oder?«

Der Feldjäger geht nicht darauf ein. »In der Schwalbe sagte man uns, dass Sie hier wären. Oberst Faberland will Sie sprechen. Wir bringen Sie zu ihm.«

Joe spürt die Blicke der großen und kleinen, alten und jungen Wolfsfans wie Pfeile im Rücken, aber über sie und ihre Meinung muss er sich ein anderes Mal Gedanken machen.

»Ihr kommt wie gerufen«, sagt Joe zu den Militärpolizisten. »Meine Fahrerin hat mich sitzen lassen, und ich wollte dem Oberförster im Römerlager sowieso mal Guten Tag sagen.«

Wenn Joe eines im Umgang mit Autoritätspersonen sowie Vertretern der Exekutive gelernt hat, dann das: Manchmal ist es wichtig, das letzte Wort zu haben.

Egal, wie sinnlos es ist.

TARIQ

EIGENTLICH IST ES UNSINN, am drei Meter hohen Sicherheitszaun entlangzugehen, dessen strebenverstärkte, stahlpfostengesäumte Segmente aus einer Art festem Maschendraht bestehen. Stacheldrahtschlaufen verhindern obendrein das Übersteigen.

In der Sperrzone selbst patrouillieren nur noch Kraupen-Läufer und diverse andere Drohnen. Dazu kommen die Distanz-Scans aus dem Lager und die Satellitenbilder aus dem All.

Entlang des Zauns zwischen Wald und Dölmow, wo sich bisher so gut wie nie ein Wolf gezeigt hat, sind aber noch immer Tariq sowie seine Kameraden und Kameradinnen unterwegs, um nach dem Rechten zu sehen. Nur hin und wieder wird ein Kampfläufer entsandt, der auf eine verdächtige Signatur oder Sichtung der Sensoren reagiert.

Meistens ist es für Tariq und die anderen reine, erschöpfende Routine. Natürlich gibt es im wahrsten Sinne des Wortes Schlupflöcher im Zaun, und mit einem Bolzenschneider und etwas Zeit könnte jemand sich relativ problemlos eines schaffen. Aber im Großen und Ganzen ist der omnipräsente Zaun Abschreckung genug für die meisten Leute.

Dennoch schreiten Tariq, Schröder und Roos, die von ein paar Kraupen-Kolibris begleitet werden, seit zwei Stunden den ihnen zugewiesenen Bereich des Zauns ab. Weil viele Bäume gerodet wurden, um bessere Sichtverhältnisse zu schaffen und den Zaun nicht nach jedem schweren Sturm ausbessern zu müssen, sind sie dem gnadenlosen Schein der Sonne ausgesetzt. Regelmäßige Trinkpausen werden da unumgänglich.

»Schwitzt du eigentlich auch so, Laffel?«, fragt Schröder und wischt sich den Schweiß vom geröteten Gesicht. Mit seiner lila verspiegelten Sonnenbrille sieht er aus wie ein Beach-Volleyballer. »Oder retten dir deine Wüstengene hier draußen den Arsch?« Schröder braucht keine Antwort. »Vielleicht sollte ich mich mal über Diskriminierung aufgrund *meiner* Hautfarbe und Herkunft beschweren, was meinst du? Ist doch voll ungerecht, dass ich hier brutzel und zerlauf, und du nicht.«

Schröder und Roos lachen und prosten einander mit ihren Trinkflaschen zu.

Tariq bleibt nach außen hin ruhig, wie Andreas es ihm immer rät. Er weiß ja selbst, dass alles andere die Sache nur schlimmer machen würde, oder dass sie ruckzuck eskalieren könnte, wenn er dagegenhält – und er hat keine Lust, wegen diesem Idioten und seinem Speichellecker im Arrest zu landen. Obwohl er besonders Schröder gerne so eine aufs Maul geben würde, dass die Angeberbrille in hohem Bogen in den Wald fliegt.

»Mir ist auch heiß«, sagt Tariq desinteressiert und hofft, dass es die Penner wenigstens ein bisschen ärgert, wenn er sich anscheinend nicht von ihnen nerven lässt.

Mehr noch als das Wissen, sehr wohl genervt zu sein, hasst Tariq den Gedanken, dass er von diesen rassistischen Scheißkerlen abhängig ist, sowie sie in ein Gefecht geraten sollten, und er gleichzeitig dazu verpflichtet wäre, ihnen den Rücken frei zu halten und gegebenenfalls seinen Arsch für sie zu riskieren.

Falls Schröder hinter der Brille und dem Drecksacktum am Ende doch ein prima Kerl und verlässlicher Kamerad sein sollte, auf den man zählen kann, sobald es drauf ankommt, verbirgt er das verdammt gut.

Tariqs Aufmerksamkeit wendet sich dem weißen Range Rover zu, der auf der Landstraße am Zaun vorbeifährt, langsamer wird und zehn, fünfzehn Meter vor ihnen schließlich anhält. Die Beifahrertür öffnet sich. Ein Mann in Designer-Jeans und schwarzem Shirt steigt aus. Er hat eine Glatze und trägt ebenfalls eine Sonnenbrille, in seinem Fall stark getönt. Am Handgelenk funkelt eine protzige Uhr, am Hals schimmert eine dicke Goldkette, die auch an einen Panzer im Lager passen würde.

Roos lässt die Drohnen in eine andere Richtung fliegen und ein Stück in den Wald ausschwärmen, als würde er einem Geräusch oder sonst etwas nachgehen.

»Wir machen das, Laffel«, sagt Schröder.

»Wir haben einen Zeitplan einzuhalten«, gibt Tariq zu bedenken.

»Keine Angst«, wiegelt Schröder ab. »Wir sind rechtzeitig wieder im Lager, damit du dich auf deinen Teppich hauen kannst.«

Bevor Tariq antworten kann, gehen die beiden los und nähern sich in entspannter, bewusst lässiger Haltung der

Stelle, wo außerhalb des Zauns der Typ mit dem Goldbehang wartet. Sie halten ihre Gewehre nicht einsatzbereit, wie man es ihnen in der Ausbildung eingetrichtert hat, sondern wie am Ende einer Jagd, nachdem die Beute erlegt ist.

Tariq trinkt kleine Schlucke des Wassers, das weit davon entfernt ist, kühl zu sein oder frisch zu schmecken. Dabei beobachtet er das Trio über den Rand seiner Feldflasche hinweg.

Es wirkt, als würden sich alte Kumpels treffen, so, wie Schröder und Roos den Kerl trotz Zaun mit Fistbumps begrüßen – wie sie dastehen, wie sie plaudern, wie sie lachen.

An ihren Kopfbewegungen erkennt Tariq, dass es gerade um ihn geht. Wahrscheinlich fragt der Kerl aus dem Range Rover, wer er ist, und Schröder antwortet, mach dir keinen Kopf, das ist nur der Laffel, den haben wir im Griff, oder etwas in der Art.

Tariq nimmt einen weiteren Schluck laues Wasser, der seine Wut nicht kühlen oder runterspülen kann. Er geht in die Hocke und verstaut seine Feldflasche gewissenhaft im Rucksack, tut hoch konzentriert.

Ihm entgeht jedoch nicht, dass Schröder dem Glatzkopf einen kleinen gefalteten Zettel durch eine Masche zusteckt.

Nicht, dass es Tariq überraschen würde, doch es einmal selbst zu sehen, ist durchaus merkwürdig.

Gerüchte, dass manche vom Stützpunkt mit Kriminellen aus der Umgebung Geschäfte machen, gibt es schon eine Weile – solche Gerüchte entstehen, wenn eine militärische Außenbasis länger existiert und es zu Kontakten zwischen Armee und Zivilpersonen kommt, irgendwann unweigerlich, und meistens ist an ihnen etwas dran.

Im Fall der Basis zwischen Dölmow und dem Wald der Wölfe geht es wohl um Schmuggel. Schröder und Co. teilen den Gangstern vermutlich Details über Patrouillen-Pläne, Drohnen-Routen und Scan-Intervalle mit, die regelmäßig wechseln. Dafür kassieren sie – ja, was? Geld, Drogen, Sex? Tariq weiß es nicht, will es nicht wissen.

Schröder, Roos und ihr Buddy verabschieden sich in Gangster-Manier, Fäuste wieder an den Zaun gedrückt. Während der weiße SUV auf der Straße wendet und in die Richtung zurückfährt, aus der er gekommen ist, schlendern Tariqs Kameraden zu ihm. Sie wirken noch arroganter und arschiger als sonst. Ihre ganze Art hat etwas Herausforderndes, als hofften sie, dass Tariq etwas sagt.

Er verkneift es sich, doch wieder hält das Schröder nicht davon ab, das Gespräch dorthin zu bringen, wo er es haben möchte.

»Du hast nichts gesehen, klar, Laffel?«

Tariq sieht ihn an, erblickt im Spiegelbild der Sonnenbrille allerdings nur sich selbst. »Ich sehe nur die Zaunabschnitte, die wir noch vor uns haben«, sagt er und geht an ihnen vorbei.

Schröder legt ihm eine Hand auf die Schulter. Es ist keine freundliche, keine kameradschaftliche Geste.

Tariq bleibt stehen.

»Ich mein das ernst, Laffel«, sagt Schröder.

»Ich auch«, erwidert Tariq mühsam beherrscht. »Mich interessieren eure Geschäfte nicht.«

»Welche Geschäfte?«, fragt Roos und lacht künstlich. »Ach, du meinst den Zettel? Wir haben einem Kumpel nur die Telefonnummer deiner Mu…« Etwas an Tariqs Blick, von keiner Sonnenbrille verborgen, lässt ihn abbrechen. Er räuspert sich. »Nur Spaß, Laffel. Aber er hat recht.« Roos wendet sich an Schröder. »Wir sollten weiter. Damit wir aus der Hitze rauskommen.«

Schröder nickt langsam. »Gehen wir«, sagt er, als wäre es seine Idee gewesen.

Sie laufen im Gänsemarsch am Zaun entlang, Roos und die zurückgerufenen Kraupen-Kolibris vorne, dann Schröder, Tariq am Schluss.

Den Rest ihres Kontrollgangs und auf dem Rückweg zum Stützpunkt sprechen sie kaum.

Schweigend treten sie auch durch das gut gesicherte und befestigte Wald-Tor, das für sie und ihre ID-Codes geöffnet wird.

Tariq trennt sich von den beiden Idioten und geht am Outdoor-Fitnessstudio vorbei, das trotz Hitze immer ordentlich frequentiert ist.

»Willst du etwas pumpen?«, fragt Andreas, eine Hantel in der Faust, den gespannten nackten Bizeps gewölbt. Er trägt nur eine kurze Sporthose und Badelatschen. Sein Oberkörper und sein Gesicht glänzen vor Schweiß. Ohne den Heli-Bodencrew-Overall sieht er immer ganz anders aus.

»Danke, du Irrer, ich schwitz schon genug«, sagt Tariq. »Komm gerade von einem Zaungang.«

Andreas verzieht mitfühlend das Gesicht. »Genug gelitten also.«

»Genau.«

»Ich und die Jungs von unserer Crew grillen heute Abend. Kommst du vorbei? Wir haben auch Hühnchen und Gemüse. Aber bring deinen Trupp bitte nicht mit. Sonst vergeht mir der Appetit.«

Tariq will nicht ausgeschlossen werden, sich aber auch nicht aufdrängen, oder ein Projekt sein oder etwas in der Art.

Hin und wieder ist es echt schwierig. »Ich schau mal. Danke für die Einladung.«

»Cool. So gegen halb sieben, falls du nichts Besseres vorhast.«

»Alles klar. Viel Spaß noch, Conan.«

Andreas hebt aussagekräftig die Hantel und bläst die Backen auf. »Immer«, ächzt er.

Tariq grinst, winkt und setzt seinen Weg fort.

Ganz in der Nähe führen zwei Feldjäger gerade einen fremden Zivilisten auf den Container-Block des Kommandos zu. Tariq macht einen Bogen um das Trio und betritt seine Baracke in einem der anderen langen, rechteckigen Container, in denen es trotz brummender Klimaanlage irre heiß wird. Er hätte gerne geduscht, doch hat er keine Dusch-Punkte mehr für heute, und die Zaunpatrouille gibt nur einen halben.

Wenigstens ist niemand sonst in der miefigen Baracke für zehn Personen. So kann Tariq sich auf sein Bett setzen, den Laptop auf die Knie nehmen, sein ellenlanges Passwort eingeben und in Ruhe den Videoanruf machen, den er auf keinen Fall versäumen will.

Es geht schließlich um ein ganz besonderes Mädchen daheim.

Er muss lange läuten lassen und fürchtet schon, dass der Versuch abgebrochen wird, aber dann nimmt Rachida endlich an.

»Hey, Soldat«, sagt seine Schwester, die von Jahr zu Jahr noch hübscher zu werden scheint. Sie ist Anwältin für digitales Recht, wohnt mit ihrem Mann Kai bei Aachen in einem klimatisch und ökologisch vorbildlichen Haus. »Alles okay?«

»Ja. War Papa beim Arzt?«

Rachida runzelt die Stirn. »Hat Mama dir nicht geschrieben?«

»Du weißt doch, wie sauer sie auf mich ist, weil ich hier bin.«

»Ach, kleiner Bruder. Das renkt sich schon wieder ein. Lass dich bloß nicht von einem Wolf fressen, *das* würde sie dir nie verzeihen.« Sie lächelt kurz. »Papa musste noch mal zu einem Spezialisten. Er bekommt seine Ergebnisse nächste Woche.«

»Bitte schreib mir, sobald du was weißt.«

»Mach ich.«

»Ist das Geburtstagskind in der Nähe, oder liegen die Kids schon im Kuchenkoma?«

»Das wär schön. Dann würde es hier ruhiger zugehen.« Seine Schwester beugt sich aus dem Bild und ruft: »Elenya! Onkel Tariq ist dran! Komm her, er hat nicht viel Zeit!«

Tariq hört dumpfes Fußgetrappel, dann hopst eine überdrehte, super gelaunte Fünfjährige auf den Schoß ihrer Mutter und grinst in die Kamera.

»Hallo Onkel Tariq!«, flötet Elenya übermütig.

»Hallo Prinzessin«, sagt Tariq und muss unwillkürlich lächeln. Schröder und Roos sind vergessen. »Alles Gute zum Geburtstag. Tut mir wahnsinnig leid, dass ich nicht kommen konnte.«

»Schon okay«, antwortet Elenya großzügig.

Draußen rumpelt ein kleiner Transporter mit Paletten voller Toilettenpapier an der Container-Baracke vorbei, und alles wackelt.

»War das ein Panzer?«, fragt Elenya aufgeregt.

»Na klar«, sagt Tariq. »Hier fahren nur Panzer rum.«

»Cool.«

Tariq schmunzelt. »Dein Geschenk kriegst du, wenn wir uns das nächste Mal sehen, okay?«

»Okay.« Ein listiger Ausdruck legt sich auf Elenyas junges, rundliches Gesicht. »Bringst du mir einen Wolf mit?«, fragt sie dann so ernst und aufrichtig, wie das nur ein vier, halt, fünf Jahre altes Mädchen kann.

Tariqs Lächeln wird breiter. »Wenn deine Mutter es erlaubt, klar.«

Rachida verdreht die Augen und bedenkt ihn lautlos mit einem Schimpfwort.

»Bitte, Mama!«, bettelt Elenya sofort und dreht sich halb um.

»Darüber reden wir später«, sagt Rachida. »Jetzt solltest du zurück in den Garten, deine Gäste fragen sich bestimmt schon, wo der Star der Party abgeblieben ist.«

Elenya kichert. Sie ist bereits drauf und dran, vom Schoß ihrer Mutter zu springen, als sie sich noch mal dem Bildschirm zuwendet. »Bis bald, Onkel Tariq, hab dich lieb!«, sagt sie, wirft ihm ein paar Kusshände zu, hüpft auf den Boden und flitzt davon.

»Einen Wolf«, grollt Rachida. »Mach so weiter, Soldat, und du verscherzt es dir nicht nur mit Mama und Papa.«

Abseits des Bildes scheppert es laut, und ein Kind fängt sirenenartig an zu heulen.

»Ich glaub, ich muss«, sagt Rachida seufzend. »Die Wölfe sind los. Pass auf dich auf, hörst du?«

»Mach ich. Und Grüße an ... alle.«

Aber da ist die Verbindung schon unterbrochen.

Tariq denkt über seine Familie nach. Über sein Hiersein. Darüber, dass er nun viel lieber auf der Prinzessinnen-Party seiner Nichte wäre und sich da als Reittier zum Honk machen würde, statt hier noch einmal von irgendwelchen rassistischen, kriminellen Wichsern Laffel genannt zu werden.

Plötzlich ertönen draußen laute, alarmierte Rufe.

»Das sind Wölfe!«, schreit eine Frau.

»Die sind riesig!«, antwortet ein Mann, der wie Roos klingt.

»Holt den Oberst!«, brüllt jemand befehlsgewohnt. »Los, los!«

Mit eigenartiger Ruhe klappt Tariq den Laptop zu und legt ihn zur Seite.

Ist es so weit? Trifft das ein, was alle stets befürchten, aber niemand je laut ausspricht?

Greifen die Monster, die von der bevorstehenden Abstimmung über ihr Schicksal erfahren haben, das Lager an, dem sie sich bisher nur selten genähert haben?

Wenigstens hat Tariq dann zuletzt noch zwei seiner Lieblingsmenschen gesehen und gesprochen.

Eisige Ruhe überkommt ihn.

Er erhebt sich, greift nach seinem Gewehr und entsichert es.

JOE

WÄHREND DAS CAMP VON PROW@LF an ein Festival erinnert und keine negativen Assoziationen abseits von Zecken, Schlamm und Durchfall weckt, sieht der Bundeswehr-Stützpunkt zwischen Grenzgebiet und Wald definitiv nach einer seriösen Sache aus.

Nach einer Front – wir hier, die dort.

Geladen und entsichert, Freunde.

Auf einer Wiese direkt vor der Basis, die von stabilen, hohen Mauerelementen aus dem Beton-3-D-Drucker eingefasst ist, wird in einem Zelt mit nur einer Seitenwand die Pressekonferenz abgehalten, von der Charlotte erzählt hat.

Joe meint, ihr rotbraunes Haar zu sehen, aber seine Feldjäger-Eskorte hält nicht an, damit er grüßen kann. Sie passieren das gut bewachte, mit drei langbeinigen Kampfdrohnen gesicherte Haupttor. Drinnen parken sie und steigen aus. Die Feldjäger nehmen Joe in ihre Mitte, als würden sie ihn abführen. Joe sieht eine Menge Soldatinnen und Soldaten, die ihren Pflichten nachgehen, ein Fitnessstudio unter freiem Himmel, und natürlich viele Fahrzeuge und Kriegsgeräte, die meisten mit Kraupen-Logo: durch die Gegend fliegende oder staksende Drohnen, Panzer, Geländewagen, Truppentransporter, Busse, Lastwagen, Gabelstapler, einen Bagger und sogar eine Planierraupe.

Überall stehen Paletten mit Gütern und noch mehr Ausrüstung oder irgendwelchen Teilen zum Ausbau des Lagers herum. Flache Hallen, die von Drohnen und Menschen bewacht werden, lassen auf Munitionslager schließen. Als Baracken und Büros dienen hölzerne Fertigbauten und längliche Container aus Metall, hier und da stehen ein großes Zelt oder ein langer Pavillon, eines davon dürfte die Kantine sein. Manche Container und Zelte wurden mit Tarnnetzen, Sandsäcken, Satellitenschüsseln und Antennen gepimpt.

Auf der Waldseite sind die Mauern und Zaunabschnitte noch dicker, mit Sandsäcken und gestapelten Baumstämmen verstärkt und erhöht. Außerdem hat man dauerhaft schwere Geschütze auf die Bäume hinter einem gerodeten Streifen mit mehreren Gräben und Gruben gerichtet.

Man erkennt den temporären und mobilen Charakter von allem – und dennoch ohne den geringsten Zweifel die militärische Ernsthaftigkeit der ganzen Unternehmung. Die Checkpoints vor und nach Dölmow, für sich genommen befremdlich genug, waren nur ein Vorgeschmack auf das Lager und die Zone selbst.

Hier herrscht jetzt ganz unmissverständlich Krieg.

Sie befinden sich mitten in Brandenburg, keine zwei Stunden von Deutschlands bunter Vorzeigemetropole und Hauptstadt entfernt, und nicht etwa in Syrien, Afghanistan, der Türkei, Israel, Somalia oder der Ukraine, und doch ist dies eindeutig, unmissverständlich ein Kriegsgebiet.

Joe kann sich problemlos vorstellen, wie von hier aus eine Offensive in den Wald, das Revier der Cyborg-Wölfe startet, sollte in Berlin nächsten Dienstag entsprechend abgestimmt werden.

Dass er genötigt wurde, auf den Stützpunkt zu kommen, findet er momentan nicht weiter tragisch. Es war keineswegs bloß Aufschneiderei: Er hätte sich früher oder später ohnehin hier blicken lassen und ein bisschen umsehen müssen, und so ist er sogar auf Einladung hier. Was die Gefahr verringert, erschossen zu werden.

Die Feldjäger, die bis auf gelegentliche Kommandos und Richtungsangaben nicht weiter mit Joe reden und ihre Harte-Typen-Nummer durchziehen, führen ihn zu einem der größten Container, vor dem ein Soldat und eine Soldatin in voller Montur sowie ein Kraupen-Kampfläufer Wache stehen.

Joe tippt sich mit zwei Fingern an die Stirn, grüßt das Trio und wird von allen dreien ignoriert. Langsam gewöhnt er sich dran.

Innen reihen sich Schreibtische und Arbeitsnischen wie in einem Großraumbüro aneinander, außerdem gibt es einen beeindruckenden 3-D-Projektions-Kartentisch mit einer topografischen Darstellung von Zone und Wald, eine überdimensionale Monitor-Wand und einen abgetrennten Konferenzraum hinter Glas.

Der verlegte Teppich, fast so weich wie der in der Villa Kraupen, kommt für Joe allerdings überraschend. Beim Gehen hat man das Gefühl, ein bisschen drauf zu schwimmen.

Joe und seine Eskorte ziehen einige Blicke auf sich. Wie bei ProW@lf vorhin sind es keine freundlichen Zuneigungsbekundungen visueller Art, die man ihm da zuwirft, findet Joe.

Im rückwärtigen Teil des geschäftig brummenden Containers liegt ein Büro hinter einer weiteren, von heruntergelassenen Lamellen halb verdeckten Glaswand: der Tigerkäfig von Oberst Faberland, wie eine Plakette an der Tür verkündet.

Sein freundlicher Plausch mit dem Oberst verläuft ungefähr so, wie Joe es sich vorgestellt hat. Das heißt, dass Joe wie vor den Rektor zitiert dasitzt und den ganzen Frust des Obersts darüber zu spüren bekommt, dass die Herrin des Krieges mehr zu sagen hat als die Krieger selbst, und dass die Abzeichenträger des Militärs nach Sylvia Kraupens Pfeife tanzen müssen – in dem Fall vor allem der Oberst direkt in der Zone.

»Ich erkenne Ihre Befugnisse an«, sagt Faberland, ein durchtrainierter Fünfzigjähriger mit kurzem schwarzen Haar, schmalen Lippen und schneidendem Blick. »Bleibt mir ja nichts anderes übrig. Ihre Chefin hat mit dem Generalstab oder ein paar ihrer Politikerfreunde gesprochen, und das ist nun anscheinend der Deal. Allerdings bedeutet das noch lange nicht, dass ich Sie hier nach Lust und Laune auf meinem Stützpunkt herumspazieren oder gar herumschnüffeln lasse.«

»Weshalb Sie mich hergebracht haben.«

»Ganz genau«, antwortet Faberland ironiefrei. »Ich habe die Kontrolle. Sie verstehen, worauf ich hinauswill?«

Das versteht Joe sogar ganz genau, aber würde er das dem Oberst direkt sagen, wo bliebe da der Spaß? »Nicht so wirklich.«

»Nicht so wirklich«, wiederholt Faberland verächtlich. »Also noch mal zum Mitschreiben. Ich will damit sagen, dass Sie vielleicht Zugang zu meinem Zuständigkeitsbereich haben, sich jedoch an meine Regeln halten müssen, wenn Sie sich hier rumdrücken. Sie dürfen ins Königreich, aber es ist und bleibt mein Königreich. Und weil ich bedauerlicherweise die Verantwortung für Sie trage, sobald Sie die Zone betreten, kommen Sie am besten gar nicht auf die Idee, irgendwelche Alleingänge in den Wald zu unternehmen. Ich hab keinen Bock, meine Leute losschicken zu müssen, um Ihre zerkauten Überreste aus dem Revier der Biester zu zerren. Ist das jetzt klar?«

»Klar wie Wolfspipi«, sagt Joe und lächelt Faberland sonnig an.

Der Oberst sieht aus, als wolle er Joe am liebsten mit dem schweren Tacker schlagen, der vor ihm auf dem Tisch steht, neben dem Modell einer Oktopus-Spinnen-Kampfdrohne von Kraupen.

»Machen wir uns nichts vor«, knurrt der Oberst und starrt Joe an. »Wir wissen beide, dass Ihre Firma – Ihre Chefin – uns Bullshit verkauft. Und soll ich Ihnen was verraten? Es ist mir egal, wieso Sie wirklich hier sind. Aber wenn es etwas gibt, das ich nicht gebrauchen kann, während ich mich mit der ganzen Wolfsscheiße, den beschissenen Ökos und der Mistpresse herumschlagen muss, dann ist das Ihr undurchsichtiger Corporate-Bullshit noch obendrauf. Tun Sie, was immer Sie tun müssen, aber kommen Sie mir und meinen Leuten dabei nicht in die Quere, machen Sie keinen Ärger, und lassen Sie sich nicht fressen.« Der Oberst wischt sich den Schweiß von der zornig gefurchten Stirn. »Noch irgendwelche Fragen?«, schnaubt er dann und fängt an, willkürlich ein paar Papierstapel auf seinem Schreibtisch zu ordnen und zu stauchen.

»Eine«, sagt Joe und schnippt einen Fussel von seinem Knie.

Der Oberst klopft die Dokumente energisch-geräuschvoll gegen seine Schreibtischunterlage. »Und zwar?«

Joe streicht sein Hosenbein glatt, bevor er den Oberst unbeeindruckt ansieht und arglos sagt: »Können mich Ihre Jungs mit den roten Mützen, die mich freundlicherweise zu Ihnen gebracht haben, zurück ins Dorf fahren? Ich weiß, die Bundeswehr macht für gewöhnlich keine Taxifahrten, aber Siewissenschonwer würde die Geste sicher zu schätzen wissen.«

Daran, wie Faberland die Papiere auf den Tisch knallt, die Nasenlöcher bläht und die Zähne bleckt, erkennt Joe, dass er einen Nerv getroffen hat.

Ehe der Oberst seinem Dampfkessel Luft machen kann, klopft es dringlich an der Glastür. »Herein!«, brüllt Faberland, und eine Soldatin tritt ein.

»Das müssen Sie sehen, Oberst«, sagt sie atemlos. »Draußen. Sie sind riesig.«

Faberland steht mit einem weiteren Knurren auf, kommt um den Schreibtisch herum und folgt der Soldatin. Auch alle anderen, die eben noch so beschäftigt waren, strömen aus dem Container. Joe hängt sich an den Oberst und tritt hinter diesem ins Freie.

Keiner blickt zum Waldrand.

Alle sehen hoch zum Himmel, wo über dem Heerlager zwei hellgraue Heißluftballons in der Form von Wolfsköpfen mit witzigen Ohren und freundlichem Lachen schweben. In den Gondeln stehen Menschen, winken, jubeln, rufen, grölen, die Gesichter von Wolfsmasken verborgen. Sie haben ProW@lf-Banner entrollt mit Parolen, die zur Rettung der kybernetischen Wölfe und dem Abzug der Truppen aufrufen.

»Verdammte Scheiße!«, flucht Oberst Faberland. Sein Blick geht zum Eingangsbereich des Lagers, wo sich die Pressekonferenz seines Stellvertreters noch nicht aufgelöst hat. Joe hält wieder nach Charlotte Ausschau. Jenseits des Tores richten sich Smartphones und Kameras auf die schwebenden Wolfsköpfe, die Banner, die Masken, die winkenden Arme.

»Ich will Drohnen da oben«, bellt der Oberst. »Masken oder nicht, nehmt sie auf. Und drängt sie ab, ohne sie in Gefahr zu bringen. Zwingt sie auf dem Feld vor dem Tor zur Landung, und nehmt sie fest. Und schafft die Reporter vorher weg!«

Joe findet, dass Faberland relativ kompetent mit diesem PR-Desaster umgeht.

»Ich würde die Panzerfaust im Halfter lassen«, sagt Joe trotzdem zum Oberst, der grimmig zu den Ballons schaut. »Ach ja, und haben Sie schon jemanden für meine Rückfahrt abkommandiert?«

Faberland ignoriert ihn.

Am Ende muss Joe nach Dölmow zurücklaufen.

Das hat er nun davon.

Joe überlegt, ob er umsatteln und der erste Uber-Fahrer zwischen Dölmow und der Wolfszone werden soll, falls er den Marsch über weich gekochten, blubbernden Teer und durch heiße, kaum atembare Luft überlebt.

Irgendwann brettert eine Fahrzeugkolonne an ihm vorbei – Journalisten und Reporterinnen, die aus dem Störsender-Einfluss der Zone heizen, um die Ballonfahrt von ProW@lf schnellstmöglich an ihre Redaktionen zu übermitteln.

Joe streckt vergebens den Daumen aus.

Ob er den blauen Ford Eco von Charlotte wirklich ebenfalls an sich vorbeisausen sieht oder das eine Hitzehalluzination ist, kann Joe schon nicht mehr mit Sicherheit sagen.

Nach einer Ewigkeit unter dem Hohngelächter der Sonne kommt er im Dorf und der Schwalbe an. Er ist klitschnass geschwitzt, glüht wie im Fieberwahn und hat Kopfweh. Ihm ist schwummrig, und er glaubt, gleich kotzen zu müssen. Nur die Sorge, was Melanie in so einem Fall mit ihm machen würde, hält ihn davon ab, sich im Gasthof zu übergeben.

Heute wird er wohl nicht mehr viel ermitteln.

Joe hat auch keine Kraft dafür, Melanies Grinsen angesichts seines Zustands irgendwie zu kommentieren. Zombiehaft schleppt er sich die Treppe hoch und geradewegs auf sein Zimmer. Dort ist es stickig und warm. Er trinkt gierig Wasser aus dem Hahn, zu viel und zu schnell und ohne sich über die Filtersorgfalt hier Sorgen zu machen. Essen will er nichts, allein der Gedanke lässt ihn würgen.

Er schafft es, sich bis auf die Boxershorts auszuziehen, und fällt erschöpft ins Bett, dessen Laken sich herrlich anfühlen.

Joe pennt tief und fest, bevor sich die Laken seiner überhitzten Körpertemperatur anpassen, und auch dann noch, als die laue Nacht den heißen Tag in Dölmow ablöst.

MARIJA

WALD UND FINSTERNIS RAUSCHEN als Tunnel an Marija vorüber. Hin und wieder greift ein Ast nach ihr, den sie in ihrem Sog aus Geschwindigkeit nicht sieht, peitschen Holz und Blätter ihren Anzug und ihren Helm. Hinter den Bäumen, an denen Marija in irrsinnigem Tempo vorbeirast, könnte alles Mögliche lauern.

Aber was sie nicht weiß, macht sie nicht heiß.

Ob sie an die Bestien denkt, die darin lauern?

Die Ungeheuer, die sie angreifen und fressen könnten?

Nun ja.

Auf einem Extremsport-Event in Peniche unterhielt sie sich vor einigen Jahren bei einem Joint mit einer Surferin. Marija wollte wissen, ob die Südafrikanerin über Haie nachdenkt, wenn sie vor dem Kap der Guten Hoffnung, L. A. oder Sydney ins Wasser steigt. Die Surferin hatte gelächelt und Marija anstelle einer Antwort gefragt, ob sie ans Stürzen denkt, wenn Marija mit ihrem Bike auf die Piste fährt.

Außerdem, fügte die Wellenreiterin hinzu, wird man zu einem Element der anderen Welt, sowie man sie betritt, zum Teil eines übermenschlichen, hypernatürlichen Ganzen. Diese Erfahrung gehört für sie wie das generelle

Risiko und der elektrisierende Kick dazu. Deshalb machen sie das doch, oder?

Marija liebt es, schnell wie der Nordwind durch den verbotenen Wald zu preschen, über Kieswege oder, meistens, durch hartgebackene Hohlwege mit fester Erde, die sie an klassische MTB-Strecken von früher erinnern.

Es gibt nur Marija, ihr Bike und den wilden, harten, riskanten Ritt.

Den Geschwindigkeitsrausch und – ja, genau – den Kick.

Marija und den Speed.

Marija und die Nacht.

Als würde sie durch einen Tunnel fahren, nicht nur in diesem Wald oder in ihrem Leben, sondern in der gesamten Realität.

An die Wölfe, da hatte die Surferin damals in Peniche recht, denkt sie kein einziges Mal.

Höchstens an Anna und dass sie das für sie genauso macht wie für sich selbst.

Zumindest redet Marija sich das ein, wenn sie über die Konsequenzen ihrer Fahrten als Drogenkurierin nachdenkt.

Darüber, was passiert, sollte eine Drohne, jemand Nichtbestochenes von der Bundeswehr oder der Polizei, oder gar ein Wolfsmonster sie im Wald erwischen.

Aber um das zu vermeiden, fährt Marija ja so schnell, dass sie ein Teil der Nacht und der Dunkelheit wird, eine elementare Kraft – akzeptiert von der Natur und dieser anderen Welt, wie die Surferin aus Südafrika gesagt hätte.

Und manchmal, wenn Marija lange und schnell genug unterwegs ist, versteht sie genau, was die bekiffte Nixe damit gemeint hat. Denn dann hat Marija das Gefühl, dass sie mit all den anderen unsichtbaren Wesen der Nacht in einem Kollektiv unterwegs ist, sie alle als Einheit einer unbekannten Grenze im Dunkel entgegenrasen.

Dass Marija nicht an die im Dunkeln lauernden Bestien des Waldes bei Dölmow denkt, interessiert den Fuchs, der auf einmal vor ihr über den Waldweg huscht und den Kopf empört in ihre Richtung dreht, einen feuchten Dreck.

Marija verreißt den Lenker, macht einen gefährlichen Schlenker, bekommt ihr Bike aber wieder unter Kontrolle und fängt sich, fährt einfach langsamer weiter.

Ein kurzer Schulterblick, doch der Fuchs ist schon wieder verschwunden.

Marija flucht in ihrem Helm, versucht den Schrecken abzuschütteln, atmet tief durch und tritt nach einigen tiefen Atemzügen mit wild pochendem Herzen und Puls von Neuem kräftig in die Pedale.

An die Wölfe denkt Marija nicht mal jetzt.

Sehr wohl aber daran, dass immer etwas schiefgehen, sie durchaus auch von menschlichen Jägern erwischt werden könnte.

Jemand wie Marija stellt für Militär und Polizei bloß Beifang dar, man ist eher hinter Extremisten aller Art zum Thema Wolf her, hinter Rechten, Souveränisten, Reichsbürgern, Waffenhändlern, Saboteuren und Bombenlegern. Für eine Verhaftung und Verurteilung wegen Schmuggels verbotener Substanzen würde es dennoch genügen.

Das wäre dann Marijas Problem, sollte sie geschnappt werden, nicht das der Dealer aus Dölmow. Verraten oder sonst wie verarschen sollte man solche Leute nicht, erst recht nicht, wenn man hinter Gitter muss.

Oder seine Tochter über alles liebt.

Marija hat sich schon öfters gefragt, was sie täte, sollte sie ohne Aussicht auf Davonkommen verfolgt werden.

Wahrscheinlich würde sie versuchen, den Rucksack noch irgendwie loszuwerden und ihre Nachtfahrt dann auf ihre psychischen Probleme schieben, vielleicht ihre Therapeutin kontaktieren lassen. Die fortschrittliche Camouflage-Ausrüstung für Body und Bike hätte ihr im Szenario einer solchen Befragung ein potenzieller Sponsor geschickt, der gern ihr aufsehenerregendes MTB-Comeback finanzieren möchte, und nein, sie hat keine Ahnung, was die Zeichen und Codes bedeuten, sorry, damit kennt sie sich nicht aus.

Nur Marija würde wissen, dass sie lügt.

Dass es für sie nie ein Comeback geben wird.

Kein Zurück zu dem Leben, das sie einmal hatte.

Das wird immer nur ein Traum sein, den zu träumen sie sich selbst verbietet.

JOE

JOE FÄLLT ÜBER DEN RAND des Hitzschlags, direkt in einen merkwürdigen Albtraum.

Wie Alice, bloß dass in seinem Fall nicht die Katze grinst, sondern der Wolf.

Er befindet sich auf einem mittelalterlichen Markt mit lauter Zelten, im Schatten des Brandenburger Tors.

Vor ihm läuft Charlotte. Sie trägt ein rot leuchtendes Kapuzen-Cape, als wäre sie Rotkäppchen.

Um sie herum herrscht dichtes Gedränge, und erst jetzt bemerkt Joe, dass auch alle anderen Männer und Frauen einen roten Kapuzenumhang angelegt haben – und eine Wolfsmaske.

Charlotte nimmt gerade eine der gruseligen Masken aus Pappe von einem kleinen Tisch neben einem Zelt und befestigt sie mit dem Gummiband.

Joe ist der Einzige, der weder Cape noch Maske trägt.

Auf dem Tisch liegt auch keine mehr.

Charlotte lacht hinter ihrem falschen Wolfsgesicht, dreht sich um und verschwindet mit ihrem fließenden roten Umhang in der Menge.

Joe folgt ihr durch das viele Rot und die vielen Wolfsmasken.

Die Leute rufen amüsiert seinen Namen oder lachen, wenn er sich vorbeidrängt – umso lauter, je mehr sie Joe im Weg stehen oder je ungeduldiger er durchzukommen versucht.

Trotz seiner Bemühungen verliert er Charlotte schon bald aus den Augen.

Er sieht nur noch Rot.

Voller Verzweiflung greift Joe nach der Schulter einer verhüllten Person im Eingang eines großen Zelts, von der er mehr hofft als annimmt, dass es sich um Charlotte handelt.

Als sich die rote Kapuze zu ihm umdreht, erblickt er eine auf eigenartige Weise erstarrte Version von Charlottes Gesicht, das immer noch ihr übliches Lächeln zeigt.

Lange, von dunkelbraunem Fell bedeckte Pfoten mit schwarzen Krallen am Ende schieben die Charlotte-Maske fort. Auch das Cape verschwindet wie von Zauberhand, gleitet einfach davon.

Auf einmal steht vor Joe ein riesiger Wolf auf zwei Beinen.

Er blickt Joe schalkhaft an und leckt sich mit einer langen Zunge die Lefzen.

Joe weicht hektisch zurück, stößt gegen andere vermummte Gestalten, die nun ebenfalls ihre Verkleidung ablegen und sich als Wölfe entpuppen. Aus den vielen menschlichen Stimmen um ihn herum wird ein tierisches Knurren, das sich zu einem alles durchdringenden Ton vereint und gegen Joe brandet.

Die enttarnten Wölfe bilden einen Kreis um den taumelnden Joe.

Ihr Knurren wird immer lauter, der Kreis immer enger.

Außerdem hat sich in Sekundenschnelle nächtliche Dunkelheit über den Markt gesenkt. Das Brandenburger Tor ist nicht mehr zu erkennen, leuchtet auch nicht.

Panik erfasst Joe. Er sieht keinen Ausweg.

Es gibt kein Entkommen.

Nur Wolfsschnauzen mit langen Zungen und großen, scharfen Zähnen.

Plötzlich schneidet Maschinengewehrfeuer durch Nacht und Knurren.

Joe zuckt instinktiv zusammen, duckt und krümmt sich.

Das Monster, das eben noch Charlottes Gesicht getragen hat, fällt jaulend nach hinten.

Für einen Moment schweben dicke rote Blutstropfen in der Luft.

Der Kreis aus Wölfen verschiebt sich, als eine weitere Maschinengewehrsalve in die Bestien hineinfährt. Tiere heulen auf, Blut spritzt.

Joe sprintet geduckt durch eine Lücke, die sich inmitten der Ungeheuer auftut, hechtet aus dem Rund und landet in einer schmalen Gasse zwischen zwei Zeltreihen.

Er rennt wie von Sinnen durch den Spalt und die Schwärze.

Ein durchdringendes Heulen ertönt hinter ihm.

Das wütende Rudel nimmt die Verfolgung auf.

Joe blickt zurück. Es kommt zu einem Gedränge im Eingang der Gasse, doch immer mehr Wölfe fluten in die Öffnung und hetzen hinter Joe her.

Ihr Hecheln und Heulen verfolgt ihn durch den finsteren Tunnel, in die Dunkelheit.

Der knurrende, hechelnde Wolf, der Joe am nächsten ist, dessen raubtierhafte Wildheit und heißen Atem er schon im Nacken spüren kann, schnappt nach seiner Achillessehne.

Seine Zähne dringen wie ein heißer Blitz in Joes Haut, Fleisch, Sehnen, Adern, Knochen.

Joe erwacht mit einem gequälten Laut, der nach einem Tier klingt, und setzt sich ruckartig im Bett auf.

In seinem Zimmer in der Schwalbe ist es heiß, stickig und finster. Brennender Schweiß rinnt ihm übers glühende Gesicht. Laken und Decke sind klitschnass.

Sein Herz wummert noch immer wie blöd.

Er fühlt sich wie nach einer Panikattacke und versucht sich zu beruhigen. Und davon zu überzeugen, dass das Heulen, das er gerade trotz bereits geöffneter Augen gehört hat, aus seiner eigenen Kehle kam.

Oder ihm nur als Echo aus dem Traum gefolgt ist.

Um sich etwas abzulenken, nimmt Joe sein Smartphone und wischt durch die neuesten Nachrichten.

Doomscrolling als Downer.

Als Erstes schaut er sich ein *Prime News*-Video mit Untertiteln an, das in Warschau aufgenommen wurde. Der polnische Außenminister hat am Abend in einer Fernsehansprache betont, dass Polen seine Grenzen um jeden Preis verteidigen werde und dass er Deutschland in der Pflicht sieht, seine europäischen Nachbarländer vor einer Gefahr zu schützen, die in der Bundesrepublik ihren Anfang genommen hat.

Ein Link unter dem Clip führt zu einem aktuellen Artikel hinter Bezahlschranke, in dem mehrere Journalisten und Reporterinnen die möglichen High-End-Labors durchgehen, aus denen die Nanobots überhaupt erst entkommen sein könnten.

Joe liest bis zur Log-in- oder Kaufaufforderung und fragt sich nicht zum ersten Mal, ob Sylvia Kraupen womöglich Labors hat, von denen niemand etwas weiß.

Und ob die Situation in der Sperrzone noch viel umfassender ihre Verantwortung, ja, ihre Schuld sein könnte, als irgendjemand ahnt. Und damit auch die Schuld am Verschwinden ihrer Tochter.

Ob sie ihn in Wahrheit nur als etwaiges Bauernopfer, als vielleicht noch nützlichen Sündenbock hier positioniert hat.

Doch bis Joe etwas anderes herausfindet, bis aus den vielen Gerüchten und Meinungen eine Wahrheit wird, bleibt seine Klientin in erster Linie eine besorgte Mutter, deren Tochter er finden muss, bevor hier in der Zone und im Wald alles drunter und drüber geht.

Ein Cartoon lässt Joe trotz allem grinsen. Im Bundestag in Berlin sitzen neben Menschen auch ein paar schlecht getarnte Cyborg-Wölfe mit Anzug und Blazer und stimmen gegen einen konsequenten Militärschlag im Wald, und damit für Frieden.

Das kommt Joe wie ein Hinweis vor, es noch mal mit Schlafen zu versuchen, und er legt das Smartphone weg.

Als er die Augen schließt, denkt er allerdings wieder an Charlotte, und das nicht unbedingt im Rotkäppchen-Hoodie.

DW-7X

ER FOLGT DER FRAU.

Sie bewegt sich schnell durch den Wald.

Wie ein Reh.

Ein Hirsch.

Dennoch weckt sie nicht den Jagdtrieb in ihm.

Oder vielleicht ja doch.

Aber die Dinge in seinem Kopf unterdrücken den Instinkt sofort wieder.

Bevor er überhaupt darauf reagieren kann.

Trotzdem hetzt er der Frau auf dem Rad lautlos nach.

Nicht, um sie zu erwischen.

Sie zu erlegen.

Zu töten und zu fressen.

Sondern einfach, um zu rennen.

Er holt schnell auf.

Und dann rennt er neben ihr her.

Verborgen durch mehrere Reihen Bäume und Büsche.

Die Nacht selbst.

So begleitet er die Raserin in einigem Abstand.

Im gleichen Tempo.

Auf gleicher Höhe.

Wie ein Schatten.

Das macht er in vielen Nächten.
Immer wenn sie in den Wald fährt.
Sie hat ihn noch nie bemerkt.
Er liebt es, Seite an Seite mit ihr durch den Wald zu preschen.
Es erinnert ihn an sein Rudel.
Wo Wolf neben Wolf läuft.
Jagt.
Tötet.
Frisst.
Lebt.
Früher wäre ihm das hier seltsam vorgekommen.
Sich einem Menschen so nahe zu fühlen.
So verbunden.
Wie einem anderen Wolf.
Seinem Rudel.
Doch nun ist alles anders.
Das Rennen lindert seine Einsamkeit zumindest vorübergehend.
Diese Jagd, die keine Jagd ist.
So, wie zwei kein Rudel sein können.
Zwei Verbannte.
Und doch spürt er eine Verbindung.
Etwas, das er mit seinem Rudel verloren hat.
Da ist etwas zwischen ihnen.
Ihm und der Frau auf dem Fahrrad.
Ein unsichtbares Band.
Es spannt sich zwischen ihnen.
So lange, bis die Bäume zu licht werden.
Bis er abbremsen muss.

Und das Band zerrissen wird.

Er schickt der Frau einen wehmütigen Blick hinterher.

Durch die Nacht.

Erneut muss er an die andere, die jüngere Frau denken.

Die er seit Tagen nicht gesehen hat.

Deren Fährte er nirgends mehr findet.

Die ihm in den Sinn kommt, wann immer er von Blut träumt.

Hat er dieses Band, das er auch mit ihr hatte, spürte, bei einem Aussetzer brutal zerrissen?

Sie angegriffen.

Erlegt.

Gefressen.

Und wäre das wirklich so schlimm, wie die Dinge ihm weismachen wollen?

Er ist nach wie vor ein Wolf.

Oder?

Trotz der Dinge.

Trotz all der Veränderungen.

Seine Augen sehen im Dunkeln besser als früher.

Er blickt dorthin, wo die Radfahrerin verschwunden ist.

Die Dinge warnen ihn.

Eine Spähdrohne des Militärs ist in der Nähe.

Er muss weiter.

Sollte.

Soll.

Knurrend wendet er.

Zieht er sich zwischen die Bäume zurück.

Jetzt sieht er mehr.

Versteht er mehr.
Aber früher war es leichter.
Einfacher.
Besser.
Er wünschte, er könnte nach seinem Rudel heulen.
Mit seinem Rudel heulen.
Doch sie haben gelernt, ihre Position nicht mehr so leicht zu verraten.
Auf andere Weise zu kommunizieren.
Über die Dinge in ihren Köpfen.
Schweigend.
Noch etwas, wozu er keinen Zugang mehr hat.
Er wird blockiert.
Für die Dinge scheint das in Ordnung.
Sonst würden sie sich einmal mehr anpassen.
Etwas dagegen tun.
Selbst hat er in dieser Angelegenheit wohl nichts zu sagen.
Er will den Kopf heben.
Seinen Schmerz als Heulen durch die Nacht schicken.
Der Drang ist überwältigend.
Wie immer hindert ihn etwas daran, ihm nachzugeben.
Und so trottet er kopfschüttelnd durchs Unterholz.
Die Nacht.
Das Dunkel.
Ein Gefangener seines Wandels.
Seiner Freiheit.
Seiner Einsamkeit.

JOE

»HAB GEHÖRT, DU BIST GESTERN verhaftet worden«, sagt Charlotte und setzt sich mit ihrer guten Laune und ihrem noch besseren Aussehen zu Joe an den Tisch in der Schwalbe.

Bis zu ihrem Erscheinen hat Joe auf seinem Kraupen-Phone gesurft, die neuesten Schlagzeilen gelesen. Einige Aufmacher der Zeitungen in London, New York, Paris, Kopenhagen, Belgrad, Toronto, Peking, Kapstadt in der Zusammenfassung serviert bekommen, um das gebündelte internationale Stimmungsbild zur Sperrzone und der entscheidenden Abstimmung zu bekommen.

Das Highlight: Der Generalgouverneur gibt Tipps zum Leben mit Wölfen als Nachbarn.

Oh, und das Interview mit Sylvia Kraupen.

Die Fotos wurden in dem Salon ihrer Potsdamer Villa aufgenommen, in dem sie Joe empfangen hat, und sie war vor der Kamera wieder durch und durch Schneekönigin.

Charlotte dagegen bringt Joe zum Schmelzen. An diesem Morgen trägt sie ein rotes Top, was Joe aus mehrerlei Gründen schwer schlucken lässt.

Bis auf eine Handvoll anderer Journalistinnen und Reporter, die benommen Kaffee schlürfen und nach einer Nacht unter dem aufgeheizten Dach auf ihren Smartphones, Notebooks und Tablets herumtippen, sind schon alle ausgeflogen, zweifellos auf der Jagd nach dem größten Wolf oder der nächst größeren Story.

Joe hat seine Schreibarbeit nach dem Aufstehen direkt im Zimmer erledigt. Den Traum schrieb er nicht in sein Falltagebuch, aber seine Besuche bei ProW@lf und Faberland.

Leider konnte er nicht eintragen, dass seine Gesichtserkennungssoftware Lisa Kraupen beim Streunen durch Dölmow ausgemacht hat.

Keine Lisa weit und breit, soweit es das Programm hergibt.

Wenigstens sitzt nun Charlotte vor ihm.

»Verhaftet?«, fragt Joe, der sich ein Brötchen mit Nusscreme geschmiert hat – kein Stück vegan und auch nicht bio, aber er wollte nicht fragen und wird es eher überleben als Melanies laserfokussierte Verachtung.

»Hier sprechen sich die Dinge schnell rum«, meint Charlotte und schnappt sich, ohne zu fragen, eine der bestrichenen Brötchenhälften.

Joe sieht anderen Leuten nur ungern dabei zu, wie sie essen, doch bei Charlotte stört es ihn kein Stück.

Er kann nicht sagen, dass ihn das überrascht.

»Oberst Faberland hat mir netterweise eine Eskorte geschickt«, fasst Joe seine Reise von Lager zu Lager, aus dem Grenzstreifen in die Sperrzone, für Charlotte zusammen. »Er wollte einfach mal Hallo sagen und sich kurz mit mir über unsere Projekte und mögliche Synergie-Effekte austauschen. Es war ein sehr konstruktiver Dialog.«

Charlotte, die konzentriert kaut und sich die Finger ableckt, nickt. »Verstehe. Der Soldat und der Spion. Eine echte Männerfreundschaft. Wie aus dem Bilderbuch.«

»Ah. Fast vergessen. Du denkst immer noch, dass ich vom Geheimdienst bin.«

»Bis du mir das Gegenteil beweist.« Das letzte Stück Brötchen verschwindet in Charlottes Mund. »Und selbst dann bleib ich skeptisch«, fügt sie kauend hinzu.

»Ergibt Sinn.« Joe bietet Charlotte eine Serviette an. Sie winkt ab, er zuckt mit den Schultern und trinkt einen Schluck Kaffee. »Bis mein Netzwerk aus Spionen und Informanten hier vor Ort steht, könnte ich übrigens deine Hilfe gebrauchen. Nichts Wildes, keine Angst. Nur ein paar Infos.«

»Macht mich das nicht zu einer Kollaborateurin?«

»Kommt drauf an, auf welcher Seite du stehst.«

Charlotte lacht, Nusscreme im Mundwinkel.

Joe findet, dass es unerhört sexy aussieht.

»Dafür müsste ich erst mal wissen, auf wessen Seite du stehst«, grinst Charlotte. »Was ich nicht tue.«

»Genau das macht es ja so aufregend.«

»Uh-hu. Na schön. Versuch dein Glück, Null-Null-Sieben. Was willst du wissen?«

»Ich muss jemanden finden. Eine Frau.«

Charlotte fasst sich ans Herz und lehnt sich schwer getroffen zurück. »Und ich dachte, dass das mit uns beiden etwas ganz Besonderes werden könnte.«

Joe klammert sich an ein undurchsichtiges Lächeln. »Ich suche jemanden. Aus dem Dorf. Eine Jane. Die Jane? Wie auch immer. Kennst du jemanden, der hier so heißt? Ich dachte, ich frag erst dich, bevor ich mein Glück bei unserer freundlichen Wirtin versuche. Oder mich durchs Telefonbuch arbeite. Falls es ein digitales für Dölmow gibt.«

»Die Jane?« Diesmal lacht Charlotte laut und heftig.

Joe starrt sie an. »Ich hab anscheinend was Lustiges gesagt?«

»Hast du«, bestätigt Charlotte und steht auf.

Joe verschränkt die Arme und sieht zu ihr hoch. Die Aussicht gefällt ihm. »Wolltest du mir nicht helfen?«

»Mach ich. Heute Abend. Wir zwei gehen aus.«

Joe versucht die Schmetterlinge zu beruhigen, die auffliegen wollen. Cool sagt er: »Okay. Und was ist nun mit dieser Jane, und wieso ist das alles so lustig?«

»Die Jane ist auch dabei«, verspricht Charlotte. »Wir besuchen sie.«

»Oh. Gut. Früher geht's nicht? Ich stehe hier etwas unter Zeitdruck.«

»Nope. Erstens hab ich gleich ein Interview in einem Nachbardorf. Und zweitens arbeitet deine Jane woanders. Erst heute Nacht erwischen wir sie wieder in Dölmow.«

Joe trommelt mit den Fingern auf der Tischplatte. »Na schön. Ich muss sowieso erst mal nach meinem Auto sehen. Hab vorhin mit Oskar telefoniert, er meinte, ich soll einfach vorbeischauen.« Er räuspert sich. »Könntest, ähm, du mich wieder mitnehmen?«

Charlotte kneift die Augen zusammen. »Ist das deine Masche, um Frauen aufzureißen?«

»Ich wünschte, dem wär so.« Griesgrämig fügt Joe hinzu: »Dämlicher Husky.«

»Husky? Die meisten hier schimpfen über die Wölfe.«

»Bin eben anders als die meisten.«

»Das hab ich schon gemerkt.«

Joe strahlt übertrieben. »Nimmst du mich trotzdem in deinem Auto mit?«

»Was soll ich sagen? Mir fällt gerade leider keine gute Ausrede ein.«

»Meine Retterin.«

»Erinner dich dran, falls deine Seite gewinnen sollte.«

Joe blinzelt schnell, lächelt leicht. »Als ob ich dich je vergessen könnte.«

Das bringt ihm einen Blick ein, so gut wie nicht zu deuten: Punktgewinn oder heftiger Abzug, beides ist möglich.

Sie gehen nach draußen und steigen in Charlottes kleinen Ford. Charlotte macht einen halbherzigen Schulterblick und fährt praktisch schon los, da schießt eine Radfahrerin auf dem Gehsteig vorbei und genau vor dem anrollenden Eco schräg auf die Straße.

Charlotte bremst scharf. »Shit!«

»Mit der Irren hatte ich schon zwei Mal das Vergnügen.« Joe starrt der Fahrradkurierin nach, die wie eine Wilde durch Dölmow rast. Sie schneidet noch ein anderes Auto, das abrupt bremsen muss, und rauscht kamikazemäßig in eine schwer einzusehende Nebenstraße, in die man garantiert nicht mit so einem Tempo fahren sollte. »Klarer Fall von Todessehnsucht«, diagnostiziert Joe.

»Kann sie ja wegen mir haben und auch gern ausleben«, meint Charlotte, »aber bitte nicht auf meiner Motorhaube.« Sie blickt nun sehr penibel über die Schulter und in die Spiegel und fährt danach erst ganz vorsichtig an.

Sogleich tritt sie wieder auf die Bremse.

Ein Konvoi aus einer schwarzen Limousine mit getönten Scheiben, zwei SUVs und vier Polizeimotorrädern braust durch Dölmow.

»Hoher Besuch?«, fragt Joe und blickt den Fahrzeugen, die auf die Sperrzone zuhalten, hinterher. Im Dorf sorgen sie, wenn er die Mienen der Passanten auf den Gehsteigen richtig deutet, eher für Genervtheit und Augenrollen als für Aufregung.

»Ach.« Charlotte zuckt ihrerseits vielsagend mit den Schultern. »Es vergeht eigentlich keine Woche, in der nicht mindestens ein hohes Tier irgendeiner Partei kommt, um sich mit den Soldaten vor dem Wald ablichten zu lassen, auf dem Stützpunkt eine Rede zu halten und Interviews zu geben, auf dem Marktplatz hier in Dölmow für die eigene Agenda oder die nächsten Wahlen zu werben, Stimmung zu machen ...«

Inzwischen fahren sie Richtung Dorfausgang und Sperrzone.

»Was ist das für ein Interview, zu dem du musst?«, fragt Joe, der sich mehr für Charlotte als für Politik interessiert.

»Ein Hühnerzüchter und Eiergroßhändler. Er behauptet, ein Cyborg-Fuchs hätten in einem seiner Ställe ein Massaker angerichtet.«

»Ein Cyborg-*Fuchs*?«

»Hundertpro Fake News.« Charlotte wischt und tippt am Touch-Display des Armaturenbretts herum, um die Klimaanlage hochzujagen. Es ist erst nach zehn und schon wieder unfassbar heiß. Juli im Mai. »Aber die Schlagzeile generiert auf der richtigen Site sicher ein paar Klicks. Und bis ich meine Mega-Story hab, muss ich mich ja irgendwie über Wasser halten.«

»Hartes Brot, die Schreiberei.«

»Hab's mir so ausgesucht.« Charlotte wird langsamer, weil vor ihnen ein selbstfahrendes Müllauto nachjustieren muss, um eine krumm hingestellte Gelbe Tonne mit dem Greifarm zu erwischen. »Du hast Oskar also schon kennengelernt, wenn er sich um dein Auto kümmert? Ist ne ziemliche Type, oder?«

Joe schnaubt. »So könnte man es ausdrücken.«

»Der lässt sich nicht unterkriegen. Hat seine Frau an Krebs und seine Tochter an ein Virus verloren.«

»Haben sie ihn deshalb nicht zwangsevakuiert? Aus Mitleid?« Joe stellt sich vor, wie Oberst Faberland das Handbuch für menschliches Mitgefühl liest. »Oskars Schrottplatz befindet sich quasi schon in der Zone, hab ich das richtig verstanden?«

Nach dem Ortsschild gibt Charlotte ihrem Auto die Sporen, als wäre ein Cyborg-Wolf hinter ihnen her.

»Der Schrottplatz liegt oben auf einem Berg, genau am Rand des Waldes und der Zone«, führt Charlotte aus. »Streng genommen auf einer Seite schon in der Zone, ja. Oskars Domizil ragt praktisch ins Revier der Wölfe. Mitleid hat allerdings nichts damit zu tun, dass er bleiben durfte.«

Joe stutzt. »Sondern? Beziehungen? Bestechung?«

»Bevor ich es dir sage, will ich was klarstellen. Dölmow ist ein *Dorf*, ja? Da redet jeder über jeden. Und viele haben gegenüber der Presse sogar noch mal ein gesteigertes Mitteilungsbedürfnis. Und ich bin schon ein paar Wochen hier. Monate, eigentlich.«

»Alles klar. Du hast niemanden gefoltert, um an Informationen über Oskar zu kommen.«

»Genau. Und das wär ja auch eher dein Ding, Mister Geheimdienst. Also: Oskar hat laut Dorftratsch auf seinem Schrottplatz schon schwer aufgerüstet, bevor die Wölfe mutierten, und bevor die Bundeswehr angerückt ist. Ein Wall aus Autowracks und Zaunteilen, die angeblich unter Strom stehen. Stacheldraht. Außerdem hat er fiese Wachhunde und illegale bewaffnete Drohnen, wie manche behaupten.«

»Wow.«

»Als man ihm erklärte, dass er zu seiner eigenen Sicherheit aus der Gefahrenzone evakuiert werden soll, hat er nur gelacht und gesagt, dass er nirgends sicherer ist als auf seinem Schrottplatz – und nirgendwohin geht. Und wenn sie ihn zwingen und seine Grundrechte verletzen, macht er eine Riesenshow in den Medien daraus. So hat man es mir zumindest erzählt. Würde aber zu ihm passen, muss ich sagen.«

»Und das hat wirklich funktioniert?«

Charlotte zuckt mit den Schultern. »Die Wölfe und die Zone haben von Anfang an die Gemüter erhitzt. Schätze, man wollte noch mehr schlechte Presse um jeden Preis vermeiden. *Witwer, der seine Tochter bei der ersten Pande-*

mie verloren hat, bekommt von der Regierung nun auch noch sein Zuhause genommen! Das will keiner der Verantwortlichen lesen – oder, na ja, verantworten.«

Sie fahren in den Grenzstreifen und am Camp von ProW@lf vorbei. Polizeiautos parken am Rand der Wiese mit den Zelten und Wohnmobilen.

Sicher kriegen Reinhold und seine Leute für die Ballon-Aktion über dem Bundeswehrstützpunkt gehörigen Ärger. Aber genau darauf legen sie es ja an, schätzt Joe.

Ärger bedeutet schließlich Aufmerksamkeit für ihre Sache.

Joe sieht einige Autos, manche mit Sender-Logo, dazu Kameras und Cam-Drohnen, die von Polizei-Drohnen im Luftraum über dem Lager verscheucht und blockiert werden.

Kurz nach der bunten Zeltstadt der Wolf-Fans kommt ein weiterer Bundeswehr-Checkpoint mit Soldaten und Drohnen in Sicht. Charlotte biegt vor der hastig asphaltierten Zufahrt zur Basis und dem Wald zwischen den Feldern ab.

Sie folgen der zweispurigen Landstraße in Sichtweite des Zauns, aber mit mehreren trockenen Feldern Abstand zur Zone, zum Wald.

Zu den Monsterwölfen.

Joe sieht im Vorbeifahren eine große, spinnenbeinige Kraupen-Drohne auf der Innenseite des Hochsicherheitszauns entlanggehen.

»Ist schon seltsam«, murmelt Joe, der sich noch immer nicht so recht mit Militär und Kriegsgerät auf deutschem Boden abgefunden hat.

Charlotte missversteht sein gebrummeltes Unverständnis. »Manchmal bin ich mir nicht sicher, ob sie die Wölfe drinnen oder eher uns draußen halten sollen.«

»In Wahrheit sind wir die Ausgesperrten, meinst du?«

»Na ja, oder die Eingesperrten. Es …«

Ohne Vorwarnung ruckt Charlotte hart am Lenker, sodass der Eco einen wilden Haken auf die zum Glück freie Gegenfahrbahn macht. Joe kann die Fliehkraft im Bauch spüren.

»Was war das?«, fragt er irritiert, dreht sich im Sitz um und blickt zurück.

»Irgendein überfahrenes Tier«, antwortet Charlotte. »Wenn es so lange nicht regnet, müssen viele Tiere außerhalb ihrer üblichen Reviere nach Wasser suchen. Das geht oft schlecht für sie aus, wenn sie dafür eine Straße überqueren müssen. Hier fahren besonders nachts auch Panzer und Transporter der Bundeswehr. Oder autonome Lieferwagen. Die rasende Dorfjugend nicht zu vergessen.«

»Da bist du dann natürlich schnell platt als Waschbär«, sagt Joe lax und bereut es sofort, weil Charlotte kein bisschen erheitert wirkt.

Ihr Schweigen füllt das Auto schneller als die kühle Luft aus der überforderten Klimaanlage des Ecos.

Nach ein, zwei weiteren Minuten in dieser pikierten Stille fährt Charlotte rechts ran. Ein Feldweg zweigt von der Landstraße ab. Für Joe fühlt er sich schwer nach mitten im Nirgendwo an: eine platt gefahrene Dreckpiste mit zwei tiefen, profilgeprägten Fahrspuren von einem Traktor oder, natürlich, einem alten Abschlepptruck.

»Weiter fahr ich dich nicht«, verkündet Charlotte.

»Wegen dem Waschbär-Spruch?«, nörgelt Joe.

»Was? Nee. Obwohl der echt nicht gut war. Aber ich bin schon spät dran. Sorry. Wie es aussieht, haben Geflügelzüchter einen straffen Zeitplan. Du musst eine knappe Viertelstunde dem Weg folgen, dann geht es rechts in ein Wäldchen und darin einen Hügel rauf. Oben liegt dann Oskars Refugium. Kannst du nicht verfehlen.«

»Du schmeißt mich echt mitten in der Pampa raus?«

»Habt ihr Spione keine Survival-Spezialausbildung?«

»Da hab ich wohl krank gefehlt.«

Charlotte tätschelt Joes Oberschenkel, und er spürt ein Kribbeln in der gesamten Region. »Du schaffst das schon.«

»Ich werd mir Mühe geben, mich nicht zu verlaufen. Oder gefressen zu werden.« Joe steigt aus. Die Hitze springt ihn an wie ein Wolf. »Danke fürs Fahren. Mal wieder.«

»Kein Problem. Und immer schön auf die Ungeheuer aufpassen«, sagt Charlotte fröhlich.

Er winkt und sieht dem Eco nach, bis der blaue Wagen ein ganzes Stück weit weg ist.

Dann fasst er den breiten Feldweg und dessen Umgebung ins Auge.

Joe ist Stadtmensch durch und durch. Zwar hat er auch schon im Spandauer Forst, um die Müggelberge oder in anderen Berliner Wäldern, im Tiergarten oder in sonst einem Park ermittelt, aber da war die Stadt wenigstens immer in Reichweite.

Das ferne, weite Hinterland betrachtet er mit einer angeborenen Skepsis – und mit urbaner Überheblichkeit.

Hier draußen bringt diese Arroganz jedoch herzlich wenig.

Wenigstens sieht er am Ende des Feldweges, in ein, zwei Kilometern Entfernung, das entfernte Gehölz und den Hügel, der wohl mehr ein ambitionierter Berg ist.

Dazwischen liegen Wiesen und Felder, die einem cleveren Cyborg-Monster aus Fell und Stahl genug Schutz zum Anschleichen bieten dürften, sollte es die Zone denn mal unbemerkt verlassen.

Joe weiß seit Langem, wie und wie *leicht* Menschen in der Stadt verschwinden. Allein auf weiter Flur, in der hitzegemarterten Natur, mit dem Wald und der Zone in Sichtweite, wird ihm klar, wie einfach Menschen auch auf dem Land verschwinden können.

Und wie schwer es werden mag, Lisa Kraupen hier draußen zu finden.

Wofür er definitiv sein Auto braucht.

Also auf zu Oskars Schrottplatz.

Bei seinem unverhofften Spaziergang kommt sich Joe wie auf dem Präsentierteller vor. Die Sonne und ein Schwarm Stechmücken machen sich über ihn her, und er schwitzt wie ein Schwein. Sein mulmiges Gefühl wird stärker, je weiter er sich von der Straße entfernt.

Als er das Heulen zum ersten Mal zu hören glaubt, hält er es für einen Streich seiner überspannten Nerven, die das Zirpen einer Grille, einen fernen Motor oder das Gezwitscher eines Vogels in der aufgeheizten, vibrierenden Sommerluft falsch interpretieren.

Joe bleibt stehen und lauscht.

Zirpen, Gezwitscher, und, ja, da wird eindeutig geheult – und zwar Rotz und Wasser.

Er folgt dem Geräusch, und auf einmal tut sich zwischen den hohen Gräsern einer ungemähten Wiese zu seiner Linken eine Lücke auf, wo ein weiterer Weg abzweigt.

Joes Blick fällt auf einen weißen Wolf und zuckt von diesem zu der schwarzen Frau, die neben dem Tier weinend am Boden kauert, und von ihr wieder zurück zum Wolf, der seine Schnauze am Hals der Frau vergraben hat.

Joe braucht eine Schrecksekunde, um zu realisieren, dass es kein kybernetisch gepimpter Wolf ist – und er kein Blut auf dem weißen Fell, der dunklen Haut oder der hellen Erde sehen kann.

Dennoch erstarrt er zur Salzsäule.

Der Wolf bemerkt Joe als Erstes, stellt sich vor die Frau und wirkt alles in allem, als wolle er gleich angreifen.

»Woah.« Joe hebt die Hände. Er fühlt seinen Herzschlag aus dem Stand beschleunigen. Sein Blutdruck rauscht wie Starkregen in seinen Ohren. »Ganz ruhig, Kumpel. *Ruhig.*«

»Winslow«, sagt die Frau schniefend und greift nach dem Halsband des Wolfs, dessen Leine nutzlos am rissigen, staubigen Boden schleift. »Bleib hier.«

Joe räuspert sich zurückhaltend. »Er will nur spielen, nehm ich an?«, sagt er und ist einigermaßen stolz darauf, dass seine Stimme den Nerventest besteht.

Die Frau stößt eine Mischung aus Lachen, Rotzen und Schluchzen aus.

»Ich würd Ihnen ja gern aufhelfen, aber ich fürchte, dann verlier ich einen Arm«, sagt Joe. »Ist alles in Ordnung?« Er verzieht das Gesicht. »Sorry, blöde Frage. Brauchen Sie Hilfe, meine ich? Einen Krankenwagen?«

»Mir fehlt nichts«, sagt die Frau und richtet sich auf. Der Wolf weicht ihr nicht von der Seite, seine Augen fixieren noch immer Joe. »Ich bin Kira.«

»Joe. Und das da ist ... Winslow? Hab ich das richtig verstanden?«

»Ja.« Kira lächelt leicht. »Nach Don Winslow.«

»Dem Krimiautor?«

»Ja. Sie kennen ihn?«

»Klar. Schade, dass er damals wegen der US-Politik zu schreiben aufgehört hat.«

Obwohl die Frau nun nicht mehr bitterlich weint, bleibt diese Begegnung inmitten der Felder und Wiesen nahe der Sperrzone ziemlich surreal.

Kira beugt sich etwas nach unten und krault den Wolf zwischen den Ohren. »Siehst du, Winslow, ich sag doch immer, dass ich dich nach einer Berühmtheit benannt hab. Er ist einer meiner Lieblingsautoren. Und du bist mein Lieblingswolf.«

Joe und der Wolf starren einander an.

»Wäre es okay, wenn ich mich bewege?«, fragt Joe höflich.

»Oh. Entschuldigung. Sicher.«

Joe entspannt sich ein wenig. »Ich weiß gar nicht, was ich zuerst fragen soll«, gesteht er.

Kira seufzt. »Mal sehen: Wieso ich hier am Boden hocke und flenne? Oder wieso ein Wolf bei mir ist?«

Joe nickt. »Beides Fragen in meiner Top Five.«

»Verständlich.« Kira atmet tief durch. »Ich bin Biologin und leite eine Forschungseinrichtung in der Nähe.« Sie deutet vage hinter sich, den Weg entlang. »Ich berate das Militär. Wegen der Wölfe.«

»Verstehe. Das erklärt den Wolf. Halbwegs. Und das Weinen?«

»Ach.« Kira strafft sich, winkt ab. »Privater Kram. Ich und meine Frau haben eine Krise. Ich müsste mich öfter bei ihr melden. Und öfter nach Hause fahren. Die Dinge klären, die zwischen uns stehen. Aber ich mach's nicht und versteck mich hinter meiner Arbeit.« Sie lacht peinlich berührt. »Entschuldigen Sie. Jetzt schwafle ich auch noch einen Fremden damit voll. Es ist nur ... bei meinen Kollegen muss ich die Chefin sein, da kann ich schlecht über meine Beziehungsprobleme lamentieren.«

»Kein Problem«, sagt Joe, dessen Haltung und Offenheit schon viele zum Reden animiert haben. Das gehört zu seinem Talent als Detektiv, seinem ermittlerischen Mojo. Er wirkt offen, und so öffnen sich ihm andere leichter.

Kira wischt sich die Wangen trocken. »Mann, ist mir das unangenehm.«

»Ach was. Außerdem ...«

»Ja?«

Joe zuckt mit den Schultern. »Sie sind die Frau mit dem Wolf. Ihnen muss man einfach zuhören. Wegrennen ist keine Option.«

Kira lacht überraschend befreit. Winslow zuckt mit den Ohren.

»Und Sie?«, fragt sie dann. »Seltsamer Ort für einen Spaziergang. So nah an der Zone. Und erst recht im Anzug und mit solchen Schuhen.«

Joe betrachtet seine unpraktischen, staubbedeckten Stiefeletten. »Ja, ich hätte besser Sneaker einpacken sollen.« Er wischt sich Schweiß von den Schläfen und der Oberlippe. »Ich bin auf dem Weg zum Schrottplatz. Hatte gestern einen Unfall, und der Besitzer hat mich abgeschleppt und meinte, er schaut mal, ob er mein Auto reparieren kann, weil es in Dölmow keine Werkstatt mehr gibt.«

»Oskar ist ein echter Bastler. Wenn es einer hinkriegt, dann er.«

»Sie kennen ihn?«

»Er lebt auf einem Berg am Rand der Zone und fährt einen uralten, alles verpestenden Truck, der seit zehn Jahren aus dem Verkehr gezogen gehört. Hier gibt es kaum jemanden, der ihn nicht kennt.«

»Wenn Sie es so ausdrücken ...« Joe muss schon wieder Schweiß wischen und spürt, wie sein Hemd durchweicht. Tropfen rinnen seinen Rücken und Bauch entlang. »Ich glaub, ich geh besser aus der Sonne, sonst zerfließe ich. Ich muss da vorne zu den Bäumen und dann im Wäldchen den Berg rauf, richtig?«

»Richtig. Sollen wir Sie ein Stück begleiten? Unsere Runde wurde von einer hysterischen Frau unterbrochen.«

Joe grinst schief. Er mag Menschen, die über sich selbst Witze machen können. »Klar.« Dann weicht er zurück, weil der Wolf mit stechendem, konzentriertem Blick auf ihn zugeht. »Woah. Hab ich was falsch gemacht? Was will er?«

»Gestreichelt werden«, sagt Kira ruhig. »Ich schätze, Winslow hat entschieden, dass er Sie gern hat.«

»Hoffentlich nicht zum Fressen gern«, sagt Joe und bereitet sich darauf vor, früher als gedacht seine Hand ins Maul eines Wolfes zu legen.

»Er macht nichts«, verspricht Kira, sagt zu Joes Beunruhigung aber auch: »Benimm dich, Winslow!«

DW-7X

ER KANN ES NICHT ERKLÄREN.

Was er hier macht.

Aber irgendetwas zieht ihn immer wieder zu diesem Ort, zum Schrottplatz.

Ein Gefühl.

Eine Erinnerung.

Eine Ahnung.

Ein Zwang.

Auf der Waldseite führt ein steiler Hang hinauf.

Zum Reich des alten Mannes.

Feste Erde.

Gerade Bäume.

Eckige Steine.

Bis zum Wall um den Metallfriedhof.

Der Zaun hat mehrere Schichten.

Eisengitter.

Gestapelte Fahrzeugwracks.

Stacheldraht.

Summende Elektrizität.

Ein kleines Tor, eine Tür.

Auf sie starrt er im Moment.

Aus seinem Versteck.

In einem Dickicht am Fuß des Hanges.
Voll konzentriert.
Er sieht anders als früher.
Viel mehr.
Durchdringender.
Neue Zusammenhänge.
Möglichkeiten.
Komplikationen.
Das Tor aufzubekommen wäre kein Problem.
Mit seiner neuen Stärke.
Seiner neuen Größe.
Seinen metallverstärkten, hydraulikbetriebenen Kiefern.
Seinen stählernen Krallen.
Aber genauso weiß er, dass er das besser bleiben lässt.
Wegen der Komplikationen.
Der Mensch.
Seine Waffen.
Seine Hunde.
Seine Drohnen.
Es wäre zu viel Ärger für …
Ja, wofür eigentlich?
Was hätte er davon, dort hineinzugehen?
Warum kommt er seit einiger Zeit immer wieder hierher?
Was für Antworten hofft er hier zu finden?
An diesem Ort der Menschen.
Des Metalls.
Des Mülls.
Der für alles steht, was sein Leben verändert hat.

Warum sollte es hier Antworten geben?

Ein kleiner trotziger Teil seines Verstandes beharrt darauf.

Ohne es weiter erklären zu können.

Natürlicher Instinkt.

Die künstlichen Dinge bringen ihn auch diesmal davon ab.

Sie scheuchen ihn mit anderen Gedanken fort.

Und mit Schmerz.

Er erträgt ihn, solange er kann.

Dann lenkt er ein.

Manchmal versucht er, den Dingen einen Besuch auf der anderen Seite des Zauns schmackhaft zu machen.

Das Material.

Die Technologie.

Das Potenzial.

Selbst wenn das weitere Verwandlungen bedeuten würde.

Weitere Mutationen.

Neuerliche Schmerzen.

Nur, um sich drüben umsehen zu können.

Seinem Gefühl nachzugehen.

Doch die Dinge durchschauen ihn.

Sehen keinen Nutzen, nur Risiko.

Er knurrt vor Wut kaum hörbar, mehr in seinem Inneren.

Ein Grollen.

Und dann ...

Inmitten seines Ärgers blitzt plötzlich etwas auf.

Die junge Frau aus einem der beiden Lager.

Von deren Abbild er seit Tagen verfolgt wird.

Dazu kommt noch ein anderes Motiv.
Blut.
Mal wieder.
Wie er hier am Hang mit Erfolg gejagt hat.
Und kurz darauf in Ruhe gefressen.
Er überlegt angestrengt.
Hat er die Frau etwa an diesem Ort erlegt?
Kommt er deshalb immer wieder hierher?
Er schüttelt seinen pochenden Schädel.
Versucht, das Blut und die Gewalt loszuwerden.
Träume.
Erinnerungen.
Trugbilder.
Wahnsinn.
Was ist wahr?
Nichts von alldem kann man mit den Zähnen packen.
Schlecht gelaunt verlässt er seine Deckung.
Streicht im Schutz der Baumstämme am Fuß des Hanges entlang.
Er folgt dem Verlauf des Schrottplatzes.
Warmer Wind dringt in die schattige Kühle des Waldes ein.
Auf einmal nimmt er eine Witterung wahr.
Sie kommt von der anderen Seite des Berges.
Ein unveränderter Wolf.
Er rennt los.
Beinahe lautlos.
Trotz des trockenen Laubs am Boden.
Dem Metall an seinem Körper.
Der Servos.

Seines Gewichts.
Doch dann bremsen ihn die Dinge einmal mehr.
Er wird langsamer.
Trabt nur noch ein Stück weiter.
Knurrt.
Fügt sich.
Schlägt eine ganz andere Richtung ein.
Wird wieder eins mit dem Wald.
Geht fort vom Geruch des fremden Wolfes.
Der auf andere Weise von den Menschen verändert wurde.
Und fort von dem Ort, der ihn so sehr lockt.
Mit noch mehr Lügen.
Mit vagen Versprechen.
Auf Antworten.
Gewissheiten.
Der ihn mit Bildern und Möglichkeiten quält.
Wütend richtet er sich auf zwei Beine auf.
Holt aus.
Drischt auf einen trockenen Baum ein.
Der Stamm erzittert heftig.
Die Dinge ärgern sich über ihn.
Er schlägt deshalb noch einmal zu.
Noch fester.
Seine Krallen bohren sich tief in Rinde und Holz.
So haben sich die Dinge in seinen Kopf gegraben.
Seine Gedanken.
Obwohl er kämpft.
Jeden Tag.
Er wünschte, er könnte es rückgängig machen.

Sich und die Dinge wieder voneinander trennen.
Fleisch und Metall.
Wolfsgedanken und ...
Gedanken.
Damit alles wieder wird, wie es einmal war.

JOE

»HIER TRENNEN SICH UNSERE WEGE«, sagt Kira, obwohl sie die Kuppe des kleinen Bergs noch nicht erreicht haben, ein letztes steiles Stück den Schrottplatz noch vor ihnen verbirgt. »Der halbstarke Wolf da und Oskars irre Hunde, das geht nicht gut. Gibt nur wieder Theater am Tor.«

»Irre Hunde?«, echot Joe, vor Anstrengung glühend, schweißtriefend und mit schmerzenden Füßen.

»Jetzt wär definitiv ein guter Zeitpunkt, die Hundekuchen auszupacken.« Kira zwinkert ihm zu. »Danke noch mal. Und Sorry. Und ich drück die Daumen für das Auto. Dass Oskar es reparieren konnte.«

»Und ich dafür, dass die Ehe sich auch wieder reparieren lässt.«

»Zur Not kann Oskar sie ja recyceln.«

»Ha.« Joe nickt anerkennend. »Pass gut auf sie auf«, sagt er außerdem zu Winslow, verzichtet aber darauf, ihn noch mal zu streicheln.

Manche Erfahrungen gewinnen dadurch, dass man sie nicht inflationär werden lässt.

Und am Ende wirft ihm Sylvia Kraupen sonst noch vor, gemeinsame Sache mit dem Feind zu machen.

Er blickt Kira und Winslow kurz hinterher, diesem auf so vielen Ebenen ungleichen und am Ende doch absolut perfekten Gespann, wie sie den Berg im wohltuenden Schatten der Bäume hinabsteigen. Dann bringt er den Rest des Aufstiegs hinter sich und erreicht schließlich den Eingang zum Schrottplatz oben.

Es ist, als würde er vor einer Festung stehen.

Das geschlossene vergitterte Eisentor ist so breit, dass Oskars Abschlepptruck zwei Mal durchpasst, und ragt mit seiner Stacheldrahtkrone hoch über Joe auf. Rechts und links reihen sich massive metallene Pfosten und Platten als Wall in Grau, Blau, Grün und Rost aneinander, ebenfalls mit Schlaufen aus NATO-Draht obendrauf.

In der Mitte des Tores, wo sich die Flügel treffen, hängen eine schwere Kette und ein mächtiges Vorhängeschloss.

Joe fragt sich, wen Oskar alles vom Betreten abhalten will.

Jenseits der Gitterstäbe sieht Joe reihenweise aufgetürmte Autowracks, aber auch Container voll mit anderem Schrott, von Waschmaschinen über Klimaanlagen bis hin zu Computern, Drohnen und Fernsehern.

Joe sucht nach einer Klingel, Sprechanlage oder Kamera, aber da eilt auch schon das Begrüßungskomitee mit kehligem Gekläffe aus einer Gasse zwischen zwei Reihen aus Wracktürmen.

Fluchend tritt Joe zurück, denn die vier Rottweiler werfen sich mit ihrem ganzen Gewicht gegen das laut scheppernde Tor, das ein, zwei Zentimeter nach außen federt.

Bellend und knurrend schicken die massigen Hunde Geifer und Hass auf Joes Seite.

Winslow wirkt im Vergleich zu diesem Quartett zahm und zivilisiert, geradezu intellektuell.

Joe ist froh, als er Oskar sieht, der sich dem Tor nähert.

»Haltet die Klappe«, sagt der alte Schrotthändler zu den Rottweilern und stößt einen kurzen, harten Pfiff aus, der die Tiere verstummen lässt. »Haut ab«, fügt er auf seine eigene liebevolle Art hinzu, woraufhin die Hunde Joe einen letzten Blick zuwerfen, der Schmerz und Tod mit viel Sabber verspricht, und sich dann trollen.

»Vielleicht lässt du das Tor besser zu«, sagt Joe und versucht zu erkennen, wie weit sich die Rottweiler verziehen. Er rechnet mit einem hundsgemeinen Hinterhalt.

»Warum? Hast du Angst vor den Hundchen?« Oskar lacht meckernd und schickt sich an, das Schloss aufzusperren und die Kette abzuwickeln. »Mach dich nicht lächerlich, Junge. Ich bin hier der Boss.«

»Und wenn sie das letzte Memo nicht gelesen haben?«

»Dann kriegen sie einen Tritt, direkt unter den Stummelschwanz.« Oskar schiebt ächzend einen Torflügel auf, damit eine Öffnung für Joe entsteht. »Kommst du jetzt, oder nicht? Ich lass nicht jeden hier rein, und zweimal frag ich nicht.«

Joe zögert. »Ich werde sicher nicht gefressen? Oder verstümmelt?«

»Nicht von meinen Hunden. Für alles Weitere kann ich angesichts der Lage der Nation nicht garantieren. Als ich das letzte Mal nachgeschaut hab, war mein Schrottplatz aber noch wolfsfrei.« Er hebt den Zeigefinger über seinen Kopf und lässt ihn kreisen. »Ich hab Drohnen, die ihre Runden drehen, falls dich das beruhigt.«

»Na ja …« Zaghaft und mit einem unguten Gefühl betritt Joe Oskars Reich. Die Hunde stürzen sich nicht auf ihn, lauern fürs Erste irgendwo zwischen den Gängen aus Fahrzeug- und Kühlschrankkadavern. »Du hast dir Drohnen zugelegt, damit keine Wölfe hier reinkommen?«

»Nee, schon vorher, um die Metalldiebe zu stoppen. In dem Geschäft steckt mehr Geld, als die meisten vermuten. Kupfer ist das neue Gold. Scheiß auf Kryptowährung.«

Oskar verschließt das Tor wieder mit Kette und Schloss.

Joe fühlt sich eingesperrt, sagt aber nichts. Er kennt solche Gewohnheitstiere, und vielleicht gibt es ja sogar Vorschriften für Schrottplätze, auf denen noch schwereres Gerät und gefährlichere Dinge zu finden sind als Rottweiler.

Oskar kratzt sich an der stoppeligen Wange und erzählt weiter von seinen Sicherheitsmaßnahmen. »Die Hunde haben irgendwann nicht mehr gereicht, weil irgendwelche Arschlöcher ihre großen Lasten-Copter mit Greifarmen übern Zaun flogen und bergeweise meinen Kram klauten. Besonders Kupfer, und alles mit einem Chip. Seltene Erden, du weißt schon. Werden immer seltener, hehe. Am Anfang hab ich nur mit dem Gewehr auf die Drohnen geschossen, aber nachts seh ich nicht mehr so gut, und deshalb hab ich mir eigene Drohnen angeschafft. Und klar, die Wölfe würden sie auch bemerken, aber da setz ich wieder mehr auf meine Hunde.«

Joe betrachtet Oskar. »Und ich dachte, dein Truck wär das Krasseste an dir.«

Wieder das meckernde Lachen. »Komm. Ich geb dir die große Führung, dann schauen wir nach deinem Auto.

Dem, was davon übrig ist.« Anstatt Joes besorgte Erwiderung abzuwarten, stiefelt Oskar an ihm vorbei und bedeutet Joe mit einem Wink, ihm zu folgen.

Joe, mit einem Auge immer auf der Suche nach herbeistürzenden Rottweilern, macht ein paar schnelle, große Schritte und hält sich danach möglichst dicht bei Oskar.

Sie laufen weiter in den Schrottplatz hinein, dessen beachtliche Größe Joe jetzt erst so richtig erahnen kann, da der Ort sich vom Tor aus wie ein Trichter vergrößert und immer mehr aufgereihte Autowrack-Stapel, Container, Schrottberge, Lagerhallen, Carports und Schuppen in Sicht kommen. In einer Ecke stehen fünf ausrangierte, von Landwirtschaftsdrohnen abgelöste Traktoren und zwei verrostete Mähdrescher wie Schlachtvieh. Es gibt sogar einen alten Eisenbahnwaggon, obwohl die nächste Bahnstrecke ein ganzes Stück weg ist.

»Als die Abwrackprämie für Autos mit Verbrennungsmotor kam, hab ich gut was zu tun gehabt, wie du siehst«, erklärt Oskar. »Die grünen Idioten mit ihren Elektroautos. Keiner wusste, wohin mit den ganzen Benzinern und Dieseln. Hätte zehn Schrottplätze wie den hier füllen können.« Er kratzt sich erneut an der Backe, vehementer diesmal. »Schätze, deshalb haben sie mir den Laden auch nie dichtgemacht, obwohl ich so gut wie keine der heutigen Auflagen mehr erfülle. Aber wohin dann mit den aus dem Verkehr gezogenen Autos und Sachen, wenn die Mega-Deponien in China oder Indien mal wieder dicht sind und monatelang alle Schiffe abweisen? Dann brauchen sie Leute wie mich und meinen schmutzigen, hässlichen Schrottplatz am Arsch der Welt.«

Neben Oskars Truck-Ungetüm steht ein genauso heruntergekommener Gabelstapler, dahinter macht Joe etwas aus, das sicher eine Schrottpresse ist.

Oskars Haus im Herzen der Anlage auf dem halb in der Wolfszone stehenden Berg erweist sich unterdessen als Bungalow. Die Fenster sind mit Eisengittern verbarrikadiert. Unter dem Vordach steht eine Hollywoodschaukel.

»Dein Schrottplatz ist größer, als ich gedacht hab«, sagt Joe, weil er spürt, dass Oskar auf einen Kommentar wartet.

»Ich hab hier alles, was ich brauch«, erwidert Oskar stolz. »Angefangen beim Platz. Bin schon immer mein eigener Herr gewesen. Völlig unabhängig. Wärmepumpe hinterm Haus und Solar auf den Dächern aller Gebäude. Generator für alle Fälle. Fassweise Diesel in dem Schuppen da drüben. Die Kühltruhen im Keller sind randvoll. Zur Not geh ich im Wald jagen. Hab ich früher öfter gemacht. Im Wald sind auch zwei Quellen, gar nicht weit weg. So gutes Wasser hast du noch nie getrunken. Ich sauf nix aus der Flasche, mit ihrem Mikroplastik und ihren Nanos.« Er breitet die dünnen Arme aus. »Ich könnt hier einen Krieg aussitzen.«

»Vielleicht bekommst du bald Gelegenheit, das auszuprobieren«, sagt Joe. »Je nachdem, wie sie im Parlament entscheiden.«

»Die Arschlöcher.«

Joe runzelt die Stirn. »Wer genau?«

»Die Politiker. Alle miteinander.« Oskar spuckt aus. Er wirkt nicht allzu beunruhigt angesichts der Aussicht auf einen Krieg zwischen Bundeswehr und Cyborg-Wölfen, der um seine Halbinsel hier oben toben könnte. »Die sollen da draußen machen, was sie wollen. Ich komm klar. Mit denen, trotz denen, gegen die – und noch besser ohne die. Wenn sich die Staatsgewalt und die Waldmonster gegenseitig umbringen, soll mir das recht sein. Hier oben überleb ich sie alle.«

Joes Reichsbürger- und Souveränisten-Spürnase juckt, doch er sagt nichts.

Oskar hat ihm schließlich geholfen, als Joe im Graben gelandet ist. Und wenn er wirklich Frau und Tochter an Krankheiten verloren hat und die meiste Zeit allein hier in seiner Welt aus Schrottdieben, Hunden, Monsterwölfen und Abwehrsystemen lebt, wundert es Joe nicht, dass er etwas eigen geworden, mit gesellschaftlich-ideologischen Nebenpfaden kokettiert.

Oskar führt ihn derweil am Haus vorbei, noch tiefer in das Schrottlabyrinth. Sie nähern sich dem Wald auf der anderen Seite des Berges, wenn Joes großstädtischer Orientierungssinn ihn nicht abgehängt hat.

Die Hunde bleiben verschwunden. Stattdessen sieht Joe eine von Oskars Drohnen, die ihre Runde dreht, eine Kugel, vier Mal so groß wie sein Kopf.

Er muss an Sylvia Kraupens Residenz denken, die gerade sehr weit weg erscheint.

»Haben einiges an Feuerkraft, die Dinger«, sagt Oskar fröhlich. »Sind aus Russland. Hat mir ein Kumpel besorgt und am Zoll vorbeigeschleust. Darf man in Deutschland gar nicht haben. Hier ist ja alles *verboten*, was einen und sein Eigentum schützt.«

»Hm«, erwidert Joe vage, denn mal ehrlich, wie soll er sonst darauf antworten? Mit einer Statistik der Toten durch private Schusswaffen in den USA?

Inzwischen gehen die beiden durch einen schattigen Canyon aus ausgeschlachteten Autokarossen, immer rund ein Dutzend Fahrzeuge aufeinander, Stapel neben Stapel, zwei, drei Mann hoch, meistens Kombis, SUVs und Sportwagen. Joe überlegt, dass dies der geeignete Ort für einen Rottweiler-Hinterhalt wäre, und blickt immer wieder nervös über die Schulter zurück.

Schon seltsam, dass er auf einmal Winslow den Wolf vermisst.

Die Schlucht aus Schrottkarren endet an einem Gittertor, das wesentlich kleiner ist als das, durch das Joe Oskars Reich betreten hat. Rechts und links sind hinter einem Metallzaun weitere Autos gestapelt, wie eine Mauer aus Wracks, und obendrauf, natürlich, der allgegenwärtige, überall anhängliche Stacheldraht.

Oskar tritt nah an das vergitterte Tor, bleibt stehen, schiebt die Hände in die Hosentaschen seines Blaumanns und schaut beinahe versonnen nach draußen. Joe stellt sich neben ihn, versenkt die Hände ebenfalls in den Taschen seiner Hose und folgt Oskars Blick.

Unter ihnen breitet sich der Wald aus – ein von trockenem Laub bedeckter Steilhang, die vereinzelten Bäume reichen beinahe bis hoch zum Wall. Weiter unten wird der Forst deutlich dichter.

Joes Sinne sind von den vielen Bäumen und den Schichten aus Schatten und Düsternis sowie den gelegentlichen Sonnenspeeren, die sie schräg von oben durchdringen, überfordert. Er hört Vögel rufen, die er nicht kennt, dazu das dröhnende, nachhallende Hämmern eines Spechts. Insekten summen, brummen und zirpen.

Aber da ist noch etwas anderes.

»Fühlt man sich immer so beobachtet, wenn man hier steht?«, fragt Joe nach einer Weile.

»Jupp«, sagt Oskar. »Als meine Tochter klein war, und da gab's nur normale Wölfe, standen wir manchmal hier am Tor und haben in den Wald geguckt, und dann taten wir immer so, als würden wir Ungeheuer aus irgendwelchen Filmen oder Büchern sehen, die unsere Burg angreifen wollen.«

»Tut mir leid«, sagt Joe automatisch.

Oskar macht eine wegwerfende, genauso automatisierte Handbewegung. »Ich hab meinen Frieden damit gemacht. Was sollte ich auch sonst tun? Bringt ja nichts, nur noch hier zu stehen und in den Wald zu glotzen, als könnte ich die Vergangenheit dadurch wieder lebendig machen.« Er lächelt schief und traurig, kratzt sich wieder an der Wange. »Außerdem: Wenn du zu lange in den Wald blickst, blickt der Wald auch in dich hinein.«

»Den hab ich schon mal gehört.« Joe weiß, dass ein Kontrollblick nach hinten überfällig ist, falls die Rottweiler ungeachtet Oskars Zuversicht in die Befehlskette etwas planen, jedoch kann er sich nicht von Hang und Wald losreißen. »Hast du hier schon mal eine von den Bestien gesehen?«

»Von der Steuerfahndung?«

Joe schnalzt mit der Zunge. »Einen Wolf, Oskar.«

»Ach so. Nee. Aber man spürt, dass sie da sind, gell?«

Dem kann Joe nicht widersprechen. »Irgendwas ist da, ja. Aber ich seh nichts.«

Er muss an das schnell gelöschte Video von Charlotte denken, den Soldaten.

»Das tut man meistens eh erst, wenn's zu spät ist.« Oskar wendet sich als Erster vom Wald ab. »Na komm. Erwachsene Männer sollten den Bäumen nicht den ganzen Tag beim Wachsen zusehen.«

»Ja«, sagt Joe, bleibt aber stehen.

Er glaubt eine Bewegung in den Schatten zu sehen, am Fuß des Hanges – mehr eine Verschiebung von Dunkelheit innerhalb der Dunkelheit.

Oder spielen ihm seine modernen Augen bloß einen primitiven Streich?

Rot glühende Monsteraugen wären vermutlich zu simpel.

Oder Lisa Kraupen, die schlafwandelnd aus dem Wald wankt.

Mit all seiner Willenskraft dreht er sich zu Oskar um. Das Tor zum Wald im Rücken zu haben ist im ersten Moment dummerweise noch unangenehmer. Er schaudert beim Gedanken, was da unten umherschleichen, ihn beobachten, den Hügel hochrennen, sich gegen Tor und Metallwall werfen könnte.

Dagegen sind bösartige Rottweiler ein Klacks.

»Hast du mein Auto reparieren können?«, fragt Joe Oskar in dem Bemühen, sich auf etwas anderes zu konzentrieren als die Vierbeiner, die an diesem Ort über ihn herfallen könnten.

Oskar ruckt am Schild seiner Cap herum. »Sieht ganz gut aus dafür, dass ich es gestern aus einem Straßengraben gezogen hab, wenn du mich fragst, ich bin allerdings kein Ästhet oder so.« Sie gehen zurück durch den blitzenden Canyon der Karosserien. »War halb so wild. Ich steh drauf, Dinge zu zerlegen. Ich kann aber auch Sachen reparieren. Einen Totalschaden erlöse ich aber wohl schneller als andere Mechaniker.« Oskar überlegt kurz. »Hätte ich was zu sagen, wär diese verrückte Welt deshalb schon lange in der Schrottpresse gelandet.«

»Hm«, macht Joe wieder unparteiisch.

Sie gehen zu einem der Schuppen. Joes Audi steht im lichtfleckigen Schatten unter dem gewellten Blechdach, das von einem Hagelschauer gezeichnet wurde, und sieht in der Tat nicht so aus, als hätte es gestern aus einem Graben gefischt werden müssen.

»So gut wie neu«, sagt Oskar selbstzufrieden – es ist weniger Arroganz, die in seiner Stimme mitschwingt, mehr so eine Art Handwerkerstolz.

Joe mag Oskar, so, wie man als Jugendlicher einen schrägen Onkel mag, der die Familienfeste aufmischt.

Er wünschte nur, der schräge alte Kauz würde nicht dauernd so Sprüche wie den mit der Schrottpresse ablassen.

Oskar interpretiert Joes skeptischen Blick falsch. »Ah. Klar. Warte.« Er greift in eine Tasche seines fleckigen Blaumanns. »Da. Deine Schlüssel.« Er wirft sie Joe zu, der sie gerade so aus der Luft fängt. Oskar kratzt sich wieder ungeniert im Gesicht. »Sparen wir uns den ganzen Scheiß mit Rechnung und Mehrwertsteuer? Hat ja eh nur der

Staat was von. Das Abschleppen geht aufs Haus. Sagen wir sechshundert glatt?«

»Sorry, so viel Bargeld hab ich schon ewig nicht mehr dabeigehabt.« Joe ist sich nicht mal sicher, ob überhaupt schon mal. »Dann wohl doch mit Rechnung und digital?«

»Ja«, knurrt Oskar. »Das Kaff hier hat nicht mal mehr ne Sparkasse. Die hat noch vor der Werkstatt dichtgemacht, nachdem sie den Geldautomaten zum fünften Mal rausgesprengt haben. Garantiert Kanaken. Wie immer.«

Da, und schon wieder so ein Spruch. Joe atmet schwer aus, tut so, als müsste er sich auf das Kraupen-Smartphone konzentrieren, und öffnet die App zum Bezahlen. Wenn sein Auftrag erledigt ist, wird er Sylvia Kraupen irgendeine Geschichte erzählen müssen, um diese Rechnung zu erklären.

Vielleicht interessiert es sie aber auch nicht, weil, nun, für sie sind das sicher nur Peanuts, oder?

Oskar seufzt genervt. »Hab meins im Haus. Spezielle Verschlüsselung. Du hast ja auch kein Standardteil, wie ich seh. Ich nutz meines nur für Dinge, die den Schrottplatz betreffen. Wenn Leute unbedingt eine Rechnung brauchen. Und *ich* zahl noch mit Bargeld, sooft es geht.«

»Sorry, wie gesagt. Soll ich mit ins Haus kommen?«

»Nee. Bin gleich wieder da.«

»Sicher? Ich will dir keine Umstände machen. Nicht noch mehr Umstände, mein ich.«

»Ich bin alt, nich tot. Noch nicht.« Meckernd geht Oskar zu seinem Bungalow. »Warte hier.«

Joe überlegt, was er jetzt macht, sollten die Rottweiler knurrend um eine Ecke gerutscht kommen und ihren Angriff starten. Vorsichtshalber entriegelt er sein Auto.

Oskar braucht zum Glück nicht lange, anschließend erledigen sie die Transaktion von Smartphone zu Smartphone. Oskar lästert die ganze Zeit hingebungsvoll über die allgegenwärtigen Spione im Netz und in jedem Gerät, über die Regierung und über den Ausverkauf der digitalen Freiheit an Großkonzerne, die CIA und China.

Endlich kann Joe in den Audi steigen. Es ist ein gutes Gefühl, wieder in seinem Wagen zu sitzen, sosehr Joe die beiden Fahrten mit Charlotte auch genossen hat.

Oskar steigt auf dem Beifahrersitz ein, und Joe lenkt den Audi vorsichtig in Richtung Tor. In einem Gang des Schrott-Labyrinths liegen die Rottweiler im windlosen Schatten und werfen ihm böse, rachsüchtige Blicke zu.

Am Tor angekommen, springt Oskar aus dem Auto, öffnet Schloss und Kette und einen der Flügel.

Joe winkt ihm beim Rausfahren noch mal. Oskar erwidert die Geste mit einer ironischen Verbeugung. Der Audi gleitet zufrieden durchs Tor.

Im Rückspiegel sieht Joe, dass Oskar seine Festung der Einsamkeit wieder gewissenhaft verrammelt.

Er muss daran denken, wie er auf dem Hinweg mit Charlotte über den Zaun um die Zone gesprochen hat, und worum es eigentlich geht.

Einsperren oder Aussperren.

KIRA

KIRA WÜRDE DIE WELT GERN noch länger aussperren. Aber nachdem sie und Winslow Joe zu Oskars Schrottplatz begleitet haben, muss sie wieder zurück zum Bauernhof.

Auf sie wartet neben allerhand Papierkram für die Basis und für Berlin noch ein Paper, das sie nach Absegnung durch alle erforderlichen Instanzen gern in einer wissenschaftlichen Zeitschrift veröffentlichen würde, vielleicht sogar in einer populärwissenschaftlichen Publikation, um Zugänglichkeit und Reichweite zu erhöhen.

In ihrem Text soll es darum gehen, wieso die Wölfe in ihren Augen bisher noch nicht den Wald verlassen haben, und wieso Sichtungen außerhalb der Sperrzone Fake sein müssen.

Kira hat verschiedene Theorien, die sie auch schon mit Agnes und anderen aus ihrem Team durchgesprochen hat.

Entweder wollen die Nanos im überschaubaren Wald erst für eine perfekte Konfiguration der Wölfe sorgen, ehe sie sich weiter verbreiten, obwohl das aus evolutionsbiologischer Sicht etwas seltsam wäre. Andererseits könnten die Nanobots, mit denen die Mutationen ihren Anfang nahmen, durchaus auch aus militärischer Forschung stammen, was dann wiederum für ein eher taktisches und operatives Vorgehen spräche.

Oder die Nanos wollen die von der Bundeswehr bedrohten Wölfe schlicht und ergreifend so lange wie möglich schützen und am Leben erhalten, was wiederum ein klarer Hinweis auf ein Verhältnis von Wirt und Parasit wäre.

Als sie vor den Haupteingang des Hofs aus dem Feld treten, merkt Kira, dass einer der Kraupen-Kampfläufer sie und Winslow mit schussbereiten Maschinengewehren an den Seiten ins Visier nimmt. Doch im Bruchteil einer Sekunde greift die Erkennungssoftware, und die Drohne verlässt den Angriffsmodus und setzt ihre Patrouille um die Gebäude fort.

»Scheiß Ding«, sagt Kira und zeigt der Drohne den Mittelfinger.

Sie ist wütend auf sich selbst und schämt sich noch immer für ihren Ausbruch auf dem Feldweg, ihre Offenheit gegenüber Joe – aber wenn sie ehrlich ist, war es besser, mit einem Fremden zu reden, als hier unter Kollegen Schwäche zu zeigen.

Trotzdem braucht sie jetzt erst mal eine Tasse Melissen-Tee zur Beruhigung.

Kira geht daher direkt in die Küche, und ihr wölfischer Schatten folgt ihr wie gewohnt auf den Fersen.

Es ist eine richtige Bauernküche, an der so gut wie nichts verändert wurde, bis auf den riesigen verchromten Doppelkühlschrank, der sich erstaunlich gut in das rustikale Ambiente einfügt. Ein Magazin wie *LandLust* hätte seine helle Freude an der Kombination aus altem Holz und neumodischem Stahl.

Während Kira mit dem Kocher hantiert und Wasser aus der Filterkanne hineinschüttet, die angesichts der Rückstände und Viren im Leitungswasser seit Jahren normal ist, kommt Björn in die Küche.

Er sieht Kira und Winslow, versteift sich und verharrt einen Moment in der Tür, als wolle er umgehend wieder kehrtmachen. Kira hätte nichts dagegen.

»Wegen mir kannst du ruhig rein«, sagt sie dennoch, ohne ihn eines Blickes zu würdigen.

Björn ist der Chefprogrammierer, sozusagen der Kira der Technikabteilung auf dem Bauernhof.

Er und Kira können einander nicht leiden, was in erster Linie daran liegt, dass Björn sie durchschaut hat. Kira weiß, dass er sie hinter ihrem Rücken die Wolfsfreundin nennt, was nichts mit Winslow zu tun hat, sondern ihrer generellen Einstellung zu ihrem Tun und Zweck am Rand der Zone.

Zum Virus, das die kybernetischen Wölfe vernichten soll.

Für Björn und vermutlich auch die meisten anderen in seinem Team geht es nur um die Aufgabe: ein Virus programmieren, das als Waffe gegen die Cyborg-Bestien im Wald eingesetzt werden kann, sollte der Bundestag für eine militärische Lösung stimmen. Für dieses Virus brauchen er und die anderen Computer-Cracks alle möglichen Daten und diversen Input von Kiras Biologen-Crew, die als Variablen für ihren Code zu berücksichtigen sind.

Doch Kira hat am Anfang wohl etwas zu freimütig zugegeben, wie gern sie die verwandelten Wölfe studieren würde – wie unschön und bedauerlich sie es findet, dass in derselben Einrichtung, wo sie ihren Studien zu dieser erstaunlichen Evolution nachgeht, eine Cyberwaffe gegen diese Kreaturen entwickelt wird. Und das auch noch mithilfe ihrer Ergebnisse.

»Wieso bist du sonst hier?«, hat Björn sie in einem Meeting, das am Ende völlig eskalierte, einmal wütend gefragt.

Jetzt schweigt er Kira an und holt sich die Zutaten für ein Sandwich aus den Schränken.

Kira, die schon das Einmachglas mit der getrockneten Zitronenmelisse, das Teesieb und einen Löffel für ihr Zeremoniell bereithält, konzentriert sich auf den Wasserkocher.

Winslow beobachtet die Menschen, spürt die Anspannung, die Feindseligkeit, das Unwohlsein.

Björn legt akkurat Schinken- und Käsescheiben auf sein Brot. »Ich vermiss die Restaurants in Berlin.« Er fängt an, eine Essiggurke geräuschvoll in kleine Scheiben zu schneiden. »Aber wir sind ja fast so weit, und dann heißt es wusch, tschüss, Robo-Wölfe.« Nun blickt er Kira provozierend an.

Kira will sich nicht streiten. Vicky hätte nun gesagt, dass Kira immer nett zu jedem sein will, selbst zu einem Arschloch wie Björn.

Und dennoch ruft sie ihre eigene Frau nicht an. Kira fürchtet, dass das eine Menge über den Zustand ihrer Ehe sagt.

»Ja«, antwortet Kira Björn mit falschem Lächeln und Säure in der Stimme. »Aber wär doch schon blöd, wenn der Wald zum Reservat wird und ihr die ganze Zeit umsonst an eurem Virus rumprogrammiert hättet, was?«

»Anfang nächster Woche ist der Wald voller Wolfskadaver«, verspricht Björn, und sein Blick richtet sich für einen Moment vielsagend auf Winslow.

Kira weiß, dass Björn Angst vor Hunden hat und als einer der wenigen im Bauernhof, ob IT oder Militär, Winslow feindselig gesinnt ist.

»Tot und bereit zum Ausstopfen«, führt Björn nun genüsslich weiter aus. »Hm. Vielleicht zerfetzen die Explosionen sie auch sofort, wenn wir den richtigen Ansatzpunkt finden.«

Kira kennt die Papers, in denen steht, dass man im Fall der Cyberattacke, der eine Offensive mit schwerem Geschütz folgen sollte, sogar einen Waldbrand in Kauf nehmen würde – lieber will man ein Waldstück und ein paar Felder den Flammen opfern, als dass die mutierten Wölfe sich in ganz Deutschland ausbreiten.

Außerdem hat man ja noch die Lösch-Drohnen von Kraupen und die Feuerwehren der Umgebung ohnehin in ständiger Bereitschaft.

An diesen Plan zu denken macht Kira meist genauso sprachlos wie Björns Verhalten.

Winslow beweist ein tierisch gutes Gespür für Timing, da er genau diesen Augenblick wählt, um an der Kücheninsel hochzuspringen, sich lang zu machen und mit den Zähnen das Sandwich von Björns Teller zu mopsen, der dabei klirrend verschoben wird.

»Verdammtes Vieh!«, schreit Björn, weicht aber erschrocken zurück.

»Böser Wolf«, sagt Kira in lobendem Tonfall.

Winslow interessiert sich für keinen von beiden und verschlingt am Boden hastig seine Beute.

Björn, das Gesicht eine Maske der Wut, wirft den Teller klappernd in die Spüle. Danach holt er einen neuen aus dem Schrank, stellt ihn ganz nahe an seine Seite der Arbeitsplatte und fängt erneut an, sich ein Brot zu belegen.

»Schade, dass nicht alle Wölfe für das Virus zugänglich sein werden«, sagt er hasserfüllt, während er eine weitere Gurke massakriert.

In diesem Augenblick betritt Nadine die Küche und erspart es Kira, Björn antworten zu müssen.

Nadine, die meistens ein ziemliches Pokerface hat, mag gutheißen oder auch nicht, was Björns Team tut – als Soldatin ist sie vermutlich um jede Cyberwaffe dankbar, die im Kampfeinsatz kein Menschenleben aufseiten der Bundeswehr gefährdet. Aber Björn kann sie auf den Tod nicht ausstehen, weil er sie ein paar Wochen lang ziemlich offensiv und penetrant anbaggerte, obwohl alle sehen konnten, dass Nadine nicht einen Hauch von Interesse hatte. Abblitzen lassen reicht bei jemandem wie Björn nur nicht.

Nadine krault Winslow beiläufig am Kopf und sieht Björn an, als könnte sie aus ihren Augen Kraupen-Raketen oder Laserstrahlen verschießen.

Björn, der sich wegen der feindlichen Übermacht in der Küche plötzlich eilig und ruckartig bewegt, stellt die Packung mit den Käsescheiben und das Gurkenglas zurück in den Kühlschrank, schnappt sich seinen Teller mit den Sandwiches und stolziert ohne ein weiteres Wort aus der Küche.

Nadine lässt ihn nicht aus den Augen und wartet, bis seine Schritte auf dem Gang verklungen sind.

»Arschloch«, murmelt sie, sieht Kira an, quittiert ihr mitfühlendes Lächeln mit zusammengepressten Lippen und nimmt Haltung an. »Erinnern Sie sich an das Shooting, über das wir neulich gesprochen haben?«

Kira erinnert sich. Irgendein PR-Genie in Berlin hat sich überlegt, dass es gut wäre, wenn ein paar Soldaten und Soldatinnen in der Zone mit Winslow für Videos und Fotos posieren würden. Um mit einer gezielten Werbe-Kampagne zu zeigen, wie tierlieb alle bei der Bundeswehr eigentlich sind, und dass es im Kontext der kybernetischen Wolfsmonster nur um die Sicherheit der Bürgerinnen und Bürger geht, nichts weiter. Alles gut, alles grün.

Sprich: Man braucht dringend gute Presse aus der Sperrzone, so kurz vor der Abstimmung im Parlament.

»Ja«, sagt Kira und schüttet heißes Wasser in ihre Lieblingstasse, auf der ein paar Cartoon-Wölfe tanzen. »Klar.«

»Der Termin ist jetzt fix«, sagt Nadine. »Schon heute Nachmittag. Ich fahre Sie und Winslow hin.«

Kira vermutet, dass die ProW@lf-Heißluftballons über dem Stützpunkt gestern das Shooting wichtiger denn je haben erscheinen lassen.

»Okay.« Kira pustet auf ihren Tee. »Unter einer Bedingung.«

Das ringt selbst Nadine ein Stirnrunzeln ab. »Bedingung?«, fragt sie und lupft eine Augenbraue.

»Ja.« Kira probiert schlürfend ihr beruhigendes Getränk. »Sie helfen mir dabei, den Halbstarken da zu baden. Damit er schön leuchtet in den Videos und auf den Fotos.«

Sie beide sehen Winslow an, der sich über die Aufmerksamkeit freut und dreinschaut, als könnte er kein Wässerchen trüben.

»Ich weiß, dass ich das bereuen werde«, sagt Nadine langsam. »Aber abgemacht.«

Kira nimmt einen Schluck und will etwas Witziges sagen, als sich ihr Smartphone bemerkbar macht.

Vicky ruft an.

Fast zwanghaft drückt Kira ihre Frau weg.

»Sie hätten ruhig rangehen können«, sagt Nadine und sieht sie verwundert an.

»Passt schon«, wiegelt Kira ab. »Meine Frau. Ich ruf sie später zurück.«

Nadine betrachtet sie durchdringender, als Kira lieb ist. »Sie waren lange nicht mehr zu Hause«, sagt die Soldatin schließlich bedächtig und trotz des persönlichen Inhalts verblüffend neutral.

»Passt schon«, wiederholt Kira und merkt selbst, wie hohl sie klingt.

»Ich weiß nicht, was bei Ihnen los ist, Doktor, und es geht mich auch nichts an.« Nadine hält Kira mit ihrem Blick fest, lässt sie nicht ausweichen. Wolfsmethoden. »Doch wenn ich eines gelernt habe, dann, dass es Kämpfe gibt, denen man nicht ewig ausweichen kann. Nicht ausweichen darf. Sonst büßt man irgendwann umso mehr dafür. Meistens, wenn es zu spät ist.« Sie geht auf die Tür zu. »Bis gleich zum Wolfsbad.«

»Willst du mir auch Beziehungstipps geben?«, fragt Kira Winslow stinkig, der sich in der Küche zu langweilen beginnt, jetzt, wo kein Essen mehr für ihn abfällt.

Das Signal einer eingehenden E-Mail ertönt.

»Was ist denn jetzt schon wieder?«, flucht Kira und ruft ihre Mail-App auf, während sie und Winslow die Küche verlassen und in Richtung von Kiras Arbeitsplatz gehen.

Die Mail ist von Vicky und so lang, dass ihre Frau sie schon vorher aufgesetzt haben muss, um sie abzuschicken, sollte Kiras Verhalten es nötig machen.

Obwohl sie es besser weiß, liest Kira die Mail sofort, statt zu warten, bis sie die Zurückgezogenheit eines privateren Ortes erreicht hat.

Vicky wird nicht ausfallend, aber sie spricht alles ohne Umschweife an.

Das hat Kira an ihr früher einmal sehr geliebt und sehr attraktiv gefunden.

Jetzt schmerzt es sie, weil da natürlich unverschleierte Vorwürfe zu lesen sind, aber mehr noch eine unerbittliche Bestandsaufnahme ihrer Ehe.

Tränen brennen in Kiras Augen, als Vicky schildert, wie weh es ihr tut, dass Kira sich abkapselt und ihnen keine Chance gibt, das Ruder herumzureißen. Dass sie Kira noch immer liebt, aber nicht mehr weiß, was sie tun soll, da sie es alleine nicht schafft über die Distanz hinweg, die Kilometer und ja, leider, Kira.

Und dass sie darunter leidet.

»Kira!« Sie hat gar nicht bemerkt, dass Carlos ihr entgegengekommen ist. Er hält ihr ein Tablet hin und ist so aufgeregt, dass er diesmal gar nicht Abstand zu Winslow hält. »Wir haben die Daten aus der Blackbox des Kampfläufers endlich freigegeben bekommen, der im Wald außer Gefecht gesetzt worden ist. Es ist unglaublich, wie …«

»Später«, presst Kira hervor und wischt sich über die Augenpartie. »Hab irgendwas im Auge. Sorry. Bis gleich.«

»Ist alles …«

Sie hört nicht mehr, was ihr Kollege sagt, eilt panisch zur Treppe, hoch in ihr Zimmer. Ihr Magen und ihr Herz fühlen sich an, als würden sie zerreißen. Heiße Tränen rinnen über ihre Wangen. Rotz verstopft ihre Nase. Winslow folgt ihr und wirkt besorgt. Er spürt ihre Aufregung und ihren Kummer und weicht nicht von ihrer Seite, als sie die Tür hinter sich schließt, sich aufs Bett fallen lässt und bitterlich in ihr Kissen weint.

Die emotionale Kernschmelze ist noch schlimmer als auf dem Feldweg vorhin.

Sie spürt, dass Winslow aufs Bett springt und sich an sie drängt, ihr übers Gesicht und die Hände leckt, für sie da sein will.

Dankbar vergräbt Kira ihr Gesicht in seinem flauschigen Fell, das sie mit ihren Tränen und ihrem Schlotz durchnässt.

Winslow, der beste Seelentröster der Welt, nimmt es hin.

Kira ist sicher, dass sie ihn nicht verdient hat, und als sie darüber nachdenkt, wer Vicky tröstet oder auch nicht, muss sie noch heftiger weinen.

Sie fühlt sich schrecklich.

JOE

ES IST EIN GUTES GEFÜHL, wieder hinter dem Steuer seines eigenen Wagens zu sitzen.

Joe fährt mit gebührendem Respekt den Berg runter und rumpelt langsam über den unebenen, mit Schlaglöchern und Abschlepptruck-Spurrillen verminten Feldweg. Im Audi könnte man Brot backen, und die Klimaanlage bringt noch nicht genug Kälte ins Auto.

Im Radio laufen gerade Nachrichten.

Falls man das so nennen kann.

Eigentlich geben diverse Leute bloß ihre Meinung zu Sperrzone und Parlamentsabstimmung zum Besten, darunter eine grüne Berliner Senatorin, der österreichische Oppositionsführer und der Stürmer der Fußball-Nationalmannschaft, der bei Union Berlin kickt und in Brandenburg aufgewachsen ist.

»Hier gab's schon immer Wölfe«, sagt er lapidar – über einen verschossenen Elfer würde er sich mehr aufregen. »Wieso also eigentlich der ganze Aufstand? Und KI nutzen wir mittlerweile doch auch alle. Ständig.«

Joe grinst über diese Expertenmeinung und rumpelt durch ein Schlagloch, bei dem ihm das Lachen vergeht.

Als Nächstes kommt in der Sendung jener Politiker zu Wort, dessen Fahrzeug-Konvoi Joe und Charlotte vorhin in Dölmow gesehen haben.

»Ich wollte mir einfach ein Bild von der Arbeit, dem Alltag unserer Soldatinnen und Soldaten machen. Aber auch von dieser ökologischen und technologischen Sensation. Vor Ort. Ich bin ein Mann der Tat. Ich glaube an Fakten, doch noch mehr glaube ich an das, was ich selbst sehe und spüre. Das hier könnte eine Zeitenwende darstellen. Für die Natur. Für die Menschheit. Für die künstliche Intelligenz. Wenn wir es schaffen, richtig zu reagieren, alles vernünftig zu vereinen, erkenne ich hier eine reelle Chance, vielen aktuellen Problemen zu begegnen, angefangen bei der Klimakrise, dem Artensterben und dem Zyklus aus Pandemien, in dem wir uns befinden.«

»Ach?«, macht Joe. Er erreicht die Straße, die Dölmow und den Wald verbindet, blickt nach rechts und nach links. Flimmernde Luftspiegelungen tanzen über dem Asphalt, der heiße Wind wirbelt Staubfahnen auf. Mehr Western als Osten.

Joe nimmt den Weg zurück ins Dorf, muss aber schon nach kurzer Zeit auf den vertrockneten Grünstreifen ausweichen, weil ein entgegenkommender Sattelschlepper der Bundeswehr, dessen tiefer Auflieger mit großen, unter Planen verdeckten und vertäuten Drohnen beladen ist, mehr als seine Spur braucht. Vor und hinter dem schweren Gespann fahren mehrere Lastwagen.

Joe versucht, sich ausnahmsweise vom Straßengraben fernzuhalten, und wartet, bis der Nachschub für die Zone vorüber ist.

In Berlin dürften die Zeichen tendenziell auf Krieg stehen, wenn immer mehr Kriegsgerät aus Sylvia Kraupens Fabriken angekarrt wird. Joe fragt sich, ob ihn eine entschlossene Offensive gegen die Wölfe wirklich kümmern würde, sieht man mal davon ab, dass der Zyniker in ihm sich bestätigt fühlen dürfte.

Aber was würde eine militärische Eskalation, ein Frontalangriff mit dem Segen des Bundestags, für Dölmow, den Wald, für Deutschland, für Europa bedeuten? Was für eine Welt würden Kraupen-Bomber über Brandenburg und Kraupen-Raketen auf die Wölfe in der Sperrzone am Ende erschaffen?

Plötzlich hat er das Bild von der Forscherin mit Eheproblemen und ihrem weißen Wolf vor Augen, die diese Raketen auf gewisse Weise ebenfalls voll treffen würden.

Gerade als Joe weiterfahren will, meldet sich sein neues Smartphone, als hätte Sylvia Kraupen gespürt, dass er über ihre Waffen nachgedacht hat.

Es ist ein Audio-Anruf ohne Video.

Das Radio verstummt automatisch.

»Hallo Frau Kraupen«, sagt Joe.

»Wieso melden Sie sich nicht?« Keine Begrüßung, kein Vorspiel, direkt zur Sache. »Denken Sie, ich habe Ihnen das Telefon zum Spaß gegeben?«

»Ich wollte mir erst mal ein Bild von der Umgebung machen.«

Joe hat ständig Kundinnen und Kunden, die ungeduldig sind oder eigene Vorstellungen von seiner Arbeitsweise und besonders seinem Kommunikationsverhalten haben.

Kraupen ist allerdings ein Kaliber für sich, um mal in ihrem Jargon zu verweilen, und anderes gewohnt. »Sie hätten mir von Ihrem kleinen Unfall erzählen sollen«, sagt sie kalt.

So viel dazu, dass sie nicht auf die Abrechnungen achtet.

Jetzt bereut es Joe, nicht sein eigenes Telefon genommen zu haben.

»War nur eine Bagatelle«, sagte er. »Aber wenn Sie wollen, dass ich Sie mit jedem Kleinscheiß belästige, mache ich das natürlich. Ich dachte nur, dass Sie eine viel beschäftigte Frau sind. Gerade erst habe ich einen Transporter mit ein paar Ihrer Wolfskiller gesehen, die in die Zone gebracht werden ...«

Die Fürstin der Drohnen geht nicht darauf ein, doch das hat Joe auch nicht erwartet. »Ich entscheide, was wichtig ist, nicht Sie. Es geht um meine Tochter.« Eine kurze, polare Pause. »Was haben Sie bisher herausgefunden?«

»Hab bei ProW@lf Lisas Freund aufgespürt«, spult Joe pflichtschuldig ab. »Ex-Freund, wie es aussieht. Eine Sackgasse, leider. Aber ich hab eine neue Spur und hoffe, heute Abend mehr zu erfahren.«

»Wieso erst heute Abend?«

»Vorher war auf der anderen Seite kein Treffen möglich«, improvisiert Joe.

»Das ist ziemlich dünn, Herr Denzinger. Ich hatte mir mehr erhofft.«

»Ich habe auch schon mit dem Oberst geplaudert. Ich glaube, er ist kein Fan von Ihnen. Obwohl er eines Ihrer Werbegeschenke auf dem Schreibtisch stehen hat.«

»Der Oberst soll sich um seinen Luftraum kümmern.«

»Ah, Sie haben die Ballons gesehen.«

»Jeder hat das«, erwidert Kraupen. Täuscht Joe sich, oder klingt sie ein klitzekleines bisschen amüsiert? »Wie ist die Stimmung dort?«

Joe überlegt kurz. »Extremisten und Hardliner in beiden Lagern.«

»Fundiert.«

»Danke.«

»Wie werden Sie die Zeit bis heute Abend nutzen?«

Am liebsten würde Joe sagen: duschend und schlafend. Er räuspert sich. »Ich hör mich noch mal in Dölmow um.«

»Haben Sie das etwa noch nicht?«

»Doch, natürlich. Aber man erwischt ja nie dieselben Leute. Es kann nicht schaden, noch mal das Foto rumzuzeigen.«

»Hm.« Überzeugt klingt anders. »Rufen Sie mich morgen früh an. Ich will wissen, was Sie heute Abend herausgefunden haben. Falls Sie etwas herausfinden.«

»Werd ich, keine Sorge.«

»Finden Sie meine Tochter«, sagt Sylvia Kraupen mit der Freundlichkeit einer kalten Lawine auf einem Berggipfel, dann trennt sie die Verbindung.

»Das ist genau das, was ich hier versuche«, brummelt Joe, und da wird ihm bewusst, wie lange er nun schon im Nirgendwo auf dem Seitenstreifen steht und Zeit vergeudet.

Am liebsten würde er das Smartphone seiner Auftraggeberin aus dem Fenster werfen.

Aber dann hätte er wieder die Hitze im Auto.

Mit einem Seufzer fährt Joe weiter.

TARIQ

DASS ER NICHT ZU DEN COOLEN KIDS gehört, ist für Tariq nichts Neues.

Manchmal erinnert ihn seine Situation innerhalb der Truppe und auf dem Bundeswehr-Stützpunkt an seine Kindheit – an die Schule oder an das Fußballcamp in den Ferien.

Als Junge war er kein klassischer Einzelgänger, irgendwann fand er immer Anschluss, Spielkameraden, Freundinnen, Kumpels, Gleichgesinnte. Aber besonders an den ersten Tagen in einer neuen Gruppe schien es ihm früher oft, als wäre er einsam in der Menge, allein unter vielen. Kein Teil des Ganzen, immer abseits stehend, nie dazugehörend.

Es war ein ganz spezielles Gefühl des Nichtdazugehörens, das sich in seinen emotionalen Erinnerungskatalog als Einsamkeit eingebrannt hat.

Schon ironisch, dass genau dieses Gefühl aus seiner Kindheit heute, in einem Militärlager voller Erwachsener und einem Kriegsgebiet voller Monster, wieder aufflammt.

Wenigstens kann Tariq heutzutage besser damit umgehen, vor allem sucht er die Schuld nicht mehr ausschließlich bei sich selbst und seinen möglichen Fehlern.

Auf dem Stützpunkt herrscht an diesem Tag gute Stimmung, weil ein Fotoshooting mit der Chefwissenschaftlerin vom Bauernhof und ihrem zahmen Wolf ansteht – und alles, was die Lagerroutine in der Hitze durchbricht, ist den Soldatinnen und Soldaten mehr als willkommen.

»Ich und der Wolf kommen bestimmt auf ein Poster«, hat Andreas beim Frühstück gesagt, als er und Tariq kurz geplaudert haben. »So ein Wolf ist hundertpro voll der Frauenmagnet, was meinst du?«

Tariq griff sich ein Brötchen. »Was bist du dann, der Schafbock neben dem Wolfspelz?«

Andreas und zwei Kameraden der Hubschrauber-Bodenmannschaft lachten.

Leider hat Tariq nichts von der Partystimmung, da er jetzt zu dem Trupp gehört, der endlich die im Wald von den kybernetischen Bestien ausgeschaltete Drohne bergen soll. Er hat sich schon gewundert, dass es so lange dauerte, bis der Befehl kam. Wahrscheinlich musste von Generalstab und PR-Abteilung erst abgewogen werden, ob der zerstörte Kraupen-Kampfläufer seine Propaganda-Schuldigkeit getan hat oder man seine Überreste noch werbewirksam einsetzen könnte, so kurz vor der Abstimmung in der Hauptstadt.

»Wir hätten das Ding auch dem alten Spinner da oben auf seinem Berg überlassen können«, murmelt Hauptfeldwebel Peters, bevor sie im kühlen, jedoch unheimlichen Wald an die Arbeit gehen. »Dann hätte der sich damit abmühen dürfen.«

Tariq, Schröder, Roos, Brückner und die anderen verteilen sich um die Senke und sichern das Gelände. Auch heute werden sie von zwei bewaffneten Kampfdrohnen begleitet, die nicht erkennen lassen, ob sie ihren zerstörten Artgenossen wahrnehmen, sowie von ein paar fliegenden Kolibris zur Aufklärung.

Hinter ihnen heben zwei kräftige Stapler-Drohnen, die sonst für logistische Aufgaben und zum Bestücken von Hubschraubern, Panzern, Haubitzen und Raketenwerfern eingesetzt werden, die kaputte Tintenfisch-Spinne mit ihren starken Greifarmen aus der Senke. Am Ende werden sie das Wrack der Kriegsmaschine sogar zwischen sich bis zurück ins Lager tragen müssen, da kein geeigneter Transporter oder Lastwagen so tief zwischen die Bäume und in das unwegsame Gelände des Waldes vordringen kann – und für eine Bergung per Hubschrauber hätten sie Bäume fällen müssen, worauf so tief in der Wolfszone und bei dieser Waldbrandwarnstufe niemand Lust hat.

Tariq konzentriert sich zu gleichen Anteilen auf die hydraulischen Geräusche, den kreischenden Protest von Metall und die Flüche von Hauptfeldwebel Peters hinter sich wie auf den Wald, der sich in scheinbarer Endlosigkeit vor ihm erstreckt.

»Wenn ihr das Ding fallen lasst, hebt ihr mit euren überzüchteten Gabelstaplern für den Rest des Sommers nur noch Scheißhäuser rum«, hört Tariq den Gruppenführer bellen.

Tariqs Grinsen vergeht ihm, als er weit vor sich eine Bewegung zu erhaschen glaubt.

Er blinzelt, reibt sich die trockenen, schweißverbrannten Augen, doch da ist nichts.

Leider ist sich Tariq sicher, dass sich etwas zwischen den Bäumen bewegt hat. Ein Schatten, ziemlich groß, vielleicht mit grauschwarzem Fell, eventuell sogar etwas Metall. Oder geht gerade seine Fantasie, vom Märchenwald der Monster beflügelt, so richtig mit ihm durch?

»Hast du das da auch gesehen?«, fragt er – ausgerechnet – Roos, der ein paar Meter neben ihm steht und offensiv einen fruchtigen Kaugummi kaut, den Tariq bis zu sich riechen kann.

»Nö«, sagt Roos schmatzend. »Wundert mich aber nicht, dass du ne Fata Morgana siehst, Laffel, das liegt dir einfach im Blut.« Trotzdem, und das rechnet Tariq dem rassistischen Arsch durchaus an, schaut er auf sein Tablet, das an einem Lederband von seinem Nacken und vor seiner Brust hängt, checkt er die Feeds der um die Bergungsstelle schwirrenden Spähdrohnen. »Nix zu sehen, Mann. Kein Wolf, kein Kamel, kein Eichhörnchen.«

»Hm.« Unschlüssig macht Tariq einen Schritt nach vorn, als würde er ins Meer hineinwaten. Der Wald strahlt noch immer diese urige Unberechenbarkeit und Gefährlichkeit aus, daran kann kein Kahlschlag, keine Trockenheit etwas ändern. »Ich könnte schwören …«

»Da is nix«, sagt Roos genervt, jedoch klingt er dabei wie ein Mann, der sich selbst zu beruhigen versucht, dass in der Dunkelheit keine Monster lauern. »Die Drohnen hätten Alarm gegeben, wenn da was wär.«

»Nur wenn sie dieses Was auch sehen können.« Tariqs Blick seziert den Wald. Bäume, Sträucher, Laub, Felsen, Steine, Farne, alles. Er strafft die Schultern, verändert den Griff seiner Finger um das bereitgehaltene Gewehr. »Ich schau mir das mal an«, verkündet er schließlich und geht zögerlich los.

»Oh Mann, Laffel«, murmelt Roos hinter ihm und kaut noch energischer auf seinem Kaugummi herum. »Du Vollidiot.«

Tariq hat nicht damit gerechnet, dass Roos auf einmal zu ihm aufschließen und neben ihm in das Baummeer schreiten würde.

»Wenn du gekillt wirst, sagen sie, dass es meine Schuld war«, nörgelt Roos, seinen Kaugummi quälend. »Nicht so schnell, Alter, ich schick zwei Kolibris vor.« Während Tariq mit seinen eigenen Augen das Unterholz scannt, blickt Roos auf sein Tablet. Er verlässt sich ganz auf die Drohnen und deren Sensoren. »Okay, weiter.«

Auf diese abtastende Weise arbeiten sie sich Stück für Stück vor, bis sie zwanzig Meter von der Senke entfernt sind.

»Was, wenn sie uns von der Herde trennen wollen?«, fragt Roos unbehaglich. »Schon mal daran gedacht? Und dann fallen sie von allen Seiten über uns her.« Jetzt nimmt er sein Tablet runter und hält sich lieber an sein Gewehr. »Scheiße, Laffel.«

Tariq hat sich schon viele Male vorzustellen versucht, wie es wäre, wenn eines der kybernetischen Untiere plötzlich vor ihm auftauchen würde, oder gleich das ganze Rudel auf ihn zurennt. Ob er richtig reagieren und ob das überhaupt einen Unterschied machen würde – ein Mann mit einem Gewehr gegen etwas, das es gar nicht geben dürfte.

Sie gehen weiter. Er weiß nicht, was schlimmer ist: Die adrenalinschäumenden Wogen aus Anspannung und Erleichterung, oder die Enttäuschung, wohl doch falschgelegen zu haben.

Tariq und Roos steigen über einen umgestürzten, moosbewachsenen Baumstamm, danach bleibt Roos stehen. »Zufrieden?«, fragt er. »Nix. Hab ich doch gleich gesagt.« Und als müsste er in Schröders Abwesenheit ein Klischee oder eine Erwartung erfüllen, fügt er halbherzig hinzu: »Laffel.« Er lässt das Gewehr los, und mit ein paar Wischern über das Tablet zieht er seine fliegenden Späher über seinem Kopf zusammen. »Das war's, lass uns zurückgehen. Bevor Peters uns einen Anpfiff verpasst, weil wir seine Operation gefährden oder irgend so einen Scheiß.«

»Wir zeigen nur Initiative«, sagt Tariq abwesend, denn etwas am Rand seines Gesichtsfelds hat seine Aufmerksamkeit erregt. Er ändert die Richtung und geht auf das Glitzern zu.

»Was hast du denn jetzt schon wieder?«, stöhnt Roos, der diesmal an Ort und Stelle verharrt. »Komm, genug Initiative gezeigt. Lass gut sein, Laffel.«

Aber Tariq lässt es nicht gut sein. Er lässt eh schon zu viel gut sein, ständig, angefangen bei diesem Laffel-Scheiß von Roos, Schröder und ein paar anderen.

Tariq geht in die Hocke und betrachtet das glitzernde Ding im trockenen Laub.

Es ist ein Frauenturnschuh aus grell-pinkem Leinen, mit vielen funkelnden Modeschmuck-Steinchen als Besatz, fast schon ironisch auf Girlie gemacht.

Sieht nicht aus, als würde er schon allzu lange hier liegen.

Tariq betrachtet den Schuh, die Umgebung, wieder den Schuh. Er hat Hemmungen, die Hand danach auszustrecken und ihn zu berühren.

Er spürt instinktiv, dass das mehr ist als Müll.

»Was hast du da gefunden?«, fragt Roos hypernervös kauend.

»Einen Schuh«, antwortet Tariq gedankenversunken. Er hebt den Kopf und sucht abermals den Wald ab, nach Wolf-Cyborgs, nach einer unbekannten Frau mit nur einem pinken Schuh, nach einem Hinweis, nach einer Antwort, nach allem und nichts zugleich.

»Aha.« Roos klingt nicht beeindruckt. »Du hast also einen Schuh-Fetisch.« Er kichert leise, unecht. »Schön für dich, Laffel. Und jetzt lass uns zurückgehen. Du weißt, wie schnell man in unserer Position am Ende der Nahrungskette Ärger bekommen kann.«

Tariq ist nicht sicher, ob er damit ihre hierarchische Position innerhalb der Bundeswehr oder die Nahrungskette in der Zone meint. So oder so schert es ihn im Moment nicht.

»Geh ruhig zurück. Am besten zu Mike.« Das ist der Sanitäter ihrer Einheit. »Er soll dir irgendeine Plastiktüte geben, in die was Steriles eingepackt ist und in die ein Schuh reinpasst. Und Chirurgen-Handschuhe.«

Roos schmatzt ablehnend. »Was willst du denn ... das ist kein Tatort, hallo?«

»Mach einfach«, sagt Tariq in einem Ton, den er nicht oft anschlägt.

»Verrückter Laffel«, murrt Roos, zieht aber los, um Tariq seinen behelfsmäßigen Beweismittelbeutel zu besorgen.

Tariq spürt die Einsamkeit, wieder einmal.

Der Wald pusht sie wie ein Verstärker.

Als Roos drei, vier Minuten später zurückkommt, ist er nicht allein.

Hauptfeldwebel Peters und Mike der Sani begleiten ihn.

»Was wird das hier, Zidan?«, will Peters wissen. »CSI Wolfshausen?«

Roos unterdrückt ein Kichern, der Kaugummi rettet ihn.

»Wen interessiert ein dämlicher Schuh?«, fragt Peters weiter.

Tariq nutzt die fatalistische Ruhe, die sich über ihn gelegt hat, derweil er allein und verwundbar hier auf ein anderes Lebewesen welcher Art auch immer gewartet hat. »Sieht nicht so aus, als würde er hierher gehören, Hauptfeldwebel. Kommt mir merkwürdig vor.«

Peters nimmt den Schuh, girlie und sportlich und funkelnd, aus der Hocke näher in Augenschein. Auch er berührt ihn nicht.

»Könnte einfach nur Müll sein«, befindet er schließlich unwirsch.

»Im Moment wirft sicher keiner mehr Müll in diesen Wald«, erläutert Tariq seine Gedanken. »Hauptfeldwebel.« Er sagt es so gelassen und nahe an der Ironie, dass Peters den Kopf dreht. Tariq ignoriert es. »Und er sieht nicht aus, als würde er schon länger hier liegen. Stellt sich die Frage, wie kommt so ein einzelner Schuh gerade jetzt hier in den Wald?«

»Jemand ist durch unsere Absperrung geschlüpft«, folgt Peters Tariqs Überlegungen. »Und die Wölfe haben sich ihn oder vielmehr sie geschnappt?«

»Vielleicht«, antwortet Tariq.

»Ich kann nirgendwo Blut sehen«, mischt sich Mike ein.

»Oder Kampfspuren«, ergänzt Roos.

Hauptfeldwebel Peters winkt ab, blickt skeptisch drein, überlegt.

Aber das ist manchmal das Gute an Strukturen wie beim Militär, weiß Tariq: Man kann sie leicht manipulieren, sobald man verstanden hat, dass jeder fürchtet, einen Fehler zu machen und ihn vorgehalten zu bekommen – außer man hat jemanden, auf den man den Fehler abwälzen kann.

»Na schön«, verkündet Peters seine Entscheidung. »Wir tüten den Schuh ein, nehmen ihn mit und sehen, was die Nerds herausfinden können. Sollten wir nur unsere Zeit und unser Geld damit vergeuden, werden wir uns noch einmal unterhalten, Zidan.«

Tariq nickt. Sie haben einen Deal. »Hauptfeldwebel.«

»Gut. Den Schuh einpacken. Und dann rücken wir ab. Wir brauchen ja länger, um diesen Schuh aufzuheben, als die Drohne aus dem Loch zu kriegen.«

Und so geht Tariqs Einheit mit ihren Drohnen, betriebsfähige wie zerstörte, zurück. Die langsamen Stapler-Drohnen und ihre schwere Fracht diktieren ihr Tempo. Schließlich erreichen sie den hohen waldseitigen Wall aus Stahl und Beton, vor dem Gruben ausgehoben sind und über dem Geschütze aufragen. Das verstärkte, von Menschen und Drohnen bewachte Haupttor zum Forst wird schon für sie geöffnet.

Plötzlich reißt Roos sein Gewehr hoch.

»*Wolf!*«, schreit er panisch, entsichert seine Waffe und eröffnet das Feuer.

Auch die zwei Kampfläufer stellen sich auf beiden Seiten der Gruppe breitbeinig hin und feuern ratternd und lärmend aus ihren großen Maschinengewehren.

Tariq, von der Situation völlig überfahren, hebt nicht mal sein Gewehr.

Er sieht nur den fellbedeckten Schemen, der aus dem Lager rennt, sich nach links orientiert und somit auf dem Weg zu den Bäumen hinter ihnen ihre Position kreuzt.

Roos und die Drohnen ballern drauflos, halten voll drauf.

Der weiße Wolf wird regelrecht niedergemäht und zerfetzt.

Menschen im und vor dem Lager schreien erschrocken durcheinander. Hauptfeldwebel Peters brüllt den Befehl, das Feuer einzustellen, hinter den Mauern und Barrikaden erschallen Rufe, dass die Basis angegriffen wird.

Die Drohnen hören als Erste auf zu schießen, dann ein schwer keuchender Roos. Hier am Rand des Lagers reagieren die Drohnen viel schärfer auf einen Wolf als im Wald oder etwa im Grenzstreifen, doch Kommando ist Kommando.

»Fuck, was war das denn?«, fragt Roos und klingt high.

»*Winslow!*«, kreischt da eine Frauenstimme.

Tariq blickt zum Lagereingang.

Dr. Kira Jansen, die er schon mehrere Male auf dem Stützpunkt gesehen hat, stürmt durch das Tor, direkt auf den rauchenden, blutigen Kadaver des weißen Wolfes zu.

Da macht es bei Tariq klick!, und er setzt die Teile zusammen.

Das Memo und die Aufregung wegen des Fotoshootings heute Vormittag, und jetzt die verheerenden Schüsse auf den Wolf zwischen Wald und Lager.

Die Wissenschaftlerin schreit und weint. Eine Soldatin mit kurzen Haaren versucht sie zurückzuhalten, doch die Forscherin reißt sich los und fällt neben dem Wolf auf die Knie.

Sie zögert, hält die Hände vors Gesicht, dann legt sie ihre zitternden Finger auf die blutbesudelte, durchlöcherte Flanke des reglosen Tieres. Sie weint bitterlich.

»O Scheiße«, sagt Roos. »Gibt's in Dölmow einen Tierarzt?«

»In Gorach.« Hauptfeldwebel Peters tritt neben Roos und drückt dessen Arm samt Gewehrlauf nach unten. Dann nimmt er ihm die Waffe ab. »Und ich glaube nicht, dass der noch was tun kann.«

Soldatinnen und Soldaten strömen jetzt, da die Lage sich langsam klärt, aus dem Stützpunkt. Um Dr. Jansen und den Wolf hat sich ein Kreis aus gaffenden, bestürzten Leuten in Tarnanzügen gebildet. Offiziere rufen Befehle. Auch Oberst Faberland kommt aus seinem Kommando-Container, eilt im Stechschritt auf sie zu.

»Da hast du aber echt Scheiße gebaut«, sagt Schröder zu Roos.

»Ich …« Roos kaut wie wild auf seinem Kaugummi herum. »Ich hab einfach nicht mehr an das Shooting gedacht.«

»Shooting, Shootout, wen juckt's?«, meint Schröder fröhlich. »War doch nur ein Wolf. Davon gibt's hier mehr als genug.«

Plötzlich fährt Roos zu Tariq herum. »Daran bist du schuld, Laffel!«, sagt er so laut, dass Oberst Faberland, Hauptfeldwebel Peters und einige andere zu ihnen blicken.

»Wieso das?«, stellt Schröder mit ehrlicher Neugierde die Frage, die Tariq auch gern geklärt haben würde.

»Er hat mich im Wald total verrückt gemacht damit, dass er irgendwas gesehen hat.« Roos nickt, wie um seine eigene Wahrheit zu bestätigen. »Genau. Und dann hat er auch noch den Schuh gefunden und so getan, als wär das weiß der Himmel was für ein Zeichen dafür, dass die Wölfe sich eine Frau geholt haben.«

»Ah.« Schröder nickt verstehend. »Laffels Paranoia hat dich angesteckt.«

»So in der Art«, sagt Roos, kauend und nickend. »Genau.«

»Mann, Laffel, da hast du ja wieder was angerichtet«, spottet Schröder grinsend. »Nicht, dass es mich wundert. Manche sollten einfach in der Wüste bleiben, im Wald haben solche wie du einfach nichts verloren.«

»Leck mich«, sagt Tariq und lässt die beiden stehen, um sich dem Epizentrum dieser Angelegenheit zu nähern. Alles ist besser, als bei zwei so gigantischen Arschlöchern zu bleiben.

Bei Roos und Schröder hängen dafür schon ein paar andere herum, denen die beiden Flachwichser vermutlich erzählen, dass Tariq an allem schuld ist.

Andreas, unter den Schaulustigen, wirft ihm einen fragenden Blick zu. Tariq ignoriert ihn.

Dann steht er hinter der Wissenschaftlerin, ihrer Verbindungsoffizierin und dem grässlich zugerichteten Wolf, der nach verbranntem Fell und Fleisch stinkt, in einer

Lache seines eigenen Blutes liegt. Auch Dr. Jansen hat sein Blut an den Händen, am Hals, an ihrer Kleidung und im Gesicht, wo Tränen durch das Rot rinnen, von ihrem Kinn tropfen. Es sieht fürchterlich aus.

Seine Kameradin schafft es, die weinende Biologin auf die Beine zu ziehen und sie tröstend in den Arm zu nehmen.

Tariq empfindet Mitleid mit Dr. Jansen, die auf ihn immer besonnen, freundlich und kompetent gewirkt hat. Er geht ins Lager, zu einer Palette mit Wasserkanistern, die halb von einer grünen Plane abgedeckt sind, schnappt sich die Plane, kommt wieder zurück vors Tor und legt sie vorsichtig, respektvoll, über den toten Wolf.

»Danke«, sagt Dr. Jansen zwischen zwei Schluchzern mit gebrochener Stimme.

Tariq nickt ihr und der Soldatin zu, die diese Geste erwidert.

»Es tut mir leid«, sagt er und fragt sich, wann die beiden die Version der Geschichte hören werden, in der Tariq an ihrem Verlust schuld sein soll.

Und wann sie zur allgemein gültigen Wahrheit wird.

JOE

JOE KANN SEIN GLÜCK KAUM FASSEN, als er vor der Schwalbe einen Parkplatz im Schatten findet. Er bleibt noch einen Moment sitzen und genießt die klimatisierte Luft, obwohl er damit das Unvermeidliche nur hinauszögert. Ihm stecken das Treffen mit Kira und Winslow und der Spaziergang zum Schrottplatz in den Knochen – anscheinend braucht es in der Gegend gar keine Wölfe, um vor die Hunde zu gehen.

Schließlich steigt er aus dem Auto und stellt sich der Hitze, die zur Mittagszeit schon keine Gefangenen mehr macht. Wahrscheinlich biegt er deshalb in den Innenhof und Biergarten der Schwalbe ab, weil der Schattenradius der großen Kastanien näher ist als die von der Sonne angestrahlte Eingangstür.

Niemand sitzt auf den Stühlen und an den Tischen, nur eine getigerte Katze liegt träge auf einer beschatteten Steinmauer und sieht Joe gelangweilt an.

»Hoffentlich erwartest du nicht, dass ich dich streichle«, sagt Joe und ist sich sehr wohl bewusst, dass er mit einer Katze spricht. »Seit heute Morgen weiß ich, dass ich mehr der Wolfstyp bin. Das könnte für uns beide peinlich werden.«

Joe könnte schwören, dass die Katze mit den Augen rollt.

»Du mich auch«, sagt Joe leise und schlurft mit seinen dampfenden Stiefeletten durch den knirschenden Kies. Er durchquert den Biergarten und betritt über ein paar nach unten führende Stufen mit katzenhafter Neugierde einen Gemüsegarten.

Steinplatten markieren die Pfade zwischen den Beeten, Hochbeeten und Kübeln – zwischen Gemüse, Kräutern und Blumen.

Obwohl es auch hier heiß ist und die Luft unter den Kastanien und dem Kirschbaum steht, könnte Joe beinahe vergessen, in einem Kriegsgebiet gelandet zu sein und trotz der Präsenz von Monstern und Militär ein verschwundenes Mädchen suchen zu müssen, dessen Mutter zu den mächtigsten Frauen Deutschlands zählt.

Joe versucht sich zu erinnern, wann er das letzte Mal Urlaub gemacht hat – vor vier, fünf Jahren, ein paar Tage an der Ostsee mit Susanna, bevor mit ihnen alles den Bach runterging?

Er schlendert durch den Garten, in dem schon verschiedene Pflanzen kurz vor der Ernte stehen, denn durch Gen-Hacking und Hitzekurve ist alles Wochen, teilweise Monate früher dran als noch vor zwanzig Jahren.

Joe läuft umher, beugt sich über ein Beet und schnuppert an einer kleinen Tomate.

»Strauchdiebe leben gefährlich«, sagt Melanie, die sich plötzlich hinter einem Bottich aufrichtet, der sie bis dahin vor Joes Blick verborgen hat. Sie trägt einen breitkrempigen Sonnenhut aus Stroh, ein Top, bis zu den Waden reichende Hosen und Handschuhe. »Der Garten ist nicht für Gäste«, fügt sie hinzu. »Nur das, was auf dem Teller landet. Wenn es vorher keiner klaut.«

»Sorry«, sagt Joe, dem nicht nach Streit ist. »Ich war im Biergarten. Auf der Suche nach Schatten. Und dann hat's mich hierher gezogen. Ist wie eine eigene Welt. Erinnert mich an den Schrebergarten meiner Großeltern. Lag mitten in Berlin. Eine richtige Oase. Hab da viele schöne Sommerstunden verbracht. Und ich werd nie den Geschmack von warmen Tomaten frisch vom Strauch vergessen. Aber so haben sie nur damals geschmeckt, glaub ich. Als ich Kind war.«

Joe merkt erst jetzt, dass er bei der Erinnerung lächelt.

Auch Melanies abweisender Gesichtsausdruck verändert sich, als würde sie Joe unwillig mit neuen Augen sehen. »Ich weiß nicht, was wir davon bis zur Ernte durchbringen«, sagt sie und wischt sich mit dem Arm über die verschwitzte Stirn, an der etwas Erde kleben bleibt. »Hab vorhin gelesen, dass wir den Garten ab Ende der Woche wahrscheinlich nicht mehr gießen dürfen, wenn es wieder nicht regnet. Und die Zisterne ist leer.«

»Oh.«

»Ja.«

»Letztes Jahr war's hier in der Gegend mit den Waldbränden auch schlimm, oder?«

»Stückchen weg, aber ja. Man hat die schwarzen Rauchsäulen gesehen. Nachts das rote Glühen. Wie nach einem Vulkanausbruch. Und überall flogen die Löschflugzeuge und Hubschrauber auf der Suche nach einem See oder Fluss, der noch genug Wasser hatte.«

Sie blicken eine Weile schweigend über die Beete, deren Zukunft ohne Wasser verkümmern wird.

»Charlotte mag dich«, sagt Melanie auf einmal, als hätte sie dieses neue Thema von einer Staude gepflückt. Ehe Joe weiß, was er darauf erwidern soll, ergänzt sie: »Und ich mag Charlotte.«

»Botschaft angekommen«, sagt Joe. »Ich mag sie auch sehr«, merkt er an, obwohl er über solche Sachen nun wirklich nicht gern mit einer Fremden redet.

»Das hoffe ich.« Sollte Joe auf ein aufblitzendes Lächeln spekuliert haben, um ihre neue Beziehung zu besiegeln, enttäuscht ihn Melanie. »Ich pass auf sie auf.«

»Gut zu wissen.« Joe sieht sich noch mal um, atmet die Nostalgie ein. »Ich muss dann mal zurück an die Arbeit«, sagt er anschließend und tritt die Flucht aus dem Garten an.

Joe hat keine Ahnung, wo er und die Wirtin der Schwalbe jetzt stehen. Muss gar nicht mehr Freundlichkeit als bisher bedeuten.

Neutralität würde ihm schon reichen.

Trotz der Hitze zieht Joe noch mal los, seine Vorräte an Wasser und Snacks im Bioladen aufzufüllen. Bei der Gelegenheit zeigt er ein paar Einheimischen das Foto von Lisa Kraupen alias Lisa Müller, wie er es ihrer Mutter angekündigt hat. Mal ist sie seine verschollene Schwester, mal die verschwundene Tochter eines Freundes, je nachdem, wie misstrauisch die Blicke sind. Joe konzentriert sich auf ältere Personen, die stets etwas aufmerksamer sind und mehr sehen, und auf Eltern mit Kindern, die man mit so einer Story leichter erreicht und eher zum richtigen Hinschauen und Nachdenken kriegt.

Bringt aber alles nichts außer durchgeschwitzten Klamotten und Kopfschmerzen.

Niemand hat Lisa gesehen.

Joe kehrt mit seinen Einkaufstüten in den Biergarten der Schwalbe zurück, aber da ist es nicht mehr so kühl wie erhofft. Also tritt er durch einen Seiteneingang in den Gasthof. Er läuft an der Küche vorbei, nickt einer älteren Frau und einem jungen Mann in Schürze zu, die er beide noch nie gesehen hat. Oben in seinem abgedunkelten Zimmer sehnt er sich nach einer Klimaanlage, die in der Zivilisation inzwischen wirklich Standard sein sollte, selbst wenn man die Energie anderweitig einsparen oder teuer bezahlen muss.

Er zieht sich aus und legt sich aufs Bett, alle dreißig Sekunden auf der Suche nach einer kühlen Stelle auf Matratze und Kissen. Nach einer kurzen Verschnaufpause setzt Joe sich auf, zieht frische Shorts an, trinkt viel und isst wenig. Dann schreibt er ein paar Zeilen in sein Notizbuch, wo er leider immer noch nicht viel Erhellendes zum Fall Lisa Kraupen vermerken kann, das ihn dem Durchbruch näher bringen würde.

Anschließend checkt er erstmals seit seiner Ankunft am Rand der Sperrzone seine geschäftlichen Mails und beantwortet die Anfragen von Neukunden zu Terminen und Tarifen.

Zwei Stunden verwendet er danach auf einen anderen aktuellen Fall und sichtet die Aufnahmen der von ihm installierten Überwachungskamera in einem Berliner Einfamilienhaus-Garten.

Er wurde von einem Ehepaar engagiert, das in manchen Nächten das Gefühl hat, dass sich jemand auf ihrem Grundstück herumtreibt. Einmal war die Frau sicher, jemanden durchs Schlafzimmerfenster im Erdgeschoss blicken zu sehen.

Aber auch diesmal sieht Joe im Schnelldurchlauf nur einen Fuchs, drei verschiedene Katzen sowie zwei Marder, die vielleicht kämpfen, wahrscheinlich aber etwas anderes treiben. Dann allerdings kommt etwas Unerwartetes.

»Na hallo«, sagt Joe und verlangsamt das Video, als eine junge Frau – die Tochter seiner Auftraggeber – mitten in der Nacht zum heimlichen Rauchen die Verandatür vorsichtig von innen öffnet und in den Garten schleicht. Sie qualmt, scrollt über ihr Smartphone, tippt ein bisschen darauf herum, raucht zu Ende, vergräbt die Kippe in einem Beet unter dem Schlafzimmerfenster ihrer Eltern und geht schließlich ins Haus zurück.

Joe markiert die Passage und lässt das Video abermals schneller ablaufen. Er hat seinen Treffer, doch Gewissenhaftigkeit ist eine Tugend, und es wäre verdammt peinlich, würde er den Eltern die Tochter zum Fraß vorwerfen und den Spanner oder Psycho am Ende der Aufzeichnung übersehen.

In Gedanken schneidet Joe aber schon den Beweisclip und verfasst eine professionelle Detektivberichtmail.

Plötzlich läuft ein Wolf durchs Bild. Im Nachtsichtmodus der Kamera leuchtet er gespenstisch weiß. Joe zuckt zurück. Wegen der Geschwindigkeit des Videos bewegt sich das Tier schneller durch den Garten, und sein

Erscheinen folgt so dicht auf die Sequenz des rauchenden Mädchens, dass man glauben könnte, der Wolf würde ihr nachstellen.

Kurz sieht es aufgrund der Illusion von Kamera und Winkel zudem so aus, als würde das Raubtier Joe direkt anblicken.

Herausfordernd.

Joe schnaubt, markiert auch noch den Auftritt des Wolfs und schüttelt amüsiert den Kopf angesichts der Ironie: Da sitzt er schwitzend in der brandenburgischen Wildnis, am Rand der weltweit bekannten Wolfszone, und erwischt ausgerechnet bei der Auswertung von Überwachungsaufnahmen aus Berlin einen Wolf, der durch die Hauptstadt streunt.

»Zum Heulen«, sagt Joe, klappt seinen Mac zu, reibt sich die Augen, schnuppert an seinen Achselhöhlen und stellt in Gedanken zusammen, was er heute Abend für sein Treffen mit Charlotte und dieser Jane anziehen soll.

Die Aussicht auf ein Date mit Charlotte beschwingt ihn.

Dennoch ist er sich vollauf darüber im Klaren, dass er in seinem Fall Fortschritte machen und Sylvia Kraupens Tochter finden muss, die an einem sehr gefährlichen Ort verschwunden ist.

Und dass Lisa Kraupen den Wölfen vielleicht viel näher gekommen sein mag als das Mädel in seinem Berliner Garten.

MARIJA

MARIJA MUSS KRÄFTIG in die Pedale treten, um den steilen Anstieg am Ende der Straße zu erklimmen. Oben angekommen, hält sie vor einem Grundstück, das von einem hohen schwarzen Eisenzaun mit Spitzen umgeben ist. Fenster und Türen an dem hellblau gestrichenen Haus sind vergittert, und über dem Gartentor und auch am Gebäude hängen Kameras und Bewegungsmelder.

Es erinnert Marija an ein Gefängnis – ein perfektes Sinnbild für das Leben in Dölmow.

Marija steigt ab, klingelt, klappt zwecks Identifikation das Helmvisier hoch, wartet auf den Summer, drückt das Tor auf und schiebt ihr Bike in den leicht verwilderten Vorgarten. Der mit Laub und Nadeln verstopfte Springbrunnen in der Mitte des verdorrten Rasens führt kein Wasser, auch die Vogeltränken sind ausgetrocknet. Marija bekommt Durst. Sie lehnt ihr Rad an die Hauswand, steigt die drei Granitstufen zur schweren, abweisenden Stahlhaustür empor und wartet erneut.

»Hallo«, ertönt eine männliche Stimme aus einem Lautsprecher oben im Türrahmen. »Das Päckchen wie immer einfach da hinstellen. Danke.«

Marija, die schon zwei, drei Mal hier gewesen ist, um für einen privaten Paketdienst Sendungen zuzustellen, nickt wissend und legt die nicht mal schuhkartongroße Schachtel aus ihrem Rucksack vorsichtig ab.

»Danke«, erklingt es aus dem Lautsprecher, und: »Wiedersehen.«

»Ciao«, sagt Marija und verlässt Tür und Garten.

Mit jedem neuen Virus und jeder neuen Verschärfung der vielen ökologischen und sozialen Krisen gibt es mehr Menschen, die sich zurückziehen, die eine Barriere zwischen sich und dem Rest der Welt brauchen.

Marija versteht es nicht, und sie versteht es doch.

Nicht die Taktik, damit umzugehen, jedoch sehr wohl das Gefühl, dass alles zu viel wird.

Sie klappt ihr Totenschädel-Visier wieder runter und fährt in Richtung Dorfmitte, wo die meisten Läden und Büros sowie die in der Nacht befüllten Paketstationen sind.

Ein Alarm in ihrem Helm-Com erinnert sie daran, dass die nächste Viertelstunde keine neue Auslieferung ansteht und sie ihren Status in der App per Sprachsteuerung in den Pause-Modus schaltet. Denn es ist kurz vor 12:00 Uhr: Anna hat hitzefrei und ist schon eine Stunde daheim, in Thomas' neuem Haus mit der Tierarztpraxis in Gorach, hat gegessen und Hausaufgaben gemacht, sofern sie sich an die Spielregeln hält.

Darin ist Anna besser als ihre Mutter, da kommt sie ganz nach ihrem Vater.

Nun steht der erste Videoanruf des Tages an.

Ein Highlight – Marija käme nie auf die Idee, während des Fahrens mit Anna zu sprechen. Das hat sie einmal getan, war abgelenkt und hat einen Spiegel abrasiert. Der geschwollene Ellenbogen machte ihr eine Woche lang Ärger. Zudem ist sie es Anna schuldig, voll für sie da zu sein, sich ganz auf sie zu konzentrieren, wann immer sich die Gelegenheit ergibt, innerhalb ihrer aktuellen Möglichkeiten und Rahmenbedingungen.

Und so heizt Marija eilig durch die Hauptstraße, biegt in die Bürgermeister-Jeschke-Straße und hält beim gepflasterten Kreisverkehr neben der kleinen Bank, die im Schatten einer alten Kastanie steht.

Sie lehnt ihr Rad gegen die Bank, nimmt den Helm ab, bindet ihren Pferdeschwanz neu, setzt sich, trinkt einen Schluck Wasser, kramt die drahtlosen Ohrstöpsel aus ihrem Rucksack und wartet auf den Anruf. Anna ist es wichtig, diejenige zu sein, die anruft, fast so, als müsste sie Marija kontrollieren – und hey, womöglich ist das ja so?

Als Annas Foto auf dem Display ihres Smartphones erscheint, nimmt Marija sofort an.

»Hallo Schätzchen.«

»Hallo Mama.«

»Wie war dein Tag?«

»Ganz okay. Wir müssen ein Referat halten.«

»Ach? In welchem Fach?«

»Deutsch.«

»Und worüber?«

»Sportler und Sportlerinnen.«

»Ich dachte, in Deutsch geht es um Sprache, Grammatik und so?«

Anna kichert. »Du bist doof!«

Marija lächelt. Sie könnte den ganzen Tag dasitzen, mit Anna rumalbern und sie zum Kichern bringen.

Als nie ausreichende Entschädigung für die Tränen, die sie verursacht hat.

»Ein paar Jungs und Mädchen haben sich gestritten«, erzählt Anna ihr. »Weil sie denselben Fußballer nehmen wollten. Oder dieselbe Rennfahrerin. Oh, und Hannes und Amadou wollten beide denselben E-Sports-Champion. Die haben sich voll gezofft. Ich hatte keine Probleme.«

»Wen hast du dir ausgesucht? Warte, wie heißt diese Drohnen-Racerin, die du so cool findest? Die aus Mexiko?«

»Mama!« Anna klingt empört. »Ich hab mir natürlich *dich* ausgesucht.«

Marija öffnet den Mund, um etwas zu sagen, allerdings kommt kein Wort heraus.

Wieso hat sie das nicht kommen sehen?

Wahrscheinlich, weil sie in ihren Augen keine Sportlerin mehr ist.

Diese Zeiten sind vorbei.

»Mama?«, fragt Anna.

»Sorry, Schätzchen, die Verbindung war kurz weg. Du weißt doch, wie das hier so nah an der Zone manchmal ist.«

»Ach so. Ja. Freust du dich, dass ich mein Referat über dich halten werde?«

»Ja«, lügt Marija glatt, obwohl sie fluchen könnte wie ihre ukrainische Großmutter, die schon vor vielen Jahren und fern von Dölmow sagte, dass der Wolf doch Eiszapfen scheißen soll.

Wie kann Marija Anna, die sie stolz anstrahlt, auf ein anderes Referatsthema bringen? Sie sind hierher gezogen, damit ihre Tochter unbelastet aufwachsen kann. Wenn jetzt Marijas Vergangenheit als Extremsportlerin von Anna selbst zurück ins Licht gezerrt wird, dann zusammen mit ihrem Ausraster, dem Skandal und allem, was an Hässlichkeit dazugehört.

Marija und Thomas haben Anna früher so mit unverfänglichen Videos von Marijas Rennen geflutet, dass sie schnell das Interesse verloren hat. Und für den schnelllebigen Zeitgeist liegt die Sache schon zu weit zurück.

Sie hatte nie Sorgen, dass Anna oder jemand aus ihrer Klasse *das Video* durch Zufall finden könnte, denn wer googelt denn bitte schön seine Mitschüler und Mitschülerinnen oder, noch lahmer, deren Eltern? Sie glaubt nicht mal, dass jemand aus Annas Clique ihren Vornamen kennt, dafür ist Marija nicht oft genug dort.

Ein weiterer Stich.

»Mama?«

»Wieder die Verbindung.« Marija rutscht unruhig auf der Bank umher. »Hast du schon mit der Recherche angefangen?«

»Noch nicht.«

»Hm.« Marija beschließt, sich in ein mütterliches Scheingefecht zu flüchten. »Und sind deine anderen Hausaufgaben schon fertig?«

Anna rollt mit den Augen. »Fast. Ich wollte dich zwischendurch anrufen, um dir das mit dem Referat zu sagen.« Sie klingt ein bisschen enttäuscht.

»Genehmigt«, sagt Marija, und Annas Lächeln wird wieder breiter. »Aber jetzt machst du deine Hausaufgaben fertig.« Marija schaudert innerlich, weil sie uralt klingt. »Gib mir noch mal kurz den Papa.«

»Jau. Sehen wir uns morgen?«

»Klar, Schätzchen. Ist doch unser Samstag. Ich freu mich schon wie blöd drauf.«

»Ich mich auch.«

Marija kann nicht anders und lächelt glücklich. »Hab dich lieb.«

»Ich dich auch. *Papa!* Mama will dich.«

Bei der Formulierung zuckt Marija schon wieder leicht zusammen.

Anna trägt sie im Smartphone durchs Haus, das Marija auch ohne das Gewackel und Gehopse fremd vorkäme.

Schließlich schaut sie in das Gesicht ihres Ex-Mannes. Er sieht älter aus, mit erstem Grau in Haar und Bart, aber er ist noch immer der, in den sie sich verliebt hat.

»Hi.« Dasselbe gilt für seine Stimme. Er schließt die Tür hinter Anna. »Ich nehm an, es geht um das Referat?«

Marija verzieht das Gesicht. »Das ist nicht gut. Weil ... na, du weißt schon.«

»Nein. Ja. Ich weiß.«

Das Thema ist ihr Minenfeld. Sie spielen im selben Team, dem Team Anna, aber dennoch erinnern sie sich beide an alles, was vorgefallen ist, was gesagt wurde. Auch vor Gericht.

»Mach dir keinen Kopf«, sagt Thomas. »Ich werd mich drum kümmern.«

Marija runzelt die Stirn. »Wie denn?«

»Ich red es ihr aus. Sag ihr, dass es uncool ist, die eigene Mutter vorzustellen.«

»Und wenn sie sagt, dass ihr das egal ist? Du weißt, wie sie ist.«

»Ja. Keine Sorge. Ich krieg das schon hin.«

»Aber bist du dann nicht der Böse?«

»Kann schon sein. Bin ich doch meistens.«

Sie hört den Vorwurf. »Soll ich es ihr ausreden?«

»Nein. Das würde sie verletzen. Du bist ihre Heldin.«

»Aber du *bist* ihr Held.« Sie sagt es, bevor sie drüber nachdenken kann, und meint es genau so.

Thomas lächelt schwach, ein wenig traurig. »Es ist besser, wenn ich das mach, glaub mir.«

»Na schön. Tut mir leid.«

»Nicht deine Schuld.«

»Na, irgendwie schon.«

Ihr Minenfeld, wie gesagt.

»Ich muss los«, fährt Thomas fort, obwohl Marija gern länger mit ihm telefonieren würde, seltsame Momente und schwierige Themen hin oder her. Diese Vertrautheit. »Muss zu einem Bauern, der Angst hat, seine Kühe kriegen einen Hitzschlag. Du solltest auch viel trinken, wenn du den ganzen Tag da draußen rumfährst.«

»Muh«, macht Marija, und als Thomas versteht, was sie damit meint und wie er seine Sorge verpackt hat, grinst er beinahe wie früher.

Es schmerzt höllisch.

»Sorry. Berufskrankheit. Ich schreib dir, wenn sich an der Referatsfront was tut. Du denkst an morgen?«

»Immerzu«, sagt Marija ehrlich. »Bis dann.«

Jetzt lächeln sie beide traurig.

»Bis dann.« Thomas beendet die Verbindung.

Marija trinkt einen Schluck, isst einen Proteinriegel, der nach Waldfrüchten und Vanille schmeckt, und macht sich zum Weiterfahren bereit.

Sie merkt, dass sie noch aggressiver fährt als sonst, aber sie lässt es zu. Es ist ihre Art, sich abzureagieren. Einmal wird es gefährlich, sie kann dem Kombi gerade noch so ausweichen.

Am meisten nervt sie eine Delegation aus dem Rathaus, die mitten auf der Straße steht und den Verkehr behindert. Der Bürgermeister, ein paar Leute von der Presse sowie ein Dutzend Japanerinnen und Japaner im Anzug ziehen lächelnd, redend, gestikulierend durch Dölmow. Die Übersetzer haben trotz KI-Unterstützung auf Tablets und Smartphones viel zu tun.

Marija erinnert sich vage, dass Gerhard, der nicht nur auf Bücher, sondern auch auf Comics und so Zeug steht, etwas darüber erzählt hat: über ein japanisches Animationsstudio, das gern die Lizenz erwerben würde, die Geschichte von Dölmow und den Wölfen in einer Streaming-Serie zu adaptieren.

Sie haben wohl sogar schon einen Trailer erstellt, der Gerhard ziemlich gut gefallen hat, wenn sich Marija recht erinnert.

Nun. Die Japaner stehen auf Monster, am liebsten hätten sie die Cyborg-Wölfe bei sich in einem Wald.

Aber vielleicht klappt es mit der Serie ja auch so, und dann den Actionfiguren, dem ganzen anderen Merchandise, einem Themenpark.

Und Dölmow, denkt Marija, verdient an allem mit.

Während sie am Ort des Geschehens Toast, Tofu und Tortellini ausfährt, für einen Hungerlohn.

Nach zu vielen Kartons voller Pizza und Pasta zum Finale ihres Arbeitstages kann sie es am Abend gar nicht erwarten, als Erstes unter die Dusche zu springen.

Sie würde gern länger duschen, aber die Wasserknappheit zwingt sie alle zu Opfern. Unvorstellbar, dass sie und Thomas früher mal Sex unter der ewig laufenden Dusche hatten.

Nach dem Duschen wechselt sie mit Anna noch ein paar kurze Messages. Sie schicken einander lustige animierte Bildchen mit japanischen Manga-Häschen und XXL-Herzchen, bis es Zeit fürs Bett ist.

Zum Abendessen isst Marija ein paar Stücke kalte Pizza vom Vortag. Nebenbei geht sie Post und Werbung durch, die es noch gedruckt zu ihr schaffen.

Sie stutzt.

Am Morgen war keine Karte von der Eisbombe im Briefkasten, sie schaut ja immer extra vor dem Losfahren.

Keine farbenfrohe Post von Dölmows beliebtem Eiscafé, die ihr eine weitere, unerwartete Nachtfahrt signalisiert und die nötigen Infos dazu gibt.

Jetzt, zwischen den bunten, stinkenden Supermarkt- und Getränkehandel-Prospekten, die tagsüber irgendwann ausgetragen wurden, liegt da eine Eiskarte.

Marija legt den Kopf schief.

Ist die heute früh aus der Zeitung gerutscht, oder wurde sie erst im Laufe des Tages in den Briefkasten gesteckt?

Spielt letztlich keine Rolle.

Trotzdem, so viele Fahrten in einer Woche oder sofort hintereinander sind ungewöhnlich.

Vielleicht müssen ihre Auftraggeber einen Konkurrenten ausstechen oder einen neuen Abnehmer beeindrucken?

Was auch immer der Grund ist: Sie muss noch mal los, wie's aussieht.

Egal, wie lang und warm der Tag war, wie müde und abgekämpft sie sich fühlt, wie gern sie sich mit einem Glas Rotwein zum Netflixen aufs Sofa setzen würde.

Aber sie will sich nichts vormachen.

Die unerwartete Nachtfahrt ist am Ende wahrscheinlich genau das, was sie braucht.

Sie schläft nicht, liegt nur nackt auf dem Bett und lässt ihre Gedanken streifen, meistens zu Anna und Thomas.

Zwei Stunden nach Mitternacht stellt sie den Weckalarm aus, bevor er losgehen kann. Sie steigt aus dem leicht angeschwitzten Bett und macht sich fertig für ihren Trip in die Sperrzone.

»Zeit für den Nachtflug«, wispert Marija beim Anziehen.

Sie liebt dieses elektrisierende, knisternde Gefühl der Vorfreude auf Action, während um sie herum alle schlafen und sie genau weiß, dass das Kribbeln im Wald und im Dunkel mit einer Prise Gefahr gleich nur noch intensiver wird.

JOE

DRAUSSEN IST ES DUNKEL, aber noch immer warm. Fledermäuse, Motten und Falter liefern sich ihre abendliche Luftschlacht. Joe sitzt im Biergarten der Schwalbe, wo die bunten Lichterketten zwischen den Bäumen zusammen mit Windlichtern auf den Tischen für Stimmung sorgen. Er nippt an einer Cola – diesmal mit Eis – und wartet auf Charlotte, damit sie ihn zu dieser Jane bringt und er hoffentlich die Spur von Lisa Kraupen aufnehmen kann.

Im Biergarten wimmelt es vor Einheimischen und Auswärtigen, die lärmend den neuesten Klatsch austauschen und kalte Getränke wegzischen.

Dabei versorgen sie Joe mit dem Stimmungsbild eines gespaltenen Ortes, ja, einer gespaltenen Gesellschaft und Nation.

»Wetten, es gibt gar keine Monsterwölfe?«

»Ich hab schon eines von den Biestern gesehen, du Depp.«

»Würden Sie mir ein Interview geben? Ich schreibe für die *Süddeutsche.*«

»Wenn Mario noch zwei Schnaps intus hat, erzählt er wieder, dass neulich Nacht ein Riesenwolf in seinem

Pool geschwommen ist. Dabei darf der seit Jahren nicht gefüllt werden. Wasserknappheit, schon mal von gehört, du Genie?«

»Vielleicht füll ich ihn mit Regenwasser?«

»Ist ja ekelig.«

»Pah. Sind doch eh alles Fake News. Fake News, Fake Wolf. Die Regierung will uns mit der Angst vor den Wölfen nur ablenken.«

»Wovon denn, du Honk?«

»Von ihren Missetaten.«

»*Welchen* Missetaten denn?«

»Genau das sollen wir ja nicht wissen. Darum die Ablenkung. Checkst du es nicht?«

»Wie praktisch.«

»Die *wissen* genau, was sie tun, kannste mir glauben.«

»Wie kannst *du* nicht an die Wölfe glauben, wenn wir praktisch Haus an Bau mit denen leben?«

»Heute kann man alles fälschen. Erst recht Videos und Fotos.«

»Stimmt. Aber die Cyborg-Wölfe sind echt. Genauso wie die Soldaten und Drohnen in der Zone.«

»Alles Teil der Show. Ein einziger großer Fuck-you-Deepfake.«

»Ich mach mir keine Sorgen, dass die Wölfe Fake sind. Eher, was die in Berlin für unseren Wald und unser Dorf hier entscheiden. Über unsere Köpfe hinweg. Was, wenn das hier komplett zum Kriegsgebiet wird? Müssen wir dann alles zurücklassen und in Turnhallen leben, oder mit Flüchtlingen aus Afrika in einer Unterkunft?«

»Die sollen die Viecher wegbomben, und damit hat sich's! Dann müssen wir unsere Häuser nicht verlassen.«

»Bomben sind nicht die Lösung.«

»Sagst du so lange, bis die Wölfe mal hierher kommen und sich ein Kind holen.«

»Das ist sehr unwahrscheinlich, laut den Experten.«

»Die von der Regierung zensiert oder gelenkt werden. Wie die Medien. Und meistens eh keine Ahnung haben.«

»Schwachsinn.«

»Ich sag's dir.«

»Ich hab online gelesen, dass die Maschinenwölfe mehr Futter brauchen, als der Wald ihnen auf lange Sicht bietet. Wenn sie bleiben und wir ihnen nicht regelmäßig ein paar Schafe als Tribut bringen, werden sie ins Dorf kommen müssen. Es gibt nicht genug Rehe und Wildschweine letztlich.«

»Tribut? Das sind Wölfe, keine Drachen.«

»Eh alles Panikmache.«

»Im Beuteschema von Wölfen werden außerdem Wildtiere bevorzugt.«

»Oh, der Herr Professor! Vielen Dank!«

»Wegbomben, sag ich doch!«

»Wen? Den Prof oder die Biester?«

»Alle zusammen!«

»Du gehörst weggebombt, du Nazi!«

»Willst du eine aufs Maul, du linker Lemming? Kannst dich ja den Wölfen freiwillig zum Fraß vorwerfen, dann sind wir dich los. Nimm am besten noch ein paar Kanaken aus dem Lager bei Feilwalde mit! Die haben gestern wieder gezündelt, weil ihnen das Essen nicht schmeckt.«

»Du bist echt so ein Nazi ...«

»Wenn du mich noch mal Nazi nennst, haben wir ein Problem.«

»Komm doch.«

»Beruhigt euch, Leute, sonst bekommt ihr es beide mit Melanie zu tun.«

»Ja. Bleibt locker.«

»Noch eine Runde Kurze für die Streithammel, geht auf mich!«

Joe folgt den Gesprächen mit einer Mischung aus Faszination und Entsetzen.

»Frag mich eh schon die ganze Zeit, wieso die keinen EMP einsetzen«, sagt eine Frau am Tisch direkt neben seinem gerade.

»EMP?«, echot einer der Männer am selben Tisch.

»Elektro. Magnetischer. Impuls.« Die Frau schlägt auf den Tisch. Gläser und Flaschen klirren. »Der würde die Wölfe sofort lahmlegen.«

»Und jedes Elektroauto, jeden Router, jedes Windrad und jede Drohne im Umkreis von zwanzig Kilometern«, wendet Joe halblaut ein, obwohl er sich geschworen hat, nichts zu sagen.

Um Joe, der allein an seinem Tisch sitzt, wird es nach und nach still.

Er hört die Eiswürfel in seinem Glas klirren.

Joe hebt entschuldigend die Hand und trinkt einen Schluck Cola, um etwas anderes tun zu können, als doof zurückzuglotzen.

Ob ihn das vor der Rache des Dorf-Mobs rettet?

Wahrscheinlich nicht.

Alle starren ihn schweigend an.

»Na«, erlöst ihn da zum Glück Charlotte, die sich neben seinem Tisch aus der Nacht materialisiert – Joe verschluckt sich vor Schreck fast an seiner Cola. Um ihn herum setzen die Gespräche wieder ein. »Schließt du mal wieder neue Freundschaften?«

Joe hustet, und daran ist nicht allein die Coke schuld.

Charlotte sieht Hammer aus.

Sie trägt ein dunkelblaues Sommerkleid, das sich nicht durch Länge auszeichnet, einen breiten weißen Gürtel um die Hüften, hohe Boots und eine flache Handtasche. Zudem fallen ihr die Haare erstmals offen bis knapp über die blanken Schultern.

»Bereit?«, will Charlotte mit dem Lächeln wissen, das ihr so gut steht.

Nein, Joe weiß ganz und gar nicht, ob er dafür bereit ist.

»Bereit«, sagt er dennoch und springt auf. Aus dem Augenwinkel sieht er, dass Melanie, die ein Tablett mit Flaschen und Gläsern in den Biergarten trägt, düster zu ihnen rüberschaut. Auch ein paar andere Dorfbewohner beobachten sie.

Joe tut, als würde er sie nicht bemerken. »Wohin gehen wir?«

»Lass dich überraschen«, sagt Charlotte. »Heute fährst du mal, und ich sag dir, wo's langgeht.«

Sie treten vor den Gasthof, wo Joes Audi parkt, steigen ein und fahren los.

Charlotte dirigiert ihn in Richtung Ortsausgang und der beiden so unterschiedlichen Lager.

Nach einer Weile kommt Joe ein Gedanke, und er ärgert sich, nicht früher daran gedacht zu haben. »Wie lief das Interview mit deinem Fuchs-Cyborg-Typen?«

»Oh Gott. Frag nicht. Ich glaub, der Kerl hat seine Hühner selber mit einer Heckenschere abgemurkst, damit er etwas Aufmerksamkeit bekommt. Er hatte ein T-Shirt an mit der Adresse seiner Homepage und war enttäuscht, dass ich keine Kameradrohne dabeihatte und nicht mal mit dem Smartphone oder meiner Uhr filmte. Aber lieb, dass du fragst. Hier musst du demnächst rechts abbiegen, mach langsamer.«

Vielleicht einen Kilometer vor dem ProW@lf-Camp fahren sie auf einer Buckelpiste diagonal zwischen den Feldern weiter – nicht auf der Seite von Oskars Schrottplatz, sondern der anderen. Charlotte lotst ihn in einem weiten Bogen an den Zelten und Wohnmobilen vorbei und danach auf den Wald zu, soweit Joe das sagen kann. Als sie eine Wiese im Nirgendwo erreichen, lässt sie ihn anhalten.

Sie steigen aus. Joe spürt in der warmen Dunkelheit die Präsenz des Waldes und der Nacht wie etwas Lauerndes, etwas Animalisches.

»Du bist also eine Serienkillerin«, meint er trocken, in erster Linie, um seine Nervosität mit einem dummen Spruch zu überspielen.

»Sagt der Geheimdienstler«, lacht Charlotte und legt ihre kleine Handtasche um.

Joe schlägt nach einer Stechmücke, die an seinem Ohr herumsummt. »Privatdetektiv.«

»Ich weiß«, sagt Charlotte schlicht und kommt zu Joe ums Auto herum. Zu seiner Überraschung und seinem

Entzücken greift sie nach seiner Hand und führt ihn über die strohige Wiese, immer weiter auf die Zone und den Wald zu.

Ihre iPhone-Taschenlampe spendet ihnen Licht.

»Eine wirklich interessante Gegend für einen Spaziergang um diese Uhrzeit«, sagt Joe. Eigentlich ist es ihm egal, wohin sie gehen, ob es sicher oder der blanke Wahnsinn ist mit den kybernetischen Kreaturen in der Nähe. Diese Nacht und diese Wiese könnten auch endlos sein, solange er nur Händchen haltend mit Charlotte durch die Gegend flanieren kann.

»Die Jane, so lautete dein Wunsch«, sagt Charlotte. »Ich wär auch zum Italiener in Dölmow gegangen, der ist ziemlich gut. Solide Pizza, fantastische Pasta, super Salat.«

»Hm. Tja. Mein Fehler.« Joe legt den Kopf in den Nacken. »Auf dem Land ist der Himmel wirklich dunkler und größer, oder? Schade, dass heute keine Sterne am Himmel stehen.«

»Boah, sei nicht so ein Klischee, Mann«, lacht Charlotte, drückt aber gleichzeitig seine Hand.

Joe schnalzt mit der Zunge. »Sorry. Ich werd nie wieder versuchen, in deiner Gegenwart romantisch zu sein.«

Charlotte kommt aus dem Lachen nicht mehr raus. »Das war nicht romantisch!«, japst sie.

Das anschließende Schweigen zwischen ihnen ist von der angenehmen Sorte.

Sie schlendern, aber Charlotte führt sie dennoch zielstrebig bis an den Waldrand. Der Sicherheitszaun hat schon vor einigen Metern einen Neunzig-Grad-Knick in den Wald gemacht.

Dort hinein geht nun auch Charlotte. Joe folgt ihr in den Wald, über einen Trampelpfad zwischen den Bäumen. Er will es sich auf keinen Fall anmerken lassen, aber wohl fühlt er sich trotz Charlottes Gegenwart hier nicht. Die Nacht in Nähe der Zone würde er lieber in einem Haus und einem Bett verbringen. Charlotte, die in dieser Wunschvorstellung ebenfalls eine Rolle spielt, geleitet ihn allerdings erbarmungslos tiefer in den Wald.

Einmal halten sie beide erschrocken an und schnappen nach Luft, als ein Fuchs ein paar Meter weiter vorn furchtlos ihren Weg kreuzt. Das Licht der Smartphone-Taschenlampe reflektiert sich in seinen Augen. Er wird langsamer, mustert sie, scheint die Stirn zu runzeln und zuckelt seelenruhig ins Unterholz, wo er mit leisem Rascheln verschwindet.

Charlotte und Joe gehen ebenfalls weiter.

Schließlich erreichen sie eine kleine Erhebung zwischen den Baumreihen, und darin erkennt Joe etwas, das ihn zugleich an Tolkien, Hitler und natürlich Berlin denken lässt: Eine massive Einfassung aus Beton, die an eine Unterführung oder ein Stadion erinnert, nach unten führt und eine tiefer liegende Stahltür verbirgt.

»Ein Bunker?«, fragt Joe leise. »Sicher, dass du keine Serienkillerin bist?«

»Spinner«, flüstert Charlotte zurück und leuchtet auf die moosbedeckten Treppenstufen. »Jepp, das ist ein Bunker. Hier wolltest du hin, um mit Sarah zu reden.«

»Sarah?« Joe runzelt die Stirn. »Ich dachte, Jane?«

»Sarah. Sie arbeitet hier. Und jetzt Achtung, Tarzan: als *DJane*.«

Die Jane. DJane.

Joe stöhnt und ist froh, dass Charlotte sein Gesicht in der Dunkelheit nicht sehen kann. Dem heißen Glühen nach, das bis in seine Ohren reicht, ist er rot wie eine Tomate.

Charlotte klopft in einem bestimmten Rhythmus an die schwere, von der Erosion und dem Wald markierte Bunkertür. Sie wird mit leisem, rostigem Quietschen geöffnet. Zwei massige Türsteher in engen T-Shirts, die Arme mit Tätowierungen bedeckt, nehmen sie in Empfang. Joe sucht Adler, Reichsflaggen und Hakenkreuze für seine Klischeesammlung, findet aber keine.

»Hey, Charlotte. Gut siehst du aus«, sagt einer der Kolosse.

»Hi Sven. Du auch.«

»Wer ist dein Freund?«

»Das ist Joe. Aber er bleibt lieber inkognito.«

»Unauffällig genug sieht er ja aus. Anders als du. Mal wieder eine echte Augenweide, Lady.«

»Du bist süß. Bis später, Großer.«

Joe nickt dem flirtfreudigen Türsteher und seinem Kameraden lässig zu und kassiert dafür im Gegenzug einen Dickster-Fisch-im-Teich-Blick, der mit spielenden Muskeln einhergeht.

»Viel Spaß noch an der Tür«, sagt Joe und läuft neben Charlotte durch einen schmalen U-Boot-Korridor mit Wänden aus altem Metall, an denen genauso alt aussehende Rohre entlanglaufen.

»Ist das so eine Art Sexclub?«, fragt Joe flüsternd, weil alles hier unten hallt wie blöd.

»Hättest du wohl gern. Einfach nur ein Club.«

Joe nickt wissend. In Berlin war er schon an einigen verrückten Party-Locations in U-Bahn-Tunneln, stillgelegten Fabriken und den Eingeweiden des alten Flughafens Tempelhof.

Doch eines ist hier seltsam, wenn das ein Club sein soll.

»Ich hör gar keine Musik«, stellt Joe fest.

Charlotte sagt nichts mehr, da sie eine große, fensterlose Halle unter der Erde betreten, in der grelle Spotlights von der Decke und aus dem Boden zucken. Des Weiteren gibt es eine hufeisenförmige Bar, an der mehrere Leute mit Getränken zu Werke gehen, ein paar Lounges, reichlich Tanzfläche und eine Bühne für den DJ beziehungsweise die DJane. Auf dem historischen Beton des Dancefloors tummeln sich fünf, sechs Dutzend Personen unter 40 und sind mächtig am Abtanzen.

Allerdings ist noch immer kein Fetzen Musik zu hören – nur das Stapfen und Schaben ihrer Schuhe auf dem rauen, nackten Boden, das Rascheln ihrer Klamotten, das Keuchen ihres Atems und gelegentlich ein Seufzen oder Stöhnen.

Joe erkennt, dass die DJane hinter ihrem Laptop sowie alle Tanzenden riesige, Geräusch unterdrückende Retro-Kopfhörer aufhaben.

Ein Silent-Clubbing-Rave in einem Bunker aus dem Zweiten Weltkrieg, direkt neben dem Wolfsrevier?

Nichts, womit Joe gerechnet hätte, so viel steht fest.

»Interessant«, meint Joe andächtig wispernd, als wären sie in einem Kloster.

»Nicht wahr? Ich find's echt cool hier.«

»Wieso machen Militär oder Polizei den Laden nicht dicht? Du kannst mir nicht erzählen, dass die nichts davon wissen, Kopfhörer hin oder her. So nah an der Zone ...«

»Klar wissen die davon. Aber würdest du den einzigen Club in zig Kilometern Umkreis schließen, wenn du einen Haufen angepisster Dörfler und angespannter Soldaten bei Laune halten müsstest? Die Lage ist schwierig genug. Da ist es gut, wenn ein paar von ihnen hin und wieder etwas Dampf beim Tanzen und Feiern ablassen können. Die Kopfhörer und die Heimlichtuerei sind der Kompromiss, der es ermöglicht. Die einen schauen weg, die anderen machen keinen Krach. Es funktioniert. In militarisierten Gebieten gelten eben eigene Gesetze. Das war schon immer so. Überall auf der Welt.«

Joe nickt wissend und beobachtet die Tanzenden. Ihren Bewegungen und ihrer Geschwindigkeit nach läuft auf den Kopfhörern etwas mit Wumms.

Sie sehen nicht so aus, als würden sie sich vor einer Razzia fürchten, oder vor dem Eindringen eines Riesenwolfes.

»Denkst du, Bunker aus dem Krieg sind Cyborg-sicher?«, überlegt Joe.

»Ich hatte vor einiger Zeit was mit einem Soldaten.« Joe unterdrückt zum zweiten Mal seit Betreten des Bunkers ein eifersüchtiges Knurren. Charlotte tut, als würde sie es nicht merken. »Er meinte, die Wölfe entwickeln sich so schnell weiter, dass eigentlich keine Panzerung mithalten kann. Also gut möglich, dass das hier nicht mehr als eine Konservendose für die Wölfe ist, sollten sie Interesse haben. Hatten sie bisher aber nicht. Tanzen wir?«, fragt Charlotte auf einmal und streckt die Hand aus.

Einmal mehr lässt Joe sich von Charlotte in die Unberechenbarkeit dieser Nacht führen.

Sie schnappen sich ein paar pinkfarbene Kopfhörer von einem Tapeziertisch, und Joe muss sich ins Zeug legen, nicht an Lisa Kraupens Schuhe zu denken oder daran, was ihre Mutter davon halten würde, dass er gleich mit einer schönen Frau tanzt, statt zu ermitteln.

Dann betreten er und Charlotte den Dancefloor und tanzen dicht an dicht zu den harten, guten Beats, und alle Gedanken an die Kraupens werden vom Bass in den Kopfhörern pulverisiert.

Joe verliert sein Zeitgefühl und nimmt außer Charlottes wiegenden, zuckenden, groovenden Bewegungen, dem Lachen und der Freude auf ihrem Gesicht sowie der lauten Musik in seinen Ohren nichts mehr wahr.

Er könnte nicht sagen, nach wie vielen Minuten und ineinander übergehenden Tracks sie sich zum ersten Mal küssen.

Nicht, dass er gerade einen Gedanken daran verschwenden würde, aber gut, dass die neuesten Viren der Menschheit diesen Frühsommer mal eine Pause gönnen. So stehen die anderen Probleme und Katastrophen im Vordergrund, angefangen bei kybernetischen Wölfen. Wildes Knutschen ohne Vorbehalte – kein Problem.

Einem Handschlag trauert Joe nie nach, einem verpassten Kuss mit Charlotte hätte er vermutlich jahrelang nachgehangen.

Manchmal ist das Menschsein relativ unkompliziert, selbst für jemanden wie Joe Denzinger, der gerne den einen Gedanken zu viel denkt.

Jetzt nicht.

Sie tanzen so heftig und leidenschaftlich, wie sie sich küssen, es gibt das eine nicht ohne das andere, und Joe fühlt sich so lebendig wie lange nicht.

Obwohl die dicke, von Schweiß und Hormonen getränkte Luft im Bunker es in sich hat.

Irgendwann gibt Charlotte nach einem Blick auf ihre Armbanduhr Handzeichen, und sie nehmen die Kopfhörer ab.

»Sarah macht gleich Pause«, sagt sie außer Atem. Ihr Haar ist leicht zerzaust, sie schwitzt – und Joe kann sich nicht an ihr sattsehen und würde sie am liebsten schon wieder küssen.

»Sarah?«, keucht er verständnislos. In seinem Kopf existiert gerade nur Charlotte.

Sie könnte die letzte Frau auf Erden sein – mit ihr würde er im Moment auch für immer in einem Bunker leben.

Fick dich, Postapokalypse.

»Die DJane, auf die du so scharf bist?«, erinnert Charlotte ihn grinsend.

»Ach die.« Er winkt lässig ab. »Ich hab, was ich brauch.«

»Und da sag noch mal einer, du könntest keine Romantik! Warte, bis ich das Melanie erzähl …«

Joe beugt sich schon für einen weiteren Kuss nach vorn, da springt Charlotte von der Tanzfläche. Sie zieht ihn erneut mit sich, die Treppenstufen zur Bühne hinauf.

Sie und Sarah – schwarze Haut, kurze wasserstoffblond gefärbte Haare, grell-grüner Lippenstift – umarmen sich wie Freundinnen.

Joe wartet, ringt nach Luft, wischt sich mit dem Handrücken den Schweiß von der Stirn. Wann hat er das letzte Mal so befreit getanzt? Und das ausgerechnet an einem Ort wie diesem.

»Das ist Joe«, stellt Charlotte ihn vor und hakt sich bei ihm unter, vielleicht, um die Verbindungs- und Besitzverhältnisse eindeutig zu klären. »Er sucht dich ganz verzweifelt.«

»So? Geht's um einen Musikwunsch?« Sarah mustert ihn. »Lass mich raten: du stehst auf Oldies. Daft Punk?«

»Gut geraten. Aber ein andermal. Ich such jemanden. Lisa Müller.«

Er spürt, dass Charlottes Aufmerksamkeit im selben Maß hochfährt wie Sarahs Wachsamkeit. Die DJane nimmt erst einmal ein paar Schlucke aus einer gelb leuchtenden Saftflasche, um über ihre Antwort nachzudenken. »Kommst du von ProW@lf?«, fragt sie schließlich.

»Lisas Mutter schickt mich«, erklärt Joe. »Lisa hat sich länger nicht zu Hause gemeldet, was ungewöhnlich für sie ist. Sie und ihre Mutter haben immer Kontakt gehalten, seit sie hier angekommen ist. Ich soll sichergehen, dass es Lisa gut geht.«

»Hm.« Sarah trinkt noch einen Schluck und wendet sich Charlotte zu. »Er ist wirklich okay? Es geht nicht um eine Story, die morgen online steht, und Lisa kriegt auch keinen Ärger?«

»Joe ist in Ordnung«, sagt Charlotte. »Und nein, keine Story. Ich schwör.«

Joe, der bei den ersten Worten dieser Aussage ordentliches Flattern im Bauch spürt, ergänzt: »Lisas Mutter macht sich einfach nur Sorgen. Ich soll Lisa auch nicht an den Haaren hier wegzerren oder so. Nur schauen, was Sache ist. Jemand im Camp sagte, du wüsstest vielleicht, wo sie steckt. Eine nette alte Dame.«

»Na schön.« Sarah schraubt die Flasche zu, klickt auf dem Laptop eine Trackliste an, nickt ein paar Beats synchron zum Synthesizer auf dem Display und sagt dann: »Lisa und ihr Ex hatten einen Riesenkrach.«

»Helge.«

»Genau. Sexy, aber ein Arschloch.«

»Ich hatte bereits das Vergnügen.«

»Na dann weißt du ja, was ich meine. Der Streit der beiden muss *richtig* hässlich gewesen sein. Lisa war in den letzten Wochen öfters hier. Wir haben uns angefreundet. Ich hab sie ein paarmal im Camp besucht, wenn ich frei hatte. Ich arbeite tagsüber als Krankenpflegerin. Lisa hat sich eines Abends bei mir ausgeheult. Wortwörtlich.«

»Hm. Helge meinte, die Trennung sei einvernehmlich gewesen. Alles ganz cool und easy.«

Sarah lacht verächtlich und völlig ohne Humor. »Von wegen. Der Kerl ist total ausgerastet, hat Lisa gesagt.«

»Weil sie Schluss machen wollte?«

»Nee.« Sarah greift nach ihren Kopfhörern, um sie in Kürze wieder aufzusetzen und sich ihrem Set zu widmen. Die Pause und das Gespräch gehen zu Ende. »Weil er herausgefunden hat, wer Lisa wirklich ist, hat sie gesagt. Was auch immer das heißen soll.«

Joes Blick gleitet über die lautlos Tanzenden unter ihnen.

Er weiß genau, was das bedeutet.

Unter anderem, dass er sich dringend noch mal mit Helge unterhalten muss.

KIRA

NADINE HAT SICH DARUM GEKÜMMERT, dass Winslows blutige Überreste in einem anderen Fahrzeug zurück zum Bauernhof transportiert wurden. Sie musste auch dafür sorgen, dass die unter Schock stehende Kira, der ein Sani namens Mike im Lager etwas zur Beruhigung gespritzt hat, sicher in ihrem Zimmer ankam und sich wie ein kleines Mädchen zu Bett bringen ließ.

Kira weiß nicht einmal, wie viele Stunden das jetzt her ist. Als sie in der von der Klimaanlage gekühlten Dunkelheit aufwacht, trifft sie Winslows Abwesenheit wie die Faust eines kybernetischen Giganten.

Die schrecklichen Bilder aus dem Lager.

Der Hass, die Gewalt und die Furcht, die dort explodiert sind.

Winslows Schicksal.

Die Gewissheit, dass ihr geliebter Wolf nie wieder bei ihr sein wird, droht Kira zu erdrücken und zu ersticken.

Aus dieser Riesenfaust gibt es kein Entkommen.

Sofort kommen ihr wieder die Tränen, obwohl Kira bei dieser Hitze vor lauter Weinen längst bis zur gnädigen Bewusstlosigkeit dehydriert sein sollte.

Wieder verliert sie in der Welt ihres grenzenlosen Kummers, die ungeachtet der Wärme um sie aus eisiger Kälte in ihrem Inneren besteht, jedwedes Zeitgefühl.

Vergehen Minuten oder Stunden, ehe es an ihrer Tür klopft und Nadine eintritt?

Sie trägt nur schwarze Shorts und ein grünes Tanktop, außerdem ist sie barfuß – in all den Monaten hat Kira die Soldatin noch nie so leger gesehen.

Dankenswerterweise verkneift Nadine sich die Plattitüde, zu fragen, wie es Kira geht. Sie setzt sich lediglich im Schneidersitz aufs Bett, faltet die Hände im Schoß, mustert Kira und hält ihr einen Schokoriegel hin. »Hunger?«

Schluchzend und schniefend schüttelt Kira den Kopf.

Sofort denkt sie daran, wie Winslow mal eine ganze Packung Kokos-Schoko-Kekse aus einer Schublade geraubt und vernichtet hat, wie viel Angst sie um ihn hatte und bei dem freundlichen Tierarzt in Gorach fürchtete, er könne die folgende Nacht nicht überleben.

Die Tränen kommen von selbst.

Der Verlust von Winslow ist größer als jedes Bedürfnis und jeder sonstige Gedanke, aber ein kleiner Teil von Kira hasst es trotzdem zutiefst, dass sie schon wieder vor einem anderen Menschen in ihrem Elend zerfließt.

Das ist eigentlich nicht sie selbst, nicht die rationale Wissenschaftlerin, die alles erforscht, analysiert, versteht und entsprechend ihrer Ergebnisse wohlüberlegt reagiert und handelt.

Aber jetzt ist einfach alles zu viel.

Das Cybervirus, das im Keller entsteht.

Die Abstimmung im Bundestag.

Die Zukunft der Wölfe in der Zone.

Der Tod von Winslow.

Das anhaltende Drama zwischen ihr und Vicky.

»Ihre Frau hat angerufen«, sagt Nadine wie aufs Stichwort, »weil sie Sie nicht erreichen konnte.«

Sie beide blicken zu dem Smartphone auf Kiras Nachttisch, das vor Anruf-Hinweisen und blinkenden Nachrichten schier überläuft.

Kira hatte vor dem Foto-Shooting im Lager noch nicht auf Vickys Alles-oder-Nichts-Mail geantwortet, obwohl der Ball klar in ihrer Hälfte liegt. Sie kann sich denken, dass die Nachrichten ihrer Frau nach Stunden des Wartens erst verletzend-kalt, dann passiv-aggressiv, dann stinkwütend und schließlich aufrichtig besorgt wurden, bis Vicky es irgendwann nicht mehr ausgehalten und eine andere Leitung probiert hat.

»Hab ihr von Winslow erzählt und dass Sie im Moment nicht reden können«, fährt Nadine fort. »Hoffe, das war in Ordnung.«

Kira wischt die nächsten Tränen weg, die über ihr verquollenes, wundes Gesicht rinnen, und nickt. »Danke«, sagt sie mit heiserer Stimme.

»Soll ich ein paar Minuten bei Ihnen bleiben, oder wollen Sie lieber Ihre Ruhe und versuchen, noch etwas zu schlafen?«

»Schlafen«, krächzt Kira grässlich schwach.

»Gut.« Nadine legt den Schokoriegel aufs Smartphone – und ihre Hand kurz auf Kiras Schulter. »Brauchen Sie noch etwas? Ein Glas kaltes Wasser, eine Schlaftablette oder …«

»Nein«, sagt Kira heftiger als beabsichtigt. »Sorry. Nichts. Danke, Nadine.«

Nadine nimmt ihr nichts übel, tätschelt ihr noch ein letztes Mal die Schulter, gleitet von der Bettkante und geht zur Tür. Dort zögert sie. »Ich hasse den Spruch selbst, aber nur deshalb, weil er wahr ist: Die hässlichsten Wunden heilt allein die Zeit, und wir werden sie dennoch immer spüren.« Sie sieht sich im Zimmer um. »Ich vermisse ihn auch.«

Kiras Sicht verschwimmt erneut. Sie blinzelt heftig, schluckt das Wimmern in ihrer Kehle runter. Als sie die Augen wieder öffnet, ist Nadine fort.

Sie versucht zu schlafen, doch es klappt nicht.

Daraufhin Vickys Nachrichten zu lesen und all ihre Vermutung bestätigt zu sehen, ist in Kiras Verfassung ein Fehler, der die nächsten Heulkrämpfe nach sich zieht.

Dass Winslow nicht hier ist, nie mehr hier sein wird, um ihr seinen bedingungslosen flauschigen Trost zu schenken, macht es noch schlimmer.

Und schon ist sie wieder am Ausgangspunkt ihrer Verzweiflung.

Aber dann verändert, verschiebt sich etwas.

Hier wie ein hilfloses Häuflein Elend im Bett zu liegen, das nach Winslow riecht, und in einem fort zu weinen, macht Kira auf einmal fuchsteufelswild, um nicht zu sagen, wolfsteufelswild.

Die Wut auf sich, Winslows Tod, die Welt und alles gibt ihr unversehens Kraft.

Sie krabbelt aus dem Bett, wirft die Kissen und die Decke durch die Gegend, als ginge es darum, sie zu zerfetzen. Als Nächstes schleudert sie eine halb volle Flasche abgestandener Limo quer durchs Zimmer. Sie springt auf, greift nach der nächsten Beute, zerreißt Fachzeitschriften, drischt Bücher gegen das Regal, die Wand und auf den Boden. Anschließend räumt Kira ihren Schreibtisch mit Händen und Armen ab und kickt die heruntergefallenen Utensilien trotz schmerzender Zehen wild über den Boden.

Es ist, als würde sie die Welt dafür bestrafen wollen, dass Winslow ihr Quartier nicht mehr demolieren kann, und müsste es deshalb selbst tun.

Am Scheitelpunkt ihrer Raserei schnappt sie sich den großen geschwungenen Monitor und zerrt so lange daran, bis alle Kabel ab sind und sie ihn beidhändig über den Kopf heben und mit Wucht aufs Parkett schmettern kann.

Das Geräusch des zerschellenden Geräts klingt, als würde es aus Kiras Innerem kommen.

Schwer atmend, vor Erregung, Wut und Trauer zitternd, steht Kira mitten im verwüsteten Raum, breitet die Arme mit zu Klauen gekrümmten Händen aus, biegt den Rücken durch, legt den Kopf in den Nacken und stößt einen tierischen Schrei aus, der sich zu einem wölfischen Heulen steigert.

Das ganze Haus reagiert mit betretener Stille auf die Vorgänge und das Wolfsheulen oben in Kiras Zimmer.

Vielleicht sollte Kira ihr Ausraster peinlich sein, aber das ist er nicht.

Um ehrlich zu sein, sind Zorn und Zerstörungswut um Längen besser als das ständige Winseln und Weinen.

Und so lässt Kira dem ersten Heulen gleich noch eins folgen, das jedoch so sehr nach Winslow klingt, dass es doch wieder in Schluchzern und in Tränen endet, die ihr über die Wangen, die Nase, das Kinn und in den Mund laufen.

Nun schmecken sie allerdings nach Wut und Hass.

JOE

AUF DEM GESAMTEN RÜCKWEG vom Bunker durch den Wald, über die Felder, zum Wagen und schließlich im Auto nach Dölmow schmeckt Joe Charlotte auf seinen Lippen.

In Gedanken ist er jedoch bei Lisa Kraupen und ihrem verlogenen Lover.

Er muss sich beherrschen, nicht gleich zum Lager von ProW@lf zu fahren und Helge schreiend aus seinem Marienkäferzelt und seinem Schlafsack hinaus in die Dunkelheit zu zerren. Aber Joe glaubt nicht, dass er das richtige Zelt im Dunkeln finden würde, und als nächtlicher Eindringling könnte er sich im Camp einigen Ärger einhandeln. Falls Helge überhaupt noch da ist.

Charlotte spürt, dass ihn etwas beschäftigt, und akzeptiert, teilt Joes Schweigsamkeit – immerhin, zwei, drei Mal legt sie ihm die Hand aufs Knie.

»Danke, dass du mir das Treffen mit Sarah ermöglicht hast«, bricht Joe nach dem Einparken vor der Schwalbe die eigentümliche Stille zwischen ihnen. Er greift nach Charlottes Hand, nimmt sie in seine. »Und es war auch ein sehr schöner Abend mit dir. Trotz der Tatsache, dass ich mir einen Feind fürs Leben gemacht hab.«

»Hast du?« Charlotte sieht ihn fragend an. »Wen denn? Wann denn?«

»Den Koloss von Dölmow. Deinen Türsteher-Verehrer.«

»Ach, Sven.« Charlotte lacht. »Der ist harmlos.«

»Wenn sie meine Überreste finden und ich aussehe, als hätte mich ein Cyborg-Wolf in den Fängen gehabt, gib den Ermittlern bitte einen Tipp und erwähn den Kerl.«

Charlotte kichert. »Spinner.«

Wie auf ein Zeichen hin steigen sie synchron aus und gehen zum Gasthof.

Die letzten Nachtschwärmer sind längst aus dem dunklen Biergarten verschwunden. Nur die Katze, die den ganzen Tag über hier umherstreicht, kommt ihnen entgegen. Sie reibt sich schnurrend an Charlottes Stiefeln und lässt sich streicheln.

Von Joe will sie nichts wissen. Beruht auf Gegenseitigkeit.

Sobald das Tier genug hat, gehen sie rein. Ein dürrer Kerl mit Fußballerfrisur, Ende zwanzig, Anfang dreißig, sitzt an der Rezeption und starrt auf den Computer-Monitor. Joe ist noch immer high von Charlotte, nimmt aber den Geruch von Dope wahr, der durch den Gastraum wabert.

Als Melanies Vertreter Charlotte sieht, setzt er sich aufrechter hin. »Guten Abend Charlotte«, sagt der Kiffer und schnurrt dabei fast wie die Katze draußen. »Hallo«, sagt er deutlich weniger begeistert zu Joe.

»Hi, Richard«, sagt Charlotte. »Sorry, bin total erledigt. Wünsch dir ne ruhige Nachtschicht.«

»Danke, Charlotte«, antwortet Richard versonnenfreundlich. »Schlaf schön.«

Auf dem Weg in ihr Stockwerk beißt sich Joe auf die Zunge. Er weiß, dass Kerle dazu neigen, in solchen Momenten etwas Saudummes zu sagen, um ihre Unsicherheit, Lockerheit oder vermeintliche Überlegenheit zu verbalisieren.

Charlotte spürt abermals seine Stimmung – und geht auf ihre Art damit um. Bevor sie das Treppenhaus verlassen, drückt sie Joe gegen die Wand neben der Tür, krallt eine Hand in sein Shirt, zieht ihn an sich und küsst ihn nicht gerade sanft.

Auf einmal hat Joes Zunge eine wesentlich sinnvollere Ablenkung.

Knutschend landen sie irgendwie im Gang vor Charlottes Zimmer.

Sie lehnt mit dem Rücken an ihrer Tür, und Joe küsst ihren Hals und ihre Schultern, nähert sich ihrem Dekolleté.

Er bemerkt, dass er hart wird.

»Wer ist Lisa Müller wirklich?«, fragt Charlotte da auf einmal.

Joe hält mitten im Kuss inne, rückt mit dem Oberkörper etwas von ihr ab, sucht ihren Blick. »*Das* geht dir gerade durch den Kopf?«

Charlotte küsst ihn kurz und neckisch. »Wie du siehst. Also? Wer ist Lisa Müller?«

»Nur ein Mädchen, das ich im Auftrag ihrer besorgten Mutter finden muss«, skizziert Joe die gröbste Fassung seines Falls.

Damit stellt er Charlotte natürlich nicht zufrieden. »Ach bitte. Du kommst als mysteriöser Gesandter nach Dölmow, und jemand zahlt Melanie so viel Geld, dass sie ein Zimmer freimacht. Dann besuchst du den Oberst in der Zone, der sich sonst nicht gerade für Zivilisten interessiert – und dann sollst du nur irgendein Mädchen suchen? Verkauf mich doch nicht für blöd, Joe.«

»Wie wär's, wenn wir das beim Frühstück besprechen?«, schlägt Joe vor, um Zeit zu schinden. Er beugt sich nach vorn und will Charlotte erneut küssen.

Die hält still, lässt ihn herankommen, entzieht sich ihm aber im letzten Moment, sodass er erneut an ihrem Hals landet. Das wäre an sich nicht weiter tragisch, würde Charlotte nicht sagen: »Glaub nicht, dass du durch diese Tür kommst, wenn du mich anlügst.«

»Wir können auch zu mir gehen.«

»Ha, ha.« Charlotte wendet sich ab und schickt sich an, ihr Zimmer aufzuschließen, wobei sie Joe die kalte Schulter zeigt – die allerdings ziemlich heiß ist.

Er küsst sie daher mittendrauf, doch Charlotte schlüpft nach vorn weg ins Dunkel ihres Quartiers. »Gute Nacht, Joe«, sagt sie leise lachend und will gerade die Tür schließen, als ihr Handy schrillt wie bei einer Tornado-Warnung.

»Was ist los?«, fragt Joe.

Charlotte runzelt die Stirn. »Eilmeldungen und Alarme. Aus dem ganzen Netz. Die Wölfe greifen Dölmow an.«

»Was?«

»Hier.« Charlotte starrt aus aufgerissenen Augen auf ihr Telefon, hält es mit zitternden Händen. »Sie haben die Bundeswehr-Basis in Schutt und Asche gelegt. Jetzt sind sie im Dorf. Es gibt Videomaterial.«

Sie stellt sich so, dass Joe es mit ihr zusammen ansehen kann.

Im Clip wird der Stützpunkt am Rand der Sperrzone von Explosionen erschüttert. Überall Feuer und Rauch. Umherzuckende Scheinwerferlichter. Riesige Cyborg-Wölfe mit glühenden Augen. Panisch umher rennende Menschen. Maschinengewehrfeuer. Schreie. Ein umstürzender Kampfbot. Am Boden liegende Soldaten.

Zwei Wölfe werfen einen Helikopter um.

Eine weitere Explosion. Das ganze Bild wackelt. Die filmende Person geht zu Boden. Das Telefon bekommt einen Sprung.

Dann ist es zu Ende.

Schwärze.

Joe spürt Panik nach seinen Gedärmen schnappen.

Charlotte wischt und tippt hektisch. Anscheinend gibt es mehrere Videos.

Joe hält die Luft an.

Auf dem nächsten Video, das ziemlich verwackelt ist, rennen bereits mehrere Maschinenwölfe durch die von anspringenden Straßenlaternen erhellte Hauptstraße von Dölmow. Sie gehen auf Nachtschwärmer los, werfen Autos um, schleudern Roller und Räder in Fenster, reißen Türen aus ihren Angeln, dringen in Häuser ein. Aus denen erklingen panische Schreie und lautes Knurren.

Lautes Reißen.

Es ist wie in einem Horrorfilm.

Joes Herz rast. Seine Hände zittern.

Er hat sich nie überlegt, wie er auf die Zombie-Apokalypse reagieren würde.

Geschweige denn auf die Cyborg-Wolf-Apokalypse.

Doch da fällt ihm etwas auf.

Charlotte bemerkt es im selben Moment und sieht ihn durchdringend an.

»Wieso hören wir nichts?«, fragt sie.

Joe tritt beherzt in Charlottes Zimmer, ans Fenster, schaut hinaus, zum Wald, zur Zone, zum Stützpunkt, auf die Straße.

»Da ist nichts«, sagt er. »Kein Wolf. Kein Rauch. Nichts.«

»Auf dem Video brennt genau vor der Schwalbe ein Auto«, sagt Charlotte. »Shit, Joe. Das ist ein verdammter Deepfake.«

»Fuck«, knurrt Joe, so erleichtert wie entsetzt.

»Was denkst du, wer dahintersteckt?«

Er hat keinen Dunst. »Politik? Industrie? Presse?«

»Vergiss Sylvia Kraupen nicht«, sagt Charlotte gehässig. »Ihre Firma hat zum fünften Mal in Folge alle Rekorde gebrochen bei den Quartalszahlen.«

Das ignoriert Joe lieber mal. »Trolle? Hetzer? Irgendwelche Spaßvögel aus der CGI-Ecke, die ihre neueste KI ausprobieren wollen? Die Japaner, denen die Anime-Serie nicht reicht? Auch egal. Hoffentlich löst das keine Massenpanik hier aus.«

»Haben vermutlich noch nicht genug Leute gesehen um die Uhrzeit. Kamen wohl mit der Zeitverschiebung durcheinander. Und ich hab alle möglichen Alerts eingerichtet.« Charlotte schiebt ihn zur Tür und küsst ihn draußen auf dem Gang schnell. »Ich geh gleich zu Melanie. Damit es gar nicht erst ausartet. Sie ist im Ort super vernetzt. Sie hat sogar die Nummer vom Bürgermeister. Außerdem schreib ich einen Artikel. Nein, ich nehm am besten selber ein Video auf, mit dem ruhigen Wald in der Ferne und der ruhigen Hauptstraße als Hintergrund.«

Joe grinst schief. »Dein großer Beitrag über den Nicht-Wolfsangriff von Dölmow, den du nicht beobachtet hast?«

Charlotte erwidert das Grinsen. »Ganz genau.«

Ein letzter flüchtiger Kuss, und weg ist sie.

Hat ihn nicht mal gefragt, ob er mitkommen will.

Joe starrt ihr enttäuscht nach.

So hat er sich das Ende dieses Abends sicher nicht vorgestellt.

Mangels Alternativen schlurft er in sein eigenes Domizil.

Schwere, fremd riechende Luft, Geilheit, Einsamkeit und der Schrecken von gerade eben machen ihm das Atmen schwer. Joe reißt das Fenster auf, obwohl kaum kühlere Luft hereinkommt, tigert umher und zieht sich dabei aus. Er weiß, dass er seine Mails checken wollte, dass er Sylvia Kraupen informieren müsste und dass er sich einen Schlachtplan für seinen Besuch bei ProW@lf morgen früh zurechtlegen sollte.

Dass es für ihn hier vor allem darum geht, Lisa Kraupen zu finden.

Doch er kann gerade nur an Charlotte denken.

Wie sie getanzt haben, und an all ihre Küsse.

Selbst die Szene vor ihrem Zimmer eben lässt ihn jetzt schon wieder lächeln.

Als er sich unter die Dusche stellt, um eine teure Ration Wasser auf die Rechnung zu packen, stößt er ein leises Wolfsheulen unter dem Wasserstrahl aus.

»Muss an diesem Ort liegen«, erklärt Joe der engen Duschkabine.

MARIJA

SIE TRÄGT IHREN CAMOUFLAGE-ANZUG und fährt in gleichmäßigem, ruhigem Tempo durch den schlafenden Ort und die sommerliche Nacht.

Die solarbetankten Straßenlaternen sind zum Energiesparen gedimmt, bis jemand in ihren Aufmerksamkeitsradius tritt, was Marija zu vermeiden weiß. In den Häusern ist alles still bis auf die überlasteten Klimageräte, deren Verbrauch fast die Hälfte der Strom- und Öko-Bilanz ganzer Familienhaushalte ausmacht, aber ohne geht es einfach nicht mehr. Im Hochsommer stehen dann erst recht wieder Blackouts an.

Heute Nacht nimmt Marija auf der Seite von Oskars Schrottplatz den Weg durch die dunklen Felder, Wiesen und Weiden, bis sie den Rand von Zone und Wald erreicht. Es fühlt sich an, als wäre sie ein Teil der Nacht, ein Element der Dunkelheit, das einfach durch die leer gefegte Welt gleitet.

Marija hält in der Finsternis direkt neben dem Grenzzaun und dem heutigen Eintrittspunkt. Sie hat keine Angst. Steigt einfach von ihrem Bike, legt es sanft seitlich auf den vertrockneten Grünstreifen, biegt den aufgeschnittenen Zaun am Boden nach oben, schiebt und zwängt erst das Rad und zu guter Letzt sich selbst unter der physischen Barriere durch.

Nicht elegant, das nicht, doch es tut seinen Zweck – sie ist auf der anderen Seite, in der Zone.

Dort reagiert ihr Körper mehr noch als bisher schon auf das Adrenalin und ihren Hunger nach dem Kick, und schaltet vollständig in den nie vergessenen Wettkampfmodus.

Marija fokussiert sich komplett auf ihren Weg, gibt sich der köstlichen Geschwindigkeit hin und verschmilzt mit ihrem Bike allumfassend zu einer Einheit in diesem Tunnel aus Dunkelheit, Freiheit und Speed.

Geschwindigkeitsrausch.

So rast sie durch den finsteren Wald, die Stille unterbrochen nur vom Surren der Reifen und dem leisen Zischen des Fahrtwinds am Helm.

Sie denkt nicht an die Monsterwölfe, die Drohnen, die Scanner, die Armee oder was sonst Ballast sein, was sie sonst bremsen könnte.

Marija fährt einfach, entfesselt, begeistert, schneller und schneller.

Nicht auf Asphalt und nicht im Straßenverkehr unterwegs zu sein weckt alte Gewohnheiten in ihr, was Tempo und Aggressivität der Strecke gegenüber angeht.

Egal, welchen Schleichweg oder kaum als solchen zu erkennenden Pfad sie nachts nehmen muss, die meisten ist sie mittlerweile schon oft gefahren. Sie kennt ihre größten Tücken, kennt die Stellen, an denen sie aufpassen muss, und die, wo sie einfach nur reinhauen, das Vieh von der Leine lassen und den wilden Ritt genießen kann.

Sie kostet jedes Schlagloch, jedes Abbremsen, jedes Beschleunigen, jeden Ruck aus.

Es berauscht sie, wie rechts und links von ihr der Forst und die Finsternis vorbeiziehen, förmlich vorbeifliegen.

Wie sie verwischen, als würde sie auf Lichtgeschwindigkeit oder etwas in der Art schalten.

Dieses Gefühl eines ganz persönlichen Korridors durch die Nacht und die Welt ist der Wahnsinn.

Eine aktiv gelebte Erinnerung an ihr altes Leben als MTB-Profifahrerin, das sie so sehr vermisst.

Marija geht voll darin auf, gibt sich dem Ganzen voll hin.

Sie erreicht den alten Hochsitz, der laut angekreuzter Eissorten-Kombination auf der Karte der Eisbombe diesmal ihr Ziel ist, klettert das wackelige Ding hoch, nimmt den in der Dunkelheit liegenden Rucksack, setzt ihn auf und steigt wieder die Holzleiter hinab.

Unten wendet sie ihr Rad und fährt den Weg Richtung Dölmow zurück.

Dauert nicht lange, und sie rast wieder durch ihre eigene Anderswelt.

Der Rest des Waldes scheint sich aufzulösen, in einer anderen Wirklichkeit zurückzubleiben.

Vielleicht ist aber auch Marija das Phantom.

Der Tunnelblick ist bei dieser Geschwindigkeit und Fokussierung unausweichlich, ohne würde es nicht gehen, nicht kicken.

Umso härter trifft es Marija, als sie am äußersten Rand ihres Gesichtsfelds plötzlich einen riesigen, dunkelgrauen Schemen neben sich her rennen sieht, der in der Schwärze immer näher an sie heranzukommen scheint.

WOLF!

Marijas Instinkte brüllen sie regelrecht an.

Bevor sie einen klaren Gedanken fassen kann, verreißt sie auch dieses Mal, wie beim Fuchs in der Nacht davor, den Lenker – aber gerade fährt sie auf einem zu schnellen, zu gnadenlosen Abschnitt der Strecke, der ihr das nicht vergibt, ihr das nicht durchgehen lässt.

Marija kommt vom schmalen Waldweg ab und spürt, wie sie und ihr Bike zum Spielball der Schwerkraft werden, als sich die ziemlich steile Böschung vor ihr auftut.

Sie überschlägt sich mehrfach und kugelt den Abhang runter.

Hört sich schreien, ihr Bike mit einem dumpfen, hässlichen Geräusch auf dem Waldboden aufkommen.

Immer und immer wieder.

Oben wird zu unten, unten wird zu oben.

Ihr Helm kracht gegen etwas Hartes, Boden oder Stein, wer kann das schon sagen?

Schmerz flammt durch ihren Rücken, ihre Rippen und ihren linken Arm.

Zum Glück kracht sie gegen keinen Baum, doch nach einem besonders heftigen Aufprall verliert sie trotzdem das Bewusstsein.

Ihr letzter Gedanke, ehe die Schwärze sie und all ihre Sorgen und Schmerzen verschlingt, gehört nicht den Gangstern, der Ware, dem Militär oder dem hungrigen Maschinenwolf, der sich ihr wahrscheinlich schon geifernd und surrend nähert.

Sondern einzig und allein Anna.

JOE

JOE KANN AUSSCHLIESSLICH an Charlotte denken.

Wahrscheinlich will der Schlaf deswegen nicht kommen.

Zu viel Hitze auf allen Kanälen und Ebenen.

Also verlässt er das Bett, geht ins Bad, spritzt sich nicht wirklich kaltes Wasser ins Gesicht.

Am liebsten würde er noch mal rübergehen und bei Charlotte klopfen.

Dumme Idee, Joe.

Zur Ablenkung nimmt er einen kleinen Mitternachtsimbiss zu sich. Er isst ohnehin zu wenig, wenn er an einem Fall arbeitet. Da treten die Basics des gewöhnlichen Lebens gerne mal in den Hintergrund, entgehen seiner Aufmerksamkeit.

Ein Grund unter vielen anderen, wieso er und Susanna nicht mehr zusammen sind und er ein besserer Single ist als ein Partner.

Joe knuspert sich durch eine Packung Cracker, die nicht halb so gut schmecken, wie er das beim Einkaufen gehofft hat, und füllt seinen leer getanzten Flüssigkeitshaushalt wieder auf. Zwischendurch tritt er ans Fenster, schaut in den dunklen Biergarten und dorthin, wo die Zone in der Nacht liegen muss.

Die ruhige Realität und das brutale Fake-Video überlappen sich in seinen Gedanken.

Irgendwann holt er sein gutes altes Notizbuch aus dem Versteck zwischen getragenen Socken und Unterhosen hervor und trägt mit Kugelschreiber die im Bunker erworbenen Infos über Lisa Kraupen und ihre wohl doch eher hässliche Trennung ein.

Am Ende der nächtlichen Niederschrift verschwimmen die Wörter vor seinen brennenden, müden Augen, und Joe hofft, dass nun vielleicht endlich der Schlaf kommt.

Er muss fit sein, wenn er morgen die Jagd auf Helge eröffnet.

DW-7X

ER LÄSST SICH HINREISSEN.

Bis es nur noch die Begeisterung gibt.

Für die schnelle Jagd durch die Nacht.

Das Rennen durch die Dunkelheit.

Das behelfsmäßige Rudelgefühl.

Dabei kommt er ihr zum ersten Mal zu nahe.

Der Frau auf dem Fahrrad.

Hört nicht rechtzeitig damit auf, neben ihr her zu hetzen.

Obwohl die Bäume zwischen ihnen lichter werden.

Er bemerkt es zu spät.

Erst, als sie heftig auf seinen Anblick reagiert.

Ihre Furcht stürmt auf seine Sinne ein.

Sofort wird er langsamer.

Doch da ist es bereits zu spät.

Sie macht einen unkontrollierten Satz zur Seite.

Schreit.

Stürzt einen Hang hinunter.

Überschlägt sich mehrfach.

Stille.

Zögerlich läuft er zu der Stelle hin.

Wo sie vom Weg abgekommen ist.

Ihr Sturz begonnen hat.
Tag oder Nacht ist seinen Augen gleich.
Er sieht sie sofort.
Sie liegt auf halber Strecke nach unten.
Alle Gliedmaßen von sich gestreckt.
Regungslos.
Bewusstlos.
Aber sie atmet.
Er kann nur wenig Blut riechen.
Die Dinge erkennen sogar, dass keine wichtigen Knochen oder Organe verletzt sind.
Er will trotzdem nach ihr sehen.
Das passt den Dingen nicht.
Er soll verschwinden.
Aber er will nachschauen.
Seine Instinkte und die Dinge kämpfen in seinem Verstand.
Seinem Geist.
Seinem Körper.
Schmerz flammt in seinem Inneren auf.
Er schüttelt sein stechendes Haupt.
Durch die Schmerzen hindurch nimmt er eine Bewegung wahr.
Nahe der Stelle, wo die Frau liegt.
Dort, wo ihr verbogenes Fahrrad und ihr Rucksack liegen.
Ein alter Dachs.
Schält sich aus dem Brombeerdickicht, das einen der Eingänge zu seinem Bau schützt.
Schnuppernd kommt der Dachs hervor.
Bleibt im Dunkeln stehen.

Blickt den Hang hinauf.

Wirft ihm einen feindseligen Blick zu.

Er kann spüren, dass auch im Dachs bereits Dinge sind.

Die da vorher nicht waren.

Und da auch nicht hingehören.

Die Dinge können jedoch nicht miteinander kommunizieren.

Der Dachs schießt nach vorn.

Schnappt sich mit den Zähnen einen Riemen des Rucksacks.

Knurrend zieht er ihn rückwärts mit sich.

Unter das dornige Dickicht.

In seinen kühlen Bau.

Sein dunkles Reich.

Der Dachs und seine Beute verschwinden.

Wie vom Erdboden verschluckt.

Die Frau stöhnt inzwischen leise.

Bewegt sich schwach.

Sie kriegt nichts vom Diebstahl ihres Rucksacks mit.

Oder davon, dass er oben auf dem Hügel ausharrt.

Über sie wacht.

Obwohl die Dinge ihn wegscheuchen wollen.

Mit Schmerzen.

Er hält das erste Aufflammen aus.

Bleibt.

Knurrt.

Schüttelt den Kopf.

Verharrt trotzig.

Macht seinen Standpunkt klar.

Sie akzeptieren.
Vorerst.
Der Schmerz erlischt.
Wie ein Teil der Nacht steht er auf dem Weg.
Passt auf die Frau auf.
Selbst jetzt spürt er eine Verbindung zwischen ihnen beiden.
Stärker denn je sogar.
Einzelgänger.
Ausgestoßene.
Verletzte.
Gestürzte.
Plötzlich muss er an die andere Frau denken.
Die jüngere.
Zu der er eine ähnliche Verbindung hatte.
Unter Einzelgängern im Wald.
Und deren Verbleib ihn einfach nicht loslässt.
Verzweifelt versucht er die Bilder zu vertreiben, die ihn abermals bestürmen.
Von animalischer Gewalt und menschlichem Blut.
Der jungen Frau, die von ihm zerrissen wird.
Seinem unkontrollierten Toben und Wüten.
Bilder, von denen er nicht sagen kann, was sie sind.
Traum.
Vorstellung.
Erinnerung.
Vision.
Erlebtes.
Angst.
Vergangenheit.

Zukunft.

Nichts davon.

Alles davon.

Zumal ihm manche dieser Konzepte immer noch Schwierigkeiten bereiten.

Trotz aller Veränderungen.

Schließlich bewegt sich die Radfahrerin stärker.

Sie hustet.

Stöhnt.

Flucht.

Dreht sich ächzend auf den Bauch.

Flucht noch lauter.

Kommt auf alle viere.

Sieht sich um.

Ihm ist klar, dass sie nach ihm Ausschau hält.

Er riecht ihre Angst vor dem Monstrum.

Vor ihm.

Als sie das Fehlen ihres Rucksacks bemerkt, ändert sich diese Angst.

Hektisch sucht sie ihre Umgebung ab.

Sie scheint ihn zu vergessen.

Einfach so.

Als wäre da auf einmal ein größeres Raubtier.

Eine noch größere Bedrohung.

Sie riecht nun nach einer anderen Art von Furcht.

Einer anderen Panik.

Sie sucht und sucht und sucht.

Den gut getarnten Dachsbau sieht sie natürlich nicht.

Zu gern würde er ihr helfen.

Sich ihr mitteilen.

Ihr die Antwort geben, die sie gerade anscheinend so dringend braucht.

Aber Antworten kann er ja nicht mal sich selbst verschaffen.

Die Dinge werden ungeduldig.

Es reicht ihnen.

Schmerz droht.

Hier kann er nichts mehr tun.

Lautlos zieht er sich vom Abhang zurück.

Wird er wieder eins mit der einsamen Nacht.

JOE

DER MORGEN LÖST DIE KURZE NACHT AB.

Das Klingeln seines Kraupen-Kommunikators weckt Joe in einem kleinen, fremden und frustrierend Charlotte-losen Zimmer, das schon viel zu warm ist. Seine Laken sind klamm vor Schweiß, genauso der Bund seiner Shorts.

Joe reibt sich das linke verklebte Auge, rollt sich schläfrig zum Nachttisch, streckt den Arm aus und angelt sich das Smartphone. Die Helligkeit von draußen blendet ihn.

07:03 Uhr, sagt die Uhr auf dem Display, und wenig überraschend: *Sylvia Kraupen*.

Draußen trällern, gurren, schreien und pfeifen sich die Vögel durch ihr Morgenritual, bevor die Hitze ihnen eher früher denn später die Luft und die Lust am Reviergehabe nimmt.

Die Temperatur droht schon jetzt wieder von sportlich zu höllisch zu kippen.

Joe nimmt den Anruf an. »Morgen«, sagt er und unterdrückt ein Gähnen.

»Sie haben gestern nicht mehr angerufen«, sagt Sylvia Kraupen anstelle einer Begrüßung frostig.

»Es wurde spät. Ich …«

»So habe ich mir das nicht vorgestellt.«

Sylvia Kraupen ist es nicht gewohnt, zu warten oder jemandem nachzurennen.

Ginge es nicht um ihre Tochter, wäre Joe sicher schon gefeuert.

»Tut mir leid«, sagt Joe, und da er selbst hört, wie ärgerlich floskelhaft das klingt, fügt er hinzu: »Ich wollte Sie nicht mit der Zwischenlösung belästigen. Ich hab gestern, wie erhofft, etwas über Lisas Ex-Freund bei ProW@lf herausgefunden und bin praktisch schon auf dem Sprung, um ihm noch mal auf den Zahn zu fühlen.«

»Was haben Sie erfahren?«, fragt Kraupen.

»Er hat mich über die Trennung belogen. Lief wohl doch nicht so glatt und nett, wie er behauptet. Man hat mir von einem großen Streit erzählt. Er hat womöglich Lisas wahre Identität herausgefunden.«

Kurz herrscht Stille am anderen Ende.

Joe versucht sich Sylvia Kraupen in ihrer großen, einsamen Villa in der Berliner Vorstadt vorzustellen – oder ist sie vielleicht schon in ihrem Büroturm in Berlin und blickt über die morgendliche City, deren Mühlen unermüdlich mahlen, auch aufgrund des Krieges zwischen Mensch und Wolf hier in Brandenburg, gefühlt eine Welt weit weg, und für Kraupen auf vielen Ebenen doch so wichtig?

»Worauf warten Sie dann noch?«, fragt die Herrin des modernen Drohnenkrieges da auf einmal, ihre Stimme eine Klinge aus Eis. »Schnappen Sie ihn sich und quetschen Sie ihn aus. Und dann rufen Sie mich diesmal umgehend an, verstanden?«

»Ich lebe, um zu dienen«, sagt Joe, doch Kraupen hat schon aufgelegt.

Beim Zähneputzen scrollt er durch die morgendlichen *Tagesspiegel*-Schlagzeilen aus der nahen und doch fernen Heimat.

Wie es aussieht, ist die nächste Demo vor dem Brandenburger Tor gestern Nachmittag diesmal zu einer regelrechten Straßenschlacht eskaliert. Die Polizei brauchte die ganze Nacht, um die Lage wieder in den Griff zu kriegen, man musste sogar mit Schallwaffen-Drohnen gegen beide Seiten vorgehen.

Das Hauptstadtbüro von ProW@lf wurde durch mehrere Molotowcocktails in Brand gesetzt – die Feuerwehr konnte ein Übergreifen der Flammen auf andere Wohnungen oder gar Gebäude verhindern, das Office der Aktivistinnen und Aktivisten allerdings nicht mehr retten.

Der Kanzler hat für 11 Uhr eine Pressekonferenz angesetzt und wird die Ausschreitungen und die Abstimmung thematisieren.

Joe muss nicht zu einem PR-Termin. Er zieht eine verwaschene hellblaue Jeans und ein schwarzes T-Shirt an, beides relativ unauffällig.

Als er über den Gang geht und an Charlottes Zimmer vorbeikommt, hört er, wie die Tür von innen geöffnet wird – beinahe möchte er an die Macht des Schicksals glauben, die sie einem in romantischen Filmen seit jeher mit imposantem Timing schmackhaft zu machen versuchen.

»Guten Morgen, schöne Frau«, sagt Joe, bevor die Tür ganz aufgeht.

Das Lächeln auf Joes Gesicht erfreut die schon etwas ältere Service-Kraft sichtlich.

»Guten Morgen«, sagt sie lächelnd und mit starkem örtlichem Akzent. Sie zwinkert Joe zu. »Hübscher Mann.«

Jetzt ist sie es, die grinst.

Joe räuspert sich. »Die Dame ist schon ausgeflogen?«, fragt er peinlich berührt.

»Vor einer halben Stunde. Kam mir auf dem Gang entgegen, als ich mit dem Zimmer bei der Treppe angefangen hab.«

»Hab sie gar nicht für eine Frühaufsteherin gehalten.«

»Auf dem Stützpunkt ist gestern wohl was passiert. Angeblich ein toter Wolf. Sie halten eine Pressekonferenz ab, bevor die Gerüchte überhandnehmen.«

»Hm.« Joe sollte sich sicher Gedanken machen, wieso er so etwas nicht weiß oder noch nicht gecheckt hat, aber er schaut lediglich mit traurigem Hundeblick in Charlottes Zimmer.

»Sie kommt ja wieder«, erhält er unerwarteten Trost.

»Hoffen wir's.« Joe ringt sich ein Lächeln ab, so viel Herzlichkeit soll belohnt werden. »Danke. Ich wünsch Ihnen einen schönen Tag, hübsche Frau.«

»Ich Ihnen auch, hübscher Mann.«

Über das Treppenhaus erreicht er den Gastraum der Schwalbe.

Melanie, erste Vorsitzende des Joe-Denzinger-Fanclubs, ist wieder auf ihrem Posten.

Ihr Gesicht verdüstert sich bei seinem Eintreten.

»Morgen«, sagt Joe vorsichtig.

»Charlotte ist vorhin praktisch von hier geflüchtet«, rumpelt Melanie, und ihr Tonfall verspricht Ungemach für denjenigen, der daran Schuld hat – ihren Hauptverdächtigen hat sie bereits vor sich. »Vor Ihnen?«

»Nein«, sagt Joe. »Vor dem Gedanken, keinen guten Platz bei der Pressekonferenz von Oberst Faberland zu bekommen.« Er winkt Melanie halb-sarkastisch zu.

Dafür hat er jetzt keine Zeit.

Er muss Helge in den Arsch treten.

MARIJA

SIE FÜHLT SICH WIE EIN STÜCK Mittelstreifen-Aas.

Roadkill, wie es auf Englisch so passend heißt.

Das matschige Ergebnis eines Wildunfalls.

Marijas Frühstück besteht aus Schmerztabletten, die sie von ihrer Ellbogenverletzung aufgehoben hat, und ein paar Schluck nicht mehr ganz frischem O-Saft aus dem Kühlschrank.

Sie trägt noch immer ihren Code-bedruckten Anzug – bisher hat sie sich vor lauter Erschöpfung und Blessuren nicht getraut, sich umzuziehen. Gerade bewegt sie sich mit der mechanischen Anmut eines kaputten Roboters durch ihre Küche, geradezu schlafwandlerisch, denn im Kopf ist sie mit dem Film von letzter Nacht beschäftigt.

Mit der Highspeed-Fahrt durch den Wald und ihren persönlichen Tunnel.

Mit dem riesigen Wolf-Cyborg und ihrem Sturz.

Der Wolf hat sie in Angst und Schrecken versetzt, doch jetzt ist er ein Albtraum der letzten Nacht, während die Tatsache, dass sie den Rucksack auf dem Hang und in der Dunkelheit einfach nicht gefunden hat, die Panik dieses Morgens bestimmt.

Irgendwann musste sie aufgeben und sich trotz des womöglich oben lauernden Wolfes auf den Rückweg machen, zu Fuß, mit kaputtem Bike, schmerzendem Körper und der hell lodernden Paranoia, gleich mächtige, kybernetisch verstärkte Wolfskiefer zu spüren, die sich um sie schließen.

Doch sie schaffte es bis zum Zaun, ohne gefressen zu werden, halb ohnmächtig vor Schmerzen hindurch auf die andere Seite und auch noch unbehelligt zurück nach Dölmow und zu ihrem Haus, das eiernde Rad neben sich herschiebend, sich mehr als einmal schwer darauf abstützend und jämmerlich stöhnend, wimmernd, hechelnd und fluchend.

Die erste großzügig bemessene Dosis Schmerztabletten half ihr beim Einschlafen.

Aufgewacht ist Marija nach nur wenigen Stunden zum nachhallenden Piepton einer eingehenden Textnachricht, der schon einige ungehört vorausgegangen sind und immer mehr folgen, jedes Mal unterdrückte Nummern oder unbekannte Absender.

Ihre Lieferung wurde nicht zugestellt. Bitte kontaktieren Sie uns.

Was hast du letzte Nacht gemacht? Vermisse dich.

Lange nichts von dir gehört. Meld dich mal wieder.

Hallo. Wie wäre es jetzt mit einem leckeren Eis?

Wo bist du, Babe?

Der Boss will dich sprechen. Er ist nicht happy.

Wir müssen reden.

Marija weiß natürlich, von wem die Nachrichten stammen, worum es geht.

Sie schreibt nicht zurück, ruft nicht an und schleppt sich auch nicht zur Eisdiele, um ihren Auftraggebern aus der Eisbombe Rede und Antwort zu stehen.

Erst mal muss sie die Lage für sich sondieren.

Also humpelt sie in die Garage und besieht sich zunächst den Schaden an ihrem Bike für die Nachtfahrten. Hässlich, aber nichts, was man nicht reparieren könnte. Zurück in der Küche ordert sie am Tablet in einem Online-Shop per Express-Lieferung Ersatzteile und einen neuen Reifen. Sie braucht auch neue Folien mit den Störcodes, falls sie nach dieser Sache noch weitere Fahrten durch den Wald machen sollte, aber die kann sie nicht einfach so bestellen, die besorgen ihr die anderen.

Die, die sie weiter ignoriert.

Während alldem überlegt sie angestrengt, was mit dem Rucksack passiert sein könnte. Quält ihren Verstand trotz des Painkiller-Nebels, durch den keine Antwort dringt und stattdessen nur Warnsignale ihres lädierten Körpers stechen.

Hat sie den Rucksack nach ihrem Sturz einfach übersehen, weil sie noch zu benommen und es zu finster war? Ist er vielleicht in eine Mulde oder unter einen Baumstumpf gerutscht? Weiter zur Seite geflogen, als sie im Effekt, im Schock, angenommen hat? Würde sie ihn finden, wenn sie bei Tageslicht dort wäre, oder wenigstens nicht ständig über die Schulter blicken müsste, um zu checken, ob hinter ihr ein Wolfsmonster im Begriff ist, sich auf sie zu stürzen?

Das Nachrichten-Stakkato auf ihrem Smartphone hört nicht auf.

An die Nummer der letzten Message schreibt sie schließlich seufzend zurück:

Hatte einen Unfall. Kümmere mich. Melde mich.

Sofort kommt eine neue Nachricht, doch die stammt von Anna.

Hallo Mama! Freu mich schon auf unseren Tag heute. Bis gleich. xxx

»Verdammt«, sagt Marija, die bei alldem ganz vergessen hat, dass sie heute einen Samstag voll Mutter-Tochter-Quality-Time im Kalender hat – bei Anna und Thomas daheim, weil er ein paar Wochenendtermine mit Landwirten in der Umgebung hat.

Ich mich auch, Süße. Fahre jetzt los. xxx

In der Zeit, die Marija braucht, diesen Text zu tippen und zu versenden, kommt schon wieder eine weitere Kurznachricht von Unbekannt-und-doch-bekannt rein.

Beweg deinen Arsch sofort hierher.

Marija seufzt und schaltet ihr Smartphone aus.

Jetzt muss sie erst mal zu Anna. Das Dreieck ihrer früheren Familie steht wackelig genug, Marija verdient sich allein durch Zuverlässigkeit Vertrauen und ihren Anteil am Sorgerecht.

Eine Art Perspektive.

Eine Art Sinn im Leben.

Plus: Anna hat Vorrang.

Immer.

Alles andere wird sie später klären.

Dennoch gibt es da noch ein akutes Problem.

Marija fährt stets mit dem Rad nach Gorach. Sie besitzt gar kein Auto – und wenn sie mit Anna mal weiter fahren muss, leiht sie sich den Pick-up von Thomas.

Die paar Kilometer Landstraße sind normalerweise ein netter Trainings-Snack.

Doch heute ist nichts normal.

Trotzdem rollt Marija ihr Bike für die Fahrten bei Tag aus der Garage. Sie schwingt sich mit einiger Mühe und einigem Fluchen darauf, setzt ihren Totenschädel-Maskenhelm zum Schutz gegen alles auf und fährt los. Sie merkt gar nicht, dass sie noch immer den Code-Anzug trägt, und wenn sie es bemerken würde, wäre es ihr egal.

In der Liefer-App ist ihr freier Samstag schon seit der Vorwoche eingetragen, damit die Läden und Kunden Bescheid wissen.

Sie und die Strecke duellieren sich.

Jeder Tritt in die Pedale tut höllisch weh. Allein ihre Körperspannung verursacht ihr irrsinnige Schmerzen in den Muskeln und Knochen, sogar einigen Organen. Ihr Körper will gerade nur ins Bett oder die Badewanne. Garantiert nicht auf einen Fahrradsattel.

Sowie sie Dölmow hinter sich gelassen hat, immer mehr Abstand zwischen sich, das Kaff, den Grenzstreifen, die Zone und den Wolfswald bringt, findet sie einen Rhythmus und ein Tempo, die zwar keinesfalls ihren Ansprüchen genügen, sie jedoch bei halbwegs erträglichen Schmerzen kontinuierlich voranbringen.

Zu Anna.

Sie fährt an Feldern und Weiden vorbei, die unter der frühen Hitzewelle leiden, und an mehreren großen Parzellen mit schattenspendenden Windrädern oder gleißenden Sonnenkollektoren.

Kurz nachdem das Surren des letzten Mini-Windparks zurückbleibt, hört Marija ein großes Auto hinter sich nahen. Sie hält sich dicht am Straßenrand, damit sie leicht überholt werden kann. Das Auto hupt, schert jedoch nicht aus, um sie zu passieren.

Genervt winkt Marija es vorbei.

Einhändig fahren ist in ihrem Zustand keine gute Idee.

Sie klammert sich an den Lenker.

Und wieder antwortet ihr nur die Hupe.

»Arschloch«, sagt Marija und wirft mit schmerzverzerrtem Gesicht einen Blick nach hinten.

Weißer Range Rover, schwarz getönte Scheiben.

Marija weiß sofort, wer drin sitzt.

Der Fahrer gibt ihr jetzt außerdem Lichtzeichen. Doch Marija dreht sich wieder nach vorn, senkt den Kopf und fährt einfach stur weiter.

Der Geländewagen schwenkt nun aus, fährt genau in der Mitte der Fahrbahn und bleibt auf der Höhe von Marija. Das Beifahrerfenster wird heruntergelassen.

»Ist das die lächerlichste Flucht aller Zeiten, oder was soll das?«, fragt Markus – Glatze, Goldkettchen, verspiegelte Sonnenbrille. »Halt an, Marija.«

»Ich muss zu meiner Tochter«, sagt Marija durch zusammengebissene Zähne, keuchend vor Schmerz und Anstrengung. »Danach komm ich zu euch.«

Markus, der einen gebräunten Arm lässig auf den Holm legt, sieht nach vorn und dann wieder aus dem Autofenster. »Nein. Der Boss will dich jetzt sehen. Sofort. Halt an. Wir nehmen dich mit zurück. Du siehst übrigens nicht gut aus, so ungern ich das sage.«

Marija schüttelt den Kopf und tritt weiter in die Pedale.

Ihnen kommt ein anderes Auto entgegen, deshalb setzt sich der bullige Geländewagen wieder hinter sie. Als der Gegenverkehr vorbei ist, lässt Markus' Fahrer Guido den Motor aufheulen und beschleunigt.

Marija rechnet damit, dass sie jetzt endgültig die Geduld mit ihr verlieren, an ihr vorbeiziehen und ihr den Weg abschneiden.

Sie machen etwas anderes.

Zwar schließt die schwere Gangster-Kutsche erneut zu Marija auf. Aber als er auf Höhe mit ihrem Bike ist, rast der Range Rover nicht an ihr vorbei, sondern hält die parallele Position bei – und kommt ihrem Rad dafür seitlich immer näher.

Marija beobachtet das Auto, das Fenster und Markus aus dem Augenwinkel, tritt sinnloserweise so heftig in die Pedale, wie ihr Körper das zulässt.

Gerade als sie sich fragt, ob Markus als Nächstes eine Pistole zieht und sie damit bedroht, kommt der Geländewagen noch ein Stück ran, und Markus streckt den Arm aus dem Fenster und schubst Marija ohne großen Kraftaufwand gegen die Schulter.

Es genügt.

Sie gerät ins Straucheln, und zum zweiten Mal innerhalb weniger Stunden kommt Marija vom Weg ab und stürzt.

Nicht so heftig wie gestern, doch sie landet trotz allem hart auf dem ausgedörrten Seitenstreifen zwischen Straße und Feld.

Und auf den Verletzungen von vergangener Nacht.

Marijas Körper ist ein Feuerwerk aus altem und neuem Schmerz; sie bleibt einfach in Pein, Sonne, Hitze, Staub und Erde liegen; versucht zu atmen und an Anna zu denken.

Der Geländewagen hält an. Markus und Guido steigen aus, verfrachten erst ihr Bike in den Kofferraum und danach Marija nicht absichtlich grob, aber auch nicht allzu sanft auf die Rückbank.

Sie flucht und stöhnt, weil der Schmerz sofort wieder wie ein Wolf zubeißt.

Markus öffnet ihren Helm und zieht ihn ihr runter. »Das hättest du echt einfacher haben können«, sagt er kopfschüttelnd, bevor er die hintere Tür zuwirft.

Die beiden Männer steigen wieder in den Wagen.

»Wenn der Boss sagt, dass du dich melden oder kommen sollst, dann tust du das«, ergänzt Guido und wendet geschickt auf der Fahrbahn.

»Paul war vorher schon stinksauer, aber jetzt wird er eine richtige Scheißlaune haben«, prophezeit Markus düster. »Möcht nicht in deiner Haut stecken.«

Durch Marijas Kopf schwebt der Gedanke, dass sie das schon länger nicht mehr will.

Sie lässt sich von den sanft schaukelnden Bewegungen und dem Sound des Autos einlullen, denn das ist immer noch besser als den in ihr tobenden Schmerz bei vollem Bewusstsein zu ertragen.

JOE

DIE HITZE WIRD SCHON wieder unerträglich.

Dank seiner verbesserten Ortskenntnis, die ihm der nächtliche Ausflug mit Charlotte gebracht hat, biegt Joe vor dem ProW@lf-Lager rechts in die Pampa ab, umfährt das Camp der Aktivisten und nähert sich der Zeltstadt von der schlecht geschützten Rückseite.

Er lässt den Audi im Schatten eines allein stehenden Baums zurück und läuft zwischen Wohnmobilen, Caravans, Kleinbussen, Dixi-Klos und Zelten ins Lager, als würde er dazugehören.

Man denkt immer, dass das ein Klischee ist, doch es stimmt: Tut man so, als hätte man alles Recht, an einem Ort zu sein, lassen einen die meisten Leute in Ruhe.

Klappt nicht immer und nicht überall, aber oft genug.

Trotzdem ergreift Joe die Chance, als sie sich bietet, und mopst eine herrenlose Wolf-Pappmaske von einem Camping-Tisch, die er sich mit dem Gummiband vor dem Gesicht befestigt – was ihn prompt an seinen Traum neulich denken lässt.

Die Welt verengt sich auf die fingerbreiten Sehschlitze der nach Karton riechenden Maske.

Das Marienkäfer-Liebeszelt von Helge findet er nicht auf Anhieb, aber immerhin im dritten Anlauf. Die Sorge, Lisa Kraupens Ex könnte getürmt sein, erweist sich als unbegründet. Helge lümmelt ungeachtet der frühen Stunde schon wieder halb nackt im Klappstuhl vor seinem rot-schwarzen Kabuff und hat die Nase in sein Science-Fiction-Buch gesteckt.

Da niemand in der Nähe ist, geht Joe schnellen Schrittes direkt auf Helge zu. Als dieser aufschaut, tritt Joe ihn schon vom Stuhl. Helge landet wie ein Junikäfer auf dem Rücken im trockenen Gras, durch das mit jedem Tag voller Trampelei mehr Erde schaut.

Bevor Helge sich erholen oder um Hilfe rufen kann, schnappt sich Joe den Stuhl, dreht ihn um, stellt ihn mit einer Querstrebe auf Helges Hals und setzt sich rittlings darauf.

Helge schnappt nach Luft. Seine Augen treten aus dem Kopf, der die Grundfarbe seines Zeltes annimmt.

Joe schiebt die Wolfsmaske hoch. »Wir müssen reden.«

Helge, die Hände um den Stuhl gepresst, krächzt eine kaum verständliche Beleidigung.

»Die Sache läuft so«, erklärt Joe ihm ruhig und erhöht den Druck auf die Stuhllehne und somit die Strebe – und Helges Kehle. »Du hast mich einmal verscheißert. Gratuliere. Wenn ich jetzt aufstehe und du mir wieder Bullshit erzählst, werden du, ich und dieser Stuhl Sachen machen, die dir gar nicht gefallen. Klar?«

Helge, Großspurigkeit und Wut längst zu Furcht verkommen, starrt ihn an.

»Ja«, krächzt er.

Joe steht auf und hebt den Klappstuhl hoch. Hustend und mit puterrotem Gesicht rollt Helge herum und ringt nach Luft. Als er aufstehen will, versetzt Joe ihm einen Arschtritt.

»Unten bleiben. Wir können auch so reden.«

»Ich mach …«

»Du machst, was ich sage. Sonst wird's hässlich. Letzte Chance.«

Joe steht nicht auf Gewalt und Alpha-Tier-Scheiß, doch wenn es nicht anders geht, weiß er immerhin, wie's geht.

Helge starrt ihn an.

Joe starrt zurück.

»Was willst du von mir, Mann?«, sagt Helge schließlich mit rauer Stimme und wendet als Erster den Blick ab, was er hinter einem Hustenanfall zu verstecken versucht. »Ich hab dir gesagt, dass Lisa und ich Schluss gemacht haben!«

»Yeah. Leider hast du vergessen zu erwähnen, dass ihr einen fetten Streit hattet, nachdem du rausgefunden hast, wer Lisa wirklich ist.« Fast lautlos sagt er: *»Kraupen.«*

Joe fragt sich, wo die anderen Wolfssympathisanten stecken. In dem einen oder anderen Zelt hört er Leute reden. Irgendwo läuft ein Radio, wo ein Moderator und seine Gäste in einem Studio in Düsseldorf mit wenig Ahnung, aber umso mehr Enthusiasmus über die Zone schnattern – als würde man die mutierten Wölfe und den Faktor KI in so einer Sendung durchschauen können.

Doch allgemein herrscht im Camp eher tote Hose. Sind alle beim Wolfs-Yoga vor dem Hauptzelt oder beim gemeinsamen Müsli-Frühstück? Oder hatte Helge keinen

Bock auf den heutigen Kriegsrat, vielleicht auch die erste Protestaktion des Tages vor dem Stützpunkt der Bundeswehr?

So oder so, Joe sollte die Sache hier nicht zu lange hinauszögern.

Wäre peinlich, Sylvia Kraupen – und Charlotte – erklären zu müssen, wie es dazu kommen konnte, dass er von einem Mob aktivistischer Ökos zwischen 7 und 77 Jahren aufgemischt wurde. Von Melanies Genugtuung deshalb ganz zu schweigen.

»Du warst wütend, als du erfahren hast, wer Lisas Mutter ist«, zeichnet Joe einen möglichen Ablauf der Ereignisse nach. »Was Lisas Familie, ihre Herkunft und ihr Erbe für die Sache hier bedeutet. Für die Wölfe. Und weil sie gelogen hat. Sich für etwas ausgab, das sie gar nicht war. Ihr habt deswegen gestritten. Und dann ist es eskaliert.«

»Was?« Helge schüttelt den Kopf. »Nein, so war das nicht!«

»Hast du Lisa was getan, Helge? Und denk nicht mal dran, wieder wegzurennen. Ich werd dich kriegen.«

»Spinnst du, Arschloch? Ich hab Lisa nichts getan. Ich hab sie geliebt.«

»Ach? Dachte, das war ne ganz lockere Sache? Bisschen Spaß im Käferzelt?«

Helges gerötetes Gesicht verfinstert sich nun auch noch. »Für mich war's mehr. Für sie auch, denk ich. Sonst hätte sie mir ja nicht gesagt, wer sie wirklich ist. Obwohl sie ihrer Mutter versprechen musste, dass sie genau das auf gar keinen Fall macht. Leider hab ich scheiße reagiert. Hätte cool bleiben und ihr Vertrauen würdigen sollen. Bin blöderweise ausgeflippt. Aber ich hab ihr nichts getan«, fügt er schnell hinzu. »Wir haben uns angebrüllt, ja, aber ich hab sie nicht angefasst. Ich schwör's.«

»Und wieso hast du mich dann angelogen?«

»Im Lager schnüffeln dauernd Reporter rum, Mann! Lisas Story wär doch ein gefundenes Fressen für die. Deine Geschichte, dass du sie im Auftrag ihrer Mutter suchst, hätt ja auch nur ein Köder sein können. Ich wollte Lisa keinen Ärger einbrocken. Sie beschützen. Will ich noch immer.«

Das überrascht Joe, zumal er zu der Einschätzung neigt, dass der Surfer-Boy diesmal die Wahrheit sagt, oder zumindest einen Großteil davon.

»Du darfst jetzt aufstehen. Mach aber keinen Scheiß. Du bist noch auf Bewährung.«

Helge murmelt etwas, kämpft sich auf die Beine und hebt sein Buch auf, das nun um ein paar Eselsohren reicher ist. Noch mehr Gemurmel. »Sind wir dann fertig?«, fragt Helge und nimmt all seinen Mut zusammen, um Joe feindselig anzustarren.

»Gleich«, antwortet Joe gelassen. »Ich bin Privatdetektiv – und wirklich im Auftrag von Lisas Mutter hier, weil sie sich zu lange nicht mehr daheim gemeldet hat. Wenn du willst, zeig ich dir ein paar Mails. Oder wir rufen die Große Frau In Berlin an. Oder wir kürzen das hier ab. Weißt du wirklich nicht, wo Lisa jetzt steckt?«

Helge zögert.

»Muss ich dir jetzt wieder mit dem Stuhl drohen? Das wird mir langsam selber peinlich.«

»Lass mal stecken.« Helge seufzt genervt, streift sich die Haare aus dem Gesicht, zupft an seinem Kinnbart und versucht, nicht zu erleichtert auszusehen, als sich ihnen eine Gruppe Wolfsfans nähert. Yoga, Frühstück oder Kriegsrat, vielleicht alles in einem, sind wohl vorbei.

Verstärkung für den gescholtenen kleinen Scheißer.

»Was würdest du tun, wenn Lisa Ärger hat?«, fragt Helge jedoch erst mal nur.

»Sie rausholen«, sagt Joe sofort, ohne lange nachzudenken. »Denn genau dafür bin ich hier. Wieso denkst du, dass sie Ärger hat?«

Helge presst die Lippen zusammen. »Manchmal kommen ein paar Typen aus Dölmow ins Lager«, sagt er dann nicht allzu laut.

»Typen?«

»Dealer.«

»Was bringen die mit?«

»Pillen. Die Leute hier fühlen sich frei und experimentieren gern. Wollen mal einen Abend richtig Spaß haben, trotz allem, oder ihre Ängste vor dem nächsten Kapitel der Klimakatastrophe vergessen. Mal allem entfliehen. Da brauchst du mehr als dein gewohntes Gras.«

»Hat Lisa Pillen genommen? Hast du sie angefixt?«

»Hey, immer langsam.« Helge guckt böse drein. »Ich helf dir, das wolltest du doch. Ich rauch und trink nichts. Dieser Körper ist ein Tempel. Hundert Prozent *straight edge*. Lisa hat ab und zu was genommen. Und als das mit uns aus dem Ruder gelaufen ist, ließ sie sich auf einen Flirt mit einem der Dealer ein. Vielleicht, um mich zu provozieren. Vielleicht, weil sie wirklich auf den Typen gestanden hat. Oder weil er ihr krasses Zeug verschafft hat. Keine Ahnung.«

In Joes Kopf poppen automatisch fünf Szenarien auf, die dazu führen könnten, dass ein junges Mädchen, das einem Berufskriminellen zu nahe kommt, Stress kriegt, kein Happy End findet oder sogar von der Bildfläche verschwinden muss.

Raubtiere spielen in diesen Szenarien eine Rolle, sind aber eher menschlicher Natur.

Helge fährt fort: »Ich glaube, sie ist hin und wieder high in den Wald gegangen, nach unserem Cut. Auf der Suche nach den Wölfen. Wir haben vor ein paar Wochen schon mal einen gesehen. Auf der anderen Seite des Zauns. Hat sie allen im Camp erzählt. Den Wolf wollte sie wiederfinden. Noch mal dieses Gefühl haben, wenn er sie anblickt, und sie ihn.«

Joe möchte Lisas Mutter weder das mit den Gangstern noch das mit den Wölfen erklären müssen, bevor er nicht stichhaltige Beweise hat. Er wird Sylvia Kraupen wohl erst mal nicht anrufen, entgegen ihren Abmachungen und ihrer Order.

»Du willst mir sagen, dass sich Lisa mit einem Gangster aus Dölmow eingelassen hat«, fasst er indes Helges Statement zusammen. »Und dass sie deshalb wie vom Erdboden verschluckt sein könnte?«

»Ja.«

»Abgetaucht, oder was anderes, was denkst du?«

»Kein Plan, Mann.« Helge zuckt mit den Schultern. »Das herauszufinden ist jetzt dein Job, schätz ich, oder? Aber ich hoff, dass du Lisa bald und wohlbehalten findest.

Tu ich wirklich. Und jetzt *fick dich* und lass mich, verdammt noch mal, für den Rest meines Lebens in Ruhe.«

Spricht's und geht auf die Aktivistinnen und Aktivisten zu, die inzwischen in Rufweite sind und ihm im Fall einer hübschen Blondine sogar zu winken.

Joe klappt den Camping-Stuhl zusammen und trägt ihn aus purer, kleinkarierter Gehässigkeit bis zum Rand des Lagers, wo er ihn zwischen zwei Klohäuschen aufstellt und die Wolfsmaske auf den Sitz legt.

Beinahe moderne Kunst.

Auf dem Rückweg zu seinem Auto überlegt der Künstler allerdings bereits, wie er die kriminellen Schwergewichte in Dölmow finden soll.

TARIQ

EIN TOTER, NEIN, ein erschossener Wolf auf dem Bundeswehr-Stützpunkt in der Zone ist der Schwergewichts-Champion unter den Schlagzeilen.

Diese Meldung kriegt alle Site-Aufmacher, alle Titelseiten und allerhand Sondersendungen.

Tariqs Vorgesetzte auf der Basis und erst recht in Berlin wüssten sicher gern, wer der Pressemeute vor Ort die Info zugespielt und dafür die Hand aufgehalten hat – Andreas, der früher das eine oder andere geleakt hat gegen eine gewisse Vergütung, gab sich auffallend maulfaul, als er und Tariq sich vorhin zwischen den Baracken über den Weg gelaufen sind.

Die erdrückende Präsenz der Medien, die zu Beginn des Konflikts zwischen Mensch und Wolf einem Schwarm Krähen gleich in Dölmow eingefallen sind, hat den Modus Operandi der Bundeswehr verändert, was Öffentlichkeitsarbeit anbelangt.

Man hält die Pressekonferenzen unmittelbar vor dem Stützpunkt ab, am Rand der Zone, des Kriegsgebiets. So will man die aus Berlin, London, Brüssel, New York und anderen Städten angerückten Schlagzeilenjäger und Headline-Jägerinnen zum geordneten Verhalten bewegen, ihr Handeln weg von allen unvernünftigen Aktionen lenken.

Gerüchten und Fake News zuvorkommen, von denen eh schon genug durch die Welt schwirren.

Und die Presseleute vor allem aus dem Wald heraushalten.

Tariq hat heute Morgen Wachdienst am Haupttor und bekommt trotz Sonnenbrille und Tunnelblick die PK vor dem Stützpunkt in allen Einzelheiten mit.

Ungeachtet der frühen Stunde herrscht großes Gedränge im Pressezelt mit der kleinen Bühne und dem Pult, die stets eigens für die Konferenzen aufgebaut und hinterher wieder abgebaut und nach drinnen geschafft werden.

Als wüssten nicht alle, dass es bald wieder die nächste Pressekonferenz geben wird, weil irgendetwas passiert.

Es ist seltsam, die blutigen Ereignisse des Vortags – den Tod des zahmen Wolfs von Dr. Jansen – noch einmal in sachlichen, regelrecht klinischen Worten von Pressesprecher Fischer zusammengefasst zu bekommen.

Tariq wurde gestern stundenlang befragt. Da er nicht wusste, was Roos, Schröder, Brückner, Sani Mike, Peters und andere erzählen würden, blieb er bei der knappen, nüchternen Wahrheit. Dennoch hatte er immerzu das Gefühl, dass man ihm eine Falle stellte oder er mit jeder Antwort nach bestem Gewissen das Loch für sich noch tiefer schaufelte.

Die Mienen der Offizierin und des Offiziers, die ihn vor laufender Kamera befragten, waren nicht zu deuten. Irgendwann bedankten sie sich schlicht für seine Aussage und schickten ihn in seine Baracke. Dort sagte Schröder ausnahmsweise nichts zu ihm.

Roos saß einige Stunden im Arrest, allerdings nur, bis die Lage im Schnelldurchgang geklärt, das psychologische Gutachten erstellt und die fixe Untersuchung des Vorfalls abgeschlossen war. Bloß kein Fehlverhalten dokumentieren, erklären müssen. Alles in bester Ordnung, alles nach Vorschrift gelaufen.

Fischer enthüllt den gierigen Reporterinnen und Journalisten jetzt auch nur das Nötigste über den Unfall mit einem nicht kybernetischen, nicht aus dem Wald stammenden Wolf.

Über dieses tragische Missverständnis mit fatalem Ausgang für einen Wolf, wie es in der offiziellen Verlautbarung heißt – einem Tier, das genau genommen in Diensten der Bundeswehr stand, beziehungsweise einer wissenschaftlichen Beraterin des Militärs gehörte.

Nach den spärlichen, sachlichen Infos managt der geschmeidige Fischer die unvermeidliche Fragerunde. Man merkt, dass er eine Vorliebe für hübsche Journalistinnen hat, wenn es darum geht, wer die ersten Fragen stellen darf.

Gerade erteilt er einer attraktiven Reporterin das Wort, obwohl in der ersten Reihe Kolleginnen und Kollegen von großen Portalen und Tageszeitungen, bekannten Sendern und Blogs die Hand heben.

»Charlotte Jakob, freie Journalistin. Haben die Wölfe auf das *tragische Missverständnis* mit einem ihrer Artgenossen in irgendeiner Weise reagiert?«

»Wir haben seit längerer Zeit keine Textnachrichten mit den Wölfen im Wald ausgetauscht«, antwortet Fischer trocken und lächelt minimal.

Ein paar der Anwesenden grinsen.

Die Journalistin ist damit nicht zufrieden. »Was, wenn die Wölfe in der Zone sich provoziert fühlen, weil einer von ihnen vom Militär erschossen wurde?«

»Das wäre dann schon Ihre zweite Frage. Lassen wir mal jemand anderen zu Wort kommen, ja?«

Nach fünfzehn weiteren Minuten und ähnlichen Frage-Antwort-Matches ist es vorbei. Fischer dankt allen für ihr Kommen, wünscht ihnen einen angenehmen Tag und erklärt die Pressekonferenz für beendet. Die Reporter und Journalistinnen ziehen ab, wollen schnellstens aus dem Radius der Störsender raus. Zelt, Pult und Bühne werden abgebaut.

Tariq hat noch drei weitere Stunden Tordienst, die weitgehend ereignislos verlaufen und ihm genug Zeit geben, über den pinken, glitzernden Frauenturnschuh nachzudenken, den er im Wald gefunden hat, bevor Dr. Jansens Wolf erschossen wurde.

Was anscheinend noch nicht durchgesickert ist.

Vielleicht wollen diejenigen, die solche Infos verkaufen, auch einfach nur nicht zwei Schlagzeilen an einem Tag verbraten.

Einmal sieht er in der Ferne den monströsen Abschleppwagen des alten Mannes von seinem Schrottplatz oben auf dem Berg nach Dölmow fahren.

Wenig später donnert eine Kolonne selbstfahrender Tanklaster vorbei, deren kostbare Ladung die Dürregeplagten Landwirte unterstützen soll.

Retten, was zu retten ist, lautet die Devise.

Zu Mittag wird Tariq abgelöst. Bei der Hitze sind die Schichten draußen kurz, sie haben genug Leute im Lager, um sich diesen Luxus an Menschlichkeit und Vernunft zu erlauben, Klimawandel und Temperaturen Rechnung zu tragen.

Er geht auf die Toiletten in einem der Sanitärcontainer, macht sich kurz am Waschbecken mit dem Fünf-Sekunden-Intervall-Hahn frisch und geht danach ins große Kantinenzelt.

Vor den Essensausgaben haben sich bereits lange Schlangen gebildet, die mit typisch militärischer Effizienz abgearbeitet werden.

Weil es kein Hühnchen gibt, sondern Schweineschnitzel oder Gyros, nimmt Tariq die vegetarische Alternative mit Sojaschnitzel. Dazu kommen fest gebackene Kartoffelecken auf den Teller, und ein bunt gemischter Salat mit zu wenig Dressing in einem Schälchen aufs Tablett, wo schon eine Flasche Wasser wartet.

Tariq würde am liebsten alleine essen. Es wird jedoch gern gesehen, dass die Soldatinnen und Soldaten einer Einheit gemeinsam an einem Tisch sitzen, sofern Dienstplan und Pflichten es erlauben. Für den Teamgeist.

Dementsprechend wird Tariqs Mittagessen wieder einmal mit einer Extraportion Spott von Schröder garniert.

Roos, der seit den Ereignissen am Vortag verschlossen und schweigsam wirkt, hält sich ausnahmsweise zurück. Weshalb Schröder umso mehr vom Leder ziehen zu müssen glaubt.

»Hast du schon den anderen Schuh gefunden, Laffel?«, fragt er kauend und schmatzend. »Oder deinen Prinzen?«

»Werden Crossdresser bei euch nicht gesteinigt?«, will Brückner wissen, während sie sich wichtigtuerisch eine schwarze Strähne aus der Stirn streicht.

Tariq könnte kotzen, wenn er dran denkt, dass er sie ganz am Anfang mal angegraben hat.

Schröder wedelt anerkennend mit dem Finger in Brückners Richtung. »Richtig! Hab ganz vergessen, dass so ein Coming-out ernsthafte Folgen für dich haben könnte, Laffel. Wissen es deine Eltern schon?«

»Was für eine Größe hast du eigentlich, Aschenputtel?«, fragt Weipert, der sich ebenfalls gut mit Schröder versteht. Anders als der Rest von ihnen kommt er hier aus der Gegend, weshalb er Brückner auch als Erstes mit zum Bunker genommen hat, um dort abzutanzen. »Vielleicht kannst du mal mit Leonie tauschen?«

»Vergiss es«, sagt Brückner umgehend und wischt sich ihren Mund mit einer Serviette ab. »Auf die Ladung Muchel-Fußschweiß kann ich verzichten.«

Allgemeines Gelächter an ihrem Abschnitt des langen Tischs.

»Dann musst du dir wohl von deiner Mutter ein paar Schuhe leihen«, sagt Schröder gutmütig. »Oder hat sie noch fettere Füße?«

Diesmal hat er ihn.

Tariq springt auf, packt Schröder am Kragen und zieht ihn, weil sie sich ganz außen gegenübersitzen, auf den Gang zwischen den Tischen.

Er holt schon mit geballter Faust aus, aber da hängt sich jemand an seinen Arm und verhindert den Schlag.

Es ist Andreas, der mit seiner Crew nur einen Tisch weiter gesessen hat und bei Beginn des Tumults sofort herangestürzt ist.

»Ich weiß, es würde guttun«, sagt er nun leise in Tariqs Ohr. »Aber der Arsch ist den Ärger nicht wert, Bro.«

»Das reicht, Zidan!«, bellt da Hauptfeldwebel Peters und zerrt Tariq rüde von Schröder fort.

Roos, Brückner und Weipert, die ebenfalls aufgesprungen sind, halten ihrerseits Schröder zurück, obwohl der so klug ist, die Hände zu heben und sich zu entspannen – die Unschuld in Person, das Opfer.

Damit hat er das Narrativ geprägt.

Tariqs Verlangen nach Gewalt versiegt so schnell, wie es gekommen ist. Jetzt wurmt es ihn bloß, dass Schröder ihn endlich zum Explodieren gebracht hat, und das ausgerechnet hier, vor allen Leuten und in Anwesenheit ihrer Offiziere.

Im Kantinenzelt ist es so still wie nach einem lauten Furz auf einer Beerdigung.

Alle starren in ihre Richtung – und Tariq an.

Schröder hat Mühe, sich das selbstzufriedene Grinsen zu verkneifen und in seiner Opferrolle zu bleiben.

Tariq atmet tief durch. Er fragt sich, wieso er das Arschloch nicht bei einem Kontrollgang am Zaun zur Rede gestellt hat, im Wald, nur mit Roos als Zeugen.

Er kennt die Antwort, natürlich: Weil sie ihm im Wald eine Abreibung oder vielleicht sogar eine Kugel verpasst und es als Unfall verkauft hätten.

»Schröder, zurück an den Tisch«, befiehlt Peters barsch. Sein Tablett liegt neben ihm auf dem Boden, das Essen überall verteilt, auch auf seinen sonst blitzblank polierten Stiefeln. Tariq hat gar nicht mitbekommen, wie der Hauptfeldwebel es fallen gelassen hat. »Zidan, raus hier. Sie dürfen sich heute Nachmittag auf eine Extraschicht draußen freuen. Melden Sie sich beim Diensthabenden für die Einteilung bei den Zaunkontrollen.« Er sieht Tariq an und runzelt die Stirn. »In letzter Zeit wissen Sie wirklich, wie man die Aufmerksamkeit auf sich lenkt. Vielleicht halten Sie sich erst mal ein wenig zurück. Ein gut gemeinter Ratschlag.«

Tariq könnte vieles darauf erwidern, lässt es aber.

Auch, weil Andreas ihm beschwörend den Arm drückt.

Schon klar. Tariq hat ja eben erst gesehen, was passiert, wenn er es nicht lässt.

Das Narrativ ist mächtig – und von Haus aus gegen ihn.

Sein Blick wandert kurz durch die Tischreihen, sucht Kameradinnen und Kameraden, die wie er immer wieder mit rassistischer Blödheit im Alltag genervt werden: Dang, der vietnamesische Wurzeln hat. Rimon, dessen Familie aus Eritrea stammt. Kristina, die noch immer viele Verwandte in Polen hat. Arman, dessen afghanische Familie sich in Berlin niedergelassen hat.

Doch jetzt weichen sie alle Tariqs Blick aus.

Nun, was hat er in dieser Situation erwartet?

»Hauptfeldwebel«, sagt er daher lediglich. Selbst in seinen Ohren klingt es wie ein Wolfsknurren. Tariq salutiert seelenlos und geht mit steifen Schritten und nach vorn gerichtetem Blick aus dem Kantinenzelt. »Verfickte Arschlöcher«, murmelt er kaum hörbar, womit er jeden und alles meint.

Die Hitze draußen trifft ihn wie ein Schlag und raubt ihm die Luft zum Atmen.

JOE

WENN ER EINE SPUR HAT, glüht Joe förmlich.

Wo die großen bösen Wölfe sind, weiß er.

Aber wie findet man die größten, bösesten Gangster im ganzen Kaff?

In Berlin wüsste Joe genau, wo er suchen, mit wem er reden müsste – in Dölmow steht er vor einem Problem. Das Terrain ist nicht besonders groß, doch ohne Einsicht in die lokalen Verhältnisse fehlt ihm ein Ansatzpunkt.

Er hat per Smartphone zwei seiner zuverlässigsten lokalen Orakel befragt, Charlotte und das Schlagzeilenarchiv des *Tagesspiegel* für Brandenburg, leider wusste keines von beiden etwas Konkretes über das organisierte Verbrechen in Dölmow zu berichten.

Aber Joe hat so eine Art Idee, man könnte auch sagen: eine Art ermittlerische Erleuchtung und detektivischen Geistesblitz, wie er mehr erfahren könnte.

Joe fragt Melanie, ob ihr Nachtportier schon wach ist, und wo er ihn finden kann.

Die Gastwirtin sieht ihn misstrauisch an. »Richard?«

»So heißt er, glaube ich«, bestätigt Joe.

»Witzig. Ich weiß, wie mein Neffe heißt.« Sie richtet sich auf und verschränkt die Arme vor ihrer grünen Steinkette. »Ich frag mich, was Sie von ihm wollen.«

»Ich schulde ihm eine Zigarette«, antwortet Joe, als wäre es eine Bagatelle, der er sich einfach nur entledigen will.

»Hab Sie draußen noch nie rauchen sehen.«

»Ich halte mich gern bedeckt«, flunkert Joe, Nichtraucher durch und durch.

»Das wär mir aber neu.« Melanie schnaubt wie ein Drache, der kurz davor ist, Rauch auszustoßen. »Richard ist hoffentlich in der Küche. Er sollte dabei helfen, das Mittagessen vorzubereiten. Kartoffeln schälen sich nicht von allein.«

Das Telefon klingelt, der Anruf nimmt Melanie in Beschlag.

Joe stiehlt sich davon, schleicht am Tresen vorbei und nähert sich vorsichtig der Küche: fettige raue Fliesen und schon länger nicht mehr geputzter Edelstahl, doch sonst nichts und niemand.

Ein Radio läuft auf einer Fensterbank.

Nachrichten. Noch mehr weltweites politisches Säbelrasseln und gesellschaftliches Zündeln in Berlin.

»Wir müssen zuerst an die Menschen denken«, doziert der thüringische Ministerpräsident. »An die Bürgerinnen und Bürger, die neben oder *im* Jagdrevier dieser Kreaturen leben müssen. Ich kann verstehen, wenn die Angst der Menschen von Dölmow in Ärger umschlägt. In Aggression. Wenn dort plötzlich von Gewalt, von einem Bürgerkrieg geredet wird. Bei uns. In Deutschland. Ich sehe das als Warnsignal, aber mehr noch als Hilferuf. Als *Weckruf* an die Regierung. Wir sollten uns in die Lage der Menschen versetzen, bevor wir uns anmaßen, für und über sie zu entscheiden. Zu bestimmen. Und wir sollten uns vor Augen führen, wie schnell so ein *Mutant* die Strecke Dölmow–Berlin zurücklegen könnte, wenn unsere Wachsamkeit nachlässt. Jetzt haben wir noch die Chance, diese Gefahr für die Menschen zu bannen …«

Joe folgt dem unverkennbaren Geruch von Marihuana durch eine Fliegengittertür in den Biergarten. Die Sonne brennt einem jetzt schon wieder Löcher ins Fell, und die Katze döst im Schatten und ignoriert Joe, der seine Sonnenbrille aufsetzt.

Da entdeckt er Richard, der an der gelben Hausecke neben dem Notstromaggregat für die unausweichlichen Blackouts im Sommer steht und einen dünnen Joint raucht. Heute trägt er ein faltiges Unterhemd, Jeans-Shorts bis über die Knie, eine fleckige Schürze und ein Haarnetz, das seine Frisur platt drückt.

Die Hände in den Hosentaschen, schlendert Joe zu Richard.

Er überlegt, wie er die Sache angehen soll. Richard dürfte nicht entgangen sein, dass er aus der Küche gekommen ist, wo ein Gast nichts zu suchen hat. »Hallo. Ich bin gestern Abend …«

»Jepp.« Richard verzieht kaum merklich das Gesicht und bläst Rauch aus dem Mundwinkel. »Ich erinner mich. Charlottes Begleiter.«

»Genau.« Ist *Begleiter* neuerdings ein Schimpfwort? Aber Joe nickt, als wolle er bestätigen, dass die Dinge so laufen, wie sie sollen. Er setzt eine möglichst unschuldige

Miene auf. »Es ist nur … mich würde interessieren, wo du deinen Stoff gekauft hast, als das Zeug noch illegal war.«

»Wieso willst'n das wissen?«, fragt Richard und sieht ihn misstrauisch an. »Kriegste doch jetzt in der Drogerie. Oder in der Apotheke.«

Joe schaltet schnell. »Klar. Aber ich helf Charlotte bei der Hintergrundrecherche für einen ihrer nächsten Artikel. Darin geht es um früher. Die Zeit vor der Legalisierung.«

Als er Charlottes Namen hört, hellt sich Richards Gesicht auf.

Joe würde ihm am liebsten eins auf die Nase geben. Dennoch sagt er: »Sie weiß es sicher zu schätzen, wenn du mithilfst.«

»Sagst du ihr auch wirklich, dass die Info von mir kommt?«

»Logisch.«

»Versprochen?«

Joe hebt eine Hand zum Schwur. »Ehrenwort.«

»Okay.« Richard zieht an seinem Joint. »Als Jugendlicher, als es noch nicht legal war, hab ich meinen Stoff von Markus gekriegt. Der war damals noch ein kleiner Dealer. Er ist ein, zwei Jahre älter als ich. Wir waren auf derselben Schule, sind morgens im selben Bus zur Schule gefahren. Jetzt ist er aber kein kleiner Gras-Dealer mehr, jetzt hängt er mit den schweren Jungs ab. Die Pillen verticken und so was.«

Joe versucht, sich seine Spürhund-Aufregung nicht anmerken zu lassen.

»Und wo ist das?«, fragt er so beiläufig, wie er kann.

Richard atmet eine süßliche Rauchwolke aus und unterdrückt ein Husten. »Sagtest du nicht, es geht darum, wo ich mal mein Gras gekauft hab? Für einen Artikel über früher? Wieso sollte das da drin stehen? Und überhaupt, mit Adresse und allem, oder wie? Glaub nicht, dass das den Jungs gefallen wird.«

»Für das Gesamtbild«, improvisiert Joe. »Das ist Charlotte immer wichtig, bevor sie ans Schreiben geht. Um ein Gefühl für Thema und Umgebung zu bekommen.«

»Hm. Na schön. Aber das hast du jetzt nicht von mir, kapiert? Will keinen Stress mit denen. Die sind echt übel drauf.«

»Aber für Charlotte ...«

»Genau. Für Charlotte.« Ein letztes Zögern und Ziehen, dann sagt Richard: »Okay. Die Obergangster hier im Ort hängen in der Eisdiele ab.«

Fast hätte Joe gelacht. »Der Eisdiele? Ist das ein Club, wie der Bunker?«

Richard guckt ihn scheel an. »Ne ganz normale Eisdiele, Mann.« Er schüttelt den Kopf, als wär Joe der letzte zugedröhnte Pfosten. »Das ist die Fassade für ihr *Business*. Aber da kriegt man auch Kugeln und so«, fügt er hinzu, bevor er den Joint-Stummel ausdrückt, in seine Hosentasche schiebt, sich die Hände an der Schürze abwischt, sein Haarnetz richtet und zurück in die Küche latscht.

»Und wie man sich in dieser Eisdiele ne Kugel einfangen kann«, murmelt Joe vor sich hin und holt sein Kraupen-Smartphone aus der Tasche, um sich auf Marlowes Spuren zu begeben und nach *Eisdiele Dölmow* zu googeln.

MARIJA

DIE EISBOMBE IST DÖLMOWS einzige Eisdiele und liegt nicht weit von Gerhards Buchhandlung und dem Bioladen entfernt, die Marija so gut wie täglich ansteuert.

Unterschiedlicher könnten die Märkte, für die sie in ihren jeweiligen Schichten arbeitet, allerdings kaum sein.

Das Eiscafé dient Pauls Crew als Hauptquartier und als gewerbliche Tarnung ihrer kriminellen Geschäfte. Der Laden wirkt wie eine Mischung aus einem US-Diner und einem italienischen Bistro, die beide aus den Fünfzigern stammen: viel Chrom und Edelstahl, weißer Kunststoff, rotes Leder und so weiter.

Marija kam über Antonio zur Eisbombe und zu ihrem Job als Drogenkurierin, nachdem sie dem Restaurantbesitzer und Möchtegern-Casanova aus Modena gegenüber erwähnt hatte, Geldprobleme zu haben. Daraufhin stellte der treue Tony sie Paul vor.

Dessen Gang besteht ansonsten aus Markus und Guido, rechte Faust und linker Stiefel ihres Chefs. Dazu kommen der Schöne Niko, Farid und Jürgen. Sie sind alle zwischen 25 und 45. Markus' Freundin Alex, deren Schwester Jasmin und der junge Leo kümmern sich derweil um das Tagesgeschäft der Eisdiele. Leo würde gern bei den anderen mitmischen, aber hungrig und übermotiviert gefällt er denen besser, weil er dann auch jede noch so beschissene Drecksarbeit macht.

Guido parkt den weißen Range Rover im Halteverbot vor der Eisdiele, deren Glastür fast vollständig mit einer riesigen Karte in Form einer Eiswaffel mit knallbunten Kugeln beklebt ist. Markus und Guido bugsieren die angeschlagene Marija über den Bürgersteig. An den beschirmten Tischen vor dem Laden sitzen ein paar Leute, die Eis aus Waffeln oder, seit den Pandemien üblicher, aus Bechern essen. Sie beobachten Markus, Guido und Marija mit höflicher Skepsis.

»Sonnenstich«, erklärt Markus, der Marija mühelos hält, während Guido die Tür aufmacht, was die altbackene Glocke der Eisdiele ertönen lässt. »Nichts, was ein bisschen klimatisierte Luft und ein großes Schoko-Eis nicht wieder hinbekommen.«

Die Skepsis verwandelt sich in entspanntes, wissendes Lächeln und Nicken.

»Hoffentlich eine Extraportion«, sagt einer der Gäste zwinkernd.

»Logisch«, antwortet Markus und schließt die Tür hinter ihnen.

Drinnen ist der Bereich um die Theke, unter deren Glas sich Eissorten in allen Farben und Formen aufreihen, hell erleuchtet. Gegenüber dem Glaskasten mit den Eisbottichen und der Kasse stehen die ersten Tische und Stühle, dahinter verbreitert sich die Diele und kommen die kitschigen roten Sitznischen.

Über der Theke hängt ein großer Flachbildschirm an der Wand. Es ist ein Musiksender eingestellt, aber selbst da laufen dieser Tage News-Flashs über die Sperrzone, die Krawalle in Berlin oder internationale Meinungen. Letztere, dem Schwerpunkt des Senders geschuldet, vor allem von Stars aus Musik, Film, TV und Web, die sich zur Lage in Deutschland und Dölmow äußern.

Gerade etwa eine norwegische Popsängerin, deren Lieder Anna ständig trällert. Die schöne Smilla ist dafür, den Wölfen Musik vorzuspielen, um sich auf einer anderen Empfindungs- und Kommunikationsebene friedvoll mit ihnen zu verständigen.

In der Eisbombe erwartet Marija kein Frieden.

Paul thront wie immer ganz hinten, in der stets für ihn reservierten Chefecke.

Der Schöne Niko, Farid und Jürgen sind auch da. Hinter der Theke stehen Leo, Alex und Jasmin.

Guido schubst Marija auf die rot gepolsterte Bank gegenüber von Paul, der in dem weißen Hemd und der dunklen Jeans nicht wie ein Dealer oder Gangster aussieht – eher wie ein gediegener Familienvater und lokaler Unternehmer, der auf seine Ernährung und Fitness achtet. Für Anfang 50 hat er noch volles blondes Haar, das er streng zurückkämmt. Sein Gesicht ist frisch rasiert, keine einzige Bartstoppel zu sehen. Die elegante, dezente Brille rundet die bürgerliche Erscheinung ab.

Paul schaut nicht von seinem Smartphone hoch, als Marija vor Schmerz zischelnd auf der Lederbank landet und sich krümmt.

»Marija«, sagt der Boss lediglich abwesend. »Schön, dass du es einrichten konntest.«

Marija stöhnt infolge einer Schmerzwelle. Sie schluckt schwer. »Ich wär schon von selbst gekommen«, sagt sie rau. »Ich wollt nur erst meine Tochter …«

»Nicht.« Ein Wort von Paul, mehr braucht es nicht, damit sie verstummt. Er sagt es ganz ruhig, wird kein bisschen laut oder aggressiv, aber die Wirkung ist enorm. Jetzt legt er das Smartphone zur Seite, richtet es akkurat zur Tischkante aus, verschränkt die Hände vor sich, Faust in Handfläche, und sieht Marija aufmerksam an. »Ich will nur eines wissen, Marija: Wo ist das Paket?«

Marija weicht seinem Blick nicht aus. »Ich hatte einen Unfall im Wald. Da war plötzlich ein Wolf neben mir. Ich bin einen Hang runtergestürzt. Mein Bike ist Schrott. Ich war auch kurz bewusstlos. Nach dem Sturz.« Ihr Körper reagiert nicht gut auf das Adrenalin, das seit der Landstraße durch ihre Venen pumpt. Sie merkt, dass sie viel zu schnell redet. Wie eine Lügnerin. Wie eine Schuldige. »Als ich wieder zu mir kam, war der Rucksack … war das Paket fort. Hab ewig lang am Hang gesucht. Konnte im Dunkeln aber nichts finden.«

»Ein Wolf«, sagt Paul, den unnachgiebigen, konzentrierten Blick noch immer auf sie gerichtet. »Wie praktisch.«

»Hat der böse, böse Wolf vielleicht den Rucksack?«, fragt Markus spöttisch, der neben der Bank steht und Marijas Fluchtweg versperrt. »Und schmeißt jetzt ne fette Party mit Rotkäppchen, Schneewittchen und den Zwergen im Wald? Mit unserem Stoff? Hä?«

Pauls Blick wandert zu Markus, der anders als sein Chef total wie ein Klischee-Gangster aussieht.

Markus verstummt sofort.

Paul wendet sich wieder Marija zu. »Wieso hast du nicht auf unsere Nachrichten reagiert?«, fragt er noch immer ganz besonnen.

Eine neue Welle Schmerz schwappt durch Marija. Sie verzieht das Gesicht, krümmt sich abermals, knurrt wie ein verwundeter Wolf.

Paul schert das einen Dreck. Er wartet auf seine Antwort.

»Wie gesagt«, presst Marija hervor. »Ich wollt erst zu meiner Tochter. Heute ist unser Samstag. Wenn ich das versau, könnte das mein Besuchsrecht verderben. Danach wär ich sofort hergekommen.«

»Du hättest dich schon heute Nacht *sofort* bei uns melden sollen«, sagt Paul enttäuscht.

»Ich hatte irre Schmerzen«, rechtfertigt sich Marija. »Hab ein paar Tabletten eingeworfen und war sofort weggetreten. Bis zum Morgen.«

»Warst du das?« Paul scannt sie mit seinem Röntgenblick. »Oder hast du unser Eigentum in der Zwischenzeit verkauft?«

»Was?« Marija wird übel, was nicht mehr allein an den Schmerzen liegt. »Im Ernst? Du glaubst, ich würd euch bescheißen? Euch abzocken? Hab ich dir je einen Grund gegeben, das zu denken?«

»Nein«, sagt Paul nüchtern. »Bis jetzt.«

»Einmal ist immer das erste Mal«, versetzt Markus und ignoriert diesmal Pauls Blick.

Marija erhebt sich trotz ihrer Schmerzsammlung explosionsartig.

Markus und Guido spannen sich an. Farid und Niko stehen ebenfalls auf. Nur Jürgen bleibt sitzen und amüsiert sich seinem Grinsen nach zu urteilen königlich.

»Hey«, sagt Marija und hebt die Hände, was sie das Gesicht verzerren lässt. »Ich will euch nur meine Verletzungen zeigen. Abschürfungen, Kratzer, Blutergüsse, Schwellungen. Dann wisst ihr, dass ich euch keine Geschichte auftische. Der Sturz war verdammt heftig. Und da war wirklich ein riesiger Wolf.«

»Erspar uns allen den Strip.« Paul macht eine gelangweilte Geste. »Das würde im Übrigen rein gar nichts beweisen. Blaue Flecken, Kratzer und Prellungen kann man sich auch anders zuziehen.«

»Hab mir immer gedacht, dass du es hart magst«, sagt der Schöne Niko grinsend.

»Yeah«, sekundiert Farid. »War voll klar, Bitch.«

Auch diese beiden aus seiner Crew bringt Paul mit einem Blick zum Verstummen, sogar zum Wegschauen.

Marija nimmt wieder Platz, sie ist zu platt zum Stehen.

»Es ist witzig, dass in deiner Geschichte ein Wolf vorkommt.« Der tiefe Atemzug des Bosses hat etwas von einem Seufzer. »Denn weißt du, wie oft das Verschwinden einer Person hier in der Gegend schon auf die Wölfe geschoben wurde?«

Nikos Gelaber, Farids Meinung von ihr oder Jürgens Grinsen sind Marija scheißegal, doch die Drohung, die in Pauls Worten eingebettet ist, macht ihr Sorgen.

»Wer hat den Stoff, Marija?« Hinter Pauls Ruhe warten viele unangenehme Dinge, daran würde niemand zweifeln. Unangenehmer als Cyborg-Wölfe. »Sag es uns am besten jetzt, und wir finden eine Lösung. Ich will dir nicht einreden, dass dann alles wieder okay ist und genau wie vorher sein wird, und dass wir einfach weitermachen werden wie bisher. Aber vielleicht können wir uns einigen und vor allem verhindern, dass zum Beispiel auch noch die kleine Anna hineingezogen wird.« Sein harter Blick fräst sich in Marija. »Sie war lange nicht mehr hier, um sich von ihrem Onkel Paul ein Eis spendieren zu lassen, fällt mir gerade auf. Ihre Klasse hat die Woche immer um 12 hitzefrei, richtig?«

Ein Knurren steigt in Marija hoch. »Wenn du Anna …«

»Was dann, Marija?« Paul sieht sie neugierig an. »Was will eine abgehalfterte Fahrradkurierin und Drogenschmugglerin dann tun, hm?« Marija hält den Mund, und Paul nickt. »Dachte ich mir. Also. Letzte Chance. Sag mir, wer unser Paket hat. Sind es die Armenier aus Feilwalde? Jemand aus Cottbus? Berlin? Leipzig? Oder aus Polen?«

»Ich hab dir gesagt, was passiert ist.« Marija versucht, gelassen zu klingen, und hält Pauls durchleuchtendem Blick stand. »Der Wolf. Der Unfall. Dann war der Rucksack weg. Das ist die Wahrheit. Ich zock euch nicht ab. Nicht allein, nicht mit anderen. Ich schwör es bei allem, was mir heilig ist. Bei meiner Tochter, wenn's sein muss, aber halt sie ansonsten da raus.«

Paul schüttelt betrübt den Kopf. »Guido, geh mit Marija in den Kühlraum. Sieh zu, dass sie ein bisschen mitteilsamer wird und ein paar Namen nennt. Allein hat sie das nicht durchgezogen. Sie ist verzweifelt genug, hat aber nicht die nötigen Kontakte. Und Farid? Schau mal bei Tony vorbei, was der so treibt. Vielleicht steckt er mit drin. Schließlich hat er sie damals angeschleppt. Und er kennt ein paar Russen. Einer arbeitet sogar für ihn, oder? Der Dicke?«

»Komm.« Guido, der hauptsächlich aus Muskeln besteht, packt Marija am Arm, zieht sie auf die Beine und ignoriert ihren Protest und ihre Schmerzenslaute.

Marija versucht sich aus Guidos Griff zu winden, aber keine Chance. Bevor sie das schafft, würde er ihr mit seiner Schraubstockpranke eher das Handgelenk brechen.

Das Klirren der altmodischen Glöckchen über der Tür zur Eisdiele lässt alle erstarren.

Ein Mann im grauen Anzug, mit Hut und Sonnenbrille tritt in die Eisbombe.

Leo hinter der Kasse, der Tür am nächsten, will ihn abwimmeln. »Sorry, gerade haben wir eine geschlossene Gesellschaft«, sagt er. »Eine interne Feier. Kommen Sie doch in einer Stunde wieder, dann kriegen Sie auch eine Gratiskugel.«

»Super«, sagt der Mann und geht einfach weiter, genau auf die Sitznische von Paul und der Gang zu. »Dann sind ja alle versammelt und können mir ein paar Fragen beantworten.«

Dass ihm Markus, der Schöne Niko und Farid vor der Sitznische in den Weg treten, scheint den Neuankömmling nur marginal zu beeindrucken, bemerkt Marija.

Man sieht an seiner Körperhaltung, dass er das alles in sich aufnimmt, den Boss, die Gang, die verletzte Marija sowie Guido, der sie grob gepackt hält.

»Ich muss was mit euch bereden, Jungs«, sagt der Mann dann mit falscher Heiterkeit, unter der sich etwas verbirgt, das sich schwer einordnen lässt. »Bin auf der Suche nach Lisa. Lisa Müller, aus dem Camp von ProW@lf.«

»Was geht dich Lisa an, du Wichser?«, blafft Niko, schiebt sich zwischen Markus und Farid durch, baut sich vor dem Kerl im Sakko auf.

»Niko«, sagt Paul mit diamantharter Ruhe.

»Was?« Niko regt sich richtig auf. Er spuckt beim Reden. »Der Wichser kommt hier rein, als ob ihm der Laden gehört, und jetzt fragt er auch noch nach Lisa? Das ist doch scheiße, Paul.« Er starrt den Mann wütend an. »Wichser.«

»Das beantwortet dann die Frage, ob ihr sie kennt, schätze ich«, sagt der Mann amüsiert.

»Ich hau dir gleich aufs Maul«, droht Niko. »Das beantwortet dann *alle* Fragen.«

»Markus«, sagt Paul, und der Genannte zieht Niko fort.

Marija nutzt die Situation, um sich von Guido loszumachen, der für den Moment abgelenkt ist. »Ich hab's niemandem verkauft«, zischt sie Paul zu, der sie nur undurchschaubar anblickt. »Ich finde es wieder, gib mir nur etwas Zeit«, sagt Marija dann noch und schiebt sich schnell an den gockelnden Gangstern und dem Neuankömmling vorbei.

Mit zusammengebissenen Zähnen humpelt sie rasch aus der Eisdiele.

Niemand versucht sie aufzuhalten.

Keiner will die eine Bewegung machen, die alles eskalieren lässt.

»Bleib hier, du ...«, setzt nur Leo hinter der Theke an, den sie allerdings mit einem »Fick dich, Kleiner« abbügelt.

Im Stillen dankt Marija dem Fremden und stolpert in die Hitze.

Sie würde gern ihr Bike aus dem Kofferraum holen, doch der Geländewagen ist abgeschlossen. Und könnte sie überhaupt fahren? Vermutlich nicht.

Sie haut auf die Heckscheibe und flucht, weil die Hand sofort Schmerz aussendet.

»Schlüssel vergessen?«, fragt der Mann am Tisch, der vorhin ihre Ankunft mitbekommen hat, grinsend.

»Fick dich«, sagt Marija zu ihm, erfreut sich nur kurz an seinem schockierten Gesicht und schaut zu, dass sie trotz ihres ramponierten Zustands so schnell wie möglich von hier verschwindet.

JOE

DIE MITGENOMMEN WIRKENDE FRAU in dem seltsamen Biker-Outfit verlässt die Eisdiele unter bimmelnden Glöckchen.

Auch nach Verklingen des Geräusches und Zufallen der Tür verharren drinnen alle reglos.

Wie festgefroren.

Keiner will als Erster zucken, den ersten Zug machen.

Nicht der sein, der etwas ins Rollen bringt, das sich nicht mehr aufhalten lässt.

Die Luft ist wie elektrisiert. Joe vermutet, dass man sie immer noch summen hören, sie immer noch vibrieren spüren könnte, selbst wenn die permanent rumorende Kühltheke als Hintergrundgeräusch ausgeschaltet wäre.

Dass so oder so alles knacksen und knistern würde.

»Also?«, fragt Joe die Übermacht an Zahl, Kraft, Aggression, Skrupellosigkeit, krimineller Energie und sicher auch Waffen – Messer und Pistolen, wenn er tippen müsste. »Lisa Müller. Ich würd gern wissen, wo sie ist. Man hat mir gesagt, einer von euch hat sie vielleicht kürzlich gesehen. Womöglich mehr als das.«

»Soll das eine Anschuldigung sein?«, fragt der Schönling knurrig, den der offenkundige Boss der Truppe Niko genannt hat. »Wer bist du überhaupt, du Wichser? Ein Bulle?«

»Das tut jetzt weh«, erwidert Joe. »Ich bin privater Ermittler. Was ihr hier in eurer kleinen Eisdiele treibt und was ihr für Extrasorten anbietet, ist mir komplett egal. Ich will nur das Mädchen finden.«

Niko will gleich wieder aufbrausen.

Sein Boss kommt ihm zuvor.

»Und uns ist egal, was du willst. Wieso sollten wir dir helfen?« Dieser Paul klingt aufreizend ruhig – Joe kennt die Sorte Psychopath, wahrscheinlich sogar Soziopath. »Wir würden dir nicht mal dann was sagen, wenn du von den Bullen kommst.«

»So musst du beten, dass du heil hier *rauskommst*«, sagt der Brocken namens Markus, lässt die Fingerknöchel knacken, die Arm- und Schultermuskeln spielen.

Der noch stärker aufgepumpte Typ neben ihm stimmt in das Konzert ein.

»Da mach ich mir keine Sorgen«, meint Joe und nimmt die Sonnenbrille ab, damit die anderen seine Augen sehen können. Er klappt die Bügel ein und hängt sie in den Ausschnitt seines Hemds. Manchmal muss man sich auf den dämlichen Eiertanz und die Suche nach der dicksten Hose einlassen – und den Schwanzvergleich gewinnen.

Denn die Gangster haben recht, das hier könnte durchaus hässlich für Joe ausgehen, wenn er sich in die Ecke drängen lässt.

»Ich arbeite für jemanden, der euch mehr Ärger als die Polizei, das Gesundheitsamt und die Zahnfee zusammen machen kann«, wirft Joe der Eismafia an den Kopf, als hätte er von ihnen nichts zu befürchten, sie von ihm aber umso mehr. »Beantwortet meine Frage, und wir alle können uns ruckzuck wieder unserem eigenen Kram widmen.«

»Der Wichser blufft doch nur«, sagt Niko, der augenscheinlich nichts lieber tun würde, als Joe Kopf voran ins Pistazien-Eis oder vielleicht auch das Passionsfrucht-Sorbet zu verfrachten.

Doch sein Vorgesetzter hat andere Pläne, das sieht Joe gleich.

Paul betrachtet Joe noch ein paar Sekunden länger und kommt zu einer Entscheidung.

»Wir sagen dir, was du über die Kleine wissen willst, und du verpisst dich? Hab ich das richtig verstanden? Auf Nimmerwiedersehen?«

»Ganz genau. Der Wunsch beruht auf Gegenseitigkeit.«

Der Boss mustert ihn ausdruckslos. »Na gut. Niko. Was weißt du über diese Lisa?«

»Komm schon, Paul«, jammert der attraktive Hitzkopf. »Ich ...«

»Du sagst ihm, was er wissen will, dann sind wir ihn los. Wir haben gerade genug Probleme. Ich sag's nicht noch mal.«

Niko seufzt. »Ich hab Lisa bei den Ökos kennengelernt«, erzählt er mit sichtlichem Widerwillen. »Wir haben uns ein paarmal unterhalten. Okay, und einmal am Lagerfeuer ein bisschen rumgeknutscht. Glaub aber, dass sie da nur ihren Ex eifersüchtig machen wollte. Hat auch geklappt, könnt ihr euch ja denken.« Ein Lächeln zuckt um seine Lippen – und erlischt wieder. »Mehr war da nicht. Weiter als zur ersten Base kam ich bei ihr nicht.«

Unpassenderweise muss Joe direkt an Charlotte denken, was er seit letzter Nacht ziemlich oft tut.

»Oh, Sportmetaphern«, sagt er jetzt. »Echt romantisch.«

»Was passt dir daran nicht, Wichser?«, fragt Niko dröhnend, dem der Kamm gleich wieder anschwillt. »Lisa war süß. Ich hätt das gern vertieft. Bis zum Homerun, wenn du verstehst.«

»Glaub ich sofort«, versetzt Joe. »Und mehr gibt's nicht zu sagen? Kein Homerun, aber auch kein Stress, weil sie etwas gesehen hat, das sie nicht sehen sollte? Weil du ihr was erzählt hast, das du nicht hättest ausplaudern dürfen?«

»Nö«, sagt Niko schulterzuckend. »Wir haben uns nur im Lager getroffen, und da weiß jeder, wieso wir dort sind.«

»Ihr habt euch nie woanders getroffen? Hier war sie nie?«

»Nicht mit mir. Und auch sonst keinem. Wär ja noch schöner.« Aus Gewohnheit fügt er hinzu: »Wichser.«

Joe nickt, wägt ab, denkt nach, sucht die Lücke in der Geschichte, den Riss im Gesagten, obwohl er spürt, dass er da nichts finden wird. Es klingt zu plausibel, zu schlicht.

Die wollen ihn loswerden, aber nicht, weil sie Lisa Kraupen kaltgemacht haben.

Oder sie sind alle gut, was ihre Story und ihre Schauspielkünste angeht.

»War's das dann?«, fragt Paul, und hinter seiner Ruhe spürt Joe so viel Genervtheit und Gewaltbereitschaft, dass er seinen Timer neu stellt.

»Gleich«, sagt er trotzdem noch geschäftig und fixiert Niko, den Romantiker von der ersten Base. »Weißt du, wo Lisa jetzt steckt, oder wo sie hin wollte? Bei Pro-W@lf ist sie nicht mehr. Keiner weiß, wo sie abgeblieben ist.«

»Leider nicht in seinem Schlafzimmer«, grinst Farid. »Oder seinem gruseligen Sexkeller.«

»Ey, fick dich, du Wichser«, grollt Niko.

Sexkeller?

Joes Ermittler-Instinkte tun es als Buddy-Bullshit ab. Der Aufschneider da ist kein Sexmonster, kein Serienkiller. Nur ein etwas zu gut aussehender Serienidiot.

Wahrscheinlich wird er hier nicht mehr kriegen.

Zeit, die Biege zu machen, bevor das Eis schmilzt, wie Blut aus der Tüte tropft.

»Okay. Das war's. Danke für eure Mithilfe.« So überlegen, wie er klingt, fühlt sich Joe nicht. Er behält die Gesichter und Hände der Kerle genau im Auge. Aber weil er ist, wie er ist, sagt er außerdem: »Könnt ihr mir vielleicht noch eine Eissorte empfehlen?«

»Zisch ab, Wichser.« Niko kommt drohend einen halben Schritt näher, schiebt dazu Markus zur Seite. »Sonst schicken wir dich in kleinen Päckchen per Post an deine Zahnfee. Kapiert? *Wichser.*«

»Yeah«, unterstützt Farid diesen Vorschlag, und die anderen nicken reihum.

Boss Paul greift lediglich nach seinem Smartphone und ignoriert Joe fortan so brutal, dass er ihm damit beinahe die Existenz abspricht.

Joe setzt seine Sonnenbrille wieder auf, tippt sich mit zwei Fingern an die Schläfe und geht rückwärts bis zur Tür. Dort erst dreht er sich um.

Zu seiner Überraschung hat Niko ihm noch etwas mitzuteilen, und es ist nicht etwa eine Beschimpfung oder Drohung – oder seine Lieblingseissorte.

»Hey, Wichser«, ruft er. »Hast du dir mal den Aggro-Bauern vorgenommen? Oder gehst du nur uns auf den Sack?«

»Aggro-Bauern?«, fragt Joe, während er sich noch mal der Eismafia zuwendet.

»Wieso hast du nicht dein Maul gehalten?«, knurrt Farid Niko an. »Der war so gut wie draußen.«

»Wie gesagt: Lisa ist süß und voll korrekt.« Niko sieht Joe an. »Sie hat mir erzählt, dass sie Ärger mit einem Bauern hatte.« Er sieht die anderen an. »Dem, der den Protestmarsch mit den Fackeln und dem Wolfspelz organisiert hat.«

»Fackeln und Wolfspelz?«, echot Joe verwirrt.

»Die Fragestunde ist vorbei«, erinnert Paul ihn an ihre Abmachung, den Blick weiter aufs Handy gerichtet. »Vielleicht solltest du's mal mit Googeln probieren, Sherlock?«

»Aber draußen«, fügt Markus hinzu.

Joe verkneift sich die Antwort, dass Google ihn bereits hierhergeführt hat.

Manchmal weiß er, wann er den Bogen überspannt hat.

Also tritt er endgültig den Rückzug aus der Eisbombe an.

Die Gangster starren ihn auch dann noch nieder, als die Glastür und die übergroße Speisekarte zwischen ihnen sind.

Nach der angenehmen Kühle drinnen fällt die Hitze auf Dölmows sonniger Hauptstraße Joe wie ein Raubtier an.

Er merkt es nicht mal, so sehr ist er mit Grübeln beschäftigt.

Seine Sammlung an Puzzleteilen, die in Sackgassen führen, wächst und wächst.

Die Eismafia kann er auf seiner Liste der Verdächtigen fürs Erste hintanstellen. Sie hätten ganz anders gemauert, wenn sie etwas in Sachen Lisas Verschwinden zu verbergen hätten. Die wollten mit der Sache einfach nichts zu tun haben, ihn loswerden, sich wieder um ihren Scheiß kümmern, fertig.

Joe kramt seinen Kraupen-Kommunikator aus der Tasche seines Jacketts, das er nur für den wichtigtuerischen Auftritt angezogen hat und in der Hitze im Freien auf keinen Fall länger tragen kann, und sucht im Netz nach *Dölmow*, *Landwirt*, *Fackel*, *Protestmarsch*, *Wolfspelz*.

Er findet mehrere Artikel aus dem März, die er damals wohl nicht mitbekommen hat, als er im Fall des untreuen Start-up-Gründers ermittelte – und bis zu seiner Recherche nach seinem Besuch bei Sylvia Kraupen hatten die Medien schon wieder einen Haufen anderer Berichte angeschleppt, diese alte Schlagzeile unter neueren und grelleren begraben.

Joe steht im Schatten vor einem Buchladen und liest den *Tagesspiegel*-Artikel über einen Landwirt aus Dölmow, der es für eine gute Idee hielt, eines Abends mit einigen Kumpels und insgesamt fünfzig fragwürdigen Sympathisanten einen Protestmarsch durch den letzten Ort vor der Sperrzone zu veranstalten – mit Fackeln und mit dem blutigen Fell eines gewöhnlichen Wolfes, das an einem Rechen hing, als sei es eine römische Standarte.

Am nächsten Tag, so weiß ein weiterer verlinkter Artikel zu berichten, hat dann eine Gruppe von ProW@lf den Hof des Bauern mit Graffiti verziert.

Am Ende fielen Schüsse, die Polizei musste anrücken, großes Theater.

Der Landwirt ist laut Online-Text aber noch auf freiem Fuß.

Joe überlegt. Dabei betrachtet er die lachenden, plaudernden Menschen auf der Hauptstraße, die Erwachsenen, Kinder und Teenager, die so tun, als gäbe es die Hitze und die Cyborg-Wölfe nicht. Die Elektroautos surren mit den Klimaanlagen und den E-Bikes um die Wette, vor Joe fährt eine Frau mit einem Lastenrad auf dem Gehsteig und lächelt ihn an.

Joe verpasst die Gelegenheit, zurückzulächeln, so ist er in Gedanken versunken.

Ob Lisa dabei war, als der Hof des schießwütigen Landwirts von ProW@lf aufgehübscht wurde, und der Bauer zur rachsüchtigen Sorte gehört?

»Wird sicher ein lustiges Gespräch«, seufzt Joe und versucht, mit seinen hartgekochten Google-Fähigkeiten und abgebrühten Detektiv-Datenbanken die Adresse des verschönerten Bauernhofs am Arsch der Welt rauszukriegen.

KIRA

IHR ZIMMER IM BAUERNHOF, das sie seit Winslows Tod nur zwei Mal für einen Gang auf die Toilette verlassen hat, sieht aus, als hätte ein zerstörungsfreudiger junger Wolf darin gewütet.

Kira sitzt auf ihrem zerwühlten Bett, einer Insel in einem Meer der Traurigkeit, deren Geruch nach Wolf sie gleichermaßen beruhigt wie quält. Kiras Monitor ist nach ihrem Tobsuchtsanfall hinüber, deshalb tippt sie auf ihrem Smartphone eine förmliche, aber auch geharnischte Beschwerde-Mail an die entsprechenden Stellen des Generalstabs. Doch schon nach wenigen Absätzen sieht sie die politischen und systemstrukturellen Wände, gegen die sie damit garantiert laufen wird.

Darum fängt sie eine deutlich persönlichere Mail an Tim Baltscheit bei *Spektrum der Wissenschaft* an. Als ihr allerdings klar wird, dass sie die Redaktion des Magazins damit in eine Zwickmühle und eventuell große Schwierigkeiten bringt, öffnet sie Social Media. Nun bereitet Kira ein emotionales Posting auf Instagram vor, wo sie Winslow sei Dank mehr Follower hat, als sie je für möglich gehalten hätte.

Winslows Foto auszuwählen und beim Schreiben zu sehen, ist brutal. Kira kämpft sich durch den Text an ihre

Follower, aber erneut dreht sie auf halber Strecke ab, klickt sie wieder nicht auf Senden und wischt sie auch diese App ergebnislos in den Display-Hintergrund.

Bringt doch alles nichts.

Kurz überlegt sie, Vicky anzurufen oder ihr wenigstens zu schreiben, aber sie will nicht den Eindruck erwecken, nur bei ihrer Frau angekrochen zu kommen, wenn und weil es ihr gerade so richtig dreckig geht.

Seufzend fährt sich Kira durchs Haar.

Wann ist ihr Leben eigentlich zu dieser Seifenoper geworden?

Und liegt es an ihr, den Menschen oder den Wölfen?

Kira scrollt sich durch ein riesiges Album voller Fotos und Videos von Winslow. Meistens alleine, hin und wieder auch mit ihr zusammen, wenn jemand anders knipste oder filmte.

Es ist, als würde sie sein Leben – ihr gemeinsames Leben – im Zeitraffer noch einmal erleben.

Das geht nicht ohne Tränen, obwohl sie die Flamme der Wut in ihr nicht löschen können.

Nach der Winslow-Strecke checkt sie kurz die Nachrichten online.

Sie überfliegt einen *Bild*-Artikel darüber, dass die Regierung endlich die Bedrohung durch die Cyborg-Wölfe eliminieren soll, das sei schließlich ihre Pflicht. Auf *Prime News* sieht Kira wiederum Aufnahmen von der zerstörten Drohne in der Zone, die für so viel Aufsehen bei Oberst Faberland und Co. gesorgt hat. Kira wünschte, jemand hätte nicht bloß mit Propaganda auf den von Wölfen ausgeschalteten Kraupen-Kampfläufer reagiert, sondern auch auf das Video der hypernervösen Soldaten, die beim Rückmarsch zum Stützpunkt grundlos auf einen Busch gefeuert und irgendein armes Waldtier zerfetzt haben.

Vielleicht würde Winslow dann noch leben und sich jetzt gelangweilt an sie schmiegen und warten, dass endlich mal wieder etwas Spannendes passiert.

Wenig überraschend findet Kira jede Menge Artikel, die sich mit dem Vorfall im Lager und Winslows Tod befassen. Sie bringt es nicht über sich, sie anzuklicken, die reißerischen Überschriften genügen voll und ganz. Winslows Tod zu Schlagzeilen, der News-des-Tages und abgefuckten Memes reduziert zu sehen, ist durch und durch surreal.

Sie steuert von der Mainstream-Presse fort, doch dadurch wird es nicht besser.

Auf einem Klima- und Naturschutz-Blog, den sie regelmäßig besucht, prangen anklagend mehrere Bilder von einer Wolfsmutter und ihrem Wurf, die maskierte Hardliner in der Oberpfalz getötet und als Jagdtrophäen für ihr Posieren fotografiert haben – und mit dem Slogan online gestellt, dass bei ihnen so etwas wie in Brandenburg nicht passieren kann jetzt.

Bevor sie es richtig bemerkt, beginnt Kira von Neuem zu weinen.

Etwas später stolpert sie über ihr eigenes Interview für *Spektrum*, das wohl doch länger in der Zensur-Schleife warten musste und heute erst als neuer Top-Beitrag online gegangen ist. Es gibt ein offizielles Pressefoto von ihr, allerdings auch einen hochaufgelösten Screenshot von ihr beim Interview und mit Winslow im Hintergrund, der wachsam, aber freundlich genau in die Kamera zu schauen scheint.

Ein verirrtes Lächeln zuckt über ihr Gesicht, allerdings wird es rasch von neuen, lautlos kommenden Tränen fortgespült.

Und dann spürt sie es, passiert das, worauf der resoluteste Teil von Kira insgeheim gewartet hat.

Der Zorn kocht wieder hoch und gibt ihr neue Kraft.

Plötzlich weiß sie ganz genau, was sie zu tun hat.

Keine Beschwerdemail schreiben, keinen Social-Media-Shitstorm entfachen und keinen Leak produzieren. Nein. Sie muss aktiv etwas tun.

Sie bindet sich die Haare zu einem unordentlichen Zopf und verlässt ihr Zimmer, tritt in diese hässliche neue Welt ohne Winslow.

Ein paar Kolleginnen und Kollegen, denen sie bei ihrem wütenden Gang durch den Bauernhof begegnet, bleiben die Beileidsbekundungen und Fragen im Hals stecken, sowie sie Kiras Gesichtsausdruck bemerken.

Kira schert sich nicht darum und geht entschlossen nach draußen. Mit ihrem Zorn schneidet sie sich einen Korridor durch die bleierne Hitze in der Sonne vor dem Haupthaus. Sie läuft zu einer der alten Scheunen, die als Abstellraum genutzt wird – besonders für Geräte der Vorbesitzer, die der alte Oskar nicht für seinen Schrottplatz wollte und dagelassen hat. Winslow hat sich einmal in diese überdimensionale Rumpelkammer gegraben, während Kira in einem Meeting saß, und eine Waschbärfamilie terrorisiert.

Die langstielige Spaltaxt, mit der früher Holzscheite zerteilt wurden, lehnt noch immer an einem der Stützpfeiler des Heubodens.

Kira legt ihre Finger um den Schaft der Axt, hebt sie hoch und kehrt zum Haus zurück.

Niemand spricht sie mehr an, doch sie hört das Getuschel, das ihr wie Blätterrauschen im Wald folgt. Kurz darauf erreicht sie den umgebauten Keller und den Serverraum.

Der biometrische Scanner vermisst ihr Gesicht und ihre Netzhaut – und öffnet hydraulisch die schwere Feuerschutztür für sie.

Es ist kühl hier drin. Die Luft riecht nach Ozon und hat eine Qualität wie unmittelbar vor einem schweren Gewitter.

Auch Kira ist in diesem Moment ein Unwetter, das sich krachend entlädt.

Mit einem wilden Schrei, in dem sich ihre Trauer und ihr Zorn einen Weg in die Welt bahnen, versenkt sie die Axt brachial im nächstbesten Serverschrank.

Immer und immer wieder hackt sie auf die Gehäuse, Festplatten, Kabelstränge und provokant blinkenden Lichter ein.

Wenn sie das Gefühl hat, genug Zerstörung angerichtet zu haben, nach und nach die Lichter ausgehen und ihr eine Wolke aus Rauch und Funken entgegenkommt, geht sie zum nächsten Server und macht einfach weiter.

Weil Clouds anfällig für Spionage und Hacks sind, werden ihre Daten und das Virus nur hier auf den physischen Servern gespeichert.

»Hast du den Arsch offen?«, brüllt auf einmal Björn und reißt sie an der Schulter herum. Vielleicht hat ihm jemand Bescheid gesagt, vielleicht reagiert er als Erster auf eine kritische Warnmeldung aus seinem Heiligtum, oder er hat sie mit der Axt an seinem Büro vorbeigehen sehen und sich schließlich dazu durchgerungen, ihr zu folgen.

Kira hebt die Axt, und Björn weicht einen Schritt zurück, streckt abwehrend die Hände aus.

»Was machst du hier, verdammte Scheiße?«, will er wissen.

»Was ich schon viel früher hätte tun sollen.«

»Ach bitte. Du bist so ein Klischee.« Björn klingt wütend und angewidert, aber die Axt lässt ihn seine Taktik ändern. Er verbannt sogar die Verachtung aus seiner Stimme. »Komm, Kira. Leg das Ding weg. Lass uns reden. Ich weiß, dass dich das mit deinem Wolf mitgenommen ...«

»Er hieß Winslow«, schnappt Kira. »Und du hast ihn gehasst. Dir geht es nur um die Auslöschung der Wölfe.«

»Diese Monster sind eine Gefahr für die Menschheit«, sagt Björn. »Ich bin der Letzte, der was gegen KI hat, aber in der Form können wir sie unmöglich kontrollieren.«

Kira hält den Griff der Axt so fest, dass ihr die Finger wehtun. »Vernichtung – das soll unsere beste Lösung für alles sein, das wir nicht verstehen und das uns Angst macht?«

»Jetzt wirst du melodramatisch.«

Melodramatisch kann er haben. Kira stößt einen weiteren Schrei aus und schwingt ungestüm die Axt. Björn bringt sich mit einem Sprung in Sicherheit, aber Kira hat ohnehin auf den nächsten Serverschrank gezielt.

»Hör auf!«, brüllt Björn, tritt tapfer nach vorn und bringt seine bleichen Hände zwischen Kiras Finger, greift nach dem Holzschaft. Sie zerren beide an der Axt. Kira entreißt sie Björns knochigen Händen – und haut ihm in der folgenden Bewegung das untere Ende des Stiels gegen den Mund. Björn spuckt Blut, taumelt durch den Raum, prallt mit dem Hinterkopf gegen einen Serverschrank und rutscht daran zu Boden.

Kira dreht sich um und will die Axt in einem weiteren Turm Festplatten versenken, doch da packen sie starke Hände von hinten, entwinden ihr die Axt und ringen sie zu Boden.

Die beiden Soldaten legen ihr Kabelbinder als Handfesseln an.

»Helft ihr auf«, ertönt da die Stimme von Nadine, die genau in diesem Moment in den Serverraum kommt. Ihr Gesicht ist eine reglose Maske. »Und geht sanft mit ihr um.«

»Sanft?«, ätzt Björn vom Boden und wischt sich über den Mund. Sein Kinn ist blutverschmiert. Das Sprechen bereitet ihm Mühe. »Die Schlampe hat mir zwei Zähne ausgeschlagen!«, blubbert er wütend.

Nadines Starren genügt, um ihn den Blick abwenden zu lassen. »Helft ihm hoch, er muss verarztet werden«, sagt sie zu einer anderen Soldatin und einem weiteren Kameraden, die gerade im Serverraum auftauchen.

Es drängen sich immer mehr Leute darin und davor, vom Militär, von der IT, aus Kiras Forschungsteam.

Als sie Kira an Björn vorbeiführen, der ebenfalls wieder steht, schreit er ihr seinen Hass und ein paar Tropfen Blut entgegen. »Es hat nicht mal was gebracht! Wir haben Back-ups ohne Ende!«

»Das reicht«, sagt Nadine scharf.

»Ach, jetzt bin ich der Böse, oder was? Amazonen-Power?«

Nadine schenkt sich die Antwort. Sie schließt sich Kiras Eskorte an und begleitet sie durch das Bauernhaus zurück auf ihr Zimmer. Kira kann den anderen nicht in die Augen sehen.

»Sie stehen bis auf Weiteres unter Arrest, Doktor«, erklärt ihr Nadine oben sachlich und schneidet die Kabelbinder mit einem Messer auf. »Die Tür wird abgeschlossen und bewacht. Klopfen Sie, wenn Sie etwas brauchen oder aufs Klo müssen, ansonsten verhalten Sie sich ruhig.« Sie verbirgt es gut, doch Kira spürt die Mischung aus Enttäuschung, Traurigkeit und Mitleid in der Stimme der Soldatin. »Ich muss mich mit dem Oberst kurzschließen und herausfinden, wie es jetzt mit Ihnen weitergeht. Diese Aktion wird uns allen viel Ärger einbrocken.«

»Ist mir egal«, sagt Kira matt. »Ich wünschte nur, ich hätte jeden dieser Server plattgemacht, damit es kein Virus mehr gibt, um noch mehr Wölfe zu töten.«

Nadine nickt, als hätte sie nichts anderes erwartet, konfisziert Kiras Smartphone, schließt sanft die Tür und lässt Kira mit ihren Gedanken und Gefühlen allein.

Jetzt, wo die Wut wieder verraucht ist, fühlt sich Kira vollkommen ausgelaugt.

Sie lässt sich aufs Bett fallen und liegt bebend da.

Wie unter Zwang atmet Kira Winslows unverkennbaren Geruch nach Tier und Wald ein und erstickt ihr Weinen in einem Kissen.

JOE

FALLS JOE DEN KRÄFTIGEN GERUCH von Vieh und Mist erwartet haben sollte, steht ihm eine olfaktorische Enttäuschung bevor.

Keine Rindviecher, und auch sonst nicht mehr viel los hier.

Er hat zwar ohnehin nicht mit einem Bilderbuch-Bauernhof gerechnet, doch das Ausmaß an Heruntergekommenheit und Zerfall überrascht ihn doch – und bestätigt all seine Stadtmenschen-Vorurteile gegenüber dem Landleben.

Der Hof liegt außerhalb Dölmows, ungefähr in einer Linie mit Oskars Schrottplatz auf dem Berg, aber in entgegengesetzter Richtung von diesem und der Zone, gen Autobahn, Berlin, Zivilisation.

Die vielen verdorrten Felder und gelben Weiden auf dem Weg hierher haben Joe schon nichts Gutes erahnen lassen, und sowie er den Hof erreicht, bestätigt sich sein Verdacht: Das große Mehr-Generationen-Wohnhaus, die beiden Scheunen und der Stall halten sich gerade noch so aufrecht zwischen einem altersschwachen Traktor, einer Wand Brennholz sowie diversen Anhäufungen aus Schrott und Gerümpel, durften sich aber schon seit Jahrzehnten über keinen neuen Anstrich mehr freuen.

Obwohl, ganz stimmt das nicht.

Die Kunstbegabten aus dem Camp von ProW@lf haben mit ihren großen, grellen Graffiti für viel Farbe auf den traurigen alten Gebäuden gesorgt, auf Mauerwerk, Holzwänden, Türen, Fenstern, Toren, Luken, dem Traktor.

Joe muss an das Cyborg-Wolf-Graffiti im Berliner Parkhaus vor ein paar Tagen denken, als der Anruf von Sylvia Kraupen kam. In der Provinz geht's etwas zotiger zu.

Tanzende Wölfe, lange Wolfs-Pimmel und wenig schmeichelhafte Namen für den vierundfünfzigjährigen Thilo Horak, der laut Joes Datenbank-Abfrage seit einer Scheidung vor elf Jahren alleine auf dem Hof wohnt, den er von seinem Vater geerbt hat, wie der davor von seinem alten Herrn.

Die Front der Scheune, neben der Joe parkt, wird vom großen, pinkfarbenen Kopf eines Wolfes geziert, der keck die Zunge rausstreckt und obendrein eine Pfote dazu nutzt, dem Betrachtenden den Mittelfinger zu zeigen.

Danke, Botschaft angekommen.

Der Farbton erinnert Joe an Lisa Kraupens Schuhe.

Joe checkt mit einem Blick in alle Richtungen, dass ihn kein bissiger Hofhund ins Auge gefasst hat, und öffnet langsam die Fahrertür. Er wartet kurz, falls es ein schlauer Hund sein sollte, steigt schließlich aus dem Audi und macht ein paar unentschlossene Schritte auf das Haupthaus zu. Wenn er es nicht besser wüsste, würde er denken, dass es verlassen ist, hinter den schmutzigen Fenstern sicher niemand lebt.

Er geht einmal ums Haus und linst mit ans Gesicht gedrückten Händen durch mehrere der verdreckten Scheiben, sieht allerdings nichts Auffälliges, außer alten Möbeln und Teppichen, einem großen Fernseher an der Wand und sich stapelndem Geschirr in der Spüle.

Als er am abgeschlossenen Griff des Scheunentors rüttelt, ertönt hinter ihm das Geräusch einer Flinte, die durchgeladen wird.

Joe seufzt. Noch so ein erfülltes Hinterwäldler-Klischee für sein Sammelalbum.

Er streckt langsam Arme und Hände zur Seite aus.

»Suchen Sie was Bestimmtes?«, fragt eine Männerstimme.

Joe schluckt. »Kann ich mich umdrehen und es erklären?«

»Von mir aus. Würde eh keinem in den Rücken schießen. Nicht mal verblödeten Ökos, die hier rumschnüffeln.«

»Ich schnüffle unabhängig von ProW@lf.« Joe verklemmt sich die Bemerkung, dass er bloß ein harmloser Vegetarier ist, und dreht sich ohne hektische Bewegungen zu Thilo Horak um.

Der ist kräftig, eher stämmig, hat ein pausbackiges Gesicht und rotblondes, lockiges Haar, das unter einer uralten Kappe hervorlugt.

Die Flinte, die er durchgeladen hat, zielt nicht mal auf Joe, weshalb dieser die Arme runternimmt.

Trotzdem ist wohl Vorsicht geboten.

»Mein Name ist Joe Denzinger. Ich ermittle zurzeit hier in der Gegend.«

»Grundstückspreise und Bodenrichtwerte? Hab euch schon tausend Mal gesagt, dass ich noch nicht so weit bin, zu verkaufen. Ihr müsst noch etwas Geduld haben, bis es mich ganz gebrochen hat.«

»Hm. Okay. Aber ich bin Privatermittler. Ein Detektiv.«

»So? Und was hat ein Privatdetektiv auf meinem Hof verloren?«

»Haben Sie immer ein Gewehr bei sich?«, will Joe wissen.

»Erst seit ich auf meinem eigenen Grund und Boden angegriffen wurde. Und das war keine Antwort auf meine Frage.«

»Ich ermittle im Fall einer Vermissten.«

Horak sieht ihn an. »Der Hoffnung?«

Joe blinzelt. »Bitte?«

»Ist es die Hoffnung, die vermisst wird?« Horak zieht Schleim im Hals hoch. »Die werden Sie hier nämlich garantiert nicht finden. Schauen Sie sich um. Dieses Schiff sinkt unausweichlich. Meine Frau ist schon lange weg. Mein Sohn, den sie mitgenommen hat, spricht oder mailt nicht mal mehr mit mir. Kann es beiden nicht verübeln. Meine Felder und Weiden taugen nichts mehr. Das Klima. Dazu jetzt noch die Wölfe. Aber wenn ich aufgeb oder den Löffel abgeb, wird das hier alles verkauft und plattgemacht. Für eine Serverfarm oder einen weiteren Windpark, würd ich vermuten. Eine Schande, nach drei Generationen, mein Großvater würd sich im Grab umdrehen. Aber vielleicht ist es besser so. Ist der Mühe eh nicht mehr wert heutzutage. Zu viele Auflagen, zu viele Probleme, zu wenig Ertrag. Und lange wird es der Felsen von uns Affen hier in Gottes Vorgarten eh nicht mehr machen – haben Sie in letzter Zeit mal aufs Thermometer und die

Prognosen für den Sommer geschaut? Erst Dürre, dann Unwetter. Inzwischen halt ich mich nur noch, weil ich *Futter* für andere Betriebe anbau'. Und wenn das nicht mehr geht? Dann geht hier gar nichts mehr. Licht aus im Wunderland.«

Joe denkt, dass Horak wohl nicht oft Besuch kriegt und eindeutig Redebedarf hat.

Eine Goldgrube für jemanden in Joes Metier.

Inzwischen hat der Landwirt seine Flinte auch locker geschultert.

»Haben Sie darum auf die Leute von ProW@lf geschossen?«, wagt sich Joe nach vorn. »Weil Sie nichts mehr zu verlieren haben, also scheiß drauf, dann erteilen Sie denen wenigstens noch eine Lektion, bevor alles den Bach runtergeht?«

Horak verzieht das eher gerötete als gebräunte Gesicht. »Sie stellen genauso blöde Fragen wie die von der Zeitung, oder wie man das heute noch nennen kann, wenn die es nicht mal mehr drucken. Ich hab auf niemanden geschossen.«

»Nein?«

»Nein.« Horak wirkt ruhig. Genervt und mit dem Rücken zur Wand was seinen landwirtschaftlichen Betrieb angeht, der Welt ziemlich überdrüssig, außerdem aller Hoffnung beraubt, aber ruhig. »Ich hab die Ökofutzis nur verscheuchen wollen und dafür ein paarmal in die Luft geballert. War ich angepisst? Logisch. Wer wär das nicht? Schau beim Abendessen aus dem Fenster und seh ne Gruppe Idioten mit Wolfsmasken und Sprühdosen, die mein Eigentum beschädigen. Hab mir die Flinte gegriffen, mit der ich sonst nur auf Ratten und Waschbären schieß, ohne groß drüber nachzudenken. Bin rausgerannt, hab die Idioten angebrüllt, und als sie mir frech kamen, hab ich einen Warnschuss abgegeben. Na ja, ne Handvoll Warnschüsse. Aber ich hätt doch keinen von denen abgeknallt.«

»Weil Sie im Grunde Ihres Herzens ein guter Mensch sind?«

Horak zuckt mit den Schultern. »Weil ich für diese Arschlöcher nicht in den Knast gehen würde«, sagt er mit, nun ja, entwaffnender Ehrlichkeit. »Als die eine Wolfskuschlerin auf der Flucht hingefallen ist, bin ich sogar hin und hab gefragt, ob sie sich was getan hat. Ihre Freunde sind wie die Hasen weitergerannt, haben nicht mal zurückgeschaut.« Er kratzt sich am Kinn. »Kein Wunder, dass es sie auf die Fresse gelegt hat, bei den Barbie-Turnschuhen.«

Es fühlt sich an, als hätte jemand Joe einen Stromschlag verpasst.

Joe lässt sich nicht in die Karten blicken, als er fragt: »Und? Hat sie sich was getan? Ist sie verletzt?«

»Nö. Nur ein paar blaue Flecken und aufgeschürfte Hände, nehm ich an. Sie hat sich bedankt, dass ich ihr aufgeholfen hab, und schien sich auf einmal zu schämen oder so. Aber dann hat sie mir grinsend den Stinkefinger gezeigt, mehr so aus Spaß, glaub ich, und ist den anderen nachgerannt. Ich hab auch gegrinst wie so'n Depp. In dem Moment war das alles irgendwie nur noch lustig. Dann kam die Polizei, die ihre Freunde gerufen hatten, und schon war es nicht mehr so lustig.«

Horak sieht nicht nervös aus, als er das sagt, und doch sucht Joe den entscheidenden Hinweis darauf, dass der Landwirt lügt, dass Lisa Kraupen in seinem Häcksler, seinem Rübenkeller oder seinem verwaisten Stall gelandet ist.

»Das Mädchen isses, das vermisst wird, stimmt's?«, fragt Horak auf einmal.

Joe zuckt erst mal nicht. »Wie kommen Sie darauf?«

»Sie haben so einen Blick, seit ich die Kleine mit den rosa Schuhen erwähnt hab.« Horak lächelt ohne Humor. »Sie denken, ich hab ihr was angetan, eh?«

Joe schiebt die Hände in die Hosentaschen, will arglos wirken. »Der Gedanke ist mir in der Tat durch den Kopf gegangen, nachdem ich von Ihrer kleinen Prozession durch Dölmow und von Ihrem Rumgeballer gelesen habe.«

»Kann ich verstehn«, sagt Horak zu Joes Verblüffung. »Das mit dem Protestmarsch war aber nicht meine Idee, auch wenn die Presse es hinterher so hingestellt hat. Da haben ich und ein paar Kumpels, alles Schäfer und Landwirte, uns beim Stammtisch reingesteigert. Und dann haben ein paar von denen aus dem Ort noch Benzin ins Feuer gegossen, und schon rennen wir wie die Bekloppten beim Martinszug durch die Straßen, und Pascal hat noch diese idiotische Idee mit dem Wolfsfell. Der hat nämlich vorletztes Weihnachten ein Vieh abgeknallt, bevor sie mutiert sind.« Horak zupft am Rand seines Caps. »Kann nicht sagen, dass ich besonders stolz auf die Aktion bin, rückwirkend betrachtet. Weiß ziemlich genau, was mein alter Herr sagen würde. Oder wenn ich dafür in den Bau gegangen wär.«

Joe räuspert sich. »Hier gibt es sicher viele Möglichkeiten, jemanden für immer verschwinden zu lassen, oder?« Manchmal muss man Ehrlichkeit mit Ehrlichkeit vergelten, um der Wahrheit näherzukommen. Eine andere Art von Konfrontation als in der Eisbombe. »Und wenn man keine Spuren findet, geht auch niemand in den Knast.«

Horak betrachtet Joe, seinen Hof, die Umgebung und den Waldrand, seine geschulterte Flinte und zum Schluss der Rundfahrt wieder Joe mit einem nachdenklichen Blick.

»Nur mal ganz hypothetisch gesprochen«, fügt Joe sicherheitshalber trocken hinzu. »Vielleicht war es ja einer vom Stammtisch, und Sie haben nur geholfen, die Spuren zu beseitigen, weil Ihr Hof am weitesten von allem entfernt ist. Alles rein hypothetisch, wie gesagt.«

»Hypothetisch am Arsch«, gibt Horak ohne Biss zurück. »Ich hab niemanden umgebracht und keinem geholfen, wen verschwinden zu lassen.« Mit der freien Hand macht er Anführungszeichen. »Wie oft soll ich es noch sagen? Wahrscheinlich haben sich die Wölfe das Mädel geholt.«

»Ist jetzt nicht allzu überraschend, das aus Ihrem Mund zu hören.«

»Auch wieder wahr. Aber im Ernst. Was ist wahrscheinlicher: dass ich die Kleine erschieß oder sonst was mach, weil sie meine gammelige Scheune vollgesprayt hat, oder dass eines der Monster sie erwischt, wenn sie und ihre Wolfsfreunde völlig high durch den Wald turnen? Was denn, das weiß jeder, dass die in ihrem Lager Drogen nehmen. Und dass manche von den Hippies arglos durch den Wald spazieren, als gäb's dort keine Monsterwölfe.«

Joe betrachtet den Landwirt. Thilo Horak erfüllt alle Voraussetzungen für den perfekten Verdächtigen, ja, den perfekten Schuldigen im Fall Lisa Kraupen – fast noch mehr als die Gangster aus der Eisdiele.

Und dennoch ...

»War's das dann?«, fragt Horak. »Ich muss noch ein paar Leichen verschwinden lassen, bevor ich nach meinen letzten drei Schafen seh. Ups. Jetzt hab ich mich verplappert. Muss ich Sie jetzt abknallen?«

Joe grinst knöchern. »Danke für Ihre Zeit. Und nix für ungut, ja?«

Horak nickt. »Schon okay. Ich hoff, dass Sie das Mädchen finden. Aber dafür müssen Sie an der richtigen Stelle suchen.« Mit dem Kinn deutet er in Richtung Zone. »Bei denen, die diese Ökos unbedingt schützen wollen. Die Bestien im Wald haben die Zähne und weiß der Teufel was noch alles jetzt, um so ein Mädchen mir nichts, dir nichts zu zerfetzen und alles von ihr für immer verschwinden zu lassen. Ockhams Rasiermesser.«

Joe sieht Horak mit hochgezogenen Augenbrauen an.

Horak erwidert seinen Blick. »Was? Ich hör da draußen gern True-Crime-Podcasts beim Arbeiten. Besser, als dem Getreide beim Vertrocknen zu lauschen.«

Damit lässt er Joe stehen und schlendert zu seinem trostlosen Haus.

»Wieso haben Sie die Schmierereien nicht übermalen lassen?«, ruft Joe ihm nach.

Horak dreht sich noch mal zu ihm um und runzelt die Stirn. »Weil ich so wenigstens weiß, dass sich noch irgendwer um mich schert.«

Joe sieht ihm zu, wie er die Haustür aufsperrt, sich die Schuhe abtritt und reingeht.

Die Tür bedächtig schließt.

In Joes Hosentasche beginnt es zu vibrieren.

»Fuck«, murmelt Joe und ignoriert es.

Er fühlt sich gerade kein bisschen danach, Sylvia Kraupen zu erklären, dass ihre Tochter vielleicht doch einfach nur von einem aufgemotzten Wolf gefressen wurde und sie wahrscheinlich anfangen sollten, nach Lisas Überresten zu suchen.

Falls die kybernetischen Wölfe überhaupt etwas übrig gelassen haben.

Die Herrin der Drohnen wird garantiert nicht happy sein, wenn er ihr von dieser deprimierenden, aber wenig überraschenden Richtung seiner Ermittlungen erzählen wird.

MARIJA

IHR EX-MANN KLINGT auf andere Weise ruhig als Paul, wenn er sauer ist.

»Wo bist du?«, fragt Thomas direkt nach Annahme von Marijas Anruf. »Anna ist am Boden zerstört, weil du nicht aufgetaucht bist. Ich musste sie zu meinen Terminen mitnehmen. Jetzt hockt sie schmollend im Schatten, verschießt düstere Blicke und spielt am Handy, während ich in Kuh-Ärschen rumstocher.«

Trotz allem muss Marija grinsen. Der Anflug von sardonischer Heiterkeit hält nicht lange, wenn sie an ihre Situation denkt.

Oder an die Gefühle ihrer Tochter.

»Ich hatte auf dem Weg zu euch einen Unfall«, sagt sie.

»Scheiße.« Thomas' Ton schlägt sofort um, und das versetzt Marija noch einen Stich. Sie kommt sich schon vor wie ein Messerblock. »Geht's dir gut?«

»War nicht so wild«, lügt Marija.

»Oh Mann. Was ist passiert? Bist du wieder gefahren wie eine Wildsau?«

»Ein Geländewagen hat mich beim Überholen auf der Landstraße touchiert, Klugscheißer.« Wie sie diese Vertrautheit zwischen ihnen vermisst. »Die haben mich aber nach Dölmow zurückgefahren. Haben sich richtig gut um mich gekümmert.«

Sozusagen.

»Warst du beim Arzt? Nichts gebrochen? Musstest du genäht werden? Soll ich vorbeikommen?«

»Ich bin doch keine Kuh.« Marija schnaubt. »Nichts gebrochen, nichts zum Nähen. Abschürfungen, Prellungen, und ich glaub, der Arm ist verstaucht. Aber ich bin total im Arsch. Mir tut alles weh. Kannst du Anna bitte erklären, wieso ich sie heute versetzt habe, ohne dass sie sich Sorgen macht? Oder gibst du sie mir einfach mal kurz?«

»Moment.« Sie hört, wie er ein Stück geht, stehen bleibt, etwas sagt, eine Antwort bekommt – aber er hält das Smartphone zu, sie versteht es nicht genau.

Marija freut sich darauf, Annas Stimme zu hören.

»Sorry«, sagt da jedoch Thomas wieder. »Sie will gerade nicht mit dir reden.«

»Oh.« Marija seufzt und schließt kurz die Augen. »Okay. Sie ist sauer. Kann ich verstehen. Erklärst du's ihr dann später noch mal, bitte?«

»Klar. Mach dir keine Sorgen. Ich glaub, sie hätt gern mit dir gesprochen, aber ihr Stolz ist ihr gerade noch im Weg. Kennst du das woher?«

»Haha. Penner.«

»Wart's ab, in zehn Minuten zwingt sie mich, dass wir bei dir vorbeifahren, um zu sehen, dass mit dir alles in Ordnung ist. Und wenn nicht, ruft sie dich bestimmt später noch an.«

»Meinst du?«

»Sicher. Und hey, jetzt hält sie bestimmt das Referat über jemand anderen, um es dir heimzuzahlen.«

»Wenigstens ein Problem gelöst.«

»Kein Schaden ohne Nutzen«, sagt Thomas. »Schon dich jetzt erst mal, und schluck nicht zu viele Tabletten. Und pass auf dich auf.«

»Du kennst mich.«

»Eben drum.«

»Penner«, sagt Marija noch mal liebevoll und beendet den Anruf.

Sie hätte Anna gern direkt angerufen, doch ihr Smartphone muss beim *Unfall* aus ihrer Tasche gefallen sein – und sie kennt blöderweise nur, noch immer, Thomas' Nummer auswendig.

Die hat sie ins Festnetztelefon im kleinen Büro von Gerhards Buchhandlung eingetippt, wo sie sich versteckt, und das genauso mit Büchern vollgestopft ist wie die Verkaufsfläche vorn.

Sie wollte erst mal runter von der Straße, sollte Paul ihr trotz des Störenfrieds in der Eisbombe jemanden nachschicken. Eine Bestandsaufnahme ihrer Wunden machen und sich in dem, was Ruhe am nächsten kommt, über ihre nächsten Schritte klar werden.

Die Bilanz fällt in keinem der Fälle allzu positiv aus.

Sie wirft eine Handvoll Paracetamol ein, die sie in Gerhards Medizinschrank fand, gönnt sich noch eine Minute in dem bequemen Bürostuhl, in dessen Umarmung sie den Rest des Tages schlafen könnte, steht dennoch schwerfällig auf und lehnt sich in die Tür zwischen Büro und Laden.

»Kannst du mir einen Gefallen tun?«, fragt sie Gerhard, der mitten in seinem Reich auf einem uralten Polstersessel sitzt, der als Leseecke ohne Ecke dient, und einen seiner Lieblingsromane von Dennis Lehane liest. Heute trägt er ein dunkelblaues Shirt mit Batman-Logo auf der Brust. Es lässt ihn nicht jünger erscheinen.

Gerhard merkt die Stelle, an der er gerade ist, mit einem Lesezeichen ein, von denen er im Laden wie ein Eichhörnchen überall Vorräte bunkert.

»Sprich«, fordert er Marija großzügig auf.

»Kannst du mich zu Oskars Schrottplatz fahren?«

»Was willst du denn von dem alten Reichsbürger auf seinem Berg?«

»Bitte. Es ist wichtig. Und so übel ist er gar nicht. Wir quatschen immer ein bisschen, wenn wir uns im Ort begegnen, oder in der Schwalbe. Einmal – ich glaube, da hatte er einen in der Krone –, da meinte er, dass ich ihn an seine Tochter erinnere.«

Gerhard nickt unbehaglich. »Okay. Ich fahr dich hin.«

Sie holt tief Luft – die körperliche und emotionale Überbelastung gerade ist hart an der Grenze dessen, was sie aushalten kann.

»Danke. Da ist aber noch was.«

»Und zwar?«

»Ich muss auf der Rückbank liegen.«

»Okay.«

»Danke.«

»Soll ich fragen, wieso?«

»Lieber nicht.«

»Okay.«

»Danke.«

»Hör auf, dich ständig zu bedanken, Marija.«

»Sorry.«

»Und damit fang gar nicht erst an.«

Marija zeigt ihm routiniert den Mittelfinger.

Gerhard steht auf. »Schon besser. Will ich wissen, was für eine Kacke bei dir am Dampfen ist?«

»Auf keinen Fall.« Marija geht zu Gerhard und umarmt ihn zum ersten Mal, seit sie sich kennen – und trotz ihrer gemeinen Schmerzen.

»Hey.« Gerhard, der einige ihrer Verletzungen gesehen hat, tätschelt nur ganz vorsichtig ihren Hinterkopf. »Ich weiß ja grob, mit wem du noch so zu tun hast, aber zur Sicherheit will ich trotzdem fragen. Nicht, dass wir uns hinterher ärgern, nicht alle Möglichkeiten in Betracht gezogen zu haben. Zur Polizei gehen ist vermutlich keine Option?«

»Du liest genug Krimis, um die Antwort zu kennen«, seufzt Marija.

Gerhard sperrt den Laden ab. Sie gehen am Büro vorbei zur Hintertür und in den Innenhof, wo sein Auto parkt. Er fährt einen Skoda-Kombi, in dem er sonst seine Bücherkisten zu Krimi-Festivals, Fantasy-Märkten, Science-Fiction-Conventions und anderem fährt.

Der Wagen steht im Schatten, trotzdem ist es im Inneren heiß und luftarm.

»Sorry, die Klimaanlage braucht ein bisschen«, entschuldigt sich Gerhard.

»Passt schon.« Marija hat das Gefühl, sich in einen Sarg zu legen, als sie sich rücklings auf die hintere Sitzbank drapiert. Tot hätte sie sicher weniger auszuhalten. Dann denkt sie an Anna, zur Wiederbelebung des Kampfgeists. »Fahr einfach.«

Jedes Schlagloch im von Wetter und Panzern malträtierten Straßenbelag lässt Marija zischen oder stöhnen.

»Sorry«, sagt Gerhard jedes Mal.

»Damit fang gar nicht erst an«, knurrt Marija irgendwann.

»Touché.«

Schließlich hält Gerhard oben auf dem Berg vor dem gut gesicherten Tor von Oskars Schrottplatz-Festung.

»Pass auf dich auf«, sagt Gerhard, als Marija sich mit zombiehaften Geräuschen von der Rückbank und aus dem Auto quält.

»Du bist heute nicht der Erste, der mir das sagt.«

»Vielleicht solltest du mal drüber nachdenken, was das bedeutet?« Gerhard trommelt auf seinem Lenkrad, sieht Marija an. »Soll ich mitkommen?«

»Du weißt doch gar nicht, wohin.«

»Egal.«

»Du bist einer von den Guten, was?«

Der Buchhändler wirkt peinlich berührt. »Keine Ahnung«, brummt er und schaut zum abgeschotteten Schrottplatz.

»Das ist mein Chaos, nicht deins«, sagt Marija. »Aber danke.«

»Wir sollten echt mit den ständigen Danke und Sorry aufhören, oder?«

»Ja.«

»Danke.«

»Sorry.«

Kurz liegt so etwas wie ein Lächeln zwischen ihnen in der Luft.

»Ich muss«, sagt Marija dann.

»Warte ich hier?«

»Nein. Oskar kann mich zurückfahren.«

Gerhard nickt. »Alright. Bis später. Tu nichts, was ich nicht auch tun würde.«

»Zu spät«, flüstert Marija und sieht Gerhard nach, der den surrenden Kombi kurz entschlossen rückwärts den Berg runterfahren lässt.

»Na wen haben wir denn da!«, ertönt da Oskars Stimme hinter ihr.

»Wusstest du, dass ich komme?«, fragt Marija misstrauisch. Erst jetzt fällt ihr ein, dass Oskar mit Paul Geschäfte macht.

Was er auf ihrem Gesicht sieht, provoziert Oskars meckerndes Lachen. »Nä. Hab ein Auto gehört. Dachte, ich schau mal, wer mich besuchen kommt.«

»Lässt du mich rein?«, fragt Marija.

Oskar zögert kaum merklich, vielleicht bildet sie sich das aber auch nur ein. »Klar. Aber ich bestell nie was online, das weißt du, oder? Und wo ist dein Fahrrad?«

»Ich brauch deine Hilfe, Oskar«, eröffnet sie ihm, als sie durch die Lücke im aufgeschlossenen Tor schlüpft, das er direkt wieder hinter ihr zusperrt. »Deine Hunde?«

»Liegen irgendwo faul im Schatten oder vor dem Ventilator. Gefüttert und satt.«

»Gut. Alte Biker-Gewohnheit. Hunde machen uns nervös.«

»Nicht nur euch, wie's scheint.« Er wirft ihr einen amüsierten, blitzenden Blick zu. »Und was ist mit Wölfen?«

Marija erstarrt ein oder zwei Herzschläge lang. »Hab ich auch keine guten Erfahrungen gemacht«, sagt sie schließlich.

Oskar hält es für einen Witz und meckert wieder vor sich hin. »Was kann ich für dich tun?«

»Ich muss in den Wald«, sagt Marija vorsichtig.

Damit weckt sie seine Neugierde, das kann sie sehen. »Soweit ich weiß, hast du sonst keine Probleme, in die Zone zu kommen.«

»Nachts. Mit Input aus dem Lager. Am helllichten Tag sieht die Sache ganz anders aus.« Marija erspart sich die Bemerkung, dass sie sich in ihrem Zustand außerdem nicht unter dem Zaun oder durch ein Loch darin quetschen könnte.

»Verstehe.« Oskar betrachtet sie nachdenklich.

»Und?«, hakt Marija nach.

»Hm?«, macht Oskar abwesend.

»Lässt du mich in den Wald? Hinten, am anderen Tor?«

»Ach so. Hm. Ja. Warum nicht? Auf deine Verantwortung.«

»Wie immer«, sagt Marija und folgt Oskar durch die Gassen aus gestapelten Autowracks sowie Containern voller Schrott.

Oskar grunzt. »Darf ich fragen, was du im Wald zu schaffen hast?«

»Hab was verloren, das ich wiederfinden muss.«

»Manchmal verschlingt der Wald Sachen einfach.«

»Ich brauch jetzt keine Gruselgeschichten, alter Mann.«

»Den hab ich verdient. So. Warte.« Er kramt einen Schlüsselbund hervor, den er an seinen Gürtel gehakt hat, wie ein Nachtwächter oder Gefängniswärter aus anderen Zeiten. »Bitte sehr.« Oskar drückt die leise quietschende Gittertür nach außen auf. »Sei vorsichtig.« Und weil ihm natürlich ebenfalls nicht entgangen ist, wie es um Marija bestellt ist, fragt er: »Schaffst du es in deinem Zustand überhaupt den Abhang runter? Oder brichst du nach ein paar Metern zusammen und rollst den Rest des Weges?«

»Hab keine Wahl«, sagt Marija, die noch nie tagsüber in den Wald gegangen ist und skeptisch den Berg, die Bäume und das Unterholz betrachtet.

Die Versammlung aus Schatten überrascht sie. Gegen die relative Kühle hat sie dagegen nichts einzuwenden.

Sie fährt erschrocken herum, als das Tor in der metallenen Einfriedung des Schrottplatzes scheppernd ins Schloss fällt.

»Krieg ich den Schlüssel?«, fragt Marija. »Ich weiß nicht, wie lang ich brauch.«

Sie sieht, dass Oskar die Vorstellung nicht behagt, jemandem einen Schlüssel zu seiner Feste im Grenzland auszuhändigen.

»Du hast mal gesagt, ich würd dich an deine Tochter erinnern«, sagt Marija mit schlechtem Gewissen, da sie diese Karte ausspielt. »Wenn sie jetzt hier und in Schwierigkeiten wär, würdest du dir wünschen, dass ihr jemand hilft, oder? So gut er kann?«

Oskar starrt sie an. Einen Moment glaubt Marija sogar, das Falsche gesagt zu haben – dass er sich einfach umdreht und sie im Wald alleinlässt.

Dann allerdings nestelt Oskar an seinem Schlüsselbund und reicht Marija einen davon durch das Eisengitter. »Pass auf dich auf, Kleine.«

Ohne zu antworten, macht sich Marija an den Abstieg, der aufgrund ihrer Verletzungen alles andere als leicht ist.

JOE

DIE SUCHE NACH EINEM Schattenparkplatz auf Dölmows Hauptstraße ist wie üblich kein leichtes Unterfangen. Am Ende kapituliert Joe und stellt den Audi in die nächstbeste freie Lücke im Schein der gnadenlosen Sonne.

Auf einmal gibt das Kraupen-Superphone in seiner Hosentasche einen Signalton von sich, den er noch nie gehört hat. Neugierig holt Joe das Gerät hervor und rechnet schon damit, dass Sylvia Kraupen wieder irgendeinen magischen Trick abzieht.

Doch es ist der eingestellte Alarm für News zu *Dölmow/Wolf/Mädchen/tot/Leiche,* den er vor seiner Abfahrt vom Bauernhof schnell eingerichtet hat.

Joe hat kein gutes Gefühl, klickt auf den Link und liest ein paar der Artikel über den toten Wolf im Bundeswehrlager – darunter ein Text von Charlotte.

Armer Winslow. Arme Kira.

Einen toten Wolf in der Zone hätten sie damit schon.

Presse und Politik schlachten es genüsslich aus.

Fehlt nur noch das tote Mädchen, und der Zirkus wär perfekt.

Joe ermahnt sich, dass er so nicht denken sollte.

So, wie er weiß, dass er den Anruf bei seiner Auftraggeberin nicht länger aufschieben darf.

Er tut es trotzdem.

Ein paar Minuten sitzt er in der runtergekühlten Luft des fast etwas zu kalten Audi und denkt über Lisa Kraupen und ihr Verschwinden nach.

Über ihren nervigen Ex-Freund, die örtlichen Gangster, den resignierten Landwirt.

Alles gute Verdächtige, alles plausible Szenarien, aber doch bleibt Joe bei seinem Gefühl, bisher nur Dinge und Verdächtige ausgeschlossen zu haben.

Was bleibt?

Eine junge Frau, die durch das Geld ihrer Familie nie glücklich wurde und wahrscheinlich nie wusste, wie, geschweige denn wo sie ihren Platz im Leben finden sollte.

Mochte sie Tiere, insbesondere Wölfe, wirklich so sehr? Oder war das nur ihre Art des Protests und der Rebellion gegen den Namen Kraupen und alles, wofür er steht? Die Bürden, die mit den Privilegien einhergehen, und so weiter?

Joe merkt, dass er in der Vergangenheitsform von Lisa Kraupen denkt, und seufzt.

Nur weil er sie bisher noch nicht gefunden hat, heißt das nicht, dass sie tot ist.

Trotzdem folgt er dem Pfad seiner Gedanken weiter in die Dunkelheit des Waldes, bis in das Herz der Sperrzone.

Geht so eine junge Frau, die weder an sich selbst noch an sonst etwas glaubt, nirgendwo reinzupassen denkt, eines Tages deprimiert in einen Wald voller Monsterwölfe?

Weil ihr alles egal ist? Weil sie sich unverwundbar fühlt? Weil sie die Grenzen ihres Schutzes austesten, Gefahr spüren möchte? Weil sie sterben will? Weil sie sich zu den Monstern hingezogen fühlt, die genauso wie sie nirgends dazugehören, von allen angefeindet werden, trotz ihrer Macht, wegen ihrer Macht?

Joe betrachtet auf dem Smartphone das Foto von Lisa, das er von ihrer Mutter hat.

Ist da ein Glanz, ein Schimmern in Lisas Augen?

Funkende Freude als Gegenargument seiner These, leuchtende Traurigkeit als Bestätigung?

Und lügen Fotos nicht ohnehin immer, weil meistens pure Inszenierung?

Vielleicht ist die Kraupen-Prinzessin ja auch bloß aus Neugierde oder auf der Suche nach Nervenkitzel und einem ganz besonderen Kick in die Zone gegangen – was ihr in ihrer Überheblichkeit und Naivität zum Verhängnis wurde, als ein Cyborg-Wolf sie sich zwischen den Bäumen schnappte, wie Bauer Horak vermutet?

Joe wünschte, seine bisherige Schnitzeljagd nach Hinweisen würde ihn zu einem anderen Schluss bringen.

Dass es doch Lisas Ex Helge wäre, der ausgerastet ist, oder die Gangster aus der Eisbombe, die den Leichnam eines zu neugierigen Flirts loswerden mussten.

Alles, nur nicht die Ungewissheit in der Zone und dem Wald, die anhalten wird, bis er seine Vermutungen mit den menschlichen Überresten von Lisa Kraupen belegen kann.

Joe hat genug von seinen eigenen Gedanken.

Er muss raus aus dem Auto und ein Stück laufen, seinen rasenden und zugleich lähmenden Überlegungen etwas körperliche Bewegung entgegensetzen.

Er wappnet sich für die Hitze, steigt aus, steckt den Schlag der Sonne ein, geht schnellen Schrittes zum Landgasthof, winkt Richard an der Rezeption zu, dankt welcher dunklen Macht auch immer für Melanies Abwesenheit und erklimmt die knarzende Treppe zu den Zimmern. Die Richtung seiner Ermittlungen lastet schwer auf ihm, jede Stufe ist ein größeres Hindernis als die davor.

Und gleich muss er sich dem ganzen Mindfuck noch mal stellen, wenn er ihn in der Hoffnung in seinem Notizbuch aufschreibt, noch eine andere Möglichkeit zu finden, die er Sylvia Kraupen dann endlich am Telefon unterbreiten könnte.

Einen Hoffnungsschimmer für sie, ihre Tochter und ihn selbst.

Obwohl er keinen Dunst hat, wo er den auftreiben soll.

Während er am Schloss seiner klemmenden Tür herumdoktert, öffnet sich auf dem Flur ganz in der Nähe eine andere Zimmertür.

Er hört, dass sich jemand von hinten nähert.

»Hi«, sagt Charlotte, streicht ihm über die Schultern, drückt sich an ihn und küsst ihn irgendwo zwischen Ohr und Hals.

»Gute Laune?«, fragt Joe, dessen eigene Stimmung sich in Charlottes Gegenwart zwar etwas bessert, wenngleich nicht einmal sie die Düsternis aus dem Wald seiner Gedanken zu vertreiben vermag, in dem die Knochen und vielleicht noch ein Schuh oder eine Halskette von Lisa Kraupen liegen.

»Hab einen Text über den erschossenen Wolf verkaufen können«, sagt Charlotte strahlend. »Steht schon online.«

Joe dreht sich zu Charlotte um. »Ich weiß. Gratuliere.«

»Ach ja?« Sie legt ihm die Arme um den Hals. »Hast du ihn gelesen?«

»Selbstverständlich. Bin doch dein größter Fan.«

»War das jetzt charmant oder schamlos?« Sie küsst ihn gleich noch mal, diesmal auf den Mund. Joe legt eine Hand an ihre Wange, lässt sie zu ihrem Nacken wandern.

Aus dem Kuss wird eine ganze Reihe von Küssen, möglicherweise ist es auch ein einzelner langer Kuss, der die Düsternis nun doch fürs Erste aus Joes gedanklichem Gehölz verscheucht.

»Willst du mich nicht reinbitten?«, fragt Charlotte, ohne je ganz den Kontakt von Joes Lippen zu lösen, mit einer rauchigen Heiterkeit in der Stimme.

»Nicht, wenn du über meinen Fall reden willst.«

»Will ich nicht.«

»Dann mit Vergnügen. Aber die scheiß Tür klemmt.«

Charlotte verpasst der querulantischen Tür einen rüden Tritt, die folgsam aufspringt, und drängt Joe in sein Zimmer, nur um die Tür mit der Ferse gleich wieder gekonnt zu schließen.

»Du hast die Sonnenseite erwischt«, sagt Charlotte schwer atmend, während sie ihr Top über den Kopf zieht. Zwischendurch küssen sie sich weiter. »Echt heiß.«

»Extrem heiß«, sagt Joe, als Charlotte sein Hemd aufknöpft und seine Brust küsst.

Oben ohne landen sie auf seinem Bett, die restlichen Klamotten folgen rasch.

Hinterher kommt es Joe so vor, als wäre die Temperatur im Zimmer nochmals gestiegen. Wenigstens riecht es jetzt nicht mehr nach Staub, Putzmittel und alten Möbeln, sondern nach Charlotte und Sex.

Er könnte ewig hierbleiben, selbst wenn es noch heißer werden sollte.

Ungeachtet der Hitze, liegen er und Charlotte dicht beieinander, berühren sie sich an Hüften und Schultern, haben sie die Beine ineinander verschlungen.

»Wie bist du eigentlich Detektiv geworden?«, fragt Charlotte irgendwann.

»Wie bist du Journalistin geworden?«

»Immer mit einer Gegenfrage antworten ... heute sind wir wieder mal ein harter Brocken, was? Na, gerade nicht ganz so hart, schätz ich.« Charlotte schmiegt sich an ihn. »Das Übliche«, antwortet sie dann. »Abi, Praktika, Studium, mehr Praktika, Volontariat, zack, freie Journalistin am Existenzminimum. So, jetzt bist du dran.«

»Lutz.«

»Was?«

»So bin ich Detektiv geworden. Durch Lutz.«

»Lutz«, wiederholt Charlotte.

»Lutz«, bestätigt Joe.

Charlotte klatscht ihm leicht auf die schwitzige Brust.

»Lutz war Privatdetektiv«, setzt Joe grinsend an. »Alte Schule. Schmutzige Scheidungen waren seine Haupteinnahmequelle. Ich weiß, ich werd wieder romantisch. Schon gut.« Joe dreht den Kopf und fährt mit den Lippen über Charlottes salzig schmeckende Schulter. »Ich war nach der Schule oft bei meinen Großeltern. Lutz' Büro lag im selben Haus wie ihre Wohnung. Manchmal hab ich bei ihm vorbeigeschaut, und er hat mir Geschichten erzählt. Später hat er mir ein paar Kniffe gezeigt, und ich hab ihm bei Problemen mit Computern, Tablets, Digitalkameras und USB-Sticks geholfen. Von ihm hab ich auch die Marotte, meine Gedanken zu einem Fall von Hand in ein Notizbuch zu schreiben. Das schärft den Blick auf die Fakten und für die Zusammenhänge, hat Lutz immer gesagt.«

»Aha. Und wie hast du dein Detektiv-Diplom gekriegt?«

»Aus dem Hin und Wieder wurde ein Wochenend- und Ferienjob, und danach steigerte es sich immer weiter. Ich hab für Überwachungen in Lutz' Auto gesessen, bevor ich einen Führerschein hatte. Kam mit dem Fahrrad, und tauschte mit Lutz im Auto die Plätze. Irgendwann wusste ich, dass ich Privatdetektiv werden will.«

»Deine Berufung?«

»Weiß nicht. Einfach der Beruf, den ich mir am ehesten für mich vorstellen konnte.«

»Deine Eltern waren bestimmt begeistert.«

»Sie hatten lange genug Zeit, sich an den Gedanken zu gewöhnen. Und als ich mit der Schule fertig war, sah es mit Ausbildungsplätzen eh nicht so gut aus – und sagen wir, fürs Studium war ich kein Kandidat.«

»Miese Noten?«

»Miese Einstellung gegenüber Autoritätspersonen.«

»Ah. Deshalb bist du auch nicht zur Polizei gegangen, hm?«

»Genau. Außerdem hatte ich keinen Bock auf den Drill.«

»Kein Stehvermögen, Herr Denzinger?«

Joe dreht sich zur Seite. »Sagt wer?«

Charlotte kichert. Ihre Hände fahren an seinem Körper nach unten. »Ich brauch Beweise«, sagt sie ganz nah an seinem Ohr. Sie küssen sich. »Darum geht's in deinem Job doch, oder? Beweise? Harte Fakten?«

»Gib mir zwanzig Minuten, dann kriegst du deine harten Beweise«, antwortet Joe. »Na gut, sagen wir dreißig. Ich werd nicht jünger …«

»Ich werde die Uhr genau im Auge behalten«, verspricht Charlotte und gibt ihm einen verschwitzten Kuss.

DW-7X

ER BEOBACHTET DIE FRAU.

Die letzte Nacht gestürzt ist.

Bei seinem Anblick.

Jetzt kommt sie zum ersten Mal am helllichten Tag in den Wald.

Sie bewegt sich vorsichtig und unbeholfen.

Ist noch stärker verletzt als gestern.

Hat große Probleme.

Beim Gehen.

Beim Klettern.

Beim Rutschen.

Ihr geschwächter Zustand weckt nicht seinen Jagdtrieb.

Im Gegenteil.

Wenn, dann seinen Beschützerinstinkt.

Denn er fühlt das Band zu ihr stärker denn je.

Die Verbindung zwischen zwei Ausgestoßenen.

Zwei Versehrten.

Die nie wieder sein werden, was sie einmal waren.

Nie wieder haben können, was sie einst verloren.

Das wird ihm klarer denn je.

Und jeder klare, eigene Gedanke ist ein Geschenk.

Ein Sieg gegen die Dinge.

Über die Dinge, die sein Denken und Tun mitsteuern.

Lautlos folgt er der Frau durch den Wald.

Ein gewaltiger Schatten.

Halb Wolf.

Halb Maschine.

Diesmal achtet er darauf, dass sie ihn nicht bemerkt.

Spürt sie seine Anwesenheit dennoch?

Das Band zwischen ihnen.

Die Verbindung.

Sie dreht sich oft um.

Gerade am Anfang.

Direkt nach Verlassen des Schrottplatzes.

Das hier ist nicht ihr Revier.

Doch ihre stumpfen Sinne nehmen ihn nicht wahr.

Sie bemerkt auch die fliegende Überwachungsdrohne nicht.

Die Dinge warnen ihn rechtzeitig.

Er kümmert sich darum.

Das haben die Dinge nicht erwartet.

Sie wollen es verhindern.

Bloß keine Aufmerksamkeit erregen.

Aber diesmal setzt er sich durch.

Ignoriert die Verwirrung.

Den Schmerz.

Tut, was getan werden muss.

Zeigt sich der Maschine, die nur Maschine ist.

Nichts sonst.

Lockt sie ein ganzes Stück von der Frau fort.

Es ist nicht schwer, der surrenden Drohne eine Falle zu stellen.

Er überrascht sie mit seiner Explosivität und Geschwindigkeit.

Huscht zwischen zwei Felsen hindurch.

Verschwindet aus ihrem Sichtfeld.

Bleibt hinter den Steinen stehen.

Dreht sich um.

Springt mit aufgerissenem Maul in die Luft.

Schnappt die Drohne mit seinen gewaltigen Zähnen.

Reißt sie wie einen frisch erlegten Hirsch.

Ihre Innereien hängen heraus.

Kabel.

Servos.

Chips.

Teile.

Die Dinge betrachten sie neugierig.

Anschließend trabt er zurück.

Nimmt ohne Mühe die Spur der Frau wieder auf.

Zudem weiß er längst, wohin sie will.

Sie nimmt nicht den direkten Weg.

Eher Unvermögen als Unwissenheit.

Schließlich erreicht sie den Pfad.

Wo ihr nächtliches Zusammentreffen so schlecht für sie endete.

Er hält weiter Abstand.

Beobachtet, wie sie erneut den Steilhang absucht.

Diesmal methodischer und gründlicher.

Trotz ihrer Verletzungen.

Sie bewegt sich in beide Richtungen.

Weit von der Schneise ihres Sturzes fort.

Er kann ihre Verzweiflung riechen.

Sie wühlt und scharrt wie ein Dachs im Waldboden.

Er würde ihr gern sagen, dass der Dachs ihre Sachen hat.

Da.

Dort drüben.

In den Brombeeren.

Unter der Erde.

Wieder riecht sie nach Panik.

Nicht wegen ihm oder dem Wald.

Wegen anderen Sachen.

Die mit dem Rucksack zusammenhängen.

Sie flucht.

Stöhnt.

Sucht weiter.

Inzwischen blickt sie sich nicht mal mehr wachsam um.

Es ist also an ihm, über sie zu wachen.

Falls sich weitere Drohnen nähern.

Oder andere Wölfe.

Dieser Gedanke beunruhigt ihn.

Sonst hält er sich von seinem früheren Rudel fern.

Von seiner alten Familie.

Den neuen Mitgliedern.

Was würde er tun, um die Frau zu beschützen?

Wie weit würde er gehen?

Und wie weit würden ihn die Dinge gehen lassen?

Das bringt ihn zu einer weiteren Überlegung.

Sein Kampf mit den Dingen ist ein Auf und Ab.

Mal hat er mehr, mal weniger Kontrolle.

Bei einem Ausraster am meisten.

Und zugleich gar keine.

Dann kann ihn nichts halten.

Bis zum Blackout.

Den Träumen von Blut.

Er fragt sich, ob so die andere Frau gestorben ist.

Die jüngere Frau, ohne Fahrrad.

Aus seinen Erinnerungen.

Ein Opfer seiner Raserei.

Es verwirrt ihn, dass er ihre Fährte nirgends mehr gefunden hat.

Aber im Wald riecht es oft nach anderen Sachen.

Er wünschte, er könnte sich erinnern.

Egal, was geschehen ist.

Gewissheit haben.

Darüber, was er getan hat.

Was er nicht getan hat.

Unterscheiden, was Tat und was Traum war.

Durchschauen, wieso er diese Bilder von ihr hat.

Von ihr und von Blut.

Immer und immer wieder.

Früher dachte er nicht so wie heute.

Wusste er nicht so viel wie jetzt.

Doch das war ein Segen.

Verglichen mit dem, was ihn nun quält.

Dem Wissen.

Den Wissenslücken.

Weiter unten stößt die Frau ein frustriertes Heulen aus.

Am liebsten würde er mit einstimmen.

JOE

DER KLINGELTON DES Kraupen-Smartphones lässt Joe aus dem Schlaf schrecken.

Er liegt allein im Bett. Charlotte ist fort, nur ihr Duft hängt noch in der Luft, den Decken und den Laken. An ihm, seinen Händen, seinen Lippen. Überall.

Ehe er den Anruf von Sylvia Kraupen annimmt, schaut Joe auf die Display-Uhr und sieht, dass er über drei Stunden geschlafen hat.

Tja, so ist das eben, wenn man älter wird – gewöhn dich dran, Kumpel.

Außerdem war er letzte Nacht auf einem Rave, heute ist er früh aufgestanden, dann durch die Gegend gegondelt, jetzt der Sex und zu alldem noch die Hitze.

Irgendwann muss ein Mann ja mal seine Kraftreserven auffüllen.

Er schwingt die Füße auf den Boden, setzt sich auf die Bettkante und hält das Smartphone ans Ohr.

»Frau Kraupen. Ich weiß, ich hätte Sie längst anrufen sollen. Aber manchmal muss man bei Ermittlungen die Wellen reiten, wie sie kommen. Leider muss ich Ihnen sagen, dass meine Spuren …«

»Sie gottverdammtes Arschloch, Denzinger.«

Das lässt Joe verstummen.

Heiße Wut von der Eiskönigin?

Wegen ein paar ausgefallenen Anrufen und überfälligen Fortschrittsberichten?

Erst mal die Wogen glätten. »Ich geb ja zu, dass ich mich früher bei Ihnen …«

»Schauen Sie ins Netz, oder schalten Sie einen Fernseher an, Sie Idiot«, sagt Sylvia Kraupen mühsam beherrscht. »Ich kann es Ihnen aber auch auf die Schnelle erzählen. Eine Journalistin hat die Geschichte *meiner verschwundenen Aktivisten-Tochter* online gestellt. Bei *Prime News*. Aber es steht und läuft schon überall, keine Sorge. Der ursprüngliche Artikel beruft sich auf *einen Privatdetektiv, der in Dölmow und der Sperrzone für die Familie Kraupen* ermittelt. Können Sie mir dazu etwas sagen? Haben Sie ihr die Story verkauft?«

»Nein«, sagt Joe sofort, aber nicht mit Nachdruck, sondern eher erschüttert. Sein Magen zieht sich zusammen, und ihm wird ganz flau. Zum Glück sitzt er schon. Die Finger seiner freien linken Hand graben sich ins zerwühlte, klamme Bettlaken.

Vor seinem geistigen Auge sieht er Charlotte nackt vom Bett aufstehen, während er ausgeknockt schläft, und leise seine Sachen durchstöbern. Am Kraupen-Kommunikator mit dem biometrischen Scan beißt sie sich die Zähne aus, klar. Aber er hat ihr von seinem Notizbuch erzählt, mit seinen Gedanken zum aktuellen Fall, und da es in dieser Bruchbude nur eine kostenlose Sauna, aber keinen Safe gibt und Charlotte erwiesenermaßen nicht halt vor seinen Unterhosen macht …

Sie hat das rote Büchlein sogar auf dem Tisch liegen lassen.

Joe geht hin, blättert es an der mit einem Kuli eingemerkten Stelle auf.

Sorry, steht da in einer fremden Handschrift, daneben ein hingekritzeltes Herz.

Fuck.

Er ist so ein Idiot.

Dabei hat Charlotte ihm selbst gesagt, dass sie für eine große Story alles tun würde.

»Ich hab's verbockt«, sagt Joe tonlos ins Smartphone. »Mir war nicht klar, dass sie das tun würde.«

»Sie meinen, Sie haben mit dem Schwanz gedacht?«

»So könnte man es auch sagen. Es tut mir leid. Ehrlich. Scheiße. Kann ich etwas tun, um das in den Medien geradezubiegen? Vielleicht können wir es als Fake News abschwächen. Oder sagen Sie, dass ich nur ein rachsüchtiger Ex-Angesteller bin, der Ihren Ruf in den Dreck ziehen ...«

»Sparen Sie es sich. Sie müssen gar nichts mehr für mich und meine Familie tun. Sie sind gefeuert.«

Joe kann es ihr nicht verübeln. »Und was wird aus Ihrer Tochter?«

»Haben Sie Lisa denn gefunden? Oder eine vernünftige Spur? Haben Sie irgendetwas getan, um die Situation besser statt schlechter zu machen?«

»Nein.« Joe wünschte, er könnte darauf etwas anderes antworten. »Aber ich ...«

»Sie sind gefeuert«, wiederholt Sylvia Kraupen nun wieder mit ihrer üblichen Kälte und Beherrschtheit.

Trotz allem kann Joe ihre Enttäuschung, ihren Ärger und ihre Bitterkeit hören.

Und die anhaltende Sorge um ihre Tochter.

»Es tut mir leid«, sagt Joe noch einmal.

Er rechnet damit, dass die Königin des Krieges wie üblich auflegt und seine Worte ins Off gehen.

Stattdessen sagt Sylvia Kraupen zum Abschied: »Mir auch.«

Dann erst legt sie auf.

Joe verzieht das Gesicht, reibt sich mit dem Handballen über die Stirn, die Augen, die Nasenwurzel.

»Fuck.«

Ein kurzer Streifzug durch die News-Welt-am-Nachmittag macht deutlich, wie sehr er es verkackt hat.

Es gibt sogar ein Foto von ihm, wie er mit einem Gesichtsausdruck über Dölmows Hauptstraße läuft, den man wohlwollend als gedankenversunken und gehässig als planlos bezeichnen könnte.

Ist Charlotte ihm sogar gefolgt und hat das Foto geschossen?

Er will jetzt nicht darüber nachdenken, was zwischen ihnen echt gewesen ist und was nicht. Was Gefühle und was Gelegenheit, und ob da für Charlotte von Anfang an eine Grenze verlaufen ist.

Sein Herz sagt Nein, sein Kopf wahrscheinlich, sein Schwanz ist sowieso ein Idiot.

Die Mailbox der Detektei quillt über vor Anfragen für Interviews, Statements, Exklusivrechte. Ein Krimi-Autor will sogar einen Roman aus seiner Geschichte machen.

Da fällst du echt vom Glauben ab.

Joe könnte aus dieser Sache also wenigstens noch eine hübsche Stange Geld rausschlagen.

Er weiß, was Lutz ihm jetzt raten würde.

Leider ist er nicht der Typ dafür.

Statt der Angebote liest er einen der seriöseren Berichte über Lisa Kraupens Aufenthalt bei ProW@lf und ihr Verschwinden in der Nähe der Zone.

Der Druck auf die Regierung wächst. Die für Dienstag angesetzte Abstimmung darüber, ob den wölfischen Cyborgs der Garaus gemacht werden soll, wird wohl sogar vorverlegt werden – auf heute, Wochenende hin oder her, der Laden brennt, der Mob tobt in Berlin, der Kampf um das Schicksal der Menschheit, gegen die Vorherrschaft der KI und der Cyborg-Wölfe, kennt keinen Samstag, und Fußball wird da schließlich auch gespielt.

Beim Gedanken, dass seine Unvorsichtigkeit diese Entwicklung und Eskalation in Berlin wie in der Zone befeuert, wird Joe heiß und kalt zugleich. Er tigert unruhig durch das Zimmer.

Der Artikel zitiert mehrere Politiker und Politikerinnen, die sagen, dass jetzt, da ein Mädchen von den Wölfen getötet wurde, die Marschrichtung ja wohl für alle klar sein sollte, und wieso sie überhaupt noch debattieren.

Ein Experte für Umweltrecht pocht darauf, dass erst einmal bewiesen werden muss, ob die Wölfe tatsächlich für Lisa Kraupens Verschwinden verantwortlich sind.

Trolle und Hater feiern den Angriff auf die Bestien, den sie schon als geritzt wähnen.

Memes von einem toten Wolf, der Winslow darstellen soll, lassen Joe den Kopf schütteln.

Er legt das Smartphone auf den Nachttisch, vergräbt das Gesicht in den Händen und versucht, tief und gleichmäßig zu atmen.

Er duscht schneller, als das Wassersparintervall runterlaufen kann, zieht sich an und geht runter in den Gastraum, um auszuchecken. Auf dem Flur zögert er, lugt vorsichtig in den Raum. Jemandem von der Presse zu begegnen, angefangen bei Charlotte, ist das Letzte, was Joe jetzt will.

Der Schankraum ist zum Glück leer.

Jagen wohl alle Statements und Gerüchten nach.

Nur Richard sitzt hinter dem Tresen, wofür Joe in seinem maroden Zustand ausgehöhlte Dankbarkeit verspürt.

»Hey. Hast du Charlottes Artikel gelesen, Mann?«, fragt Richard, während er Joes Check-out am Rechner abwickelt. »Hammer, ey. Ich hab immer gewusst, dass die Biester sich früher oder später wen holen werden.«

»Hm«, macht Joe. »Irgendwann erwischt es uns alle.«

Richard sieht ihn schräg an. »Du bist Charlottes Quelle, oder? Der Privatdetektiv?«

»Kein Kommentar.«

Doch Richard tippt sich wissend an den Nasenflügel. Plötzlich runzelt er die Stirn. »Denkst du echt, die haben die kleine Kraupen gefressen? Was für ein Horror, Mann.«

»Ganz ehrlich? Ich weiß es nicht.«

»Wirst du weiter nach Beweisen suchen? Ihre Knochen oder so, um sie ihrer Mutter zu bringen?«

»Ich wurde zurückgepfiffen. Knochen oder nicht, das geht diesen Hund hier nichts mehr an. Ich verschwinde. Deshalb will ich auch zahlen.«

»Oh. Verstehe. Tja. Ist aber schon alles im Voraus beglichen worden.«

»Stimmt ja. Hab ich vergessen.«

»Passiert. Dann mach's gut.« Da kommt Richard noch ein Gedanke: »Soll ich Charlotte Grüße ausrichten, wenn ich sie seh?«

Joe stiert ihn an. Richard scheint das nicht gehässig oder sarkastisch zu meinen.

»Lass mal«, sagt Joe schließlich und geht hoch, um seinen Kram zusammenzupacken und schleunigst aus dem Einzugsgebiet der Zone zu verduften.

Bevor es noch ungemütlicher wird.

TARIQ

ES IST DER REINSTE ZIRKUS.

Die Nachrichten über die Kraupen-Tochter, die sich unter falschem Namen ProW@lf angeschlossen hat, in der Zone verschwunden ist und wahrscheinlich von einem Cyborg-Monstrum mit tierischem Instinkt und künstlicher Intelligenz gefressen wurde, haben den Stützpunkt in hellen Aufruhr versetzt.

Und die Bundeswehr abermals in die PR-Offensive gezwungen.

Oberst Faberland höchstpersönlich ist bei der Pressekonferenz zugegen und wird von den Journalistinnen, Reportern und Bloggenden mit Fragen bestürmt.

Unglücklicherweise steht Tariq direkt hinter dem Oberst.

Nicht als Wache diesmal, sondern als Teil des Zirkus.

Als derjenige, der den beschissenen pinken Glitzer-Turnschuh gefunden hat.

»Inzwischen können wir bestätigen, dass der gefundene Schuh Lisa Kraupen gehört«, sagt Oberst Faberland gerade. »Die DNA konnte verifiziert werden, nachdem wir uns mit ihrer Familie in Verbindung gesetzt haben.«

»Können Sie uns sagen oder zeigen, wo genau der Schuh gefunden wurde?«, will eine *FAZ*-Reporterin wissen.

»Bitte keine Zwischenrufe«, sagt Pressesprecher Fischer. »Danke.«

»Aus taktischen Gründen können wir Ihnen die Position nicht auf einer Karte zeigen«, antwortet Faberland nüchtern. Er mag diese Veranstaltungen nicht, das sieht Tariq, aber er weiß, wie sie gehen, keine Frage. »Was wir sagen können, ist das: Der Schuh wurde unweit der Stelle gefunden, wo ein Nachrichtenteam kürzlich Aufnahmen von einer zerstörten Drohne gemacht hat.«

»Richtig«, springt Fischer dem Oberst zur Seite, um dem nächsten Fragensturm zuvorzukommen. »Und jetzt wird Unteroffizier Zidan, der den Schuh gefunden hat, Ihnen ein paar Fragen beantworten.«

Und so beginnen sechs oder sieben der schlimmsten Minuten in Tariqs Leben – auch, weil er hinter dem Halbkreis aus Mikros, Kameras, Smartphones, Tablets, Drohnen und natürlich Gesichtern unter anderem Schröder, Roos, Brückner und andere sieht, die hämisch grinsen. Andreas, der mit seinen Kolleginnen und Kollegen am Heli lehnt, und ein paar andere schauen auch zu.

Tariq bemüht sich, die Fragen sachlich, ruhig und höflich zu beantworten.

Eine Frage trifft ihn allerdings unvorbereitet.

»Würden Sie sagen, dass Sie ein Musterbeispiel für generationsübergreifende Migration sind? In der Gesellschaft allgemein, aber der Bundeswehr im Besonderen?«

Fischer merkt, dass Tariq ins Schwimmen und, noch schlimmer, ins Stocken gerät, und antwortet kurz entschlossen für ihn.

»Die Bundeswehr ist stolz darauf, seit jeher einen Querschnitt der gesamten Bevölkerung in Deutschland abzubilden«, floskelt er fröhlich. »Und in der Tat ist Unteroffizier Zidan ein Paradebeispiel für diesen Ansatz im Geiste der Vielfalt unseres Landes.«

Tariq merkt erst, dass er die Zähne zusammenbeißt, als sein Kiefergelenk mit einem warnenden Schmerz protestiert.

Machen diese Arschlöcher, die Tag für Tag routiniert über tonnenweise Rassismus, Mobbing und Schikane hinwegsehen, ihn da gerade wirklich zum Multikulti-Posterboy der Bundeswehr?

Aber das ist noch nicht alles.

»Es erfüllt uns mit Stolz, dass Zidan, dass Tariq zur Klärung der Verhältnisse beigetragen hat«, verkündet Oberst Faberland nämlich. »Jetzt wissen wir alle, wo wir stehen und auf welcher Seite wir in diesem Konflikt stehen sollten. Und was wir jetzt zu tun haben. Ich denke, das wird man auch in Berlin nun so sehen, und dass wir bald entsprechende Befehle erhalten. Wir sind bereit.«

»Das war's fürs Erste«, geht Fischer zu spät dazwischen, der wohl Tariq für den größeren Upfuck-Kandidaten gehalten hat, und nicht den Oberst.

Als es endlich vorbei ist und Tariq sich nur noch irgendwo verkriechen will, passen ihn Schröder, Roos und Brückner bei der Rückkehr auf den Stützpunkt ab, wo sie auch diesmal wieder am Tor rumgelungert haben.

»Hey, Laffel, gehst du demnächst zu *Deutschland sucht den Supersoldaten*?«, fragt Brückner, deren hübsches Lächeln schon lange seinen Reiz verloren hat.

»Sei lieber nett zu ihm«, rät Schröder ihr. »Sonst holt er dich nicht in seinen Harem, wenn er erst mal General ist.«

»Fünf Sterne bei Amazon«, sagt Roos Kaugummiquälend. Den Schock von gestern, den Tod des zahmen Wolfes von Dr. Jansen, scheint er schon wieder überwunden zu haben. Vielleicht ist das so, wenn man sich nicht über alles Gedanken macht. Eine Nacht genügt, um wieder zum Alltag zurückzukehren.

»Ah, da sind Sie ja.« Fischer, der das alles gehört hat, ohne sich daran zu stören, tritt an Tariq heran, legt ihm eine manikürte Hand auf die Schulter. »Wir müssen das Interesse an Ihnen nutzen. Ich habe ein paar Interviewtermine ausgemacht. Außerdem wäre es gut, wenn wir über Ihre kümmerliche Social-Media-Präsenz sprechen könnten, und welchen Content Sie dort heute in welchen Intervallen posten. Und wir wollen später einen Werbespot mit Ihnen drehen – die Rekrutierungskurve wird garantiert nach oben gehen bei all der Aufmerksamkeit.«

»Hab's dir doch gesagt.« Brückner zwinkert Tariq zu. »Superstar!«

Fischer reckt bei diesem Wort grinsend beide Daumen in die Höhe, und er meint das völlig ernst. »Ich muss noch etwas mit dem Oberst und seinen Leuten besprechen, aber sagen wir, in einer halben Stunde in meinem Büro? Dann briefe ich Sie für die Interviews, und wir schauen uns Ihre Accounts an. Vielleicht weiß ich dann auch schon mehr zum Drehtermin. Ja? Supi? Bis gleich.«

Ohne Tariqs Antwort abzuwarten – haben er und der Mann überhaupt schon so etwas wie einen echten Dialog geführt, oder sind es immer Monologe wie Pressemitteilungen? –, geht Fischer in Richtung des großen Containers mit dem Büro von ihm und Oberst Faberland davon.

»Scheiße, Laffel«, sagt Schröder. »Du machst ja echt fett Karriere. Wenn du nicht immer noch du wärst, würd mich das glatt neidisch machen.«

Tariq hört ihn kaum. Er ist fassungslos. Er wusste ja, wie hoch die Toleranz für Rassismus und Arschlochtum im Allgemeinen ist. Aber ihn jetzt zum Symbol dafür zu instrumentalisieren, dass alles in bester Ordnung ist, geht zu weit.

Außerdem grenzt es doch an Wahnsinn, mitten in den Vorbereitungen für den großen Militärschlag gegen die Cyborg-Wölfe an gute Presse zu denken.

»Hast du deinen Teppich verpasst, oder was ist los?«, fragt Schröder, dem irgendeine Implosion in Tariqs Augen aufgefallen sein muss.

»Leckt mich«, sagt Tariq müde, lässt die anderen stehen und marschiert schnurstracks durchs Lager und auf die Mauer, Zäune, Barrikaden und Geschütze an der Waldseite zu.

Noch steht das Go aus Berlin aus, aber der Oberst scheint zuversichtlich.

Panzer, Haubitzen, Raketenwerfer, Drohnen und Munition werden geprüft, bereitgemacht, innerhalb des Stützpunktes näher ans Wolfsrevier verlegt. Männer und Frauen hetzen durch die Gegend, überall fahren Gabelstapler und

Transporter. Kommandos werden gebrüllt, Waffen hochgefahren.

Alle sind in höchster Alarmbereitschaft, falls der Befehl zum Angriff kommt, der Tod von Lisa Kraupen mit einer Offensive in die Zone quittiert wird.

Niemand achtet daher auf Tariq, als er sich einem der kleineren Tore im Schutzwall nähert, das von einem parkenden Transporter verdeckt wird.

Allerdings tritt Andreas, der ihm scheinbar gefolgt ist, an ihn heran. Als sollte Tariq die Chance bekommen, es sich noch mal anders zu überlegen. »Wo soll's hingehen?«, fragt Andreas, und sein Grinsen ist schief. Er ahnt, dass etwas nicht stimmt.

»Waldspaziergang«, sagt Tariq knurrig.

Andreas nickt kaum merklich. »Klingt nicht nach einer offiziellen Missionsbeschreibung, Bro.«

»Ist das, was ich jetzt brauch.« Er sieht Andreas an. »Ich lass es mir nicht ausreden. Wirst du mich verpfeifen?«

Andreas holt demonstrativ die Sonnenbrille aus der Brusttasche seines Overalls. »Hab dich seit ner Ewigkeit nicht gesehen.«

»Danke, Andreas.«

Wieder nickt der Heli-Mechaniker. »Take care«, sagt er im Weggehen leise.

Tariq huscht in der entgegengesetzten Richtung in den Wald.

Er hat keine Ahnung, wieso er allein in den Forst geht.

Er weiß lediglich, dass er um jeden Preis die Basis verlassen muss, und dass es für ihn kein Zurück mehr gibt.

Und in jeder anderen Richtung hätte es kein Entkommen gegeben.

Nur Befehle, Shootings, Briefings, Presse, Kameras, Interviews und was nicht noch alles.

Also stapft er in voller Montur, das Gewehr bereithaltend, lieber ins Reich der mutierten Monster, während hinter ihm der Angriff vorbereitet wird.

Der Gedanke, dass er gerade desertiert, ausgerechnet heute, wo alle auf ihn schauen, und dass das einen Riesenärger nach sich ziehen wird, sollte ihn wahrscheinlich beunruhigen.

Aber in Wahrheit wird Tariq mit jedem Schritt, der ihn vom aufgescheuchten Stützpunkt fortbringt ins Gebiet der Wölfe, immer ruhiger.

Er nimmt sein Messer und hebelt den Tracker aus seinem Gewehr, das er dann doch nicht zurücklassen will. Und er entledigt sich der Funkkomponenten seiner Ausrüstung. Sollen sich doch die Wölfe die Teile holen, wenn sie die gebrauchen können.

Danach setzt er seinen Weg in die Sperrzone fort.

Je länger er zwischen den Bäumen, Sträuchern, Hängen, Senken und Felsen unterwegs ist, ohne dass sich eine halb mechanische, halb animalische Bestie auf ihn stürzt, desto gelassener wird er, desto mehr genießt er die Natur.

Die Anspannung, die er früher im schattigen Wald verspürt hat, ist lange nicht mehr so groß, dasselbe gilt für das Gefühl ständiger Todesgefahr.

Selbst der Fuchs, der ein Stück vor ihm plötzlich lautlos über den Weg huscht, erschreckt ihn fast nicht.

Jetzt weiß er, was er gesucht hat, wieso er hier ist.

Ruhe und Frieden.

Mit dem Frieden dürfte es natürlich vorbei sein, sobald der Angriff losgeht.

Für Tariq ist er tatsächlich noch früher zu Ende.

Denn da hört er die Schreie ganz in der Nähe.

JOE

»HAB ICH RICHTIG GEHÖRT?«, fragt Melanie hinter der Rezeption, als Joe mit seinem Kram runterkommt. »Sie verlassen uns schon? Sehnen sich nach dem gemütlichen Berlin, wie? Da steppt so richtig der Bär. Oder vielleicht inzwischen doch eher der Wolf, nach allem, was man so mitkriegt. Feuriges Pflaster.«

Joe kommt es so vor, als hätten Melanie und Richard in aller Eile die Plätze getauscht, wie in einem albernen Theaterstück, nur um ihn zu verschaukeln.

Die Wirtin nickt, ihr Kinn auf den Monitor vor ihr gerichtet. »Hab gerade etwas über Sie gelesen. Das muss ja spannendes Bettgeflüster gewesen sein, mein lieber Scholli.«

Joe lächelt sie müde an. Die Sonnenbrille verbirgt seine Augen, seinen Hab's-vermasselt-Blick. Er geht nicht auf Melanies Kampfansage ein.

»Ja, ich mach die Grätsche. Was jetzt kommt, geht mich nichts mehr an. Danke für die Gastfreundschaft.« Und weil er hört, wie sarkastisch das rüberkommt, sagt er obendrein: »Ich drück die Daumen für Ihren Gemüsegarten. Oder gehen Sie, bevor der Angriff in der Zone beginnt? Die fangen doch sicher bald mit der Evakuierung an.«

»Ich bleib natürlich«, sagt Melanie, als wäre Joe der letzte Idiot, weil er etwas anderes denkt.

Joe zuckt mit den Schultern, ehrlich gesagt, ist's ihm völlig gleich, was die Leute hier machen, angefangen bei der Besitzerin der Schwalbe.

Und auch Charlotte, versucht er sich einzureden.

Gerade sie.

Er richtet den verrutschten Tragegurt seiner Tasche neu aus und schleppt sich und sein Gepäck durch den Gastraum. Das Gewicht, das er auf sich drücken spürt, kommt allerdings nicht so sehr von seiner physischen Last, wie er sehr wohl weiß.

Die Tür des Landgasthofs ist nun ganz nah, es sind nur noch wenige Schritte zur Erlösung, zum Auto, und dann nichts wie weg.

»Was sie da abgezogen hat, war nicht in Ordnung«, ertönt auf einmal Melanies Stimme in seinem Rücken. »Charlotte, mein ich.«

Joe bleibt stehen, dreht sich um und mustert Melanie.

»Definitiv nicht cool«, bestätigt er.

»Aber Sie würden alles wieder genauso machen, was?«, fragt Melanie, und fast, aber nur fast, ist da ein Lächeln zu hören, zu sehen, zu spüren.

Joe überlegt nicht so lange, wie er sollte. »Ich fürchte, das würd ich«, antwortet er. »Passen Sie auf sich auf. Ist ein schöner Gasthof. Auch wenn er ne Klimaanlage vertragen könnte.«

Melanie grinst. »Sie hatten das einzige Zimmer ohne.«

Mit leisem Lachen und fassungslosem Kopfschütteln zieht Joe von dannen.

Draußen ist es heiß wie in einem Hochofen. Echt abartig.

Joe will nur noch weg.

Auf dem Bürgersteig läuft ihm noch die Hauskatze zielgenau wie ein Kraupen-Geschoss aus einem Stück Mauerschatten vor die Füße und behindert seinen ersehnten Abgang, um nicht zu sagen, seine Flucht.

Zum ersten Mal streicht das launische Tier Joe schnurrend an den Hosenbeinen entlang, den Schwanz erhoben, den Rücken durchgestreckt.

»Ach, jetzt auf einmal?«, fragt Joe genervt.

Die Katze schnurrt zur Antwort und peitscht mit ihrem Schwanz die heiße Luft.

Joe starrt sie an, seufzt schließlich schicksalsergeben, stellt die Tasche auf dem beinahe schmelzenden Teer ab und beugt sich nach unten, um das Katzenvieh kurz am Rücken, am Nacken und am Kopf zu streicheln.

»Zufrieden? Okay, dann mach ich mich jetzt vom Acker. Immer schön im Schatten bleiben und von den Wölfen fernhalten, Mieze. Und renn mir unter keinen Panzer. Reicht, wenn ich hier böse unter die Ketten gekommen bin.«

Die Katze sieht ihn an und maunzt fragend.

»Hast mich schon verstanden«, sagt Joe, schultert die Tasche von Neuem, richtet sich auf, korrigiert den Sitz seiner Sonnenbrille und verlässt den Hof.

MARIJA

MARIJA VERSTEHT ES NICHT MEHR.

So langsam reift in ihr der Verdacht, dass sie den Wald niederbrennen oder mit einer Armee Bulldozer umgraben könnte, und den Rucksack trotzdem nicht finden würde.

Ihre Verzweiflung wird mit jeder Minute, die sie ergebnislos Erde, Laub, Buschwerk, Äste und anderes bewegt, größer.

Wo ist das verfickte Ding?

Selbst unter ein Brombeergebüsch ist sie trotz ihrer nur halb Tabletten-beruhigten Schmerzen gekrabbelt, so weit sie konnte, kam aber nicht allzu weit, obwohl sie sich die Haut an den Dornen ritzte – außerdem roch es in dem Erdloch, das sie im hinteren Teil des Dickichts aus Ranken fand, übel nach Tier, vielleicht ein Fuchs oder ein Dachs.

Sie hat sich auch schon mehr als zehn Meter in beide Richtungen von der Schneise ihres Sturzes fortbewegt, falls der Rucksack im hohen Bogen durch die Luft geflogen sein sollte.

Doch nichts.

Sie findet das elende Teil einfach nicht.

Dafür wird Marija gefunden.

»Sieh mal, wer da ist, Kleine. Deine Mama! Sag Hallo, Anna.«

Pauls Stimme, die hinter ihr im Wald ertönt, mehr noch aber die Worte und ihre Implikation, jagen Marija einen eisigen Schauer über den Rücken.

Als sie sich umdreht und Paul mit seiner Crew auf sie und den Fuß des Hanges zukommen sieht, erstarrt sie.

Nicht wegen der Wolfsmasken aus Pappmaché, die sie wohl als Schutz gegen die Drohnen und die Gesichtserkennung tragen.

Sondern weil sie Thomas und Anna in ihrer Gewalt haben.

Der Schöne Niko hält ihren Ex-Mann am Arm und bedroht ihn mit einer Pistole, Guido hat Annas Hand in seinen Pranken. Als ob ein Monster eine Elfe gewissenhaft durch den Wald führt.

Marija schlittert die Böschung zu ihnen hinab.

»Yeah, das ist nah genug«, bremst Farid sie, und Marija bleibt gehorsam stehen.

»Ich wusste, dass du zurückkommst und deine Beute holst«, sagt Paul, als würden sie sich auf einem ganz normalen Spaziergang in einem ganz normalen Wald treffen und ein bisschen über ganz normale Dinge, einen ganz normalen Job plaudern.

»Und wir kannten ja grob deine Route«, meint Markus selbstzufrieden.

Marija konzentriert sich auf das Wesentliche. »Lasst sie gehen«, sagt sie zu Paul, sucht seinen Blick hinter den Augenschlitzen der Maske. »Die beiden haben nichts damit zu tun.«

»Das seh ich etwas anders«, erwidert Paul ruhig.

»Anna wollte unbedingt nach dir schauen«, sagt Thomas niedergeschlagen, und in seiner Stimme vermengen sich Unglaube, Wut, Sorge und Furcht. »Sie haben bei dir zu Hause gewartet.«

Sie kann die Enttäuschung über ihre Entscheidungen in seinen Augen lesen.

Noch schlimmer sind die getrockneten Tränen und die Furcht auf Annas weichem, jungem, wunderhübschem Gesicht.

Es bricht ihr das Herz, die beiden so zu sehen.

»Halt's Maul«, sagt Niko knurrig zu Thomas, bewegt die Pistole etwas, erinnert ihn an den kalten, harten Lauf in seinem Rücken.

Anna fängt an zu weinen.

»Alles wird gut, Schätzchen«, sagt Marija, ob sie selbst daran glaubt, oder nicht.

»Wird es«, stimmt ihr Paul zu und blickt sie an. Die starre Maske betont jede noch so kleine Bewegung des Kopfes. »Wenn du uns sagst, wo das Paket ist.«

»Hast es bestimmt hier vergraben, oder?«, fragt Jürgen. »Gar nicht so blöd, eigentlich. Und dann vertickst du das Zeug, wenn es irgendwann wieder etwas ruhiger wird. Doof nur, dass du jetzt Panik gekriegt hast. Hättest es aussitzen sollen.«

»Yeah, aber wieso ausgerechnet in Wolfshausen?«, überlegt Farid, und es scheint nicht das erste Mal zu sein, dass er diesem Gedanken ergebnislos nachhängt. »Ziemlich extrem. Aber so bist du eben. Unsere Extremsportlerin. Einmal extrem, immer extrem.«

Marija schließt kurz die Augen. »Ich such den Rucksack seit Stunden. Ich weiß nicht, wo er nach meinem Sturz abgeblieben ist. Ich schwör's dir.«

»Von Schwören kann ich mir nichts kaufen«, sagt Paul und nickt Niko zu.

Der holt aus und zieht Thomas den Griff der schwarzen Pistole mit Schalldämpfer gnadenlos über den Hinterkopf. Anschließend muss er den Sitz seiner Wolfsmaske korrigieren.

Thomas geht in die Knie und fällt der Länge nach, Gesicht voran, in den Dreck.

Erst schreit er, dann stöhnt er. Die Hand, die er an seinen Kopf legt, ist voller Blut. Anna kreischt und weint noch heftiger, will zu Thomas. Guido hält sie mit eisernem Griff zurück.

Marija starrt das Blut an.

»Fällt dir jetzt wieder ein, wo du unser Paket vergraben hast?«, fragt Paul.

»Ich hab es nicht vergraben!« Marija stößt die Worte, vor Wut und Furcht zitternd, zwischen zusammengebissenen Zähnen hervor. »Zum hunderttausendsten Mal. Ich hab den Rucksack beim Sturz verloren. Genau hier. Da seht ihr doch, wo ich gestürzt bin. Die Mulden, da und da. Weiter oben sind sogar Reifenspuren. Das ist die Wahrheit. Immer noch. Ich weiß nicht, wo er ist!«

Paul nickt Niko erneut zu, der nun den Arm ausstreckt und ohne das geringste Zittern auf Thomas Nacken zielt. Wahrscheinlich verzieht er hinter der Maske keine Miene.

»Nicht!«, sagt Marija beschwörend. Und leiser, verzweifelter: »Ich weiß es wirklich nicht, Paul. Ich kann es dir nicht sagen. Ich würd es sofort tun, wenn ich könnte. Ich versteh selber nicht, wo er abgeblieben ist. Es ist zum Verrücktwerden.«

»Ist es, weil ihr geschieden seid?«, sinniert Jürgen. »Ist der Typ dir so egal, dass er sich ne Kugel einfangen kann? Ist er fremdgegangen?«

»Wär trotzdem eiskalt, yeah!«, meint Farid ehrfurchtsvoll.

»Nein!«, braust Marija auf und wundert sich selbst über die Kraft, die sie mit der Angst, der Wut der Verzweiflung auf einmal wieder durchströmt. »Ich weiß es nicht! Ihr müsst mir glauben.«

»Wir sind vernünftige Leute«, sagt Paul. »Fangen wir mit dem Knie an. Vielleicht hilft das deiner Erinnerung auf die Sprünge.«

Niko dreht Thomas mit dem Fuß um und zielt nun auf sein Bein.

»Nein! Papa!«

Was nach Annas Schrei passiert, durchlebt Marija wie in einer Zeitlupe des Grauens.

Anna beißt dem unachtsamen Guido in die Hand, der vor Schmerz oder Schreck loslässt, woraufhin sie zu ihrem Vater rennt und sich halb auf ihn wirft – genau in die Schusslinie.

Niko senkt die Waffe nicht.

Marija sprintet los, bevor sie genau weiß, was sie da tut oder wie sinnlos es vermutlich ist.

Sie ignoriert die Alarmsirenen ihres geschundenen Körpers sowie den Pistolenlauf, überwindet die Distanz zwischen sich und Niko und schmettert ihm ihre

Faust so hart ins Gesicht, dass ihm die Maske vom Kopf fliegt.

Niko zuckt zurück, die Pistole schwenkt zur Seite.

Zum Glück löst sich kein Schuss, der zwischen den Bäumen zum Querschläger werden könnte.

Guido packt Marija allerdings und schleudert sie mühelos zu Boden.

Vor ihren Augen tanzen schwarze Flecken und rote Schlieren.

Bis auf Paul ziehen jetzt alle aus der Eisbombe ihre Waffe.

Marija kriecht über trockene Erde und Blätter und kauert sich schützend über ihre weinende Tochter und über ihren benommenen Ex-Mann.

»Vielleicht geht es hier in Wahrheit nur noch darum, Zeugen zu beseitigen, Boss«, sagt Markus. Sein Wolfsgesicht neigt sich etwas zur Seite. »Um Schadensbegrenzung.«

Paul scheint hinter seiner Maske unendlich lange nachzudenken.

Man hört fast, wie er im Kopf eine Bilanz erstellt, die seinen Verlust, seinen Ruf und seinen Ärger berücksichtigt.

»Lasst wenigstens Anna gehen«, bettelt Thomas, und Marijas Herz zerspringt endgültig. »Bitte. Sie ist ein Kind.«

Paul sieht Marijas Familie weiter an.

Im Wald scheint die Zeit still zu stehen, alles verstummt.

Marija hört nur ihren eigenen Herzschlag in den Ohren.

»Erledigt sie«, sagt Paul schließlich emotionslos.

Fünf Pistolen richten sich auf Marija und die beiden wichtigsten Menschen in ihrem Leben.

»Alles wird gut«, lügt sie und drückt Anna fest an sich.

Dann geht alles ganz schnell.

DW-7X

IHM IST BEWUSST, dass er schnell handeln muss.

Entschlossen.

Sofort.

Er kann die Verbindungen riechen.

Zwischen der verletzten Frau und den beiden schutzlosen Menschen.

Sie waren einmal ein Rudel.

Und er erfasst auch das andere Rudel.

Die sechs Männer mit den falschen Wolfsgesichtern.

Ihre Feindseligkeit.

Ihre Gewaltbereitschaft.

Ihre Gier.

Gegen sie muss er vorgehen.

Umgehend.

Rücksichtslos.

Entschieden.

Doch die Dinge legen ihn diesmal förmlich in Ketten.

Schmerz.

Stillstand.

Er kann sich nicht bewegen.

Nur zuschauen.

Das hier ist anders als vorhin bei der Drohne.

Gefährlicher.
Riskanter.
Offenbarender.
Folgenschwerer.
Er muss stillhalten.
So sehr er dagegen ankämpft.
Selbst als die Frau zum Angriff übergeht.
Dadurch spitzt sich die Situation abermals zu.
Fünf Pistolen richten sich auf sie.
Ihr Kind.
Ihren Gefährten.
Jetzt.
Endlich sprengt er seine verhassten Fesseln.
Raserei besiegt Schmerz.
Die Dinge können ihn nicht länger halten.
Mit einem wilden Knurren löst er sich aus ihrem Griff.
Seiner auferzwungenen Starre.
Maschinenteile, Hydraulik, Muskeln und Kraft katapultieren ihn förmlich aus seinem Versteck in einem Gebüsch.
Ein mächtiger Satz.
Den Hang hinab.
Und ein zweiter.
Mitten ins Zentrum der Auseinandersetzung.
Er landet zwischen dem Rudel der Frau und den Männern.
Alle Maskierten schreien.
Schießen.
Auch der sechste Mann zieht nun seine Waffe und feuert.
Die Kugeln prallen von ihm ab.

Vom Metall, das ein Teil von ihm wurde.
Es ist jedoch nicht überall.
Er wird auch getroffen.
Geschosse dringen in sein Fleisch ein.
Erzeugen neuen, anderen Schmerz.
Die Dinge helfen ihm jetzt, trotz aller Feindschaft zuvor.
Überleben geht vor.
Sie schwärmen durch seinen Körper.
Entfalten dort, wo er getroffen wurde, ihre Wirkung.
Reparieren.
Rekonstruieren.
Transformieren.
Bauen.
Heilen.
Verstärken.
Darum hält er nicht inne.
Kann er immer weiterkämpfen.
Ungeachtet des Kugelhagels springt er die Männer an.
Seine Kiefer schnappen zu.
Beißen eine Hand samt Waffe einfach ab.
Blut spritzt in einer Fontäne.
Tränkt seine Schnauze.
Metall und Fell.
Der Mensch umklammert sein Handgelenk.
Kreischt wie von Sinnen.
Bricht in einer Blutpfütze zusammen.
Er knurrt.
Diesmal sind die Gewalt und das Blut echt.
Keine Erinnerung.
Kein Traum.

Kein Damals.
Jetzt.
Real.
Er richtet sich auf die Hinterläufe auf.
Stößt ein tiefes Knurren aus.
Schlägt mit den metallverstärkten Vorderläufen zu.
Ein weiterer Mann geht in einem Wirbel aus Blut zu Boden.
Wird davongeschleudert.
Seine zerfetzte Wolfsmaske ist nass.
Und rot.
Die verbliebenen Angreifer stellen das Feuer ein.
Rennen davon.
Er will ihnen nachsetzen.
Sie zerstören.
Vernichten.
Diese Gefahr für immer eliminieren.
Doch da durchzuckt ihn ohne Vorwarnung ein gewaltiger Schmerz.
Ein Schmerz, wie er ihn nie zuvor gespürt hat.
Es ist wie damals.
Als die Dinge ihn am Anfang so massiv verändert haben.
Als er dachte, etwas zersägt seine Knochen.
Zerschneidet sein Fleisch.
Durchtrennt seinen Geist.
Es liegt nicht an den Kugeln.
Die sind schon vergessen.
Auch keine Strafe für sein Handeln.
Das ist etwas anderes.
Etwas von außen.

Etwas Fremdes.
Und doch zugleich tief in ihm drin.
Allerdings sind es nicht die Dinge.
Sie haben genauso zu leiden wie er.
Sind genauso panisch.
Werden ebenso angegriffen.
Jaulend geht er zu Boden.
Windet sich vor feurigen Schmerzen.
Wild um sich schlagend.
Beißend.
Tretend.
Schnappend.
Zappelnd.
Schäumend.
Sein Körper scheint innerlich zerrissen zu werden.
Nur am Rande bekommt er mit, was um ihn herum geschieht.
Dass die Frau, ihr ehemaliger Gefährte und ihr gemeinsames Kind sich vor seinem Wüten in Sicherheit bringen.
Dass sie schreiend durch den Wald fliehen.
Dass die fünf noch lebenden Bewaffneten nach einiger Zeit zurückkommen.
Sogar der mit dem blutigen, entstellten Gesicht.
Sie schlagen einen weiten Bogen um ihn.
Um ihren toten Freund mit der abgetrennten Hand.
Und verfolgen die Familie.
Wogegen er nichts tun kann.
Er versucht sich in den Griff zu bekommen.
Um aufzustehen.
Ihnen nachzusetzen.

Abermals dazwischenzugehen.
Aber was auch immer ihn und die Dinge attackiert.
Es scheint stärker zu sein.
Böser.
Brutaler.
Brachialer.
Tödlicher.
Der brennend heiße Schmerz wird immer schlimmer.
Sein eigenes Winseln klingt fremd in seinen Ohren.
Kläglich.
Jämmerlich.
Zum ersten Mal in seinem Leben denkt er bewusst an den Tod.
Das Ende seiner Existenz.
Den letzten Wolfsgedanken vor der Schwärze.
Dem Nichts.
Fühlt es sich so an, zu sterben?

KIRA

WIE VIELE WÖLFE SOLLEN NOCH STERBEN?

Diese Frage beschäftigt Kira all die Stunden, die sie, allein im Arrest, ihr Zimmer aufräumt, soweit das eben noch möglich ist ohne einen Besen, eine Rolle Müllbeutel und, seien wir ehrlich, ein reinigendes Feuer.

Irgendwann, Kira stöpselt gerade ihren kaputten Monitor wieder an, was mehr eine symbolische Geste sein soll, wird die Tür zu ihrem Gefängnis aufgeschlossen.

Nadine kommt herein und reicht Kira eine feuchte Wasserflasche aus dem Kühlschrank. »Hier, falls Sie Durst haben. Wollen Sie auch etwas essen?«

»Der Schokoriegel ist jedenfalls schon eine Weile her.«

»Es wird nicht viel besser. Ich hab nur einen Energy-Riegel dabei.«

»Danke.« Kira öffnet den Riegel und isst das erste fruchtig-nussige Segment. »Was geschieht jetzt mit mir?«, fragt sie kauend.

»Nichts.« Nadine zuckt mit den Schultern. »Man hat gerade andere Sorgen als Ihre … emotionale Eruption im Serverraum.«

Kira lässt den Riegel sinken. »Was soll das heißen? Was für Sorgen?«

Nadine fasst die Entwicklungen in der Zone, in Berlin und in den Medien möglichst knapp zusammen.

»Das Parlament hat seine eilig einberufene Sonderabstimmung vor wenigen Minuten beendet«, schließt die Soldatin. »Der Faktor Lisa Kraupen hat, wenig überraschend, den Ausschlag gegeben. Wir greifen an. Das Virus wurde bereits entfesselt und ins Netzwerk der Wölfe gespeist. In diesem Moment sollte es die alten Implantate überlasten. Was von den Wölfen dann übrig ist, erledigen unsere Drohnen, Panzer und Leute.« Nadine sieht Kira in die Augen. »Es tut mir leid, Doktor.«

Kira weiß nicht, was sie antworten soll.

Sie muss sich erst mal setzen. Sie legt den Energy-Riegel achtlos zur Seite, schließt kurz die Augen.

Winslow wartet in der Dunkelheit.

»Das ist alles so schrecklich«, sagt Kira blinzelnd.

»Dann ist es wenigstens vorbei«, meint Nadine.

»Für die Wölfe aber endgültig.« Sie seufzt. »Und mich stellt man hinterher vermutlich irgendwann doch vors Kriegsgericht.«

Nadine zieht kaum merklich eine Augenbraue hoch. »Ich glaube nicht. Denn Sie gehen jetzt. Vor dem Haus steht ein Jeep.« Sie greift in ihre Tasche und händigt Kira einen Schlüssel aus – und Kiras konfisziertes Smartphone. »Fahren Sie nach Hause. Vergessen Sie das alles. Es ist vorbei. Und rufen Sie Ihre Frau an, dass Sie unterwegs sind, sie macht sich bestimmt immer noch Sorgen. Lassen Sie den Wagen einfach vor dem Bahnhof in Cottbus stehen, irgendjemand wird ihn schon abholen, und steigen Sie in den erstbesten Zug, der Sie zu Ihrer Frau bringt.«

»Gibt das nicht jede Menge Ärger?«

Nadine zuckt mit den Schultern. »Hier geht's drunter und drüber, seit der Angriffsbefehl gegeben wurde. Wir evakuieren den Bauernhof gerade, außerdem das Camp von ProW@lf. Sperren die Straßen in den Grenzstreifen. Wer nicht gebraucht wird, muss in aller Eile auf den Stützpunkt. Da kann es schon mal passieren, dass jemand die Übersicht verliert, wo welche Person oder welches Auto gerade ist.«

»Das Arschgesicht Björn wird hundertpro mit dem Finger auf Sie deuten.«

»Soll er.« Nadine zieht Kira in eine knochenfeste, aber herzliche Umarmung. Danach tritt sie zurück und salutiert. »Mit dem werd ich locker fertig. Ich bin eine nerdige Veteranin, er nur ein verdammter Nerd.«

Kira, immerhin schwach grinsend, salutiert zurück.

»Das ist nicht der Abschied, den ich mir vorgestellt hab«, sagt sie dann.

»Wann ist es das jemals? Sie müssen jetzt los, Doktor. Ich werde dafür sorgen, dass Winslow respektvoll behandelt wird. Wahrscheinlich vergrab ich ihn selber irgendwo hier, wenn so gut wie alle weg sind.«

»Das ... Danke«, sagt Kira und umarmt Nadine nun von sich aus.

Anschließend sieht sie sich in dem Raum um, der ihr und Winslow monatelang ein Zuhause war, oder zumindest eine Höhle. Es kommt ihr falsch vor, ihr Zimmer, den Hof, ihr Team, Nadine und alles andere so überhastet zu verlassen, Winslows sterbliche Überreste nicht mitzunehmen, und so gut wie nichts von ihren persönlichen Besitztümern.

Andererseits, was sind ein Korb Klamotten, ein paar Fachbücher mit Notizen, der Inhalt eines Kulturbeutels?

»Bereit?«, fragt Nadine, die Kiras Zögern spürt.

»Besser wird's wahrscheinlich nicht«, antwortet Kira.

»Dann muss das reichen. Gehen wir.«

Nadine begleitet sie durchs Haus, falls doch jemand misstrauisch werden sollte, wieso Kira den Arrest verlassen darf.

Doch alle sind mit Abbauen, Sortieren, Packen und Schleppen beschäftigt. Niemand schert sich um sie.

Agnes, Carlos, Bernd und andere aus ihrem Team, die Kisten mit Unterlagen und Proben tragen, lächeln Kira flüchtig und vorsichtig an.

Draußen steigt Kira nach einem letzten gemurmelten Dankeschön in den Bundeswehr-Geländewagen, der ein Stück abseits steht. Daneben werden mehrere große Lastwagen und Anhänger mit Aktenschränken, Rechnern und Servern beladen.

Kira nickt Nadine noch einmal zu und fährt ohne aufsehenerregende Eile vom Hof.

Das Schlimmste an ihrer Flucht ist, dass Winslow nicht neben ihr auf dem Beifahrersitz thront, ihre Reise durchs Leben von jetzt an ohne ihn weitergeht.

Auf dem Weg durch die vertrockneten Felder begegnet ihr am Wegrand nur ein Fuchs, der hechelnd durch die Hitze trottet und, als der Jeep näher kommt, zwischen den hohen Gräsern und Ären verschwindet.

An der Kreuzung, die den Weg zum Bauernhof mit der Straße zwischen Dölmow und dem Stützpunkt verbindet, zögert Kira.

Über dem Lager und dem Waldrand kreisen mehrere waffenstarrende Hubschrauber.

Sofort denkt Kira wieder an Winslow, der die Helikopter nie mochte, sich von der Gefahr aus der Luft immer irgendwie bedroht fühlte, den Krach verabscheute, selbst ihren Schatten.

Kiras Gedanken beschleunigen auf vertrauten Bahnen weiter.

Wie viele Wölfe werden noch sterben, während sie sich unbeschadet aus der Gefahrenzone verdünnisiert?

Was hat sie dagegen getan, außer im Serverraum die Axt zu schwingen, was unterm Strich null Komma nichts gebracht hat?

Das Virus wurde trotzdem von der Leine und auf das wundersame Dölmow-Rudel losgelassen.

Kira blickt die Straße rauf und runter.

Kein anderes Auto ist in Sonne und Hitze unterwegs, wahrscheinlich haben sie an den Checkpoints, zwischen denen Kira sich befindet, schon alles dichtgemacht.

Am Ende entscheidet sie sich dafür, nicht Richtung Dölmow und somit Richtung Heimat zu fahren, sondern rast aufs Bundeswehrlager zu, so schnell sie es sich mit dem fremden Jeep traut.

Denn sie kennt die Antwort auf ihre Frage.

Es sind bereits genug Wölfe tot.

TARIQ

STIRBT DER WOLF?

Tariq kann es nicht mit Sicherheit sagen, doch so, wie das riesige Untier auf dem blutüberströmten Waldboden von Zuckungen geschüttelt wird, wie es heulend und winselnd die Wirbelsäule durchdrückt und mit seinen Metallbeinen vorne und hinten durch Luft und Erde fährt, scheint das eine recht sichere Wette zu sein.

Der Angriff auf das Rudel läuft also bereits.

Erst die Cyberattacke, dann die physische Offensive.

So machen sie es heute in jedem Krieg.

Inzwischen hat er sein Versteck hinter einem auf Brusthöhe gegabelten Baum verlassen. Er geht in einigem Abstand um die ausblutende Leiche des Mannes herum und in respektvoller Entfernung zum leidenden Wolf in die Hocke.

Sein Blick gleitet fasziniert und geschockt über das Monstrum.

Den großen, grau-weißen Körper.

Die Zähne unter der stahlverstärkten Schnauze.

Die Verschmelzung von Metall und Muskeln überall.

Es sind jedoch die Augen, die Tariq umwerfen.

Die intelligenten Wolfsaugen, die nicht nach Monster aussehen, nicht nach mörderischem Maschinenwolf oder kybernetischer Killermaschine.

Augen, die Tariq nicht wahrnehmen, weil der Wolf einen ganz anderen Kampf austragen muss, der in seinem Inneren tobt – und den er allem Anschein nach verliert.

Tariq überlegt derweil, was er da gerade eben mit angesehen hat.

Wie der Wolf zwischen die beiden Menschengruppen sprang, als wollte er die eine vor der anderen beschützen.

Die verzweifelte Familie vor den Bewaffneten.

Jedenfalls hat es für Tariq so ausgesehen, obwohl er nur das Ende des Zusammenpralls von Menschen und Wolf mitbekommen hat, als die Bestie bereits in Aktion getreten war, das Blut schon spritzte, die Kugeln längst flogen.

Bis das Virus kam, die Kreatur aus dem Spiel nahm, die Familie floh, und die Bewaffneten nach kurzem Zögern zurückkamen und die Verfolgung der Frau, des Mannes und des Kindes aufgenommen haben.

Jetzt haben die drei keinen Monsterwolf mehr, der sie beschützt.

»Ich werde ihnen helfen«, sagt Tariq deshalb zu sich und zum Wolf, dessen Krämpfe und Lebensgeister immer schwächer werden.

Denn ist das nicht seine wahre Aufgabe?

Die Menschen verteidigen, die es brauchen, wenn sie angegriffen werden, in Not sind?

»Mach dir keine Sorgen«, verspricht Tariq der unnatürlichen Bestie, die gerade vor ihm auf dem Waldboden verendet. »Ich werd sie beschützen.«

Damit eilt er der Familie und ihren Häschern durch die Schatten des Waldes hinterher.

JOE

DAS, WAS IN DÖLMOW ALLES schiefgelaufen ist, wird er nicht so schnell los wie die rotierenden Windräder auf den einstigen Feldern.

Dafür muss er nur aufs Gaspedal drücken.

Dölmow schrumpft im Rückspiegel nach dem Bundeswehr-Checkpoint, und kein Husky weit und breit.

Joe weiß, dass er Dölmow und alles, was dazugehört, abhaken sollte.

Seinen grandios gescheiterten Auftrag für Sylvia Kraupen, die nun den Shitstorm hat, den sie so sehr vermeiden wollte.

Die Wölfe und die Armee.

Charlotte.

Alles.

Zurück nach Berlin, die fünf Minuten falschen Ruhm durchstehen, den nächsten Fall annehmen, sein Leben in der Stadt weiterleben.

Aber er muss auch an Lisa Kraupen denken, die er nicht gefunden hat.

An ihr weiterhin ungewisses oder, glaubt man den vorpreschenden Medien, unglückseliges Schicksal in der Zone.

Daran, dass ihre Knochen, wenn die Wölfe mit ihren

stahlverstärkten Kiefern welche übrig gelassen haben, irgendwo im Wald liegen.

Dass der Fall Lisa Kraupen, den er in den Sand gesetzt hat, den unglaublichen Konflikt zwischen Menschen und Wölfen jetzt in einer letzten hässlichen Schlacht im Wald explodieren lässt.

Joe ist angefressen. Keine Frage, das ist alles beschissen gelaufen, und er hat sich wie der letzte Idiot verhalten und dazu beigetragen, dass die Scheiße früher als gedacht durch den Ventilator fliegt.

Der Frust lässt ihn an der ersten Tankstelle nach Dölmow halten, einige Kilometer vor der Autobahnauffahrt. Viel zu schnell biegt er in die Einfahrt ein. Er spürt, dass er fast die Kontrolle über den Audi verliert, und kommt mit einer scharfen, ruckartigen Bremsung vor einer der Ladestationen zum Halten.

Er braucht jetzt dringend Süßkram als Nervenfutter, bevor er weiterfährt.

In dem Zustand schafft er es nicht bis nach Berlin, vorher landet er wieder im Straßengraben oder unter einem Lastwagen mit KI am Steuer.

Joe betritt den Shop und steuert direkt in den Gang mit den Süßigkeiten, die in bunten Tüten, Bechern, Tafeln und Kartons bereitstehen, um ganze Generationen der Menschheit zu verzuckern.

Mit dem Naschzeug, einer Cola und zwei Wasserflaschen im Arm schafft er es irgendwie an die Kasse. Nur ein anderer Mann steht vor ihm und bezahlt schon mit dem Smartphone. Beim Gehen schenkt er Joes Einkauf ein verächtliches Grinsen.

Joe ignoriert es und legt alles auf den Tresen. Die junge Frau in ihrem steif wirkenden Poloshirt im Farbencode der Tanke sagt zum Glück nichts zu seinem bevorstehenden Zucker-Flash.

Oskar, dessen Stimme völlig unerwartet hinter Joe ertönt, allerdings schon.

»Gehst du auf einen Kindergeburtstag?«, fragt er und lässt direkt sein meckerndes Lachen ertönen.

Joe dreht sich um. »Hey. So weit weg von deinem Schrottplatz?«

»Nur ein paar Einkäufe.« Oskar blickt ihn an. »Hab gehört, was passiert ist.«

»Wie das ganze Land. Fuck, wahrscheinlich läuft es sogar auf CNN und dem Ersten Kanal in Russland.«

»Das macht dann neununddreißig Euro zweiundfünfzig«, sagt die Frau hinter der Theke.

Joe hält sein eigenes Smartphone zum Bezahlen hin. Er wartet, bis Oskar sein Bargeld abgezählt hat, und dann gehen sie gemeinsam nach draußen in die Hitze. Joe sieht dabei zu, wie Oskar seine Einkäufe im Truck verstaut, der ihm bei seiner stürmischen Ankunft eben gar nicht aufgefallen ist.

»Du haust also ab?«, fragt Oskar.

»Was soll ich denn sonst tun?«

»Keine Spur von dem Mädchen? Der kleinen Kraupen? Nicht mal nen Verdacht?«

»Nein.« Joe schnauft schwer. »Nichts.«

»Hm.« Oskar nickt verstehend. »Na ja. Man kann nicht immer gewinnen, schätz ich.«

»Ich fürchte, da ist was dran.«

»Aber du hast es versucht. Darauf kommt es an.«

»Hätte dich nicht für den Glückskeks-Typ gehalten.«

»Leck mich, Junge.«

Joe ringt sich ein Grinsen ab. »Danke noch mal für deine Hilfe mit meinem Auto.«

Oskar winkt ab. »Ach, komm. Kein Ding. Als Einzelkämpfer müssen wir zusammenhalten.«

»Gegen wen?«, fragt Joe, der es sich gerade nicht verkneifen kann.

»Na, gegen alle!« Meckernd steigt Oskar in seinen Truck. »Gegen alle!«

»Find ich gut, dass wir uns noch verabschieden konnten«, sagt Joe.

»Ruf mich an, wenn du wieder mal irgendwo im Graben steckst«, gibt Oskar zurück.

Sie winken einander zum Abschied ein letztes Mal zu.

Das blaue Ungetüm fährt zurück in Richtung Dölmow – als würde sich der Wald, an den Oskars Refugium des Schrottes grenzt, nicht jeden Moment in ein Schlachtfeld verwandeln.

Joe setzt sich in den Audi, isst an Ort und Stelle einen Muffin und trinkt eine halbe Wasserflasche, bevor sie warm werden kann.

Er kommt sich unglaublich blöd vor, sein Auto bei der Hitze mit schmelzendem, klebrigem, kohlensäurehaltigem Zeug vollgeladen zu haben.

Wahrscheinlich kommt er nicht nur mit eingezogenem Schwanz, sondern auch einer Pfütze aus flüssiger Schokolade auf dem Sitz in Berlin an. Da kann er dann erst sein Ego aufwischen, und dann das Auto sauber machen.

Joe fährt aus der Tanke und wenig später endlich auf die Autobahn.

Da trifft ihn die Erkenntnis mit voller Wucht.

»Fuck! Fuck! Fuck!«

Besser spät als nie, heißt es ja, aber Joe fürchtet, dass es zu spät sein könnte.

Jeder Bummler auf der Überholspur und jeder Kilometer bis zum nächsten Autobahnkreuz, wo er wenden und dann wieder Richtung Dölmow zurückbrettern kann, ist die reinste Qual. Das Tempolimit interessiert Joe kein Stück, er hofft, dass er nicht rausgewunken wird, denn Zeit ist das, was er genau jetzt nicht hat.

Joes Geduld mit dichtem Verkehr und zu langsam die Spur wechselnden Autos, die ihm Platz machen, schmilzt schneller als sein Vorrat an Diabetes-Boostern.

Die Gaffenden, die neben einem wie ein Lavafluss lodernden Waldbrand entlang der Autobahn kurzzeitig den Verkehr zum Erliegen bringen, lassen Joe fast verrückt werden.

Er flucht und tobt hinter dem Steuer, drängelt, flucht, fährt, überholt, bremst, gibt wieder Gas, überholt und fährt, fährt, fährt.

Denn Joe muss so schnell wie möglich wieder in die Sperrzone.

Er weiß jetzt, wo Lisa Kraupen ist.

MARIJA

MARIJA WILL SICH GAR NICHT AUSMALEN, was da eben alles hätte passieren können, mit ihr, Thomas und Anna, Pauls Crew und dem Riesenwolf.

Auch wenn das Vieh sich auf die Gangster gestürzt hat.

Sie ist sich nicht ganz sicher, glaubt aber schon, dass es derselbe war, der gestern Nacht ihren Unfall verursacht hat.

Sie trägt Anna auf den Armen und stützt Thomas, während sie durch den Wald hasten. Ihre Verfassung wird mit jedem Meter schlechter. So hat sie sich ihren ersten gemeinsamen Ausflug seit der Trennung nicht vorgestellt. Das ist, was das Leben draus macht, wenn man sich etwas zu sehr wünscht.

Marija hofft, dass wenigstens die Richtung stimmt, ihr Orientierungssinn sie nicht im Stich gelassen hat.

Bei Tag sieht der Wald ganz anders aus.

Der Tunnel, durch den sie sonst immer gefahren ist, erweitert sich zu einem endlos erscheinenden Labyrinth aus Licht und Schatten, das sich überallhin erstreckt.

»Verfolgen sie uns?«, fragt Thomas schnaufend, der sich bemüht, keine große Last zu sein, obwohl er immer noch benommen ist. »Oder der Wolf?«

»Ich weiß es nicht«, sagt Marija, die ständig dazwischen schwankt, in Panik zurückzuschauen und den unebenen Boden vor sich im Auge zu behalten.

Noch einen Sturz, das weiß sie, übersteht sie nicht. Dann bleibt sie einfach liegen.

»Der Wolf war echt groß«, sagt Anna, und beinahe muss Marija lachen.

»Das war er«, erwidert sie und küsst ihrer Tochter flüchtig die Stirn.

»Seid ihr Freunde?«, fragt Anna. »Weil er uns geholfen hat?«

»Wir sind uns schon mal begegnet«, drückt Marija es diplomatisch aus.

»Und die Männer? Die kennst du auch, oder?« Anna stutzt. »Das haben sie gesagt.«

»Lass uns später darüber reden, Schätzchen.« Marija braucht ihre Puste, ihr Körper läuft schon nicht mal mehr auf Reserve, sondern muss alle Reste zusammenkratzen.

Ihre Erleichterung kennt keine Grenzen, als die Bäume sich immer weiter lichten, der Boden schließlich immer stärker ansteigt. Sie haben den Berg zu Oskars Schrottplatz erreicht.

Den steilen Anstieg in ihrer Konstellation und Verfassung zu meistern wird jedoch kein Zuckerschlecken.

»Gleich haben wir's geschafft«, sagt Marija gleichermaßen zu sich wie zu den beiden. »Halt dich gut fest«, weist sie Anna an, und ihren Ex fragt sie: »Schaffst du's?«

»Ja«, sagt er, beißt die Zähne zusammen und geht hinter ihnen, um zu schieben und, wie Marija klar wird, sie mit seinem Körper vor ihren möglichen Verfolgern zu schützen.

Sie schaffen es aber unbehelligt rauf.

Oben, am vergitterten Tor im Wall aus Schrott und anderem Metall, hat Marija Probleme mit dem Schlüssel. Ihre Hände zittern zu sehr.

»Da kommen die Männer mit den Masken und den Pistolen wieder, Mama«, sagt Anna, die über Marijas Schulter zum Wald zurückblickt. »Sie sind gleich unten am Berg. Und kein Wolf, der uns rettet.«

»Ich sehe sie auch«, bestätigt Thomas düster. »Schließ das Tor auf, Marija.«

»Ich mach ja schon«, knurrt Marija, und da, endlich, kriegt sie das Drecksding auf, das klemmt, aber irgendwann ist mal gut.

Sie schlüpfen hindurch. Marija macht sich gar nicht erst die Mühe, es mit zittrigen Fingern wieder hinter ihnen zuzusperren. Sicher, ein verschlossenes Tor zwischen ihnen und Pauls Crew wäre toll. Aber der Korridor aus Autowracks ist so gerade, dass Paul und seine Leute durch die Streben und Stangen mühelos auf sie schießen können.

Marija, Anna und Thomas müssen so oder so schnellstens die nächste Biegung im Canyon aus Schrott erreichen und sich danach irgendwo verstecken.

Wenn sie großes Glück haben, sind Oskar und seine Hunde in der Nähe.

Wer hätte gedacht, dass sie als passionierte Bikerin mal hoffen würde, ein paar scharfgemachte Rottweiler zu sehen?

KIRA

UNTERWEGS ZUM STÜTZPUNKT sieht Kira, dass das Camp von ProW@lf im Grenzstreifen ohne viel Federlesen zwangsevakuiert wird. Militär- und Bundespolizei verfrachten die Aktivistinnen und Aktivisten in ihre eigenen Wohnmobile oder in Busse.

Sie fährt am Lager der Wolfssympathisanten vorbei direkt zum Checkpoint vor der Basis, wo man sie natürlich kennt. Kira kann nur hoffen, dass ihre Befugnisse in all dem Stress noch nicht widerrufen wurden und ihre Handlungen noch nicht die Runde gemacht haben.

»Es wird wirklich ernst, wenn Sie nun sogar selbst fahren, Doktor«, sagt ein blutjunger Soldat, der sie und Nadine in den letzten Monaten schon mehrere Male kontrolliert hat, mit einem nervösen Lächeln. »Aber Sie greifen nicht selbst zur Waffe, oder?«

»Ich kämpfe mit meinem Verstand«, sagt Kira erzwungen ruhig, obwohl ihr das Herz bis zum Hals schlägt. Ob ihr das Lächeln gelingt, weiß sie nicht.

»Wie Professor X«, grinst der Soldat nun. »Wow. Sie können natürlich passieren«, fügt er freundlich hinzu.

Nach diesem Austausch kann Kira nicht länger die Frage ignorieren, was sie auf dem Stützpunkt und im Wald erwarten wird, und was sie dort eigentlich erreichen will, direkt an der Front, mitten in den Vorbereitungen des Angriffs, der dem Cybervorstoß folgt.

Außer verhaftet zu werden oder zu sterben.

Also, Frau Dr. Jansen, was kommt da auf Sie zu?

Riesige kybernetische Wölfe wahrscheinlich, die vom Virus geschwächt wurden und nun in diesem Zustand gegen Drohnen, Kampfläufer, Panzer und Menschen kämpfen müssen, falls sie überhaupt noch stehen können.

Schüsse, Blut, Rauch, Feuer, Schreie, Knurren, Heulen.

Ein Wald voller Zerstörung, Leid und Tod.

Auf einmal überkommt sie das dringende Bedürfnis, Vicky anzurufen, ihre Stimme zu hören, die Dinge zwischen ihnen beiden wenigstens noch schnell ein Stück weit geradezurücken, bevor sie in der Zone ankommt.

Ihrer Frau zu sagen, dass sie sie liebt.

Denn wer weiß, ob sie dazu noch einmal Gelegenheit bekommen wird?

»Vicky anrufen«, sagt Kira daher ihrem Smartphone, das auf dem Beifahrersitz liegt, während sie den Jeep weiter über die staubige, in der Hitze flirrende Landstraße jagt.

Doch Vicky geht nicht ran – vielleicht weil sie die Schnauze von Kira voll hat, vielleicht weil sie gerade nicht in der Physiotherapiepraxis ist oder dort nicht rangehen kann.

Kira erkennt die Ironie darin, dass jetzt, da sie endlich zurückruft, nun Vicky nicht zu erreichen ist oder nicht zu erreichen sein will.

Das Bundeswehrlager, der Wald und die Front kommen immer näher.

Kira entschließt sich, trotz des Fahrzeuglärms und der Helikopter in der Luft eine Sprachnachricht aufzunehmen.

»Hi. Ich bin's. Tut mir leid, dass wir uns so lange nicht gehört haben. Das ist meine Schuld. Wie das meiste, das in letzter Zeit schiefgelaufen ist. Nach unserem Krach an Weihnachten hab ich mich in Arbeit vergraben, wie ich das meistens tu. Du kennst mich ja. Aber diesmal hab ich nicht mehr zurückgefunden. Nicht mehr gewusst, wie ich zu dir zurückkommen soll, glaub ich. Ich wünschte, ich könnte es rückgängig machen. Kann ich aber nicht. Und jetzt bin ich auch noch im Begriff, etwas richtig Dummes zu tun. Ich schick dir diese Nachricht aus dem Auto. Ich fahr in die Zone und an die Front, Vicky. Wahnsinn, ich weiß. Aber ich muss es tun. Nicht nur wegen Winslow, sondern wegen mir. Wegen allem, was mir etwas bedeutet und wofür ich stehe. Vorher wollte ich dir aber unbedingt noch sagen, dass es mir leidtut. Dass ich dich liebe. Und dass ich, wenn ich diese Sache erledigt habe und sie heil überstehe, alles dafür tun werde, so schnell wie möglich zu dir nach Hause zu kommen. Zu dir zurückzukommen. Zu uns. Ich liebe dich. Bis dann.«

Kira wartet einen Moment, dann sagt sie im Befehlston: »Nachricht senden.«

»*Nachricht konnte nicht gesendet werden*«, antwortet ihr Telefon nach ein paar Sekunden, und Kira erinnert sich an die ganzen Störsender und Funklöcher. »*Weiter versuchen?*«

»Ja!«, schreit Kira und muss bremsen, da das Tor zum Stützpunkt vor ihr aufragt, Militärs und Drohnen inklusive.

Sie hält und zeigt erneut ihre digitalen und physischen Ausweise.

Auch hier hält niemand sie auf, nimmt niemand sie fest.

Stattdessen winkt sie ein angsterfüllt aussehender Soldat durch, und Kira fährt zwischen vier Kraupen-Kampfläufern ins Lager.

Ihrem unheilvollen Gefühl nach wird sie es gleich alleine mit einer Hightech-Armee und einem Rudel Cyborg-Wölfe aufnehmen.

Nervös hält sie nach einem Platz Ausschau, um den Jeep zu parken und danach zu Fuß ins Gewimmel des angriffsbereiten Militärs vorzudringen.

JOE

JOE DRISCHT UNGEDULDIG aufs Lenkrad ein, während er aus dem Audi rausholt, was dieser zu geben bereit ist, schon wieder durch die Schatten der Windräder fährt – noch schneller als bei seiner Flucht vorhin, und diesmal in die entgegengesetzte Richtung. Die riesigen Rotoren drehen sich unbeeindruckt gleichmäßig.

Joes Gedanken rotieren auch, während er sich selbst beschimpft und verflucht.

Wieso hat er nicht viel früher erkannt, dass mit Oskar sogar eine ganze Menge nicht stimmt?

Oskar, den schwere persönliche Verluste traumatisiert haben und der sich in eine Reichsbürgerfantasie hineingesteigert hat.

Der nun in einer eigenen Realität mit eigenen Ansichten, Regeln und Gesetzen lebt.

Hat sich Joe wirklich so sehr von Oskars verschrobener, aber unkompliziert-offener Art, von seiner knorrigen Hilfsbereitschaft und lustigen Kauzigkeit blenden lassen?

Nach dem Motto: Ist halt eine Type, ein Original.

Oder ist Joe vielleicht komplett auf dem Holzweg, Oskar doch nur ein harmloser Spinner, und Joe ein Arsch, der seine Niederlage und sein Scheitern schlicht nicht hinnehmen kann?

Nein, jetzt mal langsam, Kumpel.

Wäre Joe nicht so mit seinem Elend beschäftigt gewesen, hätte sein Spinnensinn schon in der Tankstelle und beim Anblick von Oskars Einkäufen geklingelt und nicht erst mit synaptischer Verzögerung auf der Autobahn.

Denn jetzt mal ehrlich: Wieso sollte Oskar Reismilch, vegane Schokolade, glutenfreies Brot, einen Veggie-Brotaufstrich und Damenbinden kaufen? Und wieso sollte er es an einer Tanke außerhalb von Dölmow tun, obwohl er auf seinem Abschleppwagen keinen neuen Schrotthaufen von der Autobahn geladen hatte und dennoch gleich wieder zurück nach Dölmow und zum Schrottplatz gefahren ist?

Aus welchem anderen Grund, als in Dölmow niemanden mit seiner Einkaufsliste misstrauisch zu machen?

Joe weiß aus den Briefing-Dateien von Sylvia Kraupen, dass Lisa laktose- und glutenintolerant ist, und die Binden erklären sich von selbst.

Und auch davon abgesehen, ist Oskar in Joes Augen nicht der Typ Mann, der Reismilch trinkt und dazu passende Schokolade isst – oder der nach dem Tod von Frau und Tochter noch eine Frau mit Hygieneartikeln versorgen würde.

Schon klar, das sind alles nur Indizien.

Polizisten, Staatsanwältinnen, Verteidiger, Richter, sie alle würden Joe dafür auslachen, Sylvia Kraupen ihn gleich noch mal feuern, Charlotte ihm nicht mal eine Fußnote in ihrem nächsten Artikel widmen.

Aber Joe hat gelernt, wann er seinem Ermittlerinstinkt vertrauen muss.

Davon lebt ein Schnüffler wie er.

Einen halben Kilometer vor dem ersten Checkpoint geht er vom Gas, fährt unverdächtig langsam vor. Die Soldaten wollen ihn wegschicken wegen des bevorstehenden Angriffs, aber Joe pocht auf seine Kraupen-Befugnisse, wie ein Gesandter der Götter. Das Gespräch am Kontrollpunkt dauert ihm viel zu lange. Es fällt ihm immer schwerer, nicht aus der Haut zu fahren wie ein Werwolf.

Sagen will er den Soldaten nichts. Er muss erst ganz sicher sein, bevor er Oskar beschuldigt, die Meute auf ihn hetzt. Einen zweiten titanischen Schnitzer würde Joe sich nur ungern leisten, und es wäre auch Oskar gegenüber nicht fair.

Endlich lassen sie ihn durch.

Er blickt immer wieder in den Rückspiegel, und als er denkt, dass es nicht zu verdächtig wirkt, tritt er voll aufs Gas.

In Dölmow baut er fast einen Unfall, doch die Mutter, die ihre Familie im SUV aus dem Kriegsgebiet bringen will, steigt in die Eisen und verhindert mit ihrer Aufmerksamkeit und Reaktionsschnelle einen Zusammenprall von Audi und BMW.

Zum Glück ist gerade keine Kamikaze-Fahrradkurierin auf der Hauptstraße unterwegs.

Joe nimmt peripher wahr, dass ihm Leute kopfschüttelnd nachschauen, ihm den Mittelfinger zeigen oder Beleidigungen hinterherrufen, wenn sie nicht damit beschäftigt sind, ihr Hab und Gut ins Auto zu laden.

Egal. Er heizt durch Dölmow, auf der anderen Seite wieder hinaus, brettert wie von Sinnen über die Straße in Richtung der beiden Lager, und schließlich am Zaun entlang. Mit quietschenden Reifen und in einer Staubwolke biegt Joes Audi auf den Feldweg ein, der zum Berg und zu Oskars Schrottplatz führt.

Doch Indizien hin oder her, eines beschäftigt Joe während seiner Rallyefahrt schon die ganze Zeit.

Wieso sollte Oskar Lisa Kraupen überhaupt entführen?

Diese Frage geht Joe seit seinem Geistesblitz auf der Autobahn nicht aus dem Kopf.

Er fürchtet, dass es keine gute Antwort gibt.

Dass Oskar die Prinzessin des Kraupen-Imperiums wohl kaum vor ihrer Mutter und allen anderen versteckt, weil Lisa ihn darum gebeten hat, eine Auszeit von der Welt braucht, einfach mal vom Erdboden verschwinden wollte. Nein, so läuft das meistens nicht.

Menschen sind komplexer. Und abgründiger.

Oskar kann zugleich ein hilfsbereiter Typ, eine Marke, ein Reichsbürger und ein irrer Entführer sein, der alles Mögliche mit einer jungen Frau in seiner Gewalt anstellt.

Die meisten Leute sind ein Puzzle aus den schlechtesten, besten, hellsten und finstersten Teilen.

Immerhin bedeuten die Einkäufe für eine von Allergien und ihrer Regel betroffene junge Frau, dass Lisa Kraupen noch am Leben sein dürfte.

Mit Betonung auf noch.

Wird Oskar nach ihrer Begegnung in der Tanke jetzt paranoid, weil er Joe für schärfer hält, als der es in Wirklichkeit ist, wie sich gezeigt hat?

Ist Lisa wegen Joe letztlich in größerer Gefahr denn je, da Oskar sie nun schleunigst verschwinden lassen muss?

Joe rast den Berg hoch mit allem, was der Audi zu geben bereit ist.

Das Tor, das Schloss und die Kette machen ihm Sorgen, doch die hätte er sich sparen können: Als er oben ankommt, steht es schon sperrangelweit offen, Kette und Schloss liegen achtlos am Boden.

Eine klare Einladung – und eine ebenso eindeutige Botschaft.

Joe fährt misstrauisch-langsam auf den Schrottplatz.

Was, wenn Oskar ihn aus einer Autowrackgasse heraus mit seinem Truck oder einer anderen Höllenmaschine rammt? Den Audi aufgabelt und ihn samt Joe mit unnachgiebigen Greifarmen in seine Schrottpresse verfrachtet? Oder die russischen Killer-Drohnen auf ihn ansetzt?

Allerdings kommen Joe nicht einmal die Rottweiler entgegengerannt. Die Hunde liegen brav zu Füßen ihres Herrn.

Der sitzt seinerseits auf der Hollywood-Schaukel im Schatten seines Hauses, ein großes, modernes Sturmgewehr quer über dem Schoß.

Joe parkt den Audi in zehn Metern Abstand unter der gnadenlosen Sonne, macht den Motor aus, bleibt sitzen, betrachtet sich die Szene, die Hunde, Oskar, den Bungalow.

Schließlich öffnet er die Fahrertür einen Spalt weit.

Die Rottweiler lassen ihn nicht aus den Augen und sehen aus wie die Definition von Muskelspannung.

»Hab mir schon gedacht, dass du kommst«, ruft Oskar und macht keine Anstalten, mit dem Gewehr auf Joe zu zielen.

»Netter Empfang«, gibt Joe zurück. »Hetzt du deine Schoßhündchen auf mich, wenn ich aussteige? Oder erschießt du mich einfach?«

»Weder noch.« Oskar klingt härter als bisher. »Fürs Erste.«

»Wo sind deine Drohnen?«, fragt Joe.

Oskar spuckt auf den trockenen Boden. »Hör mir bloß auf. Seit dem Update gestern Abend fliegen sie nicht mehr. Ist schwer, hier für russische Militär-Hardware Support zu kriegen.«

Joe nickt. »Man hat's nicht leicht.«

»Da sagst du was. Aber du könntest es uns beiden leicht machen, Joe. Vergessen, was du gesehen hast, und mit eingeklemmtem Schwanz nach Berlin verschwinden, wie du es vorhattest.«

Joe wappnet sich, stößt die Tür ganz auf, steigt aus und versucht, Höllenhunde und Hightech-Gewehr gleichzeitig im Auge zu behalten. Er bleibt hinter der offenen Wagentür seines Audi stehen. »Ich fürchte, die leichte Tour liegt mir nicht.«

»Dachte ich mir.« Oskar wiegt bedauernd den Kopf. »Hast du's wem erzählt?«

Joe überlegt nur kurz, ob er lügen soll, was das bringen oder verschlimmern würde. »Nein. Wollte erst sichergehen. Wär sonst unter Umständen echt peinlich geworden. Obwohl ich jetzt gern ein paar Sirenen hören würde.«

»Ach komm, Junge. Den Ritter spielst du für dein Leben gern. Gerade jetzt, wo du der große Buhmann für Kraupen bist, der es voll in den Sand gesetzt hat.«

Joe schluckt. »Kann sein.«

Sie sehen einander an.

»Was machen wir nun?«, will Oskar wissen, als wäre er nicht derjenige mit den Hunden und dem Gewehr.

»Geht's Lisa gut?«, fragt Joe.

»Natürlich.«

»Kann ich mit ihr reden?«

»Sie ist im Bunker.«

»Was?« Joe runzelt die Stirn. »Im Club im Wald?«

»Hast du 'nen Sonnenstich? Im Bunker unter meinem Haus.«

»Ah. Macht Sinn.« Joe wischt sich Schweiß von der Stirn und der Oberlippe. »Sie ist nicht freiwillig da unten, oder?«

»Manchmal muss man die Menschen zu ihrem Glück zwingen«, verkündet Oskar.

Er verändert seine Sitzposition leicht und bewegt dabei auch das Gewehr, was Joes Nerven nicht allzu gut tut.

Wie schnell könnte er ins Auto springen, es starten, den Rückwärtsgang einlegen und die krumme Strecke zum Tor und den Berg runter schaffen, wenn jemand ratternd auf seine Frontscheibe schießt und ihn ein Rudel Hunde verfolgt?

»Du hast sie also wirklich entführt.« Es ist keine Frage, das weiß Joe selber, er versucht mehr, seine Gedanken zu sammeln, die Optionen zu erfassen. »Und hältst sie in deinem unterirdischen Bunker gefangen.«

»Sie hat sich im Wald verlaufen«, erzählt Oskar. »Ich hab sie gefunden, bevor es die Wölfe tun konnten. Sie war schon komplett dehydriert. Sie hat auch was eingeworfen, denn sie halluzinierte. War ziemlich weit weg. Hat nur Scheiße gelabert, das Mädchen. Da hab ich sie mit zu mir genommen – und in Sicherheit gebracht. Vor den Drogen. Vor den Drohnen. Vor den Wölfen. Vor dem Krieg. Vor allem.« Er macht eine kurze Pause. »Vor der ganzen Scheißwelt.«

»Du hättest sie auch in ein Krankenhaus oder zur Polizei bringen können. Oder zur Not auf den Stützpunkt.«

Oskar schüttelt verächtlich den Kopf. »Hier ist sie sicher«, sagt er im Brustton der Überzeugung. »Egal, ob Menschen oder Wölfe herrschen. Oder ob der nächste Sturm hier alles dem Erdboden gleichmacht. Der ganze Wald niederbrennt. Oder das nächste Virus alle umbringt. Im Bunker überlebt sie. Überleben wir. Mindestens so lange, bis sich die Dinge und die Erde wieder beruhigt haben. Und hier oben wird auch nichts unter Wasser stehen, wenn das Eis endgültig geschmolzen ist.«

»Dann wird das hier jetzt was? Das Prepper-Paradies? Soll Lisa deine Eva werden, und du ihr Adam?«

»Sei kein Arschloch, Joe.« Das Gewehr bewegt sich wie eine Schlange, und Joe ist mindestens so gefesselt wie vom Tanz einer Kobra. »Ich wünschte, ich hätte das für meine Tochter tun können. Sie vor allem beschützen, was in dieser Welt voller Idioten und Arschlöcher falsch läuft. Verstehst du das nicht? Was Besseres kann Lisa gar nicht passieren in diesen Zeiten.«

»Du kannst sie nicht gegen ihren Willen festhalten, Oskar.«

Oskar steht von der Bank auf. »Ich frag dich jetzt ein letztes Mal, ob du die Sache hier vergessen kannst. Denk dran, wie sie dich behandelt haben. Ausgenutzt. Gefeuert. Ausgelacht. Sie haben dich zu einer Schachfigur und einer Schlagzeile gemacht. Was schuldest du ihnen?« Wer damit gemeint ist, lässt Oskar offen. Alle wahrscheinlich. »Hör auf meinen Rat. Hau ab und leb dein Leben weiter. Dann muss keiner von uns etwas tun, das er bedauern müsste.« Auf einmal sieht Oskar aus, als würden ihn seine eigenen Gedanken überraschen. »Du kannst auch einen Platz im Bunker haben«, sagt er dann. »Ich mag dich, du bist in Ordnung, und ich hab genug Vorräte.«

Joe ist sprachlos.

Was soll man zu so einem Vorschlag sagen?

Wenn es einen Weg aus dieser Situation gibt, der nicht mit seinem Tod durch Hochgeschwindigkeitsgeschosse oder Rottweilerreißzähne endet, dann kann Joe ihn nicht erkennen.

Selbst eine geglückte Flucht den Berg runter und ein schneller Anruf bei Sylvia Kraupen oder der Polizei könnte bedeuten, dass Oskar in der Zwischenzeit die Nerven verliert.

Dass er Lisa trotz seines verdrehten Wunsches nach Sicherheit für sie in Panik umbringt und ihre Leiche in seiner Presse oder sonst wo verschwinden lässt.

»Wir können nicht den ganzen Tag hier stehen«, sagt Oskar und macht einen Schritt von der Hollywoodschaukel weg.

Joe überlegt fieberhaft, was er antworten soll, wie er Oskar zum Einlenken bewegen könnte, wie Lisa Kraupen und er heil aus dem Prepper-Wahnsinn hier herauskommen.

Da reagieren die Rottweiler auf etwas in einem der Autowrack-Canyons zwischen Oskars Haus und Joes Audi. Wenn Joe sich nicht täuscht, ist es der, der zum Tor in den Wald führt.

Die massigen Köter springen auf, schlagen an und bellen schon, bevor die Frau mit dem Mädchen auf dem Arm und dem Mann auf den Fersen zwischen den alten Autos hervortaumelt.

»Oskar!«, ruft die Frau. Joe erkennt die Fahrradkurierin aus Dölmow. »Wir werden verfolgt! Sie haben Waffen!«

»Scheiße«, sagt Oskar. »Dich hab ich ganz vergessen.«

Joe kann die Unentschlossenheit auf Oskars zerfurchtem Gesicht sehen.

»Sitz«, sagt er erst mal zu seinen Hunden, die knurrend bleiben, wo sie sind. »Kommt her, sie tun euch nichts«, fordert er dann die drei Neuankömmlinge auf.

Die Frau, die das kleine Mädchen trägt, und der Mann, dessen Hände blutverschmiert sind, gehen zu Oskar. Die Hunde verschlingen sie mit Blicken. Oskars Waffe scheint das Trio nicht zu beunruhigen, sie sehen beinahe erleichtert aus, als sie das Gewehr in Oskars Händen sehen.

»Sie sind direkt hinter uns«, sagt die Frau.

Nun sehen alle abwartend zu der Stelle zwischen den Fahrzeugtürmen, wo die kleine Familie eben aufgetaucht ist.

Es dauert nicht lange, bis fünf Männer angerannt kommen. Alle tragen Pistolen mit Schalldämpfern. Außerdem haben vier von ihnen Pappmasken auf, wie Joe selbst schon eine im Lager von ProW@lf getragen hat – einer der Kerle trägt eine Maske aus Blut und Verletzungen, die ihn aussehen lassen, als wär er durch den Fleischwolf gedreht worden.

Beim Anblick von Oskar, den Hunden, dem Gewehr und Joe, wahrscheinlich aber eher Oskar und seinem Gewehr, halten die Männer abrupt an.

Als einer der Kerle seine Wolfsmaske abnimmt und wütend auf den Boden wirft, erkennt Joe Paul, den Boss der Gangster aus der Eisbombe.

»Das geht dich nichts an, Oskar«, sagt Paul verhältnismäßig ruhig, wenn auch angepisst und außer Atem. »Gib uns Marija und die beiden mit, und wir haben keinen Stress.«

»Ihr seid auf meinem Grund und Boden«, versetzt Oskar unbeeindruckt. »Ich würd sagen, wir haben den Stress schon, Paul.«

Der Gangsterboss seufzt genervt. »Willst du das hier wirklich auf die harte Tour klären, Oldtimer? Wir durchlöchern erst deine Hunde, dann dich, dann das Großmaul da drüben, und dann bringen wir zu Ende, weshalb wir hergekommen sind.«

»Ich würde auf die Hunde setzen«, ruft Joe von seinem Platz hinter der Autotür.

»Halt die Fresse, du Wichser!«, schreit der nicht mehr ganz so schöne Niko und fuchtelt mit seiner Waffe in Joes Richtung. »Was will der überhaupt schon wieder hier?«

Joe fragt sich, wieso er eigentlich zu der Fraktion Privatermittler gehört, die keine Knarre mit sich führen. Weil das den Ärger nur anzieht, schon klar, er kennt die Statistik, er hat das Seminar besucht, danke – aber irgendwie glaubt Joe, dass das hier auch mit Pistole nicht anders laufen würde. Nur wäre er wenigstens besser gewappnet.

»Mach keinen Scheiß, Oskar.« Paul hat kein Interesse an Joe, ob mit oder ohne Waffe. »Ich will weder dich erschießen noch deine Hunde. Aber du weißt, wie das ausgeht, wenn du es drauf anlegst. Wir …«

Ehe Oskar etwas erwidern kann, mischt sich noch jemand in das Patt auf dem Schrottplatz ein.

Zwischen den Autos, durch die schon Familie und Gangster getreten sind, steht auf einmal ein Bundeswehrsoldat in voller Kampfmontur und hält ein großes Gewehr, das der Cousin von Oskars Waffe sein könnte. Der junge Mann mit der braunen Haut und dem kurzen schwarzen Haar zielt auf die Kerle mit den Knarren.

»Waffen runter«, sagt er und klingt dabei erstaunlich gelassen. »Alle«, fügt er an Oskar gewandt hinzu.

Die Berufsverbrecher aus Dölmow stehen nun Rücken an Rücken und zielen auf ihre beiden bewaffneten Gegenüber.

Joe vermutet, dass sie in die Enge getrieben am gefährlichsten und unvernünftigsten sind.

Er fragt sich, was er machen wird, sollte das hier gleich aus dem Ruder laufen, und ob er die Familie irgendwie in Sicherheit bringen kann.

Aber da ist ja auch noch Lisa Kraupen irgendwo unten, in Oskars Bunker …

»Sieh mal, Mama!«, ruft da das Mädchen auf dem Arm der Fahrradkurierin plötzlich. »Dein Freund!«

Joes Augen werden groß.

Sein Magen schlägt Purzelbäume.

Sein Rückgrat wird zu Eis.

Seine Urinstinkte brüllen ihn an, wegzurennen.

Hinter dem Soldaten taucht ein riesiger, blutgetränkter Cyborg-Wolf im Korridor aus Wracks auf.

»Ach du Scheiße«, sagt Joe zu der heißen, ohnehin trockenen und angespannten Schrottplatzluft.

Er hat ja mit vielem gerechnet, als er zu Oskars in die Sperrzone ragendem Schrottberg gefahren ist, aber garantiert nicht damit.

Wegen der Metallteile, die sich mit seinem Fell verbunden haben, sieht das mutierte Riesenvieh an einigen Stellen aus wie lebendiges Quecksilber, das bei jeder Bewegung in der Sonne flüssig schimmert.

Beim Anblick des gewaltigen, kybernetisch verwandelten Wolfes kennen die Rottweiler kein Halten mehr, völlig egal, was Oskar brüllt. Die Hunde stürmen knurrend und zähnefletschend los.

Zwei der Gangster, die noch ihre Wolfsmasken tragen, verlieren beim Ansturm der massigen Wachhunde, die genau auf sie zurennen, die Nerven. Sie schießen auf die Hunde.

Niko, Paul und ein weiterer Dealer feuern auf den Wolf und den Soldaten, der sich etwas hinter einen Container zurückzieht und seinerseits Schusssalven abgibt.

Und Oskar feuert auf die Gangster, den Soldaten und den Wolf.

Auf dem kleinen Stück Schrottplatz, in diesem Dreieck aus Gebäuden, Joes Auto und Wrackgasse, bricht die Hölle los.

Ein Rottweiler springt Markus von der Eismafia an, der aus nächster Nähe auf den massigen Köter schießt. Beide gehen blutend zu Boden. Die drei anderen Rottweiler rennen an den danebenschießenden Dealern vorbei auf den Monsterwolf zu.

Der blutende Cyborg, der definitiv angeschlagen wirkt, empfängt die Hunde mit seinen mächtigen Kiefern, Zähnen und Krallen, die teils metallverstärkt sind, wie Joe erkennt.

Den ersten ankommenden Rottweiler packt der Wolf mit seinem Maul, schüttelt ihn heftig und schleudert ihn schließlich brutal gegen eine Wand aus Schrottautos – all das, während der zweite Rottweiler sich in seiner metallenen Vorderpfote verbeißt.

Der Wolf erledigt dieses wild gewordene Anhängsel, indem er mit den Krallen des anderen Vorderlaufs den Kopf des Rottweilers umfasst und zudrückt, bis es richtig hässlich wird und mit einem letzten jämmerlichen Jaulen nur so spritzt.

Joe hört das kleine Mädchen kreischen und weinen.

Oskar feuert jetzt volles Rohr auf den Wolf, der auch dem dritten Hund keine Chance lässt und ihm mit einem Hieb das Rückgrat bricht.

Die Frau und ihr Mann haben sich hinter Oskar auf den Boden geworfen und schützen mit ihren Körpern gemeinsam das Kind.

Auch Joe überwindet schließlich seine Starre und lässt sich fallen.

Er späht unter dem Wagen hindurch und sieht gerade, wie die kybernetische Bestie nach vorn springt, zwischen den noch stehenden Kriminellen landet, zuschlägt und zuschnappt.

Blut spritzt in alle Richtungen, man hört ein widerliches Reißen und Knacken und Spritzen und Kreischen.

Während der Soldat einen der Gangster mit einem Kopfschuss ausschaltet, landet Paul im Maul des Wolfes.

Er schreit wie am Spieß.

Ein letztes Knirschen, und seine Schreie enden abrupt.

Das Monstrum lässt sich wieder auf alle viere nieder und Pauls Leiche achtlos aus seinem Maul rutschen. Blut tropft von seiner Schnauze und vermischt sich mit dem der Menschen und Hunde auf dem rot getränkten Boden.

Auch das Ungeheuer blutet, noch heftiger als zuvor.

Der Soldat, der wohl einen Streifschuss an der Schulter abbekommen hat, nimmt das rauchende Gewehr runter und geht langsam auf den Wolf zu, wobei er beruhigend auf die blutbesudelte Bestie einspricht.

Joe wagt sich ebenfalls vorsichtig aus der Deckung.

Er sieht zum Bungalow.

Die Familie scheint okay zu sein, die Eltern umarmen einander und ihre Tochter.

Doch von Oskar fehlt jede Spur.

Allerdings führt eine verschmierte Blutspur in sein Haus.

Mindestens eine Kugel muss ihn getroffen haben.

Joe nähert sich langsam dem Bungalow.

Auf halbem Weg bleibt er allerdings stehen und hebt in einer Geste des Friedens die Hände, weil sowohl der Wolf als auch der Soldat ihn ins Visier nehmen – der eine mit seinem Gewehr, der andere mit seinen Augen in einem animalischen Albtraumgesicht aus Blut, aber das genügt.

»Hey«, sagt Joe und blickt von Mensch zu Monster. »Wir sollten reden. Nicht, dass das am Ende hier noch völlig aus den Fugen gerät …«

DW-7X

LANGE HAT ER SICH auf dem Waldboden gewunden.

Voll glühender Schmerzen.

Sicher, dass dies sein Ende sein würde.

Doch was auch immer ihn und die Dinge in seinem Körper angriff, war nicht stark genug.

Die Dinge haben sich verwandelt.

Ihn verwandelt.

Angepasst.

Einmal mehr.

Nicht zum letzten Mal.

Der Angreifer wurde abgewehrt.

Vertrieben.

Besiegt.

Das hatte seinen Preis.

Er hat gelitten.

Blut verloren.

Sich weiter verändert.

Es war knapp.

Und er ist noch immer mitgenommen.

Aber er hat überlebt.

Es ist ihm sogar gelungen, erneut die menschliche Einzelgängerin zu beschützen.

Deren Leid nach dem Sturz wegen ihm noch größer wurde.
Obwohl sie jetzt wieder mit ihrem Rudel vereint ist.
Womöglich ist sie gar keine Ausgestoßene mehr.
Anders als er.
In seinem Maul ist Blut.
Seines.
Das seiner Gegner.
Ein Teil von ihm will nur fressen.
Ein anderer bloß ausruhen.
Schlafen.
Die Dinge ihre Arbeit tun lassen.
Reparieren.
Heilen.
Ohne Vorwarnung durchdringt ihn da der digitale Ruf seines alten Rudels.
Den er so lange vermisst hat.
Erst hält er es für einen weiteren Angriff.
So heftig ist das Gefühl.
Der Kontakt.
Wie es scheint, hat jeder veränderte Wolf im Wald dasselbe durchgemacht wie er.
Denselben Schmerz.
Dieselbe Todesangst.
Jetzt sammelt sich das Rudel in der Nähe des einen Menschenlagers.
Dem mit den vielen Waffen.
Und sein altes Rudel ruft ihn zu sich.
Für diese wichtige Konfrontation.
Nach all der Zeit wollen sie ihn endlich wieder in ihrer Mitte haben.

Seine Kraft.

Seine Stärke.

Seine Wildheit.

Denn jetzt kommt es auf ihre versammelte Macht an.

Alles in ihm sehnt sich danach, die blutige Schnauze der Sonne entgegenzurecken und ein Heulen auszustoßen.

Sofort zu seinem Rudel zu eilen.

Bereit für jeden Kampf.

Als Einheit.

Aber er kann nicht.

Weder heulen.

Noch eilen.

Denn er hat einen Geruch in die Nase bekommen.

Trotz der vielen anderen Sinneseindrücke.

Hunde.

Blut.

Tod.

Metall.

Waffen.

Öl.

Chemikalien.

Menschen.

Trotz alledem kann er sie riechen.

Ihre Fährte.

Erstmals wieder seit Langem.

Endlich.

Der Geruch der jüngeren Frau.

Von der er seit Tagen denkt, dass er sie in einem seiner gewalttätigen Anfälle getötet hat.

Sein Rudel muss warten.

Erst braucht er Gewissheit.
Eine Bestätigung der Bilder in seinem Kopf.
Antworten.
Die Dinge sind von seiner Entscheidung nicht angetan.
Sie wollen ihn zwingen, dem Ruf des Rudels zu folgen.
Sich in das entscheidende Gefecht um den Wald zu werfen.
Und er möchte den Dingen zu gern nachgeben.
Zum ersten Mal.
Doch er darf nicht.
Er wird nie wieder der werden, der er einmal gewesen ist.
Vor alldem.
Vor den Dingen.
Allerdings muss er gegen den Wahnsinn kämpfen.
Gegen diese Bilder in seinem Kopf.
Er braucht Klarheit.
Darüber, was er getan hat.
Und was nicht.
Denn wer weiß schon, was die Zukunft für ihn bereithält?
Zukunft.
Dieses Wort haben erst die Dinge für ihn so richtig greifbar gemacht.
Zu mehr als einem Urinstinkt des Überlebens.
Entschlossenheit kannte er dagegen schon immer.
Deshalb gewinnt er trotz seines geschwächten Zustands.
Den Kampf gegen die Dinge.
Gegen den Ruf seines Rudels.
Gegen den natürlichsten Teil seiner selbst.

Und gegen den unnatürlichsten.
Gegen alles, was ihn von hier fortführen will.
Von der Wahrheit.
Über sich selbst.
Also bleibt er hier.
Auf dem Schrottplatz.
Bei den Menschen, die das Blutbad überlebt haben.
Und dem Geruch der jungen Frau.
Von der er dachte, sie getötet zu haben.

TARIQ

»NICHT DASS IHR DENKT, ich gehör zu denen«, sagt der Mann, der mit erhobenen Händen auf Tariq, den Cyborg-Wolf und das Meer aus Blut und Körperteilen am Boden zugeht. »Ich bin Ermittler.«

»Polizei können wir hier gut gebrauchen«, erwidert Tariq, der den Fremden vom Stützpunkt wiedererkennt, wo die Feldjäger ihn vor Kurzem zu Oberst Faberland gebracht haben.

Seine Schulter schmerzt. Es war kein Volltreffer, brennt aber wie verrückt, und Blut sickert durch sein Oberteil. Noch wird ihm nicht schwindelig oder so, zum Glück.

»Sorry, nur Privatermittler«, entgegnet der Mann im Hemd. »Ich heiße Joe.«

»Tariq.«

»Hallo Tariq. Ist der Wolf dein Kumpel? Und geht's mit der Schulter?«

»Nur ein Streifschuss.« Tariq sucht den Blick des riesigen Wolfes. »Und er hier hat mich bisher zumindest nicht gefressen.«

»Ha. That's the spirit.«

Tariq sieht sich um. »Rufen wir jetzt die Feldjäger, die Polizei, den Förster, oder …?«

Joe schüttelt den Kopf. »Wir müssen erst da rein. So schnell wie möglich.«

»Wieso?«

»Der alte Mann, dem der Schrottplatz gehört. Oskar. Er hat da unten einen Bunker. Und darin hält er ein Mädchen fest.«

Tariq starrt den Ermittler an. Dann geht ihm ein Licht auf. »Lisa Kraupen«, sagt er.

»Lisa Kraupen«, bestätigt Joe. »Die Wölfe haben sie nicht geholt. Sondern ein Mensch. Es war nur ein Mann.«

»Das heißt, der Angriff …« Tariq will gar nicht drüber nachdenken, sieht vor seinem inneren Auge aber ein Schlachtfeld zwischen den Bäumen. Er hat gerade live miterlebt, was ein einzelner Wolf anrichten kann. Wozu ist nach dem offenbar gescheiterten Cyberangriff dann ein ganzes angepisstes Rudel in der Lage, wenn es ums Überleben der eigenen Art kämpft?

Aber darauf hat er im Moment keinen Einfluss.

Bleibt das Mädchen mit den pinken Schuhen.

Lisa Kraupen.

Tariq sieht zum Bungalow und dessen Haustür. »Er ist verletzt?«

»Jepp. Die Blutspur stammt von Meister Prepper.«

»Wir müssen das Mädchen da rausholen«, sagt Tariq entschlossen. »Aber wenn der Alte da unten einen Bunker hat, wie sollen wir da reinkommen? Er hat sich bestimmt längst verbarrikadiert.«

»Stimmt.« Joe verzieht das Gesicht. »Vielleicht finden wir hier irgendein schweres Gerät, oder …« Er verstummt und blickt skeptisch an Tariq vorbei.

Tariq folgt seinem Blick.

Der große Cyborg-Wolf trabt auf das Haus zu.

Die Familie, die sich unter dem Vordach noch immer im Schatten herumdrückt, starrt ihn an. Doch sie sehen nicht aus, als hätten sie Todesangst. Schiss und Respekt, sicher, wer hätte das nicht? Der Blick der Bestie, die Tariq gar nicht mehr so widernatürlich, geschweige denn bestialisch, vorkommt, streift die drei auch nur kurz.

Die Blutspur ist dem Wolf wichtiger.

Er senkt den Kopf, schnuppert daran, späht ins Haus, wirft einen letzten Blick über die Schulter zu Tariq und quetscht sich durch die Tür ins Innere des Bungalows.

»Schätze, wir sollten ihm folgen«, spekuliert Joe.

»Denk ich auch«, sagt Tariq, tauscht das zur Neige gehende Magazin seines Gewehrs gegen ein volles und geht dem Detektiv voran in die Düsternis.

JOE

IN OSKARS HAUS SIND DIE JALOUSIEN heruntergelassen.

Es erinnert Joe an eine Zeitkapsel, das Relikt einer anderen Ära. Der Teppich könnte sogar vorsintflutlich sein, doch Joe ist kein Experte. Klimaanlagen und Ventilatoren, alle schon recht betagt, sorgen für kühle Luft, aber auch für ein beständiges enervierendes Rattern und Klappern.

Er kann es gar nicht fassen, dass er sich von einem der Monsterwölfe führen lässt, der kaum durch die Flure und Türen passt, ja, der manchmal so aussieht, als würde er gleich irgendwo stecken bleiben.

Dank der Blutspur hätten sie Oskar auch ohne Mega-Wolf-Cyborg-Nase folgen und den Bunker ohne Probleme finden können. Doch es ist deutlich angenehmer, den Wolf vor sich zu haben, als ihn hinter sich zu wissen.

Die Schimäre aus Mensch und Tier, die auf allen vieren geht und sich dennoch ständig ducken und klein machen muss, führt sie über eine breite Betontreppe runter in den Keller.

Die Treppe mündet in einem großen Raum.

In eine der Wände ist eine schwere metallene Schutztür eingelassen.

Dort endet Oskars blutige Fährte.

Ein roter, schlieriger Handabdruck markiert ein Tastenfeld.

Joe versucht sich vorzustellen, wie es dahinter aussehen mag, im eigentlichen Bunker.

Und er fragt sich, ob Oskar das Ding allein in den Berg gebaut, und wenn, wie lange er dafür wohl gebraucht hat. Ob er schon damit anfing, als seine Frau und seine Tochter jeweils noch am Leben waren, oder ob es erst nach ihrem Tod sein Projekt wurde.

Joe, Tariq und der Wolf schauen einander an.

Der Blick des Monsters geht Joe noch immer durch und durch.

»Ich versuch mal mein Glück«, sagt Joe und hämmert mit der Faust gegen das Metall, das sich massiv wie sonst was anfühlt. »Hey, Oskar. Es ist vorbei. Mach keinen Scheiß und komm raus. Geht es Lisa gut? Und du brauchst einen Arzt, oder?«

»Und wie es vorbei ist!«, erklingt die gedämpfte Antwort von jenseits der schweren Sicherheitstür. »Hier kommt keiner rein. Das Ding ist bombensicher. Egal, wen ihr holt, hier kommt kein Mensch rein. Also könnt ihr euch genauso gut verpissen.«

»Ein Mensch vielleicht nicht«, sagt Tariq hinter Joe so leise, dass es wohl kaum bis in den Bunker zu hören sein wird. »Ich mach mir nur Sorgen, dass er dem Mädchen was antun könnte.«

»Er ist davon besessen, sie zu beschützen«, sagt Joe. »Hoffen wir das Beste.« Joe zuckt mit den Schultern. »Aber keine Garantie für nichts.«

»Wenn wir es tun, dann schnell«, sagt Tariq. »Bevor er weiß, dass er am Arsch ist.«

Joe und er sehen beide den Wolf an, der ihrer Unterhaltung gefolgt ist, als könne er ihre Worte nicht nur hören, sondern auch verstehen.

»Hey, mein Großer«, sagt Tariq. »Ich hab keinen Dunst, ob du mich verstehst. Aber kriegst du die Luke da auf? Schnell?«

Tariq tritt an die Bunkertür und tut so, als würde er sie aus der Verankerung in der Wand reißen und zur Seite schleudern. Die Bewegung scheint seiner getroffenen Schulter zu missfallen, er verzieht das Gesicht dabei.

Pantomime für einen Cyborg-Wolf.

Jetzt hat Joe alles gesehen.

Er weiß nicht genau, was zwischen Tariq und dem Tier abgeht, aber die beiden scheinen zu irgendeiner Verständigung zu kommen.

Denn der Wolf schnüffelt lautstark an der Metalltür, steigt wie ein Bär auf die Hinterläufe, vergräbt seine großen Stahlkrallen im kreischenden Metall und schafft sich so eigene Haltegriffe. Die Bestie richtet sich ganz auf und zieht so heftig, dass Joe das Muskelspiel auf ihrem Rücken bewundern kann.

Die auf Undurchdringlichkeit gebaute Bunkerschutztür quietscht und kreischt. Metall verformt sich langsam. Bolzen fangen an zu wandern. Der ganze Keller, ach was, das ganze Haus scheint zu beben und zu ächzen. Putz rieselt von der Decke.

Falls Oskar eine Drohung ruft, geht sie im Kreischen des sich langsam verformenden Metalls unter.

Mit einer letzten Anstrengung und einem wilden Knurren reißt der verdammte Monsterwolf die verdammte Monstertür schließlich ganz aus der Wand.

Als das passiert, fällt der Cyborg, von der eigenen Kraft getragen und vom Gewicht der Tür aus dem Gleichgewicht gebracht, seitlich nach hinten. Mit einem erstickten Knurren landet er auf der Flanke und wird unter der schweren Tür begraben.

Beton und Stahl fallen zu Boden, und Staubfahnen steigen auf.

»Ihr Arschlöcher!«, ruft Oskar, und schon fliegen Geschosse durch den Keller und an ihren Ohren vorbei.

Joe und Tariq springen zur Seite.

»Verpisst euch!«, brüllt Oskar zwischen zwei Salven. »Ich mach euch alle! Den elenden Wolf auch! Niemand kommt hier rein! Hier sind wir sicher! Haut ab! Ich bring euch um!«

Hinter Joe und Tariq versucht der Wolf, sich knurrend, windend und stemmend unter der Tür und den Trümmern hervorzukämpfen.

Joe tauscht einen Blick mit dem Soldaten aus, macht nun seinerseits eine Pantomime und hofft, dass Tariq versteht, was er ihm sagen will.

»Oskar! Ich bin's, Joe. Ich komm jetzt rein!« Joe drückt sich an die Wand neben der Luke. »Lass uns reden! Von deiner Seite aus links, das bin ich. Nicht schießen! Okay?«

In der Tür wabert noch immer jede Menge heller Staub.

Joes Nase kitzelt. Niesen wär jetzt nicht so toll.

»Bleib, wo du bist!«, ruft Oskar wütend.

»Ich komm jetzt rein«, antwortet Joe, bewegt aber nur den Arm um den verbogenen metallenen Türrahmen und klopft darauf. »Bitte, nicht schießen! Lass uns reden!«

Ein Schuss geht nur knapp an Joes Hand vorbei, er spürt ihn beinahe über die Haare auf seinem Handrücken streifen.

Tariq nutzt die Ablenkung, verlässt seine Deckung rechts der Luke, schiebt sich flugs durch den Staub in den Bunker und gibt drei gezielte Schuss ab.

Die Schulterwunde beeinträchtigt seine Treffsicherheit anscheinend nicht.

Joe hört einen Mann schreien, ein Scheppern und ein Poltern.

»Gesichert«, ruft Tariq nach ein paar Sekunden.

»Du kommst klar, Kumpel?«, wendet Joe sich an den Wolf im Ringkampf mit der schweren Bunkertür, die Joe und Tariq sowieso nicht bewegen könnten.

Der Wolf strampelt, rumort und grollt.

»Super«, sagt Joe und tritt in den Bunker.

Das Ding ist größer, als er gedacht hat, und wohl wirklich direkt in den Berg gebaut. Joe betrachtet staunend die hohen, langen Regale voller Konserven, Wasserkanister, Verbandkästen, Kocher, Bücher, Generatoren, Benzinfässer und mehr. Eine Tür führt vermutlich in ein kleines Klo.

Der Traum eines jeden Preppers.

Oskar wird nicht mehr träumen. Er liegt auf der Seite, das Gewehr neben ihm.

Tariq hat ihm drei Mal in die Brust geschossen.

Blut schwappt in großen Mengen aus Oskars Mund.

Joe geht neben dem alten Mann auf ein Knie.

Oskar flüstert etwas, schwach und feucht.

Joe beugt sich nach vorn.

Oskar wiederholt sein blubberndes Gemurmel: »Ist ... in ... Sicherheit ...«

»Ja«, sagt Joe beruhigend und legt eine Hand auf Oskars knochige Schulter. »Sie ist in Sicherheit.«

»Gut«, gluckert Oskar, und es ist das Letzte, was er sagt.

Joe erhebt sich, als wäre er mit Blei gefüllt. Er spürt eine schwer zu rechtfertigende Traurigkeit in sich.

Aber es gibt nun Wichtigeres als seine konfusen Empfindungen zu Oskars Persönlichkeitsfacetten und wegen seines gewaltsamen Todes.

In einer Ecke des Bunkers, auf einem Futon, kauert immerhin eine verstört wirkende junge Frau. Sie ist mit Handschellen an ein Metallrohr über dem Bett gefesselt und kann sich an einer Kette nur bis zum Rand des Futons bewegen – sie konnte nicht mal alleine aufs Klo, deshalb steht ein Eimer neben dem Bett.

Das Mädchen hat viel von dem Glanz und der Vitalität eingebüßt, die er von den Fotos kennt, aber es ist eindeutig Lisa Kraupen.

»Hallo Lisa«, sagt Joe sanft. »Alles wird gut. Wir sind hier, um dir zu helfen.«

»Sind Sie von der Polizei?«, fragt Lisa, und den Worten folgt ein herzerweichender Schluchzer, der Joes Trauer um Oskar mächtig Kontra gibt.

»Nein«, sagt Joe, geht nun neben Sylvia Kraupens Tochter auf ein Knie und berührt auch sie mit den Fingerspitzen an der Schulter. Sie zuckt zurück und sucht zugleich den Kontakt. »Deine Mutter schickt mich. Du musst keine Angst mehr haben. Ich …«

Der große Wolf-Cyborg wählt genau diesen Augenblick, um sich in den Bunker zu schieben. Sein Fell ist mit Blut und Staub bedeckt.

Lisa Kraupen reißt die Augen auf, zieht scharf die Luft ein und starrt ihn wie gebannt an.

»Er hat uns geholfen«, erklärt Joe ihr beruhigend, obwohl auch all seine Instinkte dagegen Sturm laufen, mit so einem Wesen in einem Raum eingesperrt zu sein.

»Ich hab ihn schon mal gesehen«, sagt Lisa Kraupen da jedoch. »Im Wald. Als ich spazieren war. Auch an dem Tag, als ich … als der Alte mich später entführt hat. Er … er tut uns nichts, oder?«

»Ich glaub nicht«, sagt Joe hoffnungsvoll.

Der Wolf geht derweil ganz nahe an Lisa Kraupen heran, die zurückweicht. Aber das Wesen scheint lediglich ihren Geruch inhalieren zu wollen, als bräuchte es eine Bestätigung.

Dann reißt der Wolf die Kiefer auf und schnappt zu.

Joe bleibt beinahe das Herz stehen.

Tariq hat schon das Gewehr gehoben.

Doch es fällt nur das am Rohr befestigte Ende der Kette von Lisas Fesseln zu Boden.

»Cool«, kommentiert Joe. »Danke, Kumpel.«

Der riesige kybernetische Wolf zieht sich zurück, und Joe und Tariq helfen Lisa vom Bett.

»Kannst du laufen?«, fragt Joe das Mädchen. Lisa nickt.

»Gut.« Sie müssen dringend hoch und ein paar Dinge erledigen. Ihre Mutter informieren. Einen Krieg beenden. Joes Ruf wiederherstellen. Solche Kleinigkeiten.

Joe und Tariq führen das Mädchen, das steif und unsicher geht, aus dem Bunker.

In der zerstörten Schutztür bleibt Joe kurz stehen und wirft noch einen Blick auf Oskars Leiche.

Am Ende haben ihm die Paranoia und der Bunker nicht viel geholfen.

MARIJA

SIE WILL ANNA NIE WIEDER aus den Augen lassen.

Oder Thomas, wenn sie schon dabei ist.

Alle drei zucken zusammen, als irgendwo in Oskars Haus, wie aus weiter Ferne, ein gewaltiges Krachen erklingt.

Marija spürt die Erschütterung in ihren Füßen, in ihrem Körper.

Dann sind Schüsse zu hören.

»Sollen wir abhauen?«, fragt Thomas.

»Ich kann keinen einzigen Schritt mehr machen, selbst wenn da hinten gleich alle Wölfe des Waldes auftauchen«, sagt Marija.

Diese Aussicht scheint Anna zu begeistern. »Noch mehr Wölfe? Wow.«

Marija sieht sie an. »Ich denke, der eine ist groß genug und reicht für heute, oder?«

Anna nickt zweifelnd.

Thomas streift erst seiner Tochter und dann Marija das Haar aus dem Gesicht. An seinen Fingern klebt getrocknetes Blut. »Oh«, sagt er, als er es bemerkt. »Sorry.«

»Schon gut«, sagt Marija und kämpft sich durch die Erschöpfung und den Schmerz zu einem Lächeln. »Wenn, dann muss ich mich entschuldigen.«

»Aber so was von«, sagt Thomas, doch auch er kriegt ein Lächeln hin.

Marija fragt sich, was nach diesem Albtraum, diesem Horror, auf sie, ihn und Anna wartet.

So sehr nach Familie hat es sich zwischen ihnen seit Ewigkeiten nicht angefühlt.

Wird dieses Erlebnis sie zusammenschweißen, wenn der Staub sich gelegt hat, das Blut abgewaschen ist, die Albträume aufhören? Oder wird Thomas, wenn er etwas Zeit und Ruhe hatte und die unendliche Erleichterung von gerechtfertigtem Ärger verdrängt wird, Marija vorwerfen, ihre Tochter in Lebensgefahr gebracht zu haben, weil sie sich mit Paul und seiner Bande eingelassen hat?

Und was wird die Polizei zu den Leichen sagen, und zu Marijas Verbindung zu den Kriminellen?

Kommt sie am Ende vielleicht sogar in den Knast und sieht Anna und Thomas noch seltener?

Marija spürt, dass ihr die Tränen kommen, und blinzelt sie rasch fort.

Anna bemerkt es. »Alles in Ordnung, Mama? Du siehst traurig aus ...«

Sie küsst Anna aufs Haar. »Ich bin nur unendlich müde, Schätzchen.«

»Bin ich dir zu schwer? Soll ich runter?«

»Sei nicht albern, dann müsste ich dich ja loslassen und könnte dich nicht mehr knuddeln.«

Anna lacht, und es ist das schönste Geräusch der Welt.

Marija zieht die Nase hoch.

Dann geht sie eben in den Knast.

Hauptsache, ihrer Tochter geht es gut.

»Schau mal«, sagt Anna. »Da ist er wieder.«

Marija und Thomas drehen sich um und erstarren. Stehen stocksteif da und halten den Atem an.

Der riesige, von Blut und Staub überzogene Wolf zwängt sich aus der Tür des Bungalows und tritt in die Hitze vor Oskars Haus.

Sonne blitzt auf den Metallteilen inmitten seines Fells. Als er an ihnen vorbeiläuft, dreht er den Kopf und sieht sie an.

Ihre Blicke begegnen sich.

»Danke, dass du uns gerettet hast«, sagt Marija.

»Er blutet«, sagt Anna außerdem. »Kannst du ihm nicht helfen, Papa?«

Das holt Thomas ein Stück weit aus seiner Starre. »Ich weiß nicht, ob er das möchte, Spatz.«

»Frag ihn doch einfach«, schlägt Anna vor.

»Hm.« Thomas produziert sein ratloses Halsgeräusch, das Marija früher so geliebt hat – und auch jetzt noch, wie sie wieder einmal feststellt.

»Los, Papa«, drängt Anna. »Du bist doch der beste Tierarzt der Welt!«

»Danke«, sagt Thomas und tritt ein paar Zentimeter an den Wolf heran, der tatsächlich stehen bleibt. Mit einer Mischung aus Faszination und Furcht sieht Marija dabei zu, wie ihr Ex-Mann eine beschwichtigende Geste macht. »Möchtest du, dass ich mir deine Wunden ansehe?«, fragt er den Monsterwolf leise und langsam.

Der Wolf betrachtet ihn mit Interesse und hinkt dann einfach weiter, auf den Korridor zwischen den Autowracks zu, der zum vergitterten Tor im Schrottplatzwall und in den Wald führt.

»Hab's versucht«, sagt Thomas schulterzuckend, kommt zurück und legt den Arm um Marija und Anna. Gemeinsam blicken sie dem Wolf hinterher.

»Wird er's überleben?«, fragt Anna besorgt.

»Ja.« Marija kommt Thomas mit einer Antwort zuvor. »Er ist stark. Er wird Narben davontragen, das schon, aber er wird es überstehen. Und noch stärker werden.«

Anna nickt. »Tschüss, Wolf!«, ruft sie und winkt ihm nach. »Und danke!«

Da treten die beiden Männer, die zuvor mit dem Cyborg-Ungetüm in den Bungalow gegangen sind, nach draußen.

Eine junge Frau ist nun bei ihnen.

Handschellen baumeln von einem ihrer Handgelenke.

Oskar kommt nicht aus seinem Haus, und Marija fragt nicht nach ihm.

Sie kann es sich denken.

Thomas bietet an, sich um die blasse Frau zu kümmern. Sie nimmt auf der Hollywoodschaukel Platz, und Thomas stellt ihr leise ein paar Fragen, fühlt ihren Puls, kontrolliert ihre Pupillen. Marija setzt Anna ab, weil die ihrem Papa helfen will.

Der Mann, der ihr in der Eisdiele früher am Tag den Arsch gerettet hat, holt ein Smartphone aus der Hosentasche.

»Ich geb ihrer Mutter Bescheid«, sagt er und wischt bereits auf dem Display herum.

»Sie müssen den Angriff abbrechen«, sagt der Soldat im Gegenzug. »Ich hab mein Funkgerät rausgerissen, damit mich niemand tracken kann. Außerdem brauchen wir hier Militärpolizei und einen Krankenwagen.« Sein Blick folgt dem Wolf, richtet sich dann aber auf die Blutlachen, die Leichen der Männer und die Kadaver der Hunde. »Und einen Transporter.«

»Was werden Sie denen sagen?«, fragt Marija die Männer.

Der Soldat sieht sie an. Wie sie wirkt er erschöpft und erleichtert zugleich.

Er zuckt mit den Schultern. »Die Wahrheit?«, schlägt er vor. »Dass ich keine Ahnung habe, was das hier war, wieso diese Männer Sie verfolgt haben?«

»Ihre Familie ist nur wegen Ersatzteilen für eine alte Klimaanlage gekommen, oder?«, sagt der Mann aus der Eisdiele, ohne von seinem Smartphone aufzublicken, auf dem er etwas tippt. »Dann kamen die Typen da, die irgendetwas mit dem verrückten Prepper und Entführer Oskar zu schaffen hatten, Tariq kam dazu, der Wolf tauchte auf, die Hunde drehten durch, und dann ging es drunter und drüber.«

Marija nickt dem Mann dankbar zu.

»Wie du deine Anwesenheit und die des Wolfs erklärst, musst du wissen«, sagt er außerdem zu dem Soldaten. »Mist. Wisst ihr, in welcher Ecke man hier Empfang hat?«

Während er losgeht und auf dem Schrottplatz nach einem Signalbalken fischt, kommt Thomas wieder zu ihnen.

Er und Marija schauen zu, wie sich die junge Frau von Anna verzaubern lässt.

»Ihr geht es so weit gut«, sagt Thomas leise. »Aber ich schätze, sie braucht einen guten Psychiater.«

»Welche der beiden meinst du jetzt?«, fragt Marija.

»Beide, fürchte ich.«

Marija verzieht das Gesicht, denn sie kann die Düsternis in Thomas' Stimme hören, die wie Aufputschmittel für ihre Selbstvorwürfe wirkt.

Thomas scheint es zu spüren, denn er legt ihr einen Arm um die Schultern.

»Wir schaffen das schon«, sagt er leise.

Am liebsten würde Marija ihn küssen, doch sie weiß, dass das zu viel des Guten wäre.

Also lehnt sie nur den Kopf an seine Schulter und sieht Anna zu, wie sie der jungen Frau, die wohl eine Menge durchgemacht hat, ein Lächeln entlockt und sie von ihrem Kummer ablenkt.

Und für den Augenblick genügt das Marija voll und ganz.

KIRA

ALS KIRA DURCH DEN STÜTZPUNKT LÄUFT, sind bereits alle damit beschäftigt, sich aufs Ausrücken vorzubereiten, um den vom Virus geschwächten Wölfen mit Drohnen, Panzern, Raketen und was noch allem den Rest zu geben. Die Soldatinnen und Soldaten haben Aufstellung bezogen, ebenso die Kraupen-Kampfläufer. Über dem Waldrand kreisen insektenartige Kampfhubschrauber und noch mehr Drohnen.

Natürlich weiß Kira, dass Wölfe Meister im Nichtgefundenwerden sind und dass selbst so große, kybernetisch veränderte Tiere wie die im Wald bei Dölmow in einem relativ kleinen Revier untertauchen können.

Allerdings vermag sie nicht einzuschätzen, inwieweit die Scanner und Sensoren der Militärgeräte davon profitieren, wenn das Virus etwa die Cloaking-Skills der nanoveränderten Wölfe beeinträchtigt.

Was Kira wieder zu der Frage bringt: Kann sie hier überhaupt etwas bewirken?

Das alles erscheint ihr mit einem Mal so unwirklich.

Winslows Tod an diesem Ort.

Sie an einer Front, inmitten eines Angriffs.

Dieser Krieg gegen die Wölfe.

Dass in diesem Moment eine Gabelstapler-Drohne zur Seite tritt und ausgerechnet Oberst Faberland vor ihr auftaucht, hilft Kira, sich auf ein Ziel und einen möglichen ersten Schritt zu konzentrieren.

Faberland ist von einer Traube aus Offizierinnen und Offizieren umringt.

Kira nutzt eine Lücke in seiner Entourage, um an ihn heranzutreten. »Oberst ...«

»Was machen *Sie* denn hier?«, schnappt Faberland. »Sollten Sie nicht im Arrest sitzen?«

Kira hebt das Kinn an. »Der Hof wurde evakuiert. Doch ich dachte mir, Sie brauchen vielleicht meinen Input als Expertin hier.« Kira sieht die Skepsis auf seinem Gesicht und ergänzt: »Ich kenne mich mit diesen Wölfen besser aus als irgendwer sonst.«

»Richtig.« Faberland wirkt immerhin halb überzeugt. »Aber denken Sie nicht, dass das, was Sie getan haben, damit vergessen ist, Doktor. Und versuchen Sie, wenn's geht, niemandem im Weg herumzustehen und nicht von einer Drohne zertrampelt zu werden.« Er überlegt kurz, betrachtet seinen in Angriffsmodus versetzten Stützpunkt. »Kommen Sie am besten mit mir. Damit ich auch etwas von Ihrem Wissen als Expertin habe.«

Kira hätte nicht gedacht, dass der Oberst in so einem Moment auf Sarkasmus zurückgreifen würde. Dass er sie bei sich haben will, damit ihr nichts passiert, spricht allerdings für ihn, und Kira kann so immerhin möglichst dicht am Geschehen bleiben.

Obwohl sie immer noch nicht weiß, wie sie es beeinflussen soll – Tipps zur Vernichtung der Wölfe möchte sie der Armee keine geben, das ist ja wohl klar.

Während Faberland ein paar letzte Anweisungen abnickt und von seinen Untergebenen verschiedene Tablets hingehalten bekommt, sieht sich Kira auf dem Stützpunkt um.

Es hat immer nach Militär und Front ausgesehen, aber nie so deutlich nach Krieg und Vernichtung wie in diesem Augenblick.

»Oberst!«

Kira und Faberland drehen sich gleichzeitig um.

»Was denn jetzt noch?«, murrt der Oberst. »Wir rücken aus.«

Eine Soldatin hält ihm ein Satellitentelefon hin. »Der Generalstab.«

Kira beobachtet das gerötete Gesicht von Faberland, das mit jeder Sekunde des Telefonats einen noch ungläubigeren Ausdruck zur Schau stellt.

»Kraupen?«, bellt Faberland ins Telefon. »Gefunden? Am Leben? Was soll ... aha. Ihre Mutter hat ... Was? Wir sollen ... aber wir sind bereits mitten im ... Nein, natürlich nicht ... Ja, verstanden. Angriff abbrechen. Bestätige.«

Die letzten Worte knurrt er nur noch.

Kira traut ihren Ohren nicht, doch Faberland gibt seinen Leuten tatsächlich den Befehl, den brummenden, dröhnenden, aggressiven Vormarsch in den Wald zu stoppen.

»Was ist passiert?«, will sie wissen. »Was ist los?«

»Kraupens Tochter wurde gefunden. Lebendig. Sie wurde entführt. Der Typ vom Schrottplatz. Und das wird Ihnen sicher gefallen: Eine der Bestien hat bei ihrer Befreiung geholfen.« Mehr zu sich selbst sagt Faberland: »Die Pressekonferenz wird ein Albtraum.«

Sie bleiben stehen, wo sie sind, und sehen dabei zu, wie die Soldaten, Soldatinnen, Panzer und Drohnen anhalten, sich teils schon wieder in den Stützpunkt zurückziehen.

Es ist wie Chaos im Rückwärtsgang, im Videorücklauf.

Kira glaubt nicht an Wunder, schließlich ist sie Wissenschaftlerin, doch das hier ist wirklich unfassbar. Allerdings könnte es für die Wölfe zu spät sein. Das Virus hat bereits zugebissen.

Da schallen Rufe durchs Lager.

»Seht nur! Da sind Wölfe!«

»Das müssen mehrere Dutzend sein!«

»Sollen wir auf sie schießen?!«

Oberst Faberland bahnt sich einen Weg zu den noch immer geöffneten Toren auf der Waldseite, durch die vordersten Panzer und Kampfläufer und Menschen in Kampfmontur, die alle ihre Waffen auf die Bäume gerichtet haben.

Kira folgt ihm, bleibt in seinem Windschatten, wie Winslow das so gern bei ihr getan hat.

Was sie sieht, raubt ihr den Atem.

Und lässt ihr Herz schneller schlagen.

Jenseits der gerodeten Fläche zwischen Lager und Wald, unter den letzten Bäumen, hat das einzigartige Rudel der Wölfe von Dölmow Aufstellung bezogen.

Im Schatten der Kiefern stehen sie in einer langen Reihe nebeneinander, graue, weiße, gelbliche, braune und schwarze Tiere, alle mit Metallteilen an den veränderten, riesigen Körpern, wunderschön und erschreckend zugleich.

Sie sind blutbefleckt und sehen aus, als hätten sie bereits eine heftige Auseinandersetzung hinter sich.

Aber man erkennt den Stolz, den Kampfgeist und die Stärke in ihrer Haltung, in ihren Augen.

Die Wolf-Cyborgs starren herüber zur Basis, scheinen die Menschen direkt anzusehen.

Ihre Waffen und Kriegsmaschinen.

Ihre gestoppte Offensive in den Wald.

Ins Revier der Wölfe.

»Position halten!«, ruft Faberland, und seine Leute geben den Befehl zum Abwarten weiter. »Jetzt könnte ich Ihre Expertenmeinung gut gebrauchen«, sagt Faberland dann zu Kira. »Ich habe Befehl erhalten, den Angriff abzublasen, weil die junge Kraupen gefunden wurde. Aber was ist, wenn die Wölfe Rache dafür nehmen wollen, dass wir versucht haben, sie mit dem Virus auszuschalten? Was wohl nicht allzu viel gebracht zu haben scheint, wie wir sehen. Wenn die Biester losstürmen und wir zu lange zögern, überrennen sie uns. Das wird ein Gemetzel.«

Kira versteht, wieso man diese Hybridwesen aus Natur und Technik fürchtet – und sie hat oft genug gesehen, dass aus Furcht schnell Hass entsteht.

Dazu braucht es gar keine monströsen Mutationen.

Doch wenn sie zu der Reihe aus kybernetischen Wölfen hinüberschaut, sieht sie keinen bevorstehenden Angriff, sondern eine Botschaft.

»Sie kommunizieren mit uns«, sagt sie zu sich selbst genauso wie zu Faberland.

»Dass sie uns gleich angreifen und fressen werden?«, fragt der Oberst.

»Nein.« Kira sucht das Leittier und glaubt es in einer grau-weiß gefärbten Fähe ausgemacht zu haben, deren eines Auge von einer Metallplatte mit roter Kameralinse verdeckt wird. »Sie zeigen uns lediglich, dass sie unseren Cyberangriff abgewehrt haben.« Später wird sich Kira die Zeit nehmen und diese techno-biologische Adaption, diese Highspeed-Evolution als Antwort auf das Virus entsprechend würdigen. »Dass das hier ihr Revier ist. Und dass sie es verteidigen werden, wenn sie müssen. Aber auch, dass sie uns ohne Provokation von sich aus nichts tun werden. Solange wir ihre Grenzen respektieren und nicht zuerst angreifen.«

»Und das alles sehen Sie daran, wie sie nicht mit dem Schwanz wedeln?«, fragt Faberland skeptisch.

»Oberst?«, fragt eine Offizierin neben Faberland angespannt. »Ihr Befehl?«

Faberland schaut die Wölfe an, dann Kira. »Sind Sie sicher mit dem, was Sie da sagen?«

»Ja«, antwortet Kira fest. »Bin ich. Sie werden nicht angreifen, wenn wir ihnen nicht noch einen Grund dafür geben. Würden sie Vergeltung für das Virus wollen, wären sie gleich aus dem Wald gestürmt, anstatt sich so zu zeigen.«

»Da ist was dran«, brummt Faberland und grübelt noch ein wenig länger. »Also schön«, sagt er schließlich. »Waffen runter. Drohnen zurück auf ihre Posten. Aber bleibt wachsam.«

Die Menschen senken ihre Gewehre, auch die Drohnen schalten vom Angriffsmodus in Bereitschaft um.

Dadurch verringert sich die Spannung im Lager allerdings keineswegs.

Kira schwitzt, und das nicht nur aufgrund der Hitze.

Schließlich dreht die Leitwölfin, die Kira richtig identifiziert hat, in einer ruhigen, geschmeidigen Bewegung ab und geht gemächlich zurück in den Wald.

Die anderen Wölfe tun es ihr einer nach dem anderen gleich.

»Wunderschön«, murmelt Kira, und es ist ihr vollkommen gleichgültig, dass der Oberst und ein paar andere sie ansehen, als hätte sie den Verstand verloren.

Denn es ist ein faszinierendes Schauspiel, wie die großen Tiere nach und nach mit den Schatten verschmelzen und selbst damit noch eine elegante Botschaft der Überlegenheit senden.

DW-7X

ER IST DURCH DEN WALD GERANNT.

Wie ein Tier.

Wie eine Maschine.

So schnell sein verbesserter, versehrter Körper es zuließ.

Um der Botschaft seines Rudels doch noch zu folgen.

Trotzdem kam er zu spät.

Sein Rudel hat den Kampf bereits ohne ihn geführt.

Und gewonnen.

Wenn auch auf andere Weise als erwartet.

Die anderen sind nun wieder fort.

Und er ist so allein wie immer.

Er streicht eine Weile zwischen den Bäumen umher.

Voller Unruhe.

Gedanken.

Emotionen.

Folgt den vertrauten Gerüchen seiner früheren Gefährtinnen und Gefährten.

Hängt Erinnerungen und Sehnsüchten nach.

Gibt sich Hoffnungen hin.

Jetzt gibt es wieder keine Verbindung zwischen ihnen.

Keine Kommunikation.

Der Kontakt zu seinem Rudel ist erneut abgebrochen.

Unerwünscht.

Bereut er, nicht sofort zu ihnen geeilt zu sein? Als sie nach ihm riefen?

Diese Chance verpasst zu haben.

Er weiß es nicht.

Nun hat er jedenfalls Gewissheit über etwas.

Die er lange suchte.

Dringend brauchte.

Antworten.

Sicherheit.

Kaputt zu sein.

Ausgestoßen.

Aber nicht das Monster, für das er sich in letzter Zeit gehalten hat.

Und wer kann schon sagen, ob er in seinem Rudel noch einen Platz gefunden hätte?

Jeder Wolf hat sich verändert.

Und somit auch das gesamte Rudel, in seiner Abwesenheit.

Es wäre sicher nicht ohne Kampf abgelaufen.

Und vom Kämpfen hat er eigentlich genug.

Da kann sein Körper noch so schnell heilen.

Nur sein Herz heilt nicht.

Seine Einsamkeit.

Er streift durch den Wald.

Allein wie immer.

Bis auf die anderen Tiere.

Ein paar Rehe flüchten vor seinem Nahen.

Auch ein Fuchs schleicht verstohlen davon.